A MORTE E A VIDA DE ALAN TURING

DAVID LAGERCRANTZ

A morte e a vida de Alan Turing

Um romance

Tradução
Rogério W. Galindo

Copyright © 2009 by David Lagercrantz
Publicado em acordo com Hedlung Agency e Vikings of Brazil Agência Literária

Grafia atualizada segundo o Acordo Ortográfico da Língua Portuguesa de 1990, que entrou em vigor no Brasil em 2009.

Título original sueco
Syndafall i Wilmslow, *traduzido da edição americana* (Fall of Man in Wilmslow)

Capa
Carlos Di Celio

Foto de capa
Rafael Di Celio

Preparação
Alexandre Boide

Revisão
Adriana Bairrada
Angela das Neves

Dados Internacionais de Catalogação na Publicação (CIP)
(Câmara Brasileira do Livro, SP, Brasil)

Lagercrantz, David.
  A morte e a vida de Alan Turing / David Lagercrantz ; tradução Rogério W. Galindo. — 1ª ed. — São Paulo : Companhia das Letras, 2017.

  Título original : Fall of Man in Wilmslow
  ISBN 978-85-359-2995-9

  1. Computadores - História 2. Homens gays - Grã-Bretanha 3. Inteligência artificial - História 4. Matemáticos - Grã-Bretanha - Biografia 5. Turing, Alan Mathison, 1912-1954 I. Título.

17-08042   CDD-510.92

Índice para catálogo sistemático:
1. Matemáticos : Biografia e obra   510.92

[2017]
Todos os direitos desta edição reservados à
EDITORA SCHWARCZ S.A.
Rua Bandeira Paulista, 702, cj. 32
04532-002 — São Paulo — SP
Telefone: (11) 3707-3500
www.companhiadasletras.com.br
www.blogdacompanhia.com.br
facebook.com/companhiadasletras
instagram.com/companhiadasletras
twitter.com/cialetras

Para Anne, Signe, Nelly e Hjalmar

Opinion is not worth a rush;
In this altar-piece the knight,
Who grips his long spear so to push
*That dragon through the fading light**

W. B. Yeats, "Michael Robartes and the Dancer"

* "Opiniões de nada valem;/ Neste retábulo o cavaleiro,/ Que empunha sua lança comprida para expulsar/ Esse dragão da luz evanescente." (N. E.)

1

Quando foi que ele decidiu?
Nem ele sabia. Mas, quando as dúvidas começaram a diminuir e a soar distantes como o barulho de sirenes, o peso entorpecedor sobre seu corpo se transformou numa ansiedade latejante, que ele percebeu que na verdade lhe fazia falta. A vida ganhou contornos mais nítidos. Até os baldes azuis na entrada da oficina adquiriram um brilho a mais, e cada percepção passou a conter um mundo inteiro, toda uma cadeia de eventos e de pensamentos, e a mera ideia de tentar resumir tudo isso soava inútil, até desonesta.

A cabeça fervilhava com um tumulto de imagens internas e externas e, embora a respiração já estivesse rápida a ponto de ser dolorosa, seu corpo estremecia com uma sensação intensa que beirava o desejo, como se a decisão de morrer o tivesse devolvido à vida. À sua frente, numa mesa cinza, coberta de manchas e pequenos furos que às vezes eram marcas de queimadura, mas que também podiam ser outra coisa, uma coisa grudenta, havia uma chapa elétrica, duas garrafas com um líquido preto e uma colher de chá dourada que teria um certo papel na história. Dava para ouvir a chuva lá fora. Caindo sem parar. Nunca antes os céus se derramaram assim no fim de semana de um Domingo de Pentecostes na Inglaterra, e talvez isso tivesse afetado sua decisão.

Talvez ele só tenha sido influenciado por coisas menores, como a sua rinite e o fato de seus vizinhos, o sr. e a sra. Webb, terem acabado de se mudar para Styal, deixando uma sensação de que a vida estava indo embora ou até de que estava acontecendo em algum outro lugar para o qual ele não foi convidado. Não era típico dele se preocupar com esse tipo de coisa. Mas também não era atípico. Verdade que as coisas do cotidiano não tinham nele o efeito que têm no resto de nós. Ele mostrava um dom particular para ignorar a tagarelice à sua volta. Por outro lado era capaz de cair em períodos de depressão sem nenhum motivo aparente. Coisas pequenas podiam ter um efeito grande sobre ele. Eventos insignificantes podiam levar a decisões drásticas ou às mais estranhas ideias.

Agora ia usar como deixa para partir deste mundo um filme infantil sobre anões engraçados, o que era irônico, claro. Na sua vida não faltavam ironias e paradoxos. Ele tinha abreviado uma guerra e pensado de maneira mais profunda do que a maioria das pessoas sobre os fundamentos da inteligência, mas havia sido colocado em liberdade condicional e forçado a tomar um remédio repulsivo. Não fazia muito tempo, tinha ficado apavorado por causa de uma vidente em Blackpool, e passou um dia inteiro aflito por causa disso.

O que devia fazer agora?

Ele conectou dois fios que saíam do teto em um transformador sobre a mesa e pôs uma panela com um tipo de lodo preto em cima da chapa. Depois vestiu um pijama cinza-azulado e pegou uma maçã que estava numa fruteira azul ao lado da prateleira de livros. Era habitual para ele comer uma maçã no fim do dia. Era sua fruta favorita, não só por causa do gosto. As maçãs também eram... deixa para lá. Ele cortou a fruta ao meio e voltou para a entrada da oficina, e foi quando percebeu. Todo o seu ser entendeu, e com olhos cegos ele olhou para o jardim. Não é esquisito, ele pensou, sem saber de fato o que queria dizer. E então ele se lembrou de Ethel.

Ethel era sua mãe. Um dia Ethel vai escrever um livro a seu respeito, sem ter a menor ideia do que ele fazia, mas em nome da justiça é preciso dizer que isso não seria fácil. Sua vida era composta de números demais e segredos demais. Ele era diferente. Além disso, era novo, pelo menos aos olhos da mãe, e embora nunca fosse visto como um sujeito bonito e tivesse perdido o belo físico de corredor depois de uma sentença no tribunal de Knutsford, ele não era feio. Desde pequeno, quando não sabia qual era o lado esquerdo e qual era o direito e achava que o Natal basicamente podia acontecer em qualquer época do ano — às vezes com frequência maior, às vezes menor, como outros dias bonitos e agradáveis —, tinha pensamentos que estavam totalmente fora de sua época. Ele se tornou um matemático que se dedicou a algo prosaico como o ofício da engenharia, um pensador não convencional que concluiu que nossa inteligência é mecânica, ou até mesmo computável, como uma longa e sinuosa série de números.

Mas acima de tudo, e as mães consideram isso particularmente difícil de entender, nesse dia de junho ele não tinha mais a força necessária para continuar vivendo, e, portanto, continuou com os preparativos, que mais tarde seriam considerados estranhamente complicados. O problema era que não conseguia se concentrar. Ele ouviu um barulho, achou que eram passos vindos da porta da frente, cascalho sendo pisado, e então lhe ocorreu uma ideia absurda: alguém está trazendo boas-novas, talvez de muito longe, da Índia ou de outra época. Ele riu ou soluçou, difícil dizer o que foi, e começou a se mover, e mesmo não ouvindo mais nada, nada além dos pingos no telhado, se fixou nesta ideia: *Tem alguém lá fora. Um amigo que vale a pena ouvir*, e enquanto passava pela mesa pensou *bem me quer, mal me quer*, como uma criança arrancando pétalas de uma flor. Percebeu cada detalhe do corredor com uma exatidão vibrante que o teria fascinado em um dia melhor. Com passos de sonâmbulo entrou no quarto e viu o *Observer* na mesinha de cabeceira e o relógio de pulseira de couro preto e, bem ao lado, deixou a metade da maçã. Pensou na lua brilhando atrás da escola em Sherborne, e deitou de costas na cama. Parecia sereno.

2

No outro dia continuou chovendo, e o jovem investigador de polícia Leonard Corell veio andando pela Adlington Road. Ao chegar à altura da Brown's Lane, tirou o chapéu de feltro porque, apesar da chuva, estava com calor, e pensou na sua cama, não a cama miserável no seu apartamento, mas aquela que lhe esperava na casa da tia em Knutsford, e ao fazer isso sua cabeça afundou entre os ombros, como se ele estivesse prestes a dormir.

Ele não gostava do emprego. Não gostava do salário, das andanças, da papelada, nem daquela desgraça de Wilmslow, onde nunca acontecia nada. Tinha chegado ao ponto de inclusive agora não sentir nada, exceto um vazio. Porém a governanta que telefonou mencionou uma espuma em volta da boca do morto e um cheiro de veneno na casa, e sem dúvida no passado um relato como esse teria feito brotar alguma vida em Corell. Agora ele simplesmente se arrastava entre as poças e as cercas vivas dos jardins. Mais atrás ficavam o campo e a ferrovia. Era terça-feira, 8 de junho de 1954, e ele olhou para baixo, tentando achar as placas com os nomes das casas.

Quando encontrou o endereço "Hollymeade", virou à esquerda e deu de cara com um grande salgueiro que parecia uma vassoura velha gigante, e sem que isso fosse necessário parou para amarrar de novo os cadarços. Um caminho de tijolos chegava até a metade do jardim e acabava de forma abrupta, e ele ficou pensando o que tinha acontecido ali, embora obviamente se desse conta de que, o que quer que tivesse sido, não tinha nada a ver com o caminho de tijolos. Na entrada do lado esquerdo havia uma senhora idosa em pé.

"A senhora é a governanta?", ele perguntou, e ela fez que sim com a cabeça. Era uma senhorinha pequena e pálida, com olhos tristes, e se fosse em outra época Corell provavelmente teria aberto um sorriso gentil e afetuoso e colocado a mão no seu ombro. Agora só olhou para baixo com um ar sombrio e a seguiu, subindo uma escada íngreme, e não havia nada de agradável na caminhada, nenhum entusiasmo, nenhuma curiosidade policial, mal havia um sentimento de incômodo, meramente um "Por que é que eu preciso continuar com isso?".

Já na entrada ele sentiu uma presença, uma intimidade no ar, e ao entrar no quarto fechou os olhos e, para ser honesto, o que talvez seja estranho em razão das circunstâncias, passaram por sua cabeça um ou dois pensamentos inapropriados de natureza sexual que não vale a pena elaborar aqui, exceto pelo fato de que pareciam absurdos até mesmo para Corell. Ao abrir os olhos, as associações vagaram sobre o quarto como uma membrana surreal, mas se dissolveram em outra coisa diferente quando ele descobriu a cama, a cama estreita, e sobre ela um homem, morto, deitado de costas.

O sujeito tinha cabelo preto e talvez pouco mais de trinta anos. Saída do canto da boca, uma espuma branca tinha escorrido pela bochecha e secado, virando um pó branco. Os olhos estavam abertos e afundados debaixo de uma testa saliente, abobadada. Embora o rosto não estivesse exatamente irradiando tranquilidade, era possível perceber uma certa resignação nos traços, e Corell deveria ter reagido com compostura. Estava acostumado com a morte, e aquele não era um final terrível, mas se sentiu mal e ainda não tinha percebido que era o cheiro, o fedor de amêndoas amargas pairando sobre o quarto, e ele olhou para fora pela janela em direção ao jardim e tentou voltar aos pensamentos inapropriados, mas não conseguiu, e em vez disso percebeu uma meia maçã na mesinha de cabeceira. Corell pensou, o que o surpreendeu, que odiava frutas.

Ele jamais teve nada contra maçãs. Quem é que não gosta de maçãs? Do bolso do casaco, tirou um bloco de anotações.

O sujeito está deitado numa posição quase normal, ele escreveu, e ficou pensando se a descrição era boa, provavelmente não, mas também não era tão ruim. Exceto pelo rosto, o homem podia muito bem estar dormindo, e depois de rabiscar mais umas linhas — que também não o deixaram feliz — examinou o corpo. O morto era magro, estava em forma, mas o peito era mais macio do que o comum, quase feminino, e apesar de não estar sendo muito meticuloso Corell não encontrou nenhum sinal de violência, nenhum arranhão ou machucado, só uma coloração ligeiramente enegrecida na ponta dos dedos e a espuma branca no canto da boca. Ele cheirou aquilo e entendeu por que tinha se sentido mal. O fedor das amêndoas amargas penetrou na sua consciência, e ele saiu.

Na outra ponta do corredor encontrou uma coisa estranha. Em uma entrada onde havia uma janela de mansarda que dava para o jardim, havia dois fios pendurados no teto e uma panela borbulhava sobre uma mesa, da qual ele se aproximou lentamente. Aquilo seria perigoso? Claro que não! O cômodo era uma espécie de oficina para experimentos. Havia um transformador e grampos para os fios, além de garrafas, potes de geleia e vasilhas. Provavelmente nada com que se preocupar. Mas o fedor entrava por baixo da pele, e só depois de relutar muito ele se inclinou sobre a panela. Uma sopa repugnante borbulhava no fundo e, de repente, do nada, ele se lembrou de um trem correndo pela noite muito tempo antes, em sua infância, e apertou o corpo contra a mesa, ofegante. Depois saiu correndo e abriu uma janela no cômodo ao lado. A chuva continuava. Era insano o modo como caía. Mas pelo menos dessa vez Corell não praguejou contra a chuva. Estava feliz porque o vento e a água tinham feito desaparecer o fedor e as memórias amargas, e recuperando razoavelmente a calma voltou a investigar a casa.

Havia um certo ar de boemia no local. A mobília era boa, mas tinha sido organizada sem atenção ou cuidado, e era evidente que não morava uma família ali, e sem dúvida não havia crianças. Corell pegou um bloco de anotações do peitoril da janela. Nele havia equações matemáticas e em algum momento do passado é possível que ele tivesse conseguido compreendê-las. Agora não entendia nada, sem dúvida, entre outras coisas, porque a caligrafia era ruim e estava coberta de manchas de tinta, então Corell ficou irritado, ou talvez com inveja, e mal-humorado vasculhou uma cristaleira com portas de vidro à direita da janela e encontrou taças de vinho, talheres de prata, um pequeno pássaro de porcelana e uma garrafa contendo algo preto. Era semelhante ao que havia nas vasilhas na oficina, mas ela tinha um rótulo com as palavras CIANETO DE POTÁSSIO.

"Eu devia ter percebido", ele murmurou e foi correndo para o quarto e cheirou a maçã. Tinha o mesmo cheiro da garrafa e da panela.

"Olá", ele gritou. "Olá!"

Ninguém respondeu. Ele chamou de novo, e depois ouviu passos, e um par de panturrilhas gordas passou pela soleira. Ele olhou de modo desafiador para o rosto cinzento com os lábios finos, quase sumindo.

"Como a senhora disse que seu patrão se chamava?"

"Dr. Alan Turing."

Corell anotou no bloco o fato de a maçã cheirar a amêndoas amargas e o nome que parecia familiar ou que, no mínimo, como tanta coisa na casa, fazia com que se lembrasse de algo.

"Ele deixou alguma coisa?"

"Como assim?"

"Uma carta ou alguma coisa que possa explicar."

"O senhor está dizendo que ele pode ter..."

"Não estou dizendo nada. Só fazendo uma pergunta", ele disse, de um jeito áspero demais, e quando a pobre mulher balançou a cabeça, com medo, tentou soar um pouco mais amistoso.

"A senhora conhecia bem o morto?"

"Sim, ou melhor, não. Ele sempre foi muito gentil comigo."

"Ele estava doente?"

"Na primavera ele teve rinite."

"A senhora sabia que ele manipulava venenos?"

"Não, não, Deus do céu. Mas ele era cientista. Eles não..."

"Depende", ele interrompeu.

"Meu patrão se interessava por muita coisa."

"Alan Turing", ele continuou, como se pensasse em voz alta. "Ele era conhecido por alguma coisa em particular?"

"Ele trabalhava na universidade."

"O que ele fazia lá?"

"Estudava matemática."

"Que tipo de matemática?"

"Não sei."

"Entendo", ele murmurou e virou para o corredor.

Alan Turing. Esse nome lhe dizia alguma coisa, mas ele não lembrava bem o quê, só sabia que não parecia ser coisa boa. Era de se imaginar que o sujeito tivesse feito alguma besteira. A chance era muito grande se Corell tivesse dado com o nome dele no trabalho, e ele andou pela casa se sentindo cada vez mais nervoso. Distraído e com raiva, coletou indícios, se é que eram dignos desse nome, mas pelo menos eram algo material: a garrafa de veneno da cristaleira e as vasilhas de vidro da oficina, uns blocos de anotações com cálculos, e também três livros com o título *Sonhos* escrito à mão.

No térreo ele dedilhou as cordas de um violino desafinado e leu as primeiras frases de *Anna Kariênina*, um dos poucos livros na casa que reconheceu, fora alguns de Forster, Orville, Butler e Trollope, e, como acontecia com frequência em outras ocasiões, seus pensamentos passaram para paisagens onde não tinham nada o que fazer.

A campainha tocou. Era Alec Block, seu colega. Era impressionante o quanto sabia pouco sobre Alec, levando em conta o fato de eles trabalharem tão próximos, e, se alguém lhe pedisse que descrevesse o colega, Corell não ia conseguir dizer muita coisa além de que era tímido e reservado e que a maioria do pessoal na delegacia o tratava mal, mas acima de tudo que tinha sardas e era ruivo, incrivelmente ruivo.

"Parece que o sujeito cozinhou veneno naquela panela ali, mergulhou uma maçã na meleca no fundo dela e deu umas mordidas", Corell explicou.

"Suicídio?"

"Parece. Essa merda de fedor está me deixando enjoado. Você consegue dar uma olhada para ver se acha um bilhete de suicida?"

Quando o colega desapareceu, Corell pensou outra vez no trem correndo pela noite, e isso não o deixou nem um pouco mais calmo. Quando esbarrou na governanta no térreo, ele disse:

"Vou precisar falar com a senhora com mais detalhes em breve. Mas enquanto isso vou preferir que a senhora espere do lado de fora. Vamos lacrar a casa", e num ímpeto de gentileza pegou um guarda-chuva no hall e, quando ela reclamou que aquilo pertencia ao dr. Turing, ele bufou discretamente, aquilo certamente era uma demonstração um pouco excessiva de respeito. Com certeza ela podia usar um guarda-chuva emprestado. Depois que ela aceitou e desapareceu no jardim, ele vagou pela casa outra vez. Perto do morto encontrou um exemplar do *Observer* de 7 de junho, o que indicava que o homem estava vivo no dia anterior, e ele anotou isso entre os outros fatos. Quando deu uma olhada em mais uma caderneta de cálculos matemáticos, foi tomado por um estranho desejo de acrescentar alguns números que iam suplementar ou complementar as equações do sujeito, e como tantas vezes antes se transformou em um policial não muito concentrado no serviço. Obviamente, o mesmo não poderia ser dito de Block.

Ele voltou parecendo ter encontrado algo interessantíssimo. Não havia, ou pelo menos não tinha encontrado, um bilhete de suicida, mas achou coisas que pareciam apontar numa direção diferente: dois ingressos de teatro para a semana seguinte e um convite para o encontro da Royal Society em 24 de junho, ao qual escrevera, numa resposta que nunca enviou, que compareceria, e, apesar de Block provavelmente perceber que não era lá uma grande descoberta, era visível que esperava ter aberto um novo caminho. Eles não eram tão habituados com assassinatos em Wilmslow, mas Corell imediatamente descartou a ideia.

"Isso não quer dizer nada."

"Por que não?"

"Porque nós somos todos uns tipinhos complicados", Corell disse.

"O que você quer dizer com isso?"

"Até mesmo alguém que quer morrer pode fazer planos para o futuro. Todo mundo fica dividido entre uma coisa e outra. Nesse caso, essa ideia pode ter passado pela cabeça dele na última hora."

"Parece que ele era um sujeito muito culto."

"Bem possível."

"Nunca vi tanto livro."

"Eu já. Mas também tem outra coisa sobre esse sujeito", Corell disse.

"O quê?"

"Não sei dizer bem. Só sei que tem alguma coisa estranha. Você desligou a chapa lá em cima?"

Block fez que sim. Parecia que queria acrescentar alguma coisa, mas não tinha certeza se era uma boa ideia.

"Você não acha que tem muito veneno na casa?", ele questionou.

"Sim, tem", Corell disse.

Havia o suficiente para matar uma companhia inteira do Exército, e eles falaram sobre isso por um tempo, sem chegar a lugar nenhum.

"Não dá uma impressão de que ele estava tentando dar uma de alquimista? Ou no mínimo de ourives?", Block sugeriu.

Block contou que tinha encontrado uma colher dourada na oficina.

"É um belo trabalho. Mesmo assim dá para ver que foi ele que fez. Se quiser, vá ver lá em cima."

"Verdade", Corell disse, tentando parecer empolgado, mas ele quase tinha parado de escutar.

Mais uma vez estava perdido em pensamentos.

3

Desde a época da guerra, Corell considerava possível perceber a insanidade à distância, como se o ar ficasse mais opressivo, ou até como se houvesse um cheiro, talvez não exatamente o fedor de amêndoas amargas, mas ao sair na chuva de novo estava convicto de que havia sentido lá dentro a loucura em estado concentrado. Ele não conseguia se livrar da impressão de que tinha sido infectado por algo insalubre, mesmo depois de os maqueiros terem levado o corpo, às seis e quarenta. Um vento mais quente soprou do leste e a chuva amainou, mas é claro que não chegou a parar, e ele olhou na direção da governanta sentada sob a luz de um poste com o guarda-chuva emprestado e que parecia tão minúscula, como uma criança muito idosa, e agora começou a entrevistá-la com mais gentileza.

Seu nome era Eliza Clayton, e morava em Mount Pleasant Lacey Green, não muito longe. Ela trabalhava para o dr. Turing quatro dias por semana, e nunca houve problemas, ela disse, só era um pouco difícil saber o que fazer com toda a papelada e com todos aqueles livros. Naquela tarde ela havia entrado na casa com a própria chave. Na hora, a luz do quarto estava acesa. Nem as garrafas de leite nem o jornal tinham sido recolhidos, e os restos de uma refeição de costeletas de carneiro estavam na cozinha. Os sapatos do dr. Turing estavam do lado de fora do banheiro, o que ela achou estranho, e o encontrou deitado no quarto "bem como o senhor viu", com o cobertor até a altura do peito. Ela tocou nas mãos dele. Estavam frias, e ela deve ter gritado. "Foi um choque, um choque horrível", e como o dr. Turing não tinha telefone usou o da vizinha, a sra. Gibson, "e então o senhor chegou, e é só isso que eu sei".

"Eu não teria tanta certeza."

"Não?"

"O que interessa para nós é o que aconteceu antes", Corell disse, e ela acenou com a cabeça e contou que Alan Turing havia recebido uma visita de seu amigo, o dr. Gandy, no fim de semana anterior, e que eles tinham "se divertido muito" e "feito coisas muito agradáveis" e que na terça convidou os vizinhos, o sr. e a sra. Webb, para jantar, e que isso também "foi um sucesso", e que o sr. e a sra. Webb se mudaram em seguida, na quarta ou na quinta.

"Meu patrão estava de muito bom humor. Estava feliz. Brincava comigo."

Corell não retrucou, nem se importou em perguntar que tipo de brincadeira Turing fazia com ela. Deixou que ela falasse e só fez anotações ocasionais. Aquilo parecia mais um discurso feito para defender alguém do que um depoimento, e ele entendeu muito bem a razão. Suicídio era crime, e ela provavelmente se sentia responsável de certa forma. Era a governanta. Parecia não ter havido nenhuma outra mulher na casa, e ela mencionou em vários momentos a mãe dele, Ethel.

"Deus do céu, o que é que eu vou dizer a ela?"

"Nada por enquanto. Vamos entrar em contato com os parentes. A senhora tem alguém com quem possa conversar?"

"Sou viúva, mas dou um jeito", ela disse, e depois de mais algumas perguntas ele aproveitou a deixa e saiu em direção à delegacia na Green Lane, passou pelos jardins densos de árvores folhosas da região, e logo a chuva parou.

Era agradável ter uma interrupção na chuva. Tinha chovido mais do que em qualquer outra época de que conseguia se lembrar, dia após dia, e nesse tempo todo ele vinha se arrastando em meio às poças. Dava para ouvir Doris Day cantando em uma janela: "So I told a friendly star. The way that dreamers often do". A música ficou no topo das paradas a primavera inteira, e ele cantarolou junto — tinha visto o filme *Ardida como pimenta*, de onde saiu a canção —, mas a melodia foi desaparecendo enquanto caminhava, e ele olhou para o céu.

Havia faixas de nuvens cinzentas passando sobre sua cabeça. Ele repassou o que viu na casa e ficou pensando em algo que pudesse sugerir que aquilo não fosse um suicídio, além do fato de não existir um bilhete. Não pôde pensar em muita coisa. Por outro lado, não conseguia se concentrar por muito tempo. A todo momento saía por tangentes, e logo só o que restava do caso na sua cabeça era uma vaga sensação de incômodo. Embora a investigação supostamente deixasse seu trabalho um pouco mais estimulante, o caso continuava lhe escapando nas profundezas de sua melancolia, e a única coisa que emergia eram os cálculos matemáticos, dançando em sua consciência como lampejos aflitivos de um outro mundo, de um mundo melhor.

Leonard Corell tinha vinte e oito anos, jovem o suficiente para ter escapado da guerra por um triz, mas já com idade bastante para ter a impressão de que a vida o estava deixando para trás. Ele saiu da patrulha mais cedo do que a média e foi transferido para o setor de investigações criminais em Wilmslow, uma promoção bem rápida na polícia, mas na verdade não era aquilo que esperava do mundo, não só em função da classe em que tinha nascido, e à qual já não pertencia, mas principalmente por ter sido bom aluno. Além disso, sempre foi um menino com facilidade para matemática.

Ele nasceu no West End de Londres. Mas a família já tinha sofrido o primeiro golpe fatal com o crash dos mercados financeiros em 1929. O pai, um intelectual com alguns contatos no grupo de Bloomsbury, conseguiu manter as aparências por um bom tempo, o que multiplicou por dois o tamanho do estrago. O problema não foi apenas que o dinheiro escorreu ainda mais rápido por entre os dedos do pai enquanto ele fingia que tudo estava bem. Com sua tagarelice e aparência imponente, ele convenceu o filho de que a família era privilegiada e especial, e que Leonard podia ser o que quisesse. Mas eram promessas vazias. O mundo e as oportunidades que oferecia foram encolhendo, e no final só o que sobrou foi a sensação de logro. Às vezes, Corell tinha a impressão de que o início de sua vida era algo como um país que lhe foi arrancado, pouco a pouco. Agora achava que sua infância tinha sido uma jornada rumo à solidão: os criados precisaram ir embora, um a um, e quando a família se mudou para Southport só haviam restado ele e os pais. Mas o pai e a mãe também iriam desaparecer, cada um a seu modo. Tudo foi tirado dele. Claro que seria simplificar demais acreditar que a culpa de tudo era de circunstâncias externas. Seria o tipo de pensamento romântico que ele usava para se consolar, uma visão exageradamente sentimental de uma vida em que continuaram existindo oportunidades e em que costumava se refugiar com frequência até demais em autopiedade e resignação. Mas o mundo tinha lhe dado sua cota de pancadas e de tragédias, e pode ser muito bem verdade, como ele acreditava, que uma parte de sua personalidade tivesse sido sufocada ou suprimida ao longo dos anos. Quando via sua vida com maior distanciamento, coisa que às vezes fazia, não conseguia reconciliá-la com a imagem que seguia tendo de si mesmo, e havia vezes em que não era capaz de compreender que a pessoa andando pelas ruas de Wilmslow de fato era ele.

Ele ficou surpreso com a rapidez da investigação. Alguém da cúpula da polícia em Chester decidiu que era necessária uma autópsia preliminar naquela mesma noite, e que Corell devia estar presente. Mais tarde, ele só teria vagas memórias daquilo. Ele detestava autópsias e na maior parte do tempo desviava o olhar, mas isso não ajudava muito. O som de uma faca, o crepúsculo lá fora e o fedor de amêndoas amargas saindo até dos intestinos do morto eram bastante evidentes. Deus do céu, que trabalho horroroso! Quando o dr. Charles Bird murmurou "envenenamento, claramente envenenamento", a cabeça de Corell imaginou uma cor, um belo azul, como se quisesse pintar por cima do medo nu que havia dentro dele, e por um longo tempo mal ouviu as perguntas do patologista. Respondeu com um sim ou um não àquelas que exigiam mais elaboração, e talvez tenha sido por isso que o médico quis ver a casa com os próprios olhos. Corell devia ser seu guia, e de início pensou, não, de jeito nenhum, já vi o suficiente daquele lugar. Depois mudou de ideia. Ele não gostava de Bird. Era um sujeito pretensioso. A conversa do médico era bastante amistosa, mas nas entrelinhas e com uma olhadela que dava de vez em quando deixava claro quem era que tinha educação e status. A aparência do sujeito era repulsiva. Suas pupilas eram cobertas por uma espécie de película embaçada. Corell teria preferido outra companhia. Por outro lado, não tinha vontade de ir para casa, e podia ser bom ver o lugar de novo, embora pudesse despertar tantos demônios. Assim ele se viu mais uma vez andando pela calçada estreita rumo à casa da Adlington Road. O médico falava sem parar, como se a oportunidade de fazer mais uma autópsia em suas horas vagas o deixasse todo animado.

"Contei que meu filho vai estudar medicina?"
"Não."
"Você está meio quieto hoje."
"Pode ser."
"Mas você não se interessa por fenômenos astrológicos, ou será que sim? Deve ter ouvido que vai ter um eclipse total do sol."
"Acho que ouvi."
"Vai ser empolgante, não?"
"Não sei muito bem. Acaba rápido, né?"
"Um orgasmo também acaba rápido, mas parece que a humanidade gosta disso mesmo assim", o médico disse e soltou uma gargalhada medonha, que Corell ignorou; ele ficou quieto enquanto Bird elaborava algum tipo de teoria sobre o eclipse solar e o olho humano, terminando com o fato de que o racionamento devia acabar no verão:

"Hora de virar um glutão de novo."

A mera imagem de Charles Bird se empanturrando de comida enojou Corell, que baixou a cabeça sem dizer nada, olhando para a calçada, embora possa ter murmurado algo, porque o médico respondeu com um incompreensível: "O tempo dirá!". O salgueiro apareceu à distância. Ele servia bem ao seu propósito de marco. As casas na Adlington Road não tinham número, só nome, e quando passou pelo portão em que a desbotada placa dizia "Hollymeade" Corell olhou na direção do inacabado caminho de tijolos, como se esperasse que a obra tivesse avançado rumo à porta, mas o caminho seguia ali como se fosse uma trilha que desaparecesse em meio à fumaça. Pensativo, abriu a porta da frente com a chave que pegou com a governanta. No hall ele farejou o ar, alerta. Algo tinha mudado. No início não sabia dizer o que, mas então percebeu que obviamente havia algo faltando, e notou que o fedor já não era tão forte, embora ainda fosse bastante perceptível.

"Cianeto, definitivamente cianeto", o médico murmurou, como se fosse um orgulhoso conhecedor enquanto subia as escadas com movimentos impacientes e desajeitados.

Corell ficou no andar de baixo, e a única coisa que queria era sair dali. A casa ainda o incomodava, e ele tentou escapar para os mesmos pensamentos inadequados de antes, mas não conseguiu, e chegou a sentir o suor que brotava sob a camisa. Ele acabou subindo, claro, e quando entrou no quarto conseguiu relaxar. O cômodo parecia transformado e quase inocente em meio à bagunça boêmia. Os lençóis e os cobertores estavam amarrotados sobre o colchão, como se alguém tivesse levantado sem fazer a cama, nada mais do que isso.

"E esta é a maçã de que você me falou?"

O médico se inclinou sobre a fruta, cutucando com um dos palitos de fósforo num dos lugares em que tinha sido mordida.

"Talvez a maçã fosse para tirar o gosto amargo", ele disse.

"Acho que o sr. Turing não estava em busca de uma experiência com sabores", rebateu Corell.

"O ser humano sempre tenta limitar seu sofrimento."

"Mas por que uma maçã, nesse caso?"

Corell não tinha certeza do que estava tentando dizer, só sentiu uma necessidade irresistível de responder.

"Como assim?"

"Pode ser que a maçã tenha algum significado."

"Em outras palavras, um significado simbólico?"

"Pode ser."

"Como alguma coisa bíblica? Algum tipo de Queda, talvez."

Corell murmurou, sem saber exatamente o que queria dizer:

"Paraíso perdido."

"Ah, você está se referindo a Milton", o médico exclamou em seu modo inequivocamente arrogante, e Corell pensou *vá à merda*, mas não disse nada.

Saber o título da obra-prima de Milton não era exatamente motivo de orgulho, e a mera suspeita de que tenha tentado compensar sua sensação de inferioridade com uma tentativa de esnobismo intelectual o deixou envergonhado. Ele foi para o corredor e virou à esquerda, entrando no quarto em que tinha achado a garrafa com o cianeto de potássio. Uma escrivaninha de mogno com veludo verde na superfície ficava ao lado da janela. Era uma bela peça de mobília. Escrivaninhas ornamentadas sempre lhe despertavam uma espécie de desejo, e ele passou a mão pelas fechaduras douradas. Quando pegou o bloco de anotações que tinha olhado mais cedo e correu o indicador por uma equação da esquerda para a direita, pareceu que os números sussurraram "venha nos resolver", e ele lembrou o que um professor do Marlborough College lhe disse uma vez:

"Você entende rápido, Leonard. Você chega a contar?"

"Não, senhor, eu vejo."

Antigamente, ele conseguia ver. Agora só era capaz de seguir a primeira parte da equação, o que era irritante, e com um olhar intrigado vasculhou a sala. Na verdade, provavelmente não havia nada de estranho ou diferente nela, mas naquele momento a própria casa parecia um enigma em busca de solução, e embora ele percebesse que na maior parte das vezes tudo acabava em becos sem saída, que só interessariam a um biógrafo ou a um psicólogo mas que não tinham importância para uma investigação policial, aquela história tinha algo intrigante.

Parecia ter coisas acontecendo em todo lugar, experimentos, anotações, cálculos, era como se a vida tivesse sido ceifada de forma abrupta. Quem quer que vivesse aqui podia ter cansado da vida, mas estava profundamente envolvido nela, e talvez isso nem fosse tão estranho, todo mundo precisa viver até morrer. Mas, se foi suicídio, o modo escolhido não era meio complicado? Se o sujeito queria tirar a própria vida, por que não bebeu logo a garrafa de veneno e caiu duro, morto? Em vez disso, tinha colocado em funcionamento todo um processo, com uma panela fervendo, fios saindo do teto e meia maçã. Podia muito bem estar tentando dizer algo com isso. Curioso, Corell mandou em pensamentos o maldito Bird pastar e olhou as gavetas da escrivaninha.

Era parte do trabalho, claro, mas ele não se sentiu confortável fazendo aquilo, especialmente depois de ouvir os passos do médico lá fora, e depois de encontrar alguma coisa na gaveta inferior esquerda que o dono da casa parecia querer esconder. Era uma medalha, uma cruz de prata com um anel de laca vermelho no centro, depositada numa superfície de veludo. O lema dizia "Por Deus e pelo Império". O que Turing tinha feito para merecer aquilo? Não era uma medalha esportiva, nada do gênero. Era algo mais importante, talvez uma condecoração de guerra, e por um momento Corell sopesou a medalha na mão, fantasiando que era ele o homenageado por alguma conquista extraordinária, mas, embora muitas vezes tivesse inventado feitos heroicos para si mesmo sem nenhuma dificuldade, agora não conseguia pensar em nada específico e, constrangido, colocou a medalha de volta no lugar. Ele seguiu procurando. Havia documentos e objetos em toda parte nas gavetas, um par de pedras cor de areia, um transferidor, réguas de cálculo e um canivete marrom. Na gaveta superior direita, debaixo de um envelope do Clube Atlético

Walton, encontrou duas folhas de papel escritas à mão, uma carta para alguém chamado Robin e — sem entender o porquê — ele as colocou no seu bolso lateral e saiu para o corredor. Ali encontrou o dr. Bird, que parecia passar mal e ao mesmo tempo manter sua pose solene. O médico segurava a pequena garrafa de veneno.

"Envenenamento por ingestão deliberada de cianeto. Essa é a minha conclusão preliminar, mas acho que você já imaginava", ele disse.

"Não imagino nada. Evito essas conclusões apressadas", Corell rebateu.

"Faz muito bem, claro. Mas ser lento nem sempre é uma virtude. Agora vamos, estou morrendo de vontade de um copo de xerez", o médico disse, e eles começaram a descer as escadas e saíram para a rua mal iluminada.

No portão, perto das samambaias e dos arbustos de amora-preta, eles se separaram, e Corell foi andando, esperando encontrar Block, a quem tinha mandado bater nas portas da vizinhança. Mas era muito tarde. Não tinha ninguém na rua. Só se ouviam a chuva e um cachorro uivando, e por isso ele andou cada vez mais rápido e na altura do Wilmslow Park começou a correr, como se não pudesse esperar para chegar em casa.

4

Corell não dormiu muito. Estava acostumado a ficar acordado na cama, mas até noites tenebrosas podem ser mais ou menos infernais, e essa estava entre as piores, não pela insônia, mas porque começou a ter pensamentos ruins, e porque sentou às cinco da manhã na cama sem conseguir respirar, em pânico, exatamente como se o cianeto tivesse entrado no apartamento. Mas a janela estava aberta, e o único cheiro era um ligeiro perfume de chuva e de lilases.

Ao levantar viu que o sol brilhava, seu ânimo melhorou um pouco, mas não chegou a ficar bom. Sua casa era bagunçada e impessoal, sem um quadro sequer nas paredes, exceto por uma reprodução lúgubre de *O sonho*, de Gauguin. As únicas coisas que davam ao apartamento alguma personalidade eram um sofá de couro marrom no meio do quarto e uma cadeira Queen Anne branca reformada. Na mesinha de cabeceira havia um rádio novo, um Philips Sirius. Normalmente ele ouvia o noticiário da BBC das sete ou das oito, enquanto preparava chá e pão com tomates e chouriço. Hoje, no entanto, ele não quis saber de café da manhã e saiu de casa imediatamente. Havia poças na calçada e nas ruas. As árvores e arbustos pareciam pesados de chuva, e por um longo tempo ele andou no sentido errado em direção ao rio Bollin, até a fazenda Hollies, onde Gregory, o lavrador retardado, lhe acenou, e ele chegou atrasado à delegacia, ainda de mau humor, mas mesmo assim com uma impressão de que tudo ia dar certo.

A delegacia ficava numa casa de tijolos com um jardim triste na Green Lane e, embora ficasse bem situada, bem ao lado da rua principal, o aeroporto de Manchester estava a poucos quilômetros de distância e o barulho incomodava. Corell entrou e passou pela recepção com sua confusão de formulários e a telefonista sentada à frente da velha central telefônica Dover. Cumprimentou rapidamente o sargento e subiu a escada que levava ao departamento criminal, onde Sandford era o chefe e Corell e outros três detetives trabalhavam. Havia vários cartazes de procura-se e de pessoas desaparecidas nas paredes e um monte de informações desnecessárias sobre doenças e parasitas, entre outras coisas uma bobagem sobre um besouro que espalhava doenças através de batatas. Kenny Anderson estava sentado diante de sua mesa, em parte escondido pelo cabideiro, e ele imaginou Gladwin fumando seu cachimbo na sala de arquivo.

"Pelo menos a droga da chuva parou."

"Só acredito vendo", Corell disse, com um olhar que pretendia colocar fim na conversa.

Kenny Anderson era uns quinze anos mais velho do que Corell e parecia bem desgastado pela vida, e, apesar de se comportar bem na maior parte do tempo, tinha uma tendência de agir de modo irracional, o que irritava Corell e o levava a precisar ficar sozinho de vez em quando, especialmente de manhã. Já fazia um tempo que Corell se sentia preguiçoso, tinha dificuldade de começar a fazer as coisas que precisava, e sempre sentava por um tempo com o *Manchester Guardian* e com o *Wilmslow Express* antes de começar a trabalhar de fato.

Não havia uma única palavra sobre a morte, o que talvez fosse de se esperar. Provavelmente os jornalistas nem haviam tido tempo de escrever a notícia. Mas o jornal estava cheio de informações sobre a chuva, incluindo enchentes em Hammersmith e Stapenhill, e também sobre um jogo de críquete em Leeds que 42 mil pessoas pagaram para ver e que os organizadores foram forçados a cancelar. Na página seguinte ele leu sobre o fim do racionamento, sobre o qual o patologista tinha falado. A partir de 4 de julho, os ingleses teriam permissão para comprar até mesmo carne e manteiga sem limites, não que isso fosse fazer muita diferença para Corell. Com um salário anual de 670 libras ele não estava em condições de esbanjar, e quase com raiva deu uma olhada no caderno de esportes. Um australiano chamado Landy tinha tentado bater o fantástico recorde que Bannister estabelecera pouco tempo antes para a corrida de uma milha em Estocolmo no dia anterior, e Corell ficou devaneando. Percebeu vagamente que Kenny Anderson estava dizendo alguma coisa, e fez um esforço sincero para ouvir.

"Anderson chamando Corell."

"O que é que você quer?"

Ele se virou com relutância e foi atingido por uma onda de álcool, tabaco e menta misturados no hálito do outro.

"Ouvi dizer que o pederasta morreu."

"Quem?"

"Você não foi à casa dele ontem?"

"Do que é que você está falando?"

"O cara na Adlington Road."

"Ah, sim, verdade", Corell disse. "Fui lá." Em sua mente se formou toda uma cadeia de vagas associações e de pensamentos.

"Suicídio?"

"Parece."

"Como é que ele fez?"

"Cozinhou uma panela cheia de cianeto de potássio. O cheiro era horrível."

"Provavelmente não conseguiu aguentar a vergonha. Porque era uma história bem constrangedora, não é?"

"Sim", Corell disse, como se soubesse do que o outro estava falando. "Bem constrangedora mesmo!"

"Dá para acreditar que ele admitiu tudo?"

"Não li muita coisa sobre isso ainda. O que você sabe?", ele perguntou, ainda com apenas uma vaga ideia do que Kenny estava falando, mas agora entendia por que o nome do morto parecia familiar.

Ele tinha sido condenado por homossexualidade, um dos poucos casos recentes. Quando Corell começou a trabalhar na divisão B em Manchester, imediatamente após a guerra, ninguém se importava muito com eles, e só depois de um escândalo com um espião em 1951 em que Burgess, aquela bicha incorrigível, e o outro — Corell não conseguia lembrar o nome dele — fugiram para a

União Soviética começaram a perseguir os homossexuais de modo mais sistemático. De repente aquilo se tornou importante, talvez por razões patrióticas.

"Não tem muita coisa para ler", Kenny disse.

"Como assim?"

"Só um pederasta que fez bobagem. História bem típica. Não parecia ser um sujeito dos mais espertos."

"Ele era matemático."

"Bom, isso não significa nada."

"Parece que ele tinha um tipo de medalha pelo que fez na guerra."

"Quase todo mundo ganhou alguma medalha."

"Você ganhou?"

"Vá se catar!"

"Você sabe da história?"

"Não com detalhes", Kenny disse no seu sotaque choroso das Midlands, meio irritado. Mesmo assim arrastou a cadeira para perto de Corell, com uma expressão impaciente. Os lábios rachados se abriram, como sempre acontecia quando achava que tinha alguma coisa divertida para contar, e Corell discretamente virou a cabeça para evitar o hálito.

"Começou quando alguém invadiu a casa na Adlington Road", Anderson contou. "Um belo de um esforço em vão. Só levaram um monte de besteira, uma faca de pesca e uma meia garrafa, esse tipo de coisa. Não tem muito para contar sobre isso. Mas o pederasta achou que a lei era a lei e veio procurar a gente."

"Quem registrou a ocorrência?"

"O Brown, acho, segundo o registro. Parece que a bichona achava que sabia quem era o assaltante. Suspeitava que o namorado estava envolvido, um rapaz sem dinheiro que encontrou na Oxford Road."

"Criminoso?"

"Um oportunista que se prostituía debaixo da ponte. Mas o pederasta, não lembro o nome dele..."

"Alan Turing", Corell interrompeu.

"O Turing foi tonto o suficiente para contar de quem desconfiava. Bom, claro que não disse tudo. Não disse que o moleque era o veadinho dele. Em vez disso inventou uma história tão fajuta que na hora o nosso pessoal lá de Manchester entendeu tudo."

"O que aconteceu?"

"Nossos colegas ignoraram o assalto, claro. Eles se concentraram em pegar o Turing, e o bobo confessou logo de cara. Deve ter sido meio frustrante", disse Kenny com um sorriso assimétrico.

"Como assim?"

"Procurar a gente achando que a polícia ia ajudar a pegar uns assaltantes e acabar indo ele mesmo pra cadeia."

"Ele foi preso?"

"Bom, certeza que pegaram o tipo direitinho, e depois daquilo ninguém mais ouviu falar no sujeito, quer dizer, até agora. Provavelmente foi se esconder na Dean Row, de vergonha."

"Ontem fiquei com a impressão de que ele devia ser louco, em algum sentido."

"Não me surpreende. Com certeza era doente."

"Talvez", Corell disse lentamente.

"Você acabou de dizer que o cara era louco."

"Bom..."

Ele percebeu que estava se contradizendo. Desde a época de estudante, no Marlborough College, Corell evitava pensar em homossexuais, e podia ser que ele mesmo descrevesse o morto como doente, mas tinha Anderson em tão baixa conta que não gostava de concordar com ele, e talvez também estivesse ofendido. Achava que o colega não tinha direito de falar sobre a condição mental de Turing. Kenny não tinha ido até a casa, nem visto o matemático deitado de pijama, e nem sentido o fedor penetrante de amêndoas amargas. Além disso, era um simplista incorrigível quando se tratava de definir a personalidade de alguém. Fazia tudo soar grosseiro e elementar, e independentemente do que se pudesse dizer sobre o morto suas equações iam muito além do nível de compreensão de Kenny.

"Você está dizendo que um bom investigador criminal não deve tirar conclusões apressadas."

"Mais ou menos isso."

"Achei que a gente estava só batendo um papo."

"Ah, sim, só isso", Corell admitiu. "Então esse Turing tinha ligações com criminosos?"

"Isso não é meio que um pré-requisito para ser um homossexual praticante?"

"Claro. Só estava pensando…"

"O quê?"

"Que talvez a gente devesse investigar isso."

"Com certeza. Ninguém vai ficar mais feliz que eu se por acaso for um assassinato intrigante, com um contrato feito no submundo, mas sem dúvida o sujeito tinha motivo para se matar. Provavelmente todo mundo no círculo de relações dele sabia o que ele tinha feito. As pessoas deviam ficar cochichando pelas costas dele o dia inteiro.

"Aposto."

"Falei que o Ross quer conversar com você?"

"O que ele quer?"

"O que ele costuma querer? Ferrar com a gente de um jeito ou de outro!"

"Que idiota", Corell disse baixinho.

"Acordou com o pé esquerdo hoje, hein?"

Corell não respondeu, e não só por estar cansado de todas as gracinhas e da conversa em si. Ele não fazia ideia. Estava tão cansado que nem sabia o que havia de errado, e precisou de um tempo para perceber que não tinha tomado nada no dia anterior e, num arroubo de decisão, deixou de lado os jornais da manhã e se levantou para ir pegar o que tinham sobre Turing. Não chegou a ir longe. Alec Block entrou pela porta, embora não de maneira muito enérgica. Anderson suspirou fundo, não necessariamente por causa de Block. Pode ter sido pela vida em geral, mas isso tirou o ânimo de Alec e fez com que parecesse magoado, e Corell achou que precisava dizer alguma coisa gentil. Mas ele simplesmente não conseguia, e sem nem desejar bom-dia para Alec disse:

"O que você conseguiu ontem?"

"Tem um relatório na tua mesa. Você não estava aqui de manhã."

"Muito bem. Não vi ainda, o que diz lá."

Block começou a contar, e ficou claro pelos movimentos dele e pelos olhos que tinha conseguido alguma coisa que considerava intrigante. Embora Block tivesse tendência a se empolgar com coisas pouco importantes, dessa vez deixou Corell curioso para ouvir mais, e por isso ele ficou irritado quando o outro começou a despejar um monte de informações irrelevantes, como o fato de que o sr. Turing não tinha feito contato com nenhum vizinho exceto o sr. e a sra. Webb, da casa geminada ao lado, e que os Webb tinham acabado de se mudar e que não fora possível entrar em contato com eles, e que o sr. Turing aparentemente não se importava nem um pouco com a própria aparência. Os vizinhos o descreviam como desleixado e desmazelado, e como uma pessoa que não gostava de conversa fiada. Alguém disse que ele era capaz de dar as costas no meio de uma frase se achasse a conversa chata, outro mencionou o fato de que recentemente havia trocado a bicicleta motorizada por uma bicicleta feminina, o que levou Alec — que também deve ter ouvido sobre as tendências do morto — a fazer uma piadinha sobre bichas, mas Corell ignorou o gracejo, e Block pareceu quase agradecido por isso.

"O sr. Turing estava trabalhando em uma nova máquina na Universidade de Manchester. Mas tenho certeza de que vocês já sabem disso."

"Sim, sei", Corell disse. "Algo mais?"

"Perguntei se ele tinha inimigos."

"E o que as pessoas disseram?"

"Que não, pelo que sabiam, apesar de uma mulher, uma certa sra. Rendell, sugerir que a conversa dele sobre máquinas talvez tenha irritado alguém."

"O que ele disse sobre máquinas?"

Block não sabia ao certo. Algo sobre a possibilidade de virem a pensar um dia, o que segundo a tal mulher ia contra a visão cristã do mundo, assim como as inclinações sexuais dele.

"Afinal os cristãos acham que só o homem tem alma", Block disse, para esclarecer.

"Então Turing achava que as máquinas iam conseguir pensar?"

"Foi o que a mulher disse. Mas talvez o sr. Turing só estivesse falando figurativamente."

"Ou talvez ele fosse doido mesmo", Corell disse.

"Pode ser. Mas ao que parece era professor universitário e tinha um doutorado nos Estados Unidos."

"Isso não impede ninguém de ficar maluco."

"Acho que não", Block concordou, inquieto.

"Parece que você tem mais alguma coisa."

Ele tinha. Mas não queria fazer parecer que era importante. Ou talvez quisesse. Tinha uma certa sra. Hanna Goldman, que morava do outro lado da rua, em frente à casa de Turing. Talvez não valesse a pena mencionar, mas Hanna Goldman parecia um espantalho muito maquiado. Cheirava a perfume e álcool, e o que disse era meio confuso, Alec revelou, sincero, apesar de isso obviamente tirar a força do que estava tentando dizer. Os vizinhos achavam que ela era meio tonta, mas Block não tinha certeza. A sra. Goldman foi categórica em dizer que alguns anos antes um "verdadeiro gentleman" com sotaque escocês que trabalhava para o governo foi visitá-la.

"Trabalhava para o governo?"

"Bom, alguma coisa do tipo, e esse sujeito queria usar a casa dela para vigiar Turing."

"Por quê?"

"Se entendi direito, para impedir que o sr. Turing continuasse tendo relacionamentos homossexuais."

"Por que o governo ia se preocupar com isso?"

"Acho que o sr. Turing era uma pessoa importante, de alguma forma."

"Ela deixou o visitante usar a casa?"

"Não. Ela não cooperou com as autoridades, segundo me disse."

"Para alguém que não coopera, ela parece bem tagarela."

"É o que parece."

"Tem muita coisa que só 'parece' nessa história, Alec."

"Achei que eu devia contar mesmo assim."

"Claro! Nunca se sabe. Conseguiu encontrar a família?"

Block tinha falado com o irmão, um advogado de Guildford que estava a caminho. Não encontraram a mãe, Sara Ethel. Ela estava viajando pela Itália. O irmão ia tentar falar com ela, e Corell achou que isso parecia uma boa notícia. Não gostava de falar com mães que perderam os filhos, e depois disso pediu a Block, embora obviamente fosse um certo descaramento pedir isso — ele e Block tinham a mesma patente —, que pegasse tudo que tinham sobre Turing, já que o material não estava em Manchester no momento.

"Vou precisar fazer uns telefonemas", ele explicou.

Na verdade não precisava ligar para ninguém, ou caso precisasse talvez ele simplesmente não tenha se importado com isso, pois o que fez foi voltar a sentar e ficar olhando para as pilhas de papel. Ele se lembrou da escrivaninha do pai, de muitos anos atrás, na infância, e de todas as coisas maravilhosas que deixava lá, livros encadernados em couro, cartões-postais de lugares distantes, diários de couro e as chaves de ferro oxidado das gavetas de mogno com suas guirlandas gravadas em dourado. Leonard ficava batucando rítmica e aleatoriamente na máquina de escrever sobre a escrivaninha, como se fosse um instrumento musical, e não uma ferramenta de trabalho, e passava a mão pela mesa e pelos livros, e sentia o perfume do futuro e de todo o conhecimento que iria adquirir.

Na delegacia não havia nada do gênero. Ali tudo era barato, triste e mal escrito, e ninguém se sentia tentado a ler nada. Tudo era bobagem, vislumbres de vidas infelizes. Havia um caso de despejo de lixo em lugar público a que o inspetor Richard Ross estava dando prioridade, e Corell não entendia por que o Departamento de Investigações Criminais devia cuidar daquilo. Alguém jogou garrafas vazias no jardim vizinho, um assunto evidentemente sem importância, mas, como aconteceu bem ao lado da delegacia, Ross via aquilo como um "desafio às forças da lei e da ordem" e chegou a algumas conclusões à la Sherlock Holmes sobre o perpetrador não ser pobre, já que entre os dejetos havia garrafas de uísque Haig, e um bebum qualquer não tinha como pagar por esse tipo de coisa, segundo Ross. Corell não dava a mínima para o caso, fosse qual fosse a classe social do cidadão, e não tinha a menor intenção de mover uma palha para ajudar, a não ser remexendo em uns papéis para manter as aparências. Ele era bom em fingir que estava trabalhando enquanto sua mente explorava reinos secretos, que levavam a uma miríade de mundos de sonhos paralelos. Alec apareceu de novo.

"Na verdade a gente tem um monte de coisa sobre o Turing."

"Ótimo! Obrigado!"

Corell pegou o material, irritado de início por ter sido incomodado, depois curioso, ainda que a contragosto; tinha alguma coisa intrigante nesses contatos com criminosos em Manchester. Mesmo assim, não começou a trabalhar imediatamente. Ele precisava fazer uns preparativos, e olhou para Block, que parecia muito cansado e cujas sardas pareciam estar pálidas, o que provavelmente era uma ilusão de óptica, um efeito da luz forte e insalubre sobre a mesa, e para garantir, e também para ter certeza de que o deixariam em paz, agradeceu a Block mais uma vez.

Depois olhou pela janela em direção ao jardim e ao prédio dos bombeiros, e só depois começou a ler. Por um longo tempo seus olhos correram para cima e para baixo, e ele se deixou distrair pelos comentários ocasionais e pelas observações de Kenny, mas aos poucos foi envolvido pela história. Não tanto pela história em si, mas porque ela parecia apontar para a vida do próprio Corell, e portanto, o que era típico, ficou fascinado acima de tudo por algo que não tinha nada a ver com a sua investigação; bastaram umas poucas linhas sobre um paradoxo que diziam ter causado uma crise no mundo da matemática, e ele mergulhou em uma concentração profunda.

5

Ele pulou assustado na cadeira.

O olhar cinzento e desaprovador do inspetor Ross estava sobre ele, e fosse lá o que tivesse visto não era favorável a Corell. Ross era quase careca e, embora não fosse grande nem gordo, lembrava um urso. Era estranho saber que se tratava de um ávido colecionador de borboletas e que várias vezes foi visto abraçando a filha de catorze anos com certa ternura. Além disso, alguma coisa na aparência de Ross transmitia a impressão de que sofrera uma grande injustiça, e diziam por aí que uma vez matou a chutes um cachorro que mordeu sua perna, e, apesar de ninguém ter como saber se era verdade, o fato de a história ter se espalhado já era significativo. Ross também tinha um gosto por chapéus pequenos demais para sua cabeça e tinha fama de mau.

"Onde você esteve?", ele vociferou.

"Trabalhando."

"Ah, é? Trabalhando em casa então, imagino. Tem gente folgada mesmo. Você vai receber uma visita importante."

"De quem?"

"Do superintendente Hamersley. Como o Sandford está de férias, você vai ter que falar com ele. Espero que se comporte bem. Ele veio até aqui só para falar com você."

"Por quê?"

"Pergunte a ele. Mas é sobre esse cara que morreu. Parece que o caso é delicado. Peço a Deus que você já tenha lido a respeito. E dê uma arrumada nessa mesa. Não sei como é que você consegue trabalhar assim, e pelo amor de Deus faça isso rápido. O superintendente vai chegar a qualquer momento."

"Sim, claro, vou fazer isso já", Corell respondeu num tom servil, tão ofensivo para ele quanto a bronca de Ross.

A notícia de que Hamersley estava chegando desestabilizou Corell, e ele percebeu o quanto queria poder continuar lendo. A investigação antiga lhe deu uma certa paz e uma espécie de refúgio, e embora não tenha entendido muita coisa além do fato de o morto ser um homossexual condenado, e um criminoso excepcionalmente inepto, queria poder seguir pensando sobre aquelas frases que descreviam um paradoxo e uma crise na matemática, que soavam irracionais, claro, mas que fizeram sua imaginação voar e o deixaram com uma impressão de algo inexplorado e obscuro. A última coisa que queria era encontrar Hamersley.

Charles Hamersley não era só um superior. Era um figurão. Era um dos chefes mais antigos no distrito de Cheshire e estava lotado no quartel-general na Foregate Street, em Chester. Corell tinha se encontrado com ele em duas ou três ocasiões antes, e em todas as vezes ficou pouco à vontade. Charles Hamersley não era um sujeito mau como Ross. Era gentil, com um sorriso paternal, e ninguém se surpreenderia se ele fosse supercarinhoso com as filhas, mas o que deixava Corell incomodado era exatamente essa benevolência, que não era piedosa nem insolente, mas o fazia se sentir diminuído, como se tivesse voltado no tempo. Perto de Hamersley, ele voltava a ser um menino em idade escolar, e nunca conseguia expressar nenhuma das observações inteligentes que lhe ocorriam e que tanto queria fazer.

"Então o jovem senhor terá a honra de falar com o superintendente", Anderson comentou, e Corell suspirou como se achasse aquilo cansativo, mas no instante seguinte estava em posição de sentido.

Ouviu-se uma voz conhecida lá fora, e Charles Hamersley entrou distribuindo saudações para todo lado. Havia algo diferente nele, e Corell precisou de um momento para perceber o que era. A barba tinha sumido, e os óculos eram novos e extravagantes e representavam uma completa mudança de estilo em relação ao velho Hamersley. O superintendente tinha mais de sessenta anos, era magro e alto com lábios finos e uma aparência distinta, e parecia que ele e seus óculos novos, provavelmente importados dos Estados Unidos, vinham de séculos diferentes. O superintendente admirava os americanos. Era um homem da velha escola que queria ser moderno, mas nele o novo parecia apenas ridículo. Os tempos modernos lhe caíam tão mal quanto aqueles óculos.

"Como é que estão as coisas por aqui?"

"Muito bem, senhor", Corell mentiu. "E o senhor?"

"Estou muitíssimo bem, obrigado! Mas estamos todos ocupados. Temos em nossas mãos um assunto delicado."

"Compreendo, senhor."

Corell pensou na sra. Goldman e na pressa com que a autópsia tinha sido determinada na noite anterior.

"O dr. Turing trabalhava para o Ministério das Relações Exteriores", Hamersley continuou.

"Com o quê?"

"Sinceramente não sei. Aqueles tipos são todos cheios de segredos. Mas temos ordens de acelerar a investigação. O pessoal das Relações Exteriores vai fazer uma busca na casa. Vão entrar em contato com você."

"Gente do Serviço Secreto?"

"Novamente, não sei", disse Hamersley, parecendo contente consigo mesmo, como se soubesse muito bem se eram ou não do Serviço Secreto, e isso irritou Corell.

Ele tentou pensar em algo inteligente para dizer. Não conseguiu.

"Presumo que você saiba sobre os antecedentes dele."

"Ele era homossexual", Corell disse, sem saber muito bem o que esperar, talvez um aceno com a cabeça, uma simples confirmação, ou uma negativa brusca de que isso não era nem de longe o que Hamersley quis dizer, mas o superintendente irrompeu em um sorriso cativante. Até puxou uma cadeira e sentou com um movimento delicado que, levando em conta a sua idade, pareceu surpreendentemente gracioso, quase feminino.

"Exato, exato", ele disse e depois começou a falar, ou melhor, pregar, e curiosamente — num preâmbulo dramático demais para uma história tão banal — usou como ponto de partida as bombas atômicas soviéticas, a primeira fora testada cinco anos antes, em 1949, e em agosto do ano anterior os russos tinham detonado uma coisa ainda pior, uma bomba de hidrogênio, e "muita gente, é claro, ficou se perguntando como os russos tinham conseguido fabricar a bomba tão rápido. Agora nós sabemos", Charles Hamersley afirmou.

"Sabemos?"

"Usando espionagem! Os soviéticos têm espiões em toda parte, tanto no país deles como aqui."

"Eles tinham aquele sujeito, Fuchs."

"Ele não era o único. Não esqueça os Rosenberg. Tem quem ache que existem centenas deles. Centenas, Corell."

"Verdade, senhor?"

"E, nesse tipo de situação, claro que é da maior importância encontrar que tipo de pessoa é capaz de trair o seu país. Quem seriam os traidores mais prováveis, na sua opinião?"

"Os comunistas?", Corell arriscou.

"Você tem razão, claro. Os comunistas são uma ameaça enorme, não só os que já são convictos como também aqueles que flertam com essas doutrinas ou que fazem parte desses círculos, como o próprio Oppenheimer, que aprendeu sua lição esses dias. Nos Estados Unidos, tem um senador bem ativo, na certa você já ouviu falar, porque gosta de ficar a par do que acontece, não? Estou falando de Joseph McCarthy, claro… sim, sei que ele tem muitos críticos hoje, mas pode acreditar, é uma força necessária, e o que muita gente não sabe, talvez nem você saiba, Corell, é que McCarthy e seus aliados estão de olho não só nos comunistas como também nos homossexuais, em especial os que trabalham como funcionários públicos e têm acesso a segredos do governo. Sabe por quê?"

Corell preferia não responder, e não só por ter medo de passar ridículo. Secretamente, e muito a contragosto, estava lisonjeado com os elogios de Hamersley e queria continuar sendo bem-visto. Ele disse:

"Pelo risco de chantagem."

"Exatamente, claro, você está certo de novo, você pensa rápido. Homossexuais são vítimas perfeitas para chantagem. Aceitam fazer quase qualquer coisa para evitar que alguém exponha suas tendências. Nossos amigos do FBI também notaram que os russos especificamente tentam recrutar veados. Mas não é só isso, nem essa é a explicação principal. Não mesmo, o ponto importante é que as pessoas que se envolvem com atividades pervertidas não têm caráter.

Não têm fibra moral suficiente para ocupar um cargo de responsabilidade. Não digo isso à toa, nem estou adivinhando, há muitas provas. Os americanos têm uma nova organização, muito profissional, sabe... talvez você tenha ouvido falar. Foi criada para evitar um novo Pearl Harbour. O nome é CIA, e eles vêm analisando com cuidado os pervertidos, e chegaram à conclusão de que não se pode confiar neles. No funcionalismo público representam um risco para a segurança e na verdade, cá entre nós, Corell, a lógica é muito simples. Quando nosso caráter é minado, ficamos vulneráveis, não é isso? E então as tentações aparecem aos montes. Alguém que afundou a ponto de dormir com outro homem certamente também pode fazer outras coisas horríveis. Um homem capaz de fazer amor com outro homem também pode fazer amor com o inimigo, como parece que alguém disse de modo muito inteligente."

"Entendo", Corell disse.

"Claro que entende. Você é um dos nossos talentos, mesmo estando um pouco para baixo por esses dias, segundo me disseram. Mas tenho certeza de que vamos fazer você superar isso. Tem coisas muito mais importantes para fazer do que andar por aí com cara de cachorro triste, entre elas limpar esse pântano horroroso da sodomia. Só recentemente as pessoas perceberam quanto essa situação é séria, sabe. Os americanos saíram na frente até nisso, sim, pobre e velha Inglaterra. Egito, Irã, Índia, estamos perdendo tudo e talvez seja porque — bom, se é que eu sei de alguma coisa — porque estamos perdendo o controle não só do mundo como também da nossa própria moral. Mas nos Estados Unidos as pessoas estão preparadas para encarar a verdade. Eles têm um zoólogo, um sujeito chamado Kensey ou Kinsey, não lembro. Ele pesquisou as perversões sexuais humanas e chegou à conclusão de que a homossexualidade é incrivelmente comum, isso é mera ciência, não se pode ignorar os dados, e mesmo assim... muita gente tentou rejeitar isso. Minimizaram a homossexualidade como uma vulgaridade americana. Mas você e eu, Corell, nós frequentamos boas escolas, não foi?"

Corell fez que sim com a cabeça, mas com um gesto relutante, pois fazia muito tempo que já não se orgulhava de seu histórico, e até tinha deixado de falar nisso. O passado seguia sendo acima de tudo um constrangimento, uma paisagem distante que brilhava na memória como uma promessa quebrada.

"Então você e eu sabemos sobre essa nojeira", Hamersley continuou. "Mas nossos governantes precisavam de algo que os fizesse acordar de verdade para o fato. Você sabe do que estou falando, o escândalo com Burgess e Maclean. Na verdade é inacreditável que tenham conseguido escapar! Fazia tempo que se suspeitava deles, afinal. Aqueles pederastas atrevidos devem estar comendo caviar e bebendo vodca em Moscou agora mesmo, e por mais que os russos insistam que eles desertaram só por razões ideológicas não há dúvida de que são traidores do pior tipo, e claro que sabemos qual dos dois tem mais culpa!"

"Sabemos?"

"Burgess, é claro, um libertino inacreditável, beberrão, um vagabundo incurável, é óbvio que ele seduziu e arruinou Maclean, e isso devia fazer a gente pensar, Corell. Os homossexuais afetam tudo à sua volta. Fazem os outros caírem em perdição. Mas a história toda teve a vantagem de abrir nossos olhos, e no governo tem pelo menos uma pessoa forte, o secretário de Assuntos Internos, Sir David Maxwell Fyfe... Bom, não aceito que se diga uma palavra que seja contra Churchill, mas cá entre nós ele está começando a envelhecer, já Sir David... Nunca tive o prazer de encontrar o homem, mas ele faz as coisas acontecerem. Foi influenciado pelos americanos e fez com que nossa polícia agisse, e para ser sincero tive um papel modesto nisso. Se olhar as estatísticas, Corell, inclusive aqui em Cheshire, você vai ver... Andei vendo os números aqui... vejamos... em 1951, o ano em que Burgess e Maclean desapareceram, condenamos treze homens por crime de homossexualidade. Antes eram ainda menos. Ano passado, foram cinquenta e nove. Nada mau, não é mesmo?"

"Nada mau mesmo!"

"Desde a época de Oscar Wilde não enfrentávamos o problema com tanto empenho, e não pense que as classes privilegiadas ficam de fora disso, ou que vão ser protegidas. Muito pelo contrário, é provável que a perversão seja particularmente comum entre as classes superiores. Em Cambridge e Oxford dizem que é a última moda. Dá para imaginar o que isso significa para o futuro da Inglaterra?"

Corell ergueu os braços.

"Significa que temos que fazer alguma coisa antes que seja tarde demais. Você deve ter lido sobre o Lord Montagu, não?"

"Claro", Corell mentiu.

"Ele chegou a ser preso duas vezes pelo crime, e esse é um sinal importante. Crimes antigos também podem ser punidos. Ninguém que pratica a homossexualidade devia se sentir seguro. Na verdade até a imprensa acordou. O *Sunday Pictorial* — um jornal que não leio normalmente —, eles investigaram isso. 'Homens malignos', foi o nome que deram à série, talvez um pouco exagerado, mas mesmo assim... hoje dá para ser discutido abertamente. Um pastor metodista escreveu que o problema é pior em Manchester do que em qualquer outro lugar. A conspiração do silêncio foi rompida."

"A conspiração..."

"Muita gente sabia, claro, mas enfiava a cabeça num buraco. Fingia que a nojeira não existia. Mas isso já não serve. Vivemos tempos perigosos, Corell, o mundo pode explodir e virar pedacinhos. Temos que poder confiar no nosso próprio povo."

"Alguém está sugerindo que o sr. Turing também estava cooperando com os russos?"

Corell mordeu a língua, pois não queria parecer ingênuo.

"Não julgo ninguém sem ouvir a pessoa", Hamersley disse. "Mas tenho minhas antenas, e o Ministério das Relações Exteriores está preocupado, ouvi hoje de manhã no telefone. Um suicídio... porque é isso que se presume que aconteceu, certo?"

"Há muitos indícios nesse sentido."

"Um suicídio sempre gera suspeitas, não? Será que ele estava tentando escapar de alguma coisa? Será que tinha algum segredo com o qual não conseguia viver? Esse tipo de coisa."

"Entendo."

"E tem mais, além da psicologia, tem também o conhecimento sobre o modo como os russos operam. Eles podem ser comunistas, mas não são burros, nem um pouco. Sabem que alguém que desenvolveu um gosto por um extremo está disposto a experimentar outro. Com certeza sabem muito bem onde miram seus golpes. No fim tudo se resume a caráter! Caráter, Corell!"

Corell não considerava seu próprio caráter especialmente forte ou robusto, mas não conseguia deixar de se sentir inspirado pelas palavras do superintendente. Pareciam uma lufada de ar fresco vinda do mundão lá fora, algo que não estava recebendo muito nos últimos tempos, e, embora sentisse mais uma vez que seu papel naquilo era insignificante e constrangedor, uma nova ânsia conseguiu irromper do meio de seu tédio.

"O sr. Turing tinha acesso a algum tipo de segredo delicado?", ele quis saber.

"Bom, não vamos botar o carro na frente dos bois", Hamersley respondeu. "O sujeito acabou de deixar este mundo, e você e eu, Corell, o nosso trabalho é humildemente cuidar de nosso pequeno quinhão nessa história, mas claro, quando a pessoa é inteligente, como gosto de acreditar que sou, é possível somar dois mais dois: o pessoal das Relações Exteriores entrou em contato e pareceu preocupado com esse Turing, ele era um cientista ou algo assim, não era?"

"Era matemático."

"Entendo, entendo. Não tenho muita aptidão nessa área. Nunca entendi nada disso, para ser honesto. Mas não são exatamente os matemáticos e os físicos as peças centrais da indústria armamentista hoje em dia? Pode ser que Turing tenha ajudado a produzir a nossa bomba? Não que eu saiba. Bom, talvez não seja apropriado da minha parte especular assim. Mas é provável que você tenha razão. Ele deve ter ficado sabendo de alguma coisa. E não é bom imaginar que os segredos do sr. Turing, fossem quais fossem, possam ter se misturado com aquela gentalha da Oxford Road. O que um homem seria capaz de dizer quando está sob a influência de paixões vergonhosas como essas?"

"Quem vai saber?"

"Aliás, não foi um caso de chantagem que levou o sr. Turing a ser preso uns dois anos atrás?"

"Algo assim. E certamente não foi por coincidência que invadiram a casa dele."

"Não foi?"

"Os ladrões sabiam sobre as tendências dele, por isso acharam que provavelmente não ia ter coragem de relatar a ocorrência para a polícia. Sem dúvida presumiram que ele não teria nenhum meio legal de se defender", Corell disse, e por alguma razão pareceu que Hamersley não gostou.

O superintendente fez uma careta e depois perguntou, em tom mais sóbrio, indiferente, o que eles tinham visto na casa da Adlington Road. Mas, quando Corell contou, Hamersley não parecia estar de fato escutando, e por isso ele não se preocupou em mencionar a carta que encontrou, nem a medalha. No entanto, perguntou, ainda que de modo tímido, sobre o que a sra. Goldman disse a Block, de que alguém "que trabalhava para o governo" andou vigiando Turing.

"Quê?... não", Hamersley murmurou. "Não ouvi nada disso. Mas não ia ficar surpreso, nem um pouco. Esse assunto é importante, Corell."

"Ela não parecia muito confiável."

"Não parecia? Goldman, você disse. Judia, claro. Bom, nunca se sabe. Mas espere... Talvez tenham sido nossos colegas de Manchester que procuraram essa mulher, dá para dizer que eles também trabalham para o governo. Eles andaram por esses lados há uns anos."

"O que eles estavam fazendo?"

"Se me lembro bem, o dr. Turing estava esperando a visita de um homossexual de algum país nórdico. Meu palpite é de que queriam evitar esse encontro."

"Isso não parece meio estranho?", Corell arriscou.

"Como assim?"

"Nós não ficamos vigiando gente que corre o risco de cometer esse tipo de reincidência, ou ficamos?"

"Talvez não, Corell. Talvez não. Mas deveríamos. Entenda isso como uma aula de moral. Todo cuidado é pouco quando se trata da ameaça da homossexualidade. Além disso, você e eu chegamos à conclusão de que nosso matemático devia ter acesso a informações secretas, não foi? E isso torna ainda mais importante a vigilância. Mas aonde foi que chegamos?"

"Não tenho certeza."

"Bom, não importa. Espero que você cuide disso com atenção e que seja discreto. Relate tudo direto para mim. Entenda, tem gente, como o nosso amigo Ross, por exemplo, que o considera jovem demais para cuidar desse assunto, mas eu confio em você, e para ser franco fico feliz de ter alguém com o seu histórico no caso agora que o Ministério das Relações Exteriores se envolveu. Com certeza eles vão procurá-lo, e nem preciso reforçar a importância de que você coopere de todas as maneiras possíveis."

"Claro."

"Muito bem!"

Os dois ficaram em pé, e provavelmente Corell deveria ter dito algo edificante e batido continência. Bater continência não era algo incomum na polícia, pelo menos não no caso de figurões como Hamersley. Mesmo assim, Corell se limitou a ficar de pé e, embora estivesse desesperado para se livrar do superintendente e ficar sozinho pensando, não conseguiu nem mesmo fazer um aceno com a cabeça. No fim, foi Hamersley quem quebrou o silêncio.

"Foi mesmo um prazer conversar com você", ele disse e desapareceu, deixando Corell de pé ao lado de sua mesa, olhando para as próprias mãos, suas belas e longas mãos que naquele momento lhe davam a impressão de não pertencerem a um lugar como aquela delegacia.

Baques surdos vinham das celas lá embaixo, como se alguém se jogasse contra a parede, e Corell olhou para o teto que um dia tinha sido coberto por tinta, mas que havia um bom tempo era cinza, quase preto, por causa da fumaça dos cigarros. *Ele deve ter tido acesso a alguma informação secreta.* Corell não ficou exatamente feliz com a visita, mas sem dúvida o caso se tornou mais interessante. Foi o que ele achou, e com algum entusiasmo leu os antecedentes criminais do matemático. Exatamente como antes, chegou à conclusão de que o relatório foi escrito com termos bastante convencionais, mas com uma série de digressões e becos sem saída que faziam parecer que havia algo além da burocracia de costume e, embora isso não fizesse Corell gostar mais de Alan Turing, foi como se o relatório servisse de estopim para algo em sua mente. Ele se lembrou dos sonhos que tinha nos anos de escola, mas não sobre estudar matemática na universidade, o que na época parecia razoável, e sim os sonhos mais extravagantes de inventar algo grande e revolucionário que mudasse o mundo, e pela primeira vez em anos pegou sua caderneta de anotações e compilou uma curta sequência de números. Parecia uma volta a algo esquecido fazia tempo.

6

Alan Mathison Turing nasceu a 23 de junho de 1912 em Paddington, Londres, e portanto era mais velho do que Corell imaginava, completaria quarenta e dois anos em duas semanas. Estudou no King's College, em Cambridge, e depois, de um jeito ou de outro, em Princeton, nos Estados Unidos, e fez um doutorado, embora não esteja claro em qual área, e depois da guerra foi parar em Manchester, onde se envolveu em um grande projeto para criar uma máquina, exatamente como Block revelou. Em termos puramente biográficos, isso deixava muitas perguntas sem resposta, mas não foi pela carreira que Alan Turing acabou nos registros policiais.

Foi por causa da Oxford Road, ou, para ser mais exato, por causa do local sob a ponte ferroviária onde a rua se transforma em Oxford Street, não muito distante do centro de refugiados com seu relógio na torre e os dois cinemas. Esse era o local onde os homossexuais se reuniam, Corell não sabia por quê, mas era de se presumir que precisassem se congregar em algum lugar, e com um pouco de sorte, boa ou má, ele e Turing podem ter se cruzado antes. Durante seus primeiros anos de polícia, quando estava na divisão B, em Manchester, Corell andou muitas vezes por aquela área, passando pelo cheiro de mijo sob a ponte e pelas pichações nos tijolos vermelhos e pretos.

Para vários de seus colegas, os pederastas representavam uma fonte de renda extra, talvez não totalmente lícita, mas vista de certa forma como legítima nos anos que se seguiram imediatamente à guerra, quando a polícia estava cheia de gente insatisfeita, e Corell não condenava ninguém por isso, embora ele próprio jamais tenha aceitado um centavo que fosse, tanto por razões morais como em função de uma certa timidez e uma falta de agressividade que vinha dos tempos de escola. A Oxford Road não era um lugar para pessoas educadas em Cambridge, nem para qualquer outro tipo de pessoa, na verdade. Era um lugar em que os homens seguiam para o abrigo dos mictórios para cometer atos horrendos de indecência. Só de pensar Corell ficava enjoado, e a simples ideia de que Alan Turing fora um visitante regular certamente não fazia com que se sentisse melhor. A experiência de Corell dizia que investigações de crimes de homossexualidade quase nunca levavam a muitas provas, e era difícil conseguir que alguém fosse condenado. As pessoas envolvidas tinham todos os motivos para ficar em silêncio, e nos casos em que era possível encontrar testemunhas era raro que falassem, mas neste caso havia uma quantidade surpreendente de material. Assim, Corell pôde ler que Alan Turing ficou olhando para o pôster de um filme perto da casa de jogos, ou, melhor dizendo, fingiu fazer isso enquanto procurava homens, numa tarde de dezembro de 1951. Os pederastas provavelmente faziam esse tipo de encenação, Corell pensou, mas é raro ouvir falar a respeito. Neste caso, no entanto, houve uma confissão de cinco páginas em que Turing falou abertamente e não pareceu de modo algum ver sua homossexualidade como um problema. Caso houvesse alguma complicação moral ou legal, isso estava em um plano bem diferente, ele achava, e isso deixava Corell indignado. O sujeito não podia pelo menos ter a decência de ficar com vergonha? De um modo descarado e indiferente, descreveu como, em meio à multidão da Oxford Road, viu um jovem chamado Arnold Murray.

"Aonde você vai?", Turing perguntou.
"Lugar nenhum."
"Nem eu."

Eles foram até um café mais adiante e, como tantos outros que se encontravam ali, os dois não podiam ser mais diferentes. Corell sabia fazia muito tempo que na Oxford Road a elite e os mais pobres se encontravam. Provavelmente o mesmo acontecia em todo bairro de prostituição feminina. Quem tinha grana pagava. Quem não tinha recebia. Enquanto Turing trabalhava na universidade e tinha diplomas e títulos e talvez até uma medalha de guerra, Murray tinha dezenove anos, era pobre e miserável. Seu pai era um pedreiro bêbado. De acordo com o inquérito, seus melhores anos se passaram em uma escola local que frequentou durante a guerra, mas sequer se cogita que um menino com esse tipo de origem possa frequentar o ensino superior. O resultado foram crime e desemprego, e para Corell estava evidente que o menino estava em busca de reconhecimento de pessoas que via como superiores. Queria ser notado e parecia pensar, presumindo que não se fingiu de inocente ou simplesmente seguiu instruções do advogado, que a homossexualidade era parte do mundo das pessoas cultas. "Não é isso que fazem em Cambridge e Oxford?", ele perguntou ao ser questionado.

Seria fácil alguém como Alan Turing enganar um tipo como ele, especialmente porque Murray já tinha sonhado em ser cientista, e por Turing ter afirmado logo de cara que estava criando "um cérebro eletrônico". *Um cérebro.* Claro que isso não podia nem de longe ser verdade, certo? Não, quanto mais Corell pensava a respeito, mais a ideia parecia presunçosa, mas aquilo deve ter impressionado um zé-ninguém pobre e sem educação formal saído da periferia, mesmo sendo mentira. Talvez fosse tudo parte da história do matemático sobre máquinas capazes de pensar. Podia ser conversa fiada ou uma figura de linguagem, ou talvez mera loucura — Corell se lembrava da impressão de demência que sentiu na casa —, mas achava que o mais provável era que o sujeito estivesse se gabando com más intenções, para seduzir o outro, e de fato Turing convidou o garoto para ir à casa dele em Wilmslow no fim de semana seguinte.

Murray não apareceu, não daquela vez. Em vez disso, eles se encontraram no mês seguinte, em janeiro de 1952, de novo na Oxford Road, e dessa vez o convite de Turing foi mais direto, e o crime foi cometido pela primeira vez, indecência grave, conforme determinado na seção 11 da Emenda ao Código Criminal de 1885, uma seção famosa, como Corell sabia, inclusive por ter sido a causa da prisão de Oscar Wilde. É provável que se pudesse chamar tudo aquilo de uma história de amor. Turing deu presentes ao rapaz e o descreveu na confissão com palavras ternas, como "ovelha perdida" e "homem de raciocínio rápido com sede de conhecimento e bom senso de humor". Mas também havia alguns aspectos sórdidos.

Em 12 de janeiro, o matemático convidou Murray para jantar, o que evidentemente era um acontecimento e tanto para o rapaz. Turing tinha uma governanta. "De repente eu estava entre os nobres, e não com a criadagem", ele disse, e isso pareceu inebriá-lo. "Nosso relacionamento era entre duas pessoas iguais." Depois do jantar eles beberam vinho no tapete da sala de estar, e Murray contou um pesadelo que curiosamente ficou registrado no inquérito policial. Embora tivesse ouvido dizer que sonhos podem revelar algo sobre a personalidade e as paixões da pessoa — Corell sabia um pouco sobre Freud —, ele duvidava que seus colegas em Manchester fossem tentar esse tipo de análise. Por outro lado, a atenção aos detalhes pode ser uma virtude, e ninguém tem como saber de antemão quais fatos vão se mostrar relevantes, e esse sonho certamente era horrível. Nele, Murray estava deitado em uma superfície completamente nua, em um espaço vazio, sem referência temporal ou espacial. Estava envolto em um som que crescia e se tornava cada vez mais insuportável, e, quando Turing perguntou sobre o barulho, Murray só conseguiu dizer que era um som terrível que estava prestes a dominá-lo por completo e talvez todo o resto das coisas.

Turing pareceu achar o sonho curioso. Corell soube que o matemático tinha um interesse particular por sonhos. Afinal, registrou os próprios sonhos em dois ou três cadernos, e essa conversa também fez surgir uma sensação de intimidade, e o crime foi cometido mais uma vez. Corell não queria saber dos detalhes, nem leu a respeito, mas não conseguia parar de pensar no peito quase feminino de Turing e nos seus próprios dedos desabotoando a blusa do pijama em Adlington Road. Ele afastou a imagem da cabeça, como se o próprio pensamento fosse perigoso, e percebeu que o comentário "Nosso relacionamento era entre duas pessoas iguais" era provavelmente muito revelador. Antes de Murray fazer qualquer coisa, precisava de uma migalha de respeito e de reconhecimento. Precisava ser visto como humano antes de se macular. Mas algo deu errado, e Corell não tinha como negar seu fascínio por isso.

Murray não queria aceitar o dinheiro que Turing ofereceu. Não era prostituto, foi o que disse. Tinha ido à casa como convidado para jantar, e era a isso que a situação deveria se resumir. Turing pareceu gostar da ideia de que se tratava de um flerte como qualquer outro. O único problema era o motivo original que levou Murray à Oxford Road. Ele era pobre. Vivia na miséria. O que deveria fazer? Em vez de aceitar o pagamento, roubou da carteira de Turing, e esse podia ter sido o fim da história. Quando Turing descobriu o furto, escreveu uma carta para dizer que queria acabar com o relacionamento.

No entanto, uns dias depois Arnold voltou, alegando inocência, e foi perdoado. Não era fácil dizer o porquê. O matemático dava impressão de ser muito ingênuo. Kenny Anderson tinha dito que ele "não parecia ser um sujeito dos mais espertos" e, apesar de Corell relutar em reconhecer que o colega poderia ter razão, sem dúvida o comportamento de Turing foi impressionantemente estúpido. Depois da reconciliação, quando Murray mudou a abordagem e pediu dinheiro para comprar um terno, Turing não hesitou em pagar. "Tome aqui", disse Turing. "Pegue. Tenho certeza que você vai ficar muito bonito." Mas a essa altura o matemático já caminhava rumo a uma armadilha. Como aquilo deve ter sido humilhante para ele!

Com certeza não era fácil perceber o quanto Murray era malandro. Se Anderson — que tinha a tendência de fazer descrições de caráter categóricas e condenatórias — tivesse lido o inquérito, sem dúvida afirmaria que o sujeito era o típico criminoso que mentia até conseguir o que lhe interessava. Corell não tinha tanta certeza. Em todo caso, Murray não parecia completamente sujo. Tinha crises de consciência. Sentia muita vontade de aprender e perguntava o tempo todo coisas para Turing. "Chegamos até a discutir novidades do mundo da física." Mas mesmo assim... em uma lanchonete da Oxford Street ele fez fofocas sobre a casa do matemático. Ele tinha ido até lá com um amigo, um certo Harry Greene. Os dois jovens estavam se gabando de suas aventuras, e naturalmente o nome de Turing veio à tona, o sujeito que dizia estar construindo um cérebro eletrônico.

Greene sugeriu que invadissem a casa. Murray negou — ou pelo menos era o que dizia. Mas a ideia surgiu. Até esse ponto, não há dúvidas. Em um desses dias de janeiro de 1952 — que descreveu como ansiosos e inquietos —, Turing foi assaltado na universidade, embora não tenha ficado claro o que os ladrões levaram. Ele se sentiu "supersticioso e assustado". Em 23 de janeiro, participou de uma espécie de programa de rádio, mas não ficou muito feliz com sua contribuição. Na mesma noite voltou para a casa na Adlington Road e percebeu que tinha sido roubado. Estava com um "sentimento sombrio, tenso de estar sendo ameaçado".

O roubo em si não foi de grandes proporções, bem como Anderson disse. As únicas coisas levadas foram umas facas de peixe, uma calça, uma camisa de tweed, uma bússola e uma garrafa aberta de xerez, mas o que incomodava era saber que alguém tinha perambulado pela casa, e isso foi suficiente para levar Turing a cometer seu erro fatal. Ele abriu uma ocorrência na polícia. Claro, até criminosos deveriam ter direito à proteção da lei. Mas por que assumir um risco desses? Corell não entendia.

Por uma garrafa aberta de xerez, o matemático colocou em risco a própria vida. Por umas quinquilharias, expôs o próprio pescoço, o que fez de maneira muito decidida. Em outros aspectos ele seguia evasivo e fraco como antes. Embora estivesse determinado a não deixar que isso acontecesse, permitiu que Murray voltasse à casa em 2 de fevereiro, e eles tiveram mais uma discussão. Aparentemente houve uma cena terrível, e ficou claro que o matemático suspeitava de Murray.

Mas houve uma calmaria em meio à tempestade. Eles tomaram um drinque, e mais uma vez tiveram uma conversa íntima, e Murray acabou querendo confessar e ficar de bem com Turing, como se desejasse ao mesmo tempo se vingar e conquistar sua amizade: ele delatou Greene. Contou a Turing o que tinha acontecido na lanchonete, e logo depois os dois cometeram seu crime mais uma vez. Mas naquela noite o matemático ficou acordado. Escreveu em sua confissão que "gostava de Arnold", mas que "não queria ser arrastado para algo que parecia ser chantagem. O sr. Murray ameaçou me delatar para a polícia". Por isso o matemático roubou coisas da própria casa e escondeu um copo em que Murray tinha bebido, esperando que as impressões digitais dele batessem com as do assaltante.

No dia seguinte, saiu com Murray e o fez esperar em um banco em frente à delegacia enquanto entrava e relatava as novas informações ao detetive Brown, um sujeitinho agradável com estrabismo e entradas nos cabelos cujos relatórios eram sempre cheios de erros de grafia e esquisitices. De fato havia duas referências a "ela" no relatório, em pontos em que Brown se referia a Turing, mas os erros tinham a vantagem de sublinhar a estranheza da história.

No relatório, Turing não disse uma palavra sobre Murray. Mesmo assim, precisou inventar uma explicação plausível para as novas informações sobre Greene, e por isso inventou uma história sobre um vendedor que batia de porta em porta oferecendo alguma coisa, provavelmente pincéis, e esse sujeito — de quem Turing não deu nem nome nem nenhuma característica que pudesse identificá-lo — mencionou de passagem que sabia quem tinha assaltado a casa de Turing. Não estava claro como sabia disso. A mentira parecia bastante tola, e era inevitável que uma coisa levasse à outra, ainda que no início parecesse que as coisas estivessem indo no rumo desejado por Turing. Harry Green era um verdadeiro patife. Estava na cadeia em Manchester por outros crimes, e a polícia conseguiu implicá-lo no assalto na Adlington Road, mas o que Turing deveria ter previsto era que Greene tinha um trunfo. Ele podia negociar com a polícia.

"Meu camarada Arnold fez coisas feias com esse sujeito", ele contou.

Isso por si só não teria sido um grande problema. O próprio Corell não tinha ouvido um amontoado de bobagens e de acusações sem sentido feitas por criminosos? Em geral, nada disso leva a lugar nenhum, especialmente quando alguém de uma classe social mais alta diz o oposto do acusador. Mas nesse caso de fato algo havia acontecido. Dois colegas em Manchester, os sargentos Willis e Rimmer, leram o relato de Turing sobre o vendedor e suspeitaram que aquilo não era verdade. Decidiram ir atrás da história. Em 4 de fevereiro de 1952, foram até a casa do matemático. Oficialmente para falar sobre o assalto, mas desde o princípio o comportamento deles foi ameaçador ou no mínimo hostil, e embora Corell fosse cético quanto à utilidade de confrontar as pessoas de forma explícita parece que nesse caso teria sido a estratégia correta. Afinal, o suspeito não era um criminoso qualquer, podia ser até mais vulnerável do que a maioria. Era provável não fizesse nem ideia de que a polícia estava atrás dele. Tinha relatado um assalto e levado informações valiosas para os policiais. Por que a polícia não estaria do seu lado?

"Sabemos a história toda", disse o sargento Willis, sem deixar claro o que queria dizer com a história toda, e obviamente isso desestabilizou Turing.

Quando foi repetir o que havia dito em seu depoimento, ele se confundiu todo, e pelo jeito a coisa só piorou à medida que os policiais o pressionavam. O relato era vago, e ele continuava incapaz de oferecer detalhes convincentes. O vendedor seguia sendo uma figura misteriosa.

"Temos motivos para acreditar que sua descrição dos fatos é falsa", Willis afirmou, e é de se imaginar que tenham continuado conversando, mas o momento da verdade se aproximava. Corell imaginou que Turing deve ter buscado uma saída, algo em que pudesse se agarrar, mas acabou desistindo, provavelmente acreditando que a confissão poderia trazer um alívio e libertá-lo da necessidade de continuar mentindo, mas na verdade não tinha como estar mais errado. Confessar para amigos pode ser libertador. Os policiais, pelo contrário, são predadores. Quando o culpado acha que vai receber empatia, os policiais sentem o sabor da vitória e só se interessam em armar a cilada para prendê-lo. Para os colegas de Corell, aquele momento era um triunfo; para Turing, parecia ser nada mais do que o começo do fim. *Como assim mentiras?*, ele deveria ter dito. *Eu sou uma pessoa importante*. Ninguém teria como pegá-lo sem uma confissão. Mas o que ele fez? Contou tudo.

"Arnold Murray e eu tivemos um caso!"

E como se isso não bastasse pegou uma caneta e ali mesmo, à vista dos policiais, que ficaram esperando, escreveu seu depoimento de cinco páginas, caracterizado pela mais extraordinária ausência de compreensão da seriedade e do significado desse ato. Parecia não ter ideia de que o assalto tinha deixado de fazer diferença, e chegou a pensar que os policiais deviam estar mais interessados em seu dilema mental — sua resistência a ceder a uma chantagem — do que em seu crime sexual. Era como se imaginasse que havia uma questão moral significativa que ficava em outro patamar. "Até onde alguém deve ir para se proteger e até onde deve aceitar algumas injustiças para evitar prejudicar outra pessoa, em muitos aspectos esse é um problema moral e filosófico importante. Qual é o grau de sofrimento razoável que devemos aceitar para ajudar alguém mais frágil?", ele escreveu em sua confissão, aparentemente sem nenhuma consciência de que seu crime poderia lhe custar dois anos de cadeia, e que tudo o mais eram teorias abstratas que não tinham nenhuma relação com a investigação policial.

A posição de Turing e o status social de sua família já não lhe serviam de mais nada, e isso ficava claro na letra da lei. Pelo contrário, depois de confessar, seu histórico seria usado contra ele, para reforçar sua imagem de alguém sem caráter que seduziu rapazes desavisados de uma classe social inferior, mas parece que o matemático precisou de algum tempo para se dar conta dessas coisas. Depois de confessar, até pareceu relaxar, e a objetividade do sargento Rimmer como policial fez com que se enganasse em vários momentos ao descrever Turing como um verdadeiro convertido, alguém que se convenceu completamente de que tinha feito a coisa certa, e em uma anotação de margem muito peculiar acrescentou as palavras "um homem honrado", embora não tenha ficado claro o que Rimmer queria dizer com isso.

Talvez se refirisse à franqueza de Turing. Ou à sua generosidade desinteressada. O relatório não oferecia nenhuma visão particularmente clara de Turing. Num momento parecia preocupado, em outros era como se estivesse acima das coisas mundanas e não se preocupasse nem sofresse. A certa altura ofereceu vinho aos policiais, como se fossem amigos, e em outro momento tentou explicar uma teoria matemática. Pelo menos o sargento Rimmer rabiscou aquelas linhas do relatório que tanto intrigaram Corell, aquelas estranhas palavras sobre o chamado paradoxo do mentiroso. "Estou mentindo! Se essa frase for verdadeira, então é uma mentira, porque a pessoa está mentindo, mas nesse caso ele obviamente está falando a verdade porque diz estar mentindo, e assim por diante", Rimmer escreveu e acrescentou algo sobre contradições como essa terem causado uma crise na lógica matemática que por sua vez levou Turing a esboçar o conceito para um novo tipo de máquina. Parece que centenas de passos do processo de raciocínio ficaram pelo caminho, mas Corell não só considerou tocante que Rimmer se desse ao trabalho de entender algo muito além de seus limites e que não tinha nenhuma relação com a investigação. Também ficou feliz com isso, porque era exatamente o tipo de problema que faltava em sua vida recente. Ele saboreou as palavras. *Se for verdade que estou mentindo, então eu estou dizendo a verdade...* A frase era ao mesmo tempo verdadeira e falsa, fugia dos dois polos em um círculo perpétuo, e Corell se deu conta de que seu pai tinha lhe dito algo a respeito muitos anos antes. Não lembrava o que era, e enquanto prosseguia a leitura se sentiu distraído, como se a frase continuasse a se contradizer em sua cabeça, e seus pensamentos se voltaram para a maçã envenenada na mesinha de cabeceira, como se também aquilo fizesse parte do paradoxo.

7

Corell tinha as qualidades necessárias para explorar o significado de uma maçã que alguém deixou para trás. Certa vez ficou olhando uma luva preta de couro perto do trilho do trem em Southport e leu nela toda uma vida. Isso aconteceu pouco antes do começo da guerra e dois anos depois de eles saírem de Londres.

Na época moravam perto do mar, em uma casinha de pedra cuja principal característica eram as grandes janelas do térreo. Na memória de Corell, um dia seu pai parou de falar, talvez não exatamente de um momento para outro, mas quase isso, o que não era irrelevante. James Corell sempre foi o entusiasmo em pessoa. Sua risada e suas explosões teatrais eram as principais marcas da família. A vida de Leonard e a da mãe giravam em torno das histórias e das excentricidades dele, que ou davam energia para os dois ou a tirava deles, e não seria exagero dizer que James Corell fazia os outros pais parecerem chatos e insossos. Ele vivia cercado por uma festa que nunca acabava. Dava para saber quando estava chegando porque, aonde quer que fosse, as chaves chacoalhavam nos bolsos da calça e normalmente ele fazia alguma coisa espalhafatosa ao entrar, nem que fosse falar alto: "Mas que gente maravilhosa vejo aqui! Será que um sujeito simples como eu pode ter a companhia de vocês?".

Todo mundo sabia que o pai de Leonard enfrentou vários problemas e que perdeu muito dinheiro. Mas, enquanto o pai continuou falando, Leonard não se importou. A fortuna desapareceu tanto do banco como da carteira, mas ainda estava presente nos gestos e nas palavras, e o pai de Leonard seguia sendo uma figura e tanto. Conhecia gente famosa. Pelo menos dizia que conhecia gente famosa, e era comum abrir mão de coisas excelentes com um desdém digno de filho da nobreza. Claro que na época Leonard sabia relativamente pouco sobre a situação. Sabia que o pai frequentou o Trinity College em Cambridge e que escreveu alguns romances e dois livros de não ficção, não propriamente best-sellers, mas obras importantes que tinham seus méritos, era o que se dizia, embora tenha havido questionamentos sobre floreios literários um pouco constrangedores e sobre alguns fatos que seriam inventados. Separar realidade de ficção não era o forte de seu pai, ele mesmo dizia isso. Um dos livros era uma biografia do pintor Paul Gauguin, e o outro a história de um decatleta americano, um indígena chamado Thorpe que venceu o pentatlo e o decatlo nas Olimpíadas de Estocolmo em 1912, cujas medalhas foram cassadas mais tarde por uma razão qualquer, provavelmente racismo.

O pai de Corell dizia lutar pelos fracos e oprimidos porque eram diferentes das pessoas normais e tacanhas e que adorava denunciar "o establishment e a burguesia afetada". Dizia-se, embora provavelmente isso fosse parte do folclore familiar, que ele era temido por seus artigos no *Manchester Guardian*, que aliás nem deviam ter sido muitos, e entre os amigos e nos "círculos liberais", seus três romances, que a mãe de Leonard não queria deixá-lo ler, eram vistos como "subestimados e dignos de melhor sorte". Ele era alto, dono de uma postura ereta e elegante, com olhos castanhos oblíquos e cabelo crespo que parecia não querer ficar mais ralo nem grisalho, e falava com uma empolgação que Leonard nunca tinha visto em ninguém. E, no entanto, um dos piores insultos que o pai de Leonard ouviu foi que "deveria escrever com a mesma paixão com que falava", mas em geral queria ser elogiado por qualquer coisa, exceto pelo modo como falava. A fala não tem importância nenhuma, ele dizia, cuspindo na única coisa que fazia bem de verdade, mas isso eram coisas que Leonard tinha compreendido muito mais tarde. Na época, ele idolatrava o pai.

A mãe de Corell era doze anos mais nova, mais reservada do que o pai, e menos impressionante, com as costas ligeiramente encurvadas e olhos penetrantes que deixavam as pessoas apreensivas e que de tempos em tempos observavam James com uma hostilidade que por muito tempo Leonard não compreendeu. Às vezes não conseguia imaginar como os dois se conheceram, ele nunca, isso é verdade, foi particularmente próximo da mãe, nem nos bons tempos, mas antes do verão em que seu pai deixou de falar isso não era necessário. Ele tinha James. A mãe era uma porta cerrada, um rosto fechado em que parecia faltar algo, mas havia vezes em que saía de sua letargia e discutia com inteligência e paixão, e nesses momentos as conversas em casa viraram momentos de intenso prazer. Nessas horas não se ouvia uma palavra sobre compras, sobre o tempo, nenhuma fofoca. A discussão era recheada das grandes questões sobre o mundo, e não havia ninguém que fosse famoso demais para ser chamado de diletante ou vigarista. A falta de respeito era uma virtude, e durante toda a sua vida Corell se sentiu paralisado e triste ao ser exposto a trivialidades. Eu não suporto a monotonia, ele dizia, isso enquanto ainda havia algum resquício de orgulho em seu corpo e antes de mergulhar na normalidade de seu emprego, e talvez tenha acabado sofrendo por precisar carregar algum lastro ideológico. Seus pais tinham a tendência de romantizar as coisas. Reverenciavam artistas e cientistas, pessoas que se colocavam acima de sua época, e isso assustava Leonard, por reforçar o sentimento de que nunca seria bom o suficiente. Mas com a mesma frequência havia a sensação de ser um escolhido, e ele sonhava que algum dia ia ter uma ideia, um grande pensamento que revolucionaria o mundo. Nunca ficou claro exatamente o que seria essa ideia, nem em qual disciplina ocorreria — isso mudava de um dia para o outro —, mas ele tinha fantasias com as consequências e com a glória, e provavelmente vivia na maior parte do tempo tendo grandes expectativas. Não que acreditasse que seus sonhos fossem se realizar, mas estava convencido de que se tornaria uma pessoa importante, especialmente quando se contrapunha ao pai nas discussões em casa e ouvia com frequência: "Meu Deus, Leo, que grande contador de histórias você é!". Até aqueles dias em agosto e setembro de 1939, quando estava com treze anos e prestes a ser enviado para Marlborough, uma escola pública conhecida por sua disciplina rigorosa, estava preparado para nada menos do que um futuro brilhante. Havia preocupações se acumulando no horizonte, como nuvens, mas, desde que o pai estivesse de bom humor, ele nem notava. Na presença do pai, até mesmo o número cada vez menor de convidados para jantar, as férias de verão cada vez mais curtas e a sensação de que o mundo e suas circunstâncias encolhiam pareciam algo natural, parte de uma nova ordem. A mudança de Londres para Southport, que diziam ser motivada pelo fato de que "o litoral de Sefton é o melhor da Inglaterra", parecia parte dessa nova ordem, e às vezes, quando o pai se sentava à beira da água com um livro sobre os joelhos, olhando para as aves patinhando, as tarambolas, os galispos e as garças, e apontando avidamente quando as aves eram atacadas pelos falcões, Leonard estava convencido de que a vida tinha de fato melhorado, e de que os criados e o excesso de dinheiro eram só uma chateação. Em geral, ele só via o que queria.

Uma noite estava deitado na cama, observando os olhos oblíquos do pai. Mal dava para ouvir o mar e as águias marinhas lá fora, e era evidente que ele não queria ir dormir. Esses eram os melhores momentos, quando o pai sentava na beirada da cama, e pode ser que eles estivessem terminando de ler algum livro clássico e discutindo a história ou que Leonard tivesse tido permissão para dizer como queria que o livro continuasse, e provavelmente havia recebido um elogio e sentido uma mão morna na sua cabeça. Mas naquela noite os traços do pai mudaram. Havia uma luz nova, mais brilhante, nos seus olhos.

"Você está triste, meu menino?", ele disse, e havia algo estranho nisso.

Leonard não estava triste, e estava prestes a dizer "não, pai, nem um pouco", mas a pergunta o deixou indeciso. O questionamento chegou ao menino como se fossem dois braços abertos e talvez, ele pensou, o pai tivesse visto algo de que nem havia se dado conta. Talvez Leonard estivesse mesmo triste. A pergunta tomou conta do corpo do menino como uma dor intensa.

"É, talvez eu esteja um pouco triste."

"Eu entendo isso, você está muito triste", disse o pai, e passou a mão áspera com as poderosas veias azuis pelo cabelo do menino, e a sensação foi maravilhosa, imensamente reconfortante.

Era como ser visto por olhos novos, mais aguçados. Nada que ele tivesse dito ou feito antes havia tocado seu pai de maneira tão profunda. Leo estava acostumado a reações generosas do pai, a aplausos e congratulações, com todos os excessos teatrais, mas nunca antes tinha se deparado com tanta emoção. Havia lágrimas nos olhos do pai, e a mão grande segurou a nuca do menino, e Leonard queria se aninhar em sua mágoa, sua mágoa fingida, e se sentiu feliz, feliz em seu sofrimento, e nunca lhe ocorreu que o pai não estivesse chorando por ele, e sim pela própria vida. O que percebeu como amor não era mais do que a dor que o próprio pai sentia, porque não era verdade, como acreditava na época, que naquela família se podia conversar sobre tudo.

Eles não tinham permissão para falar sobre os defeitos e as mágoas do pai. Era a regra mais importante da casa. Mas Leonard não havia percebido que a regra existia pela simples razão de que não conseguia imaginar que o pai pudesse ser atingido por nenhuma espécie de melancolia, e só muito mais tarde percebeu que o pai devia estar sofrendo de algum tipo de bloqueio emocional, algo não de todo incomum entre homens ingleses, mas certamente incomum em um homem que sempre pareceu disposto a se abrir, e que pelo menos de modo geral nunca teve nenhum problema em lidar com as complicações do coração e com as mágoas.

A casa em Southport era decorada com móveis simples e com poucos quadros. Eles não tinham levado muita coisa de Londres, a escrivaninha grande de James com as guirlandas douradas gravadas e três cadeiras Queen Anne de nogueira. Tinham estofamento branco com rosas vermelhas bordadas, e duas delas ficavam na sala de estar bem ao lado da mesa baú, e James costumava sentar na terceira durante o jantar. Não era nenhuma extravagância, e também nada que virasse tema de piada na família. Ele simplesmente gostava de sentar na cadeira Queen Anne e, se Leonard tivesse pensado nisso antes, teria achado que se tratava meramente de um símbolo da posição do pai na família e na vida em geral. Naquele verão, porém, James com frequência não comparecia às refeições, e nessas ocasiões alguma coisa acontecia com a cadeira. Ela ganhava o peso da preocupante ausência do pai, e um tom totalmente novo de acanhamento envolvia as conversas. Até observações triviais como "passe o sal" ou "olhe como o vento está forte no mar" ficavam carregadas de tensão. Às vezes, quando o pai de Leonard estava lá, ele tropeçava em temas que eram mais delicados do que todos os horrores do continente: um comentário descuidado sobre um colega escritor que estava se dando bem; uma frase sobre "alguém que tinha se escondido em casa com todo o dinheiro"; e aí o rosto dele congelava, e ele sugava o ar entre os dentes travados gerando um som sibilante e desagradável.

"Que foi, pai?"

"Nada, nada!"

Nunca era alguma coisa, não havia nada de que se pudesse falar. O máximo que se podia fazer era bater os talheres um contra o outro ou ajeitar o cabelo e dizer algo como: "Que noite agradável. Será que o Richardson não dá conta de fazer as vacas ficarem tranquilas?", e muitas vezes o pai voltava à compostura de sempre, especialmente se conseguissem fingir que nada havia acontecido, ou então não recuperava a pose, e nesses casos era normal sair da mesa, e a cadeira Queen Anne se transformava em um símbolo de tudo aquilo que ficava oculto. Leonard não sabia quanto disso compreendia naquele verão e quanto reconstruiu mais tarde. Mas havia sinais. Até mesmo coisas simples como o modo de o pai respirar ao dormir durante o dia. Ele ressonava muito pesado, como numa queixa. "É o xerez", a mãe dizia. "Ele bebe xerez demais." E também havia a leitura. Ele lia o tempo todo. Mas naquele verão curiosamente apenas virava as páginas, como se estivesse sempre observando as mesmas palavras. O jeito de andar parecia diferente. Dava para perceber como arrastava os pés com indiferença. O andar normal, militar, tinha sumido, mal se ouvia o chacoalhar das chaves no bolso da calça. Também havia as cartas, que costumava abrir com gosto ou com preocupação, difícil saber qual dos dois, e que agora deixava sobre a mesinha de entrada, e que nem pareciam mais lhe dar medo.

No final de agosto, quando os veranistas começaram a ir embora, e mais ou menos na época em que chegam os primeiros gansos e patos, alguma coisa aconteceu com os ombros dele. Ficaram tão altos que o pescoço desapareceu totalmente, mas ninguém jamais descobriu a causa. Nem sabiam quando foi que ele saiu de casa. Aquele 30 de agosto foi o mesmo dia em que dois galpões em Southport queimaram até virar cinzas. Dava para ver de longe, como duas tochas brilhantes. Foi um dia bonito, de céu limpo, porém mais perto da noite surgiram nuvens, e as ondas no mar se agigantaram.

No jantar fizeram uma refeição que incluía um assado e devem ter começado a falar sobre o tempo, porque ele se lembrava da mãe dizendo: "Acho que a neve vai vir mais cedo este ano". Logo depois ela derrubou um copo no chão e gritou em francês: "*Merde!*". Falaram sobre Marlborough. "Você tem sorte de ir para lá. Vai custar muito dinheiro pra gente." Mas ninguém falou sobre a ausência do pai, ou melhor, devem ter mencionado isso de um jeito ou de outro, porque depois de terminarem de comer saíram para procurá-lo. Mas o sol já tinha se posto, e havia um sutil cheiro de algas e sal vindo do mar. Eles andaram pela praia, passaram por dunas de areia cobertas de musgo, foram até o píer. A certa altura viram um esquilo, e a mãe tentou pegar na mão dele, mas ele achou que estava velho demais para esse tipo de coisa e colocou as mãos nos bolsos, e logo eram dez e depois onze da noite e começou a ficar frio. O vento passava direto pela blusa xadrez.

"Certeza que ele está sentado bebendo alguma coisa", sua mãe disse.

Pouco depois ele viu uma silhueta perto da praia, longe, alguma coisa estendida que podia ser seu pai, olhou para a mãe e, quando pareceu que ela não sabia, correu para a água gritando "Pai, pai". Mas eram só umas caixas, com Dublin 731 escrito em estêncil, e à meia-noite voltaram para casa.

8

Os documentos do processo judicial estavam uma bagunça indescritível, mas logo Corell conseguiu ter uma ideia razoável do que tinha acontecido. Alan Turing foi preso, e mandaram sua foto e suas impressões digitais para a Scotland Yard, o que significa que provavelmente sua vida toda foi examinada, assim como Hamersley disse, e com certeza não foi fácil para Turing lidar com isso. Não que Corell soubesse alguma coisa sobre o círculo de amizades de Turing ou seu estado mental, mas é de se imaginar que os amigos e os colegas tenham se afastado. Alguém cuja homossexualidade é revelada sem dúvida seria tratado como um leproso, ele imaginou, e isso corrói a pessoa, como Corell sabia por experiência própria. Mas isso agora era problema de Turing, e era evidente que tinha feito por merecer.

Segundo o relatório, o matemático se comportou "sem nenhuma vergonha nem remorso" durante o julgamento, o que não o ajudou. Arnold Murray foi apresentado como jovem e ingênuo, mas não como alguém sem futuro, e o que se dizia era que foi seduzido por Turing, mais velho e mais bem-educado, e era óbvio que isso também não ajudava. Naturalmente o advogado de Turing mencionou todas as coisas boas que sabia sobre seu cliente, por exemplo — e Corell observou esse ponto com especial atenção — que o matemático havia recebido a Ordem do Império Britânico por seu trabalho durante a guerra. Por outro lado, não houve nenhuma menção ao lugar onde o matemático serviu, mas era improvável que tivesse sido na frente de batalha. Ele não parecia o tipo durão e, exceto por duas testemunhas de caráter que depuseram em sua defesa, inclusive um certo Hugh Alexander — um nome que Corell reconheceu vagamente —, não pareceu ter apoio de muita gente.

Uma das recepcionistas enfiou a cabeça na porta para dizer que ele tinha outra visita. Corell praguejou em voz baixa, tentando organizar a mesa, mas não chegou a fazer muita coisa. Um sujeito com rosto vermelho e brilhante entrou bruscamente. Parecia impelido por uma fúria mal contida, e por um breve momento Corell esperou levar uma bronca, ou pior, um tapa na cara, mas quando o homem tirou o chapéu e estendeu a mão Corell ficou pensando se o que tinha visto de fato era raiva. O sujeito tinha mais ou menos quarenta e cinco anos, com cabelo repartido do lado e uma pequena barriga saliente. A julgar pelos sapatos e pelo terno, era alguém importante, talvez até do Ministério das Relações Exteriores. Corell já tinha começado a fantasiar com alguém lhe dando informações privilegiadas, e nesse sonho já imaginara alguns cenários. Mas havia alguma coisa a respeito do visitante que não sabia exatamente determinar o que era. Ele parecia familiar de uma maneira intrigante, como se tivessem se encontrado antes em alguma cena desagradável, e por um momento Corell continuou sentado à mesa, sem saber bem o que fazer.

"O senhor quer falar comigo?"

"Acho que sim. O senhor é o detetive Corell, não? Meu nome é John Turing. Vim assim que soube", e embora Corell evidentemente tivesse reconhecido o nome sem demora precisou de um tempo para se dar conta de que esse era o irmão, e que a sensação de déjà-vu provavelmente se devia apenas à semelhança com o defunto.

"Minhas sinceras condolências", ele disse depois de se recompor, e levantou para estender a mão. "O senhor veio de Londres?"

"De Guildford", Turing disse, numa resposta curta e grossa, dando a impressão de que permaneceria firme em sua dignidade e se comportaria com formalidade e reserva.

"O senhor quer sentar?"

"Prefiro não."

"Nesse caso, posso sugerir um passeio? Parece que o tempo melhorou. Imagino que o senhor gostaria de ver seu irmão. Posso ligar…"

"Isso é necessário?"
"Receio que seja preciso ter uma identificação confiável."
"Mas a governanta já não...?"
"Supostamente é uma coisa boa poder se despedir."
"Imagino que seja melhor para mim do que para nossa mãe."
"Ela está a caminho?"
"Sim, mas provavelmente só chega em um ou dois dias. Está na Itália. O senhor pode me dizer um pouco do que sabe?"
"Vou contar a história toda. Só preciso arranjar alguém para nos receber no necrotério", ele disse, e fechou os olhos como se estivesse se preparando para mais um julgamento.

O sol brilhava lá fora. Estava quase quente, e ainda havia vários estilhaços de vidro e detrito no jardim. De longe era possível ver a casinha de pedra branca que oferecia um contraste tão doloroso com a delegacia, e o rastro de um avião era visível no céu. Corell falou sobre a maçã, o veneno, os fios elétricos, a panela fervendo, a sensação de "calma e resignação" no rosto de Alan Turing, e o irmão fez um número surpreendentemente pequeno de perguntas considerando-se a peculiaridade do caso.
"Vocês eram próximos?", Corell disse.
"Éramos irmãos."
"Nem todos os irmãos mantêm contato."
"Verdade."
"E vocês?"
"Não nos víamos muito. Nisso você tem razão. Mas quando éramos crianças..."
John Turing hesitou, como se estivesse pensando se valia a pena contar.
"O que é que tem?"
"Éramos muito próximos na época. Em grande medida crescemos sem nossos pais. Nosso pai estava na Índia, e acho que não queriam nos expor ao clima de lá. Entre outras pessoas, moramos com um velho coronel e a esposa dele em St. Leonards-on-Sea. Não era muito fácil."
"O senhor era o irmão mais velho."
"Quatro anos de diferença. Por isso eu sentia o peso da responsabilidade."

"Como ele era?"

"Na infância?"

"O senhor escolhe."

John Turing pareceu assustado, como se a pergunta fosse estranha ou inoportuna e dolorosa. Mas depois começou a falar, não exatamente emocionado, não mesmo. Às vezes era como se estivesse fazendo aquilo por obrigação, como se ele se sentisse distante de tudo aquilo, mas em outros momentos parecia se empolgar e esquecer com quem estava falando.

"Desde menino", ele disse, "parecia que o Alan achava os números muito mais divertidos do que as letras, e via números em todo lugar, em lâmpadas, cartas, embrulhos. Muito antes de saber ler estava somando números de dois dígitos, e depois de aprender a escrever você via a letra dele em todo lugar. Quase ninguém conseguia ler aquilo."

Até hoje era difícil ler a caligrafia dele, Corell pensou, lembrando da caderneta de Turing. Ele ficou perturbado com a ideia de que o homem que o encarou com o rosto rígido, e que era um pervertido, tenha sido um menino que por muitos anos calçou o sapato no pé errado, e também não gostou de ouvir que Alan Turing foi desde a infância desajeitado e esquisito, e que tinha dificuldade em fazer amizades, e que não era muito popular nem com os professores. Um deles disse que o garoto fedia a matemática. Alguém tinha escrito um verso sobre ele: *O que o Turing mais gosta na cancha da escola/ É a geometria das linhas por onde corre a bola.*

"Vocês iam ao mesmo colégio?"

"No começo. Frequentamos Hazelhurst, mas depois eu fui para Marlborough, e depois…"

"Em Marlborough", Corell interrompeu, e estava prestes a começar uma longa diatribe quando percebeu que isso iria forçá-lo a explicar por que era apenas um policial ordinário em uma cidadezinha pequena e achou que sua autoestima não conseguiria lidar com aquilo.

"Eu pessoalmente gostava de lá", Turing disse. "Afinal, sempre fui mais sociável. Mas a escola tinha uma coisa meio inumana, e percebi que Alan ia odiar. Por isso insisti para que não o mandassem para lá."

"Então Marlborough não era para ele."

"Ele acabou indo para Sherborne e provavelmente também não era o lugar perfeito, mas era melhor."

"Tenho certeza", Corell disse sem ênfase.

Eles viraram na Grove Street e passaram por um pub chamado Zest e pelas casas baixas de tijolos à vista e depois pelas lojas e salões de beleza enfileirados. Tinha muita gente na rua. O sol estava brilhando, mas havia nuvens escuras, ameaçadoras, e por um instante Corell se lembrou de uma noite úmida e desagradável na escola. *Então ele não precisava ir para Marlborough.* Precisou fazer um grande esforço para se concentrar no outro.

"Quando vocês se viram pela última vez?", ele perguntou.

"No Natal, na nossa casa em Guildford."

"Como ele estava?"

"Bem, eu acho. Muito melhor."

"Melhor do que quando?"

"Do que durante o julgamento."

"Ele estava deprimido na época?"

"Eu diria que sim. Ou talvez eu nem saiba, na verdade, para ser sincero. Nunca mais nos acertamos depois daquela história. Eu nunca cheguei a entender."

"O senhor se distanciou dele?"

"Nem um pouco", ele disse. "Ajudei como pude, com aconselhamento jurídico, todo tipo de coisa. Pus o Alan em contato com outras pessoas."

"O senhor é advogado, não é isso?"

"Sou. Mas não era fácil discutir as coisas com o Alan. Nunca foi. Aconselhei que ele confessasse de novo no tribunal para não precisar explicar tudo. Mas ele não queria fazer nem uma coisa nem outra."

"O que isso quer dizer?"

"Por um lado ele queria dizer as coisas exatamente como eram. Detestava mentiras e hipocrisia, e claro que isso é positivo. Mas nada era simples para o Alan. Ele virava tudo do avesso, e apesar de isso poder ser uma vantagem para ele no trabalho, no tribunal… meu Deus… lá ele era um peixe fora d'água. Disse que se declarar culpado ia ser tão errado quanto negar o que tinha acontecido."

"Não sei se eu entendi bem."

"Ele queria dizer que se admitisse a culpa estaria falando a verdade, claro, no sentido de que de fato tinha dormido com aquele sujeito, mas ao mesmo tempo estaria admitindo que isso era um crime, o que se recusava a aceitar. Ele estava apenas seguindo a sua própria natureza, segundo dizia."

"E o senhor concordava com ele?"

"Não!"

"Em que sentido?"

"Sinceramente não quero falar disso."

"Entendo."

"Mas, se é isso que o senhor quer saber, posso dizer desde já que eu não gostava nada daquilo que, segundo ele, eram suas inclinações", John Turing vociferou com uma maldade inesperada. "Fiquei absolutamente chocado quando ele me escreveu para contar. Eu não tinha a menor ideia."

"Vocês brigaram?"

"Isso é um interrogatório?"

"Eu não diria que sim."

"O Alan ia adorar essa resposta."

Corell teve um sobressalto. Ele era sensível a ponto de achar que estava sendo zombado.

"Ou então o Alan ia levar a pergunta muito a sério e perguntar qual era a fronteira entre o 'sim' e o 'não', e se 'eu não diria que sim' pertencia a um ou outro ou se a frase era simplesmente um absurdo lógico", o irmão continuou, em um tom mais amistoso.

"Eu só queria..."

"Mas não tenho nada contra conversar, 'eu não diria que sim'. Qual era a sua pergunta?"

"Se vocês brigaram?"

"Não mais do que em outras situações em que ele me repreendia. Como pelo fato de eu não entender como as coisas eram difíceis para os homossexuais."

"Então ele achava..."

"Que pessoas como ele eram um grupo exposto e perseguido. Ele me passou todo um sermão, mas, meu Deus, eu realmente tinha outras coisas com que me preocupar. O Alan, claro, meu irmão. Mas ele não entendia isso. 'Você só está pensando na sua reputação', ele dizia, o que não era verdade. Eu só estava pensando na reputação dele, e fiz o que pude para impedir que o dano fosse muito grande, mas se você tivesse ideia... é de deixar qualquer um louco."

"O quê?"

"Como o Alan era inacreditavelmente ingênuo fora do seu mundo intelectual."

"Ele se atrapalhou todo mesmo na investigação policial", Corell admitiu, sabendo muito bem que não estava ali para concordar.

"Com certeza."

"Como ele encarou a sentença e o tratamento?"

"Não sei bem. Mas parecia terrível, não?"

"Em que sentido?"

"Obrigar um homem a tomar estrogênio, tem alguma coisa mais humilhante?", disse John Turing, e Corell pensou: estrogênio, que diabo é isso? Mas ele ficou em silêncio para não deixar sua ignorância transparecer.

"Teve algum efeito?", ele preferiu dizer.

"No curto prazo talvez, mas no longo prazo acho que só fez mal para ele. Desconfio que ele tenha servido de cobaia. Provavelmente havia vários estudos, mas tinha muita coisa que ainda não estava clara. Não que eu entenda grandes coisas de medicina. Por outro lado, sei que não estavam usando isso há muito tempo. Tudo se baseava em descobertas recentes. Ele era o rato de laboratório, e é inacreditável que o mundo da ciência tenha escolhido justamente ele para colocar nesse papel. Ouvi recentemente que aprenderam a fazer o tratamento à base de estrogênio com os nazistas. Aqueles cretinos fizeram experiências semelhantes nos campos de concentração. Me perdoe, fico furioso só de pensar nisso. Não sei bem se aguento ver o corpo agora."

Corell não disse nada. Eles já estavam perto do necrotério, e por um momento — sem saber bem o porquê — esteve prestes a dizer que ele também tinha frequentado Marlborough. Em vez disso falou:

"Você sabe onde o Alan estava durante a guerra?"

"Por que a pergunta?"

"Parece que ele trabalhou com alguma tarefa delicada."

"Pode ser. Só sei que ele estava em algum lugar entre Cambridge e Oxford. Ele e vários outros crânios."

"Como assim?"

"O Exército juntou o Alan e vários outros caras inteligentes em um mesmo lugar."

"Para fazer o quê?"

"Tenho minhas teorias. Mas, como Alan nunca falou nada sobre isso, é provável que eu tenha que ficar de boca fechada. Mas sei que ele voltou lá no ano passado."

"Foi convocado de novo?"

"Não, não, era uma dessas coisas típicas do Alan. Ele queria pegar uns lingotes de prata que tinha escondido durante a guerra. Ele achou que era uma ideia sensacional comprar prata e esconder em algum lugar obscuro, sabe, em vez de depositar num banco."

"Ele encontrou a prata?"

"Claro que não, e talvez não tenha dado a mínima. Ele não se interessava muito por dinheiro. Era um caçador de tesouros que nunca se importou muito com o tesouro."

"Chegamos", Corell disse.

Ele parou.

"O quê?"

"Ao necrotério."

John Turing tomou um susto, e pareceu ao mesmo tempo temeroso e surpreso, e de fato o prédio não parecia um necrotério. Era caiado, com um telhado metálico preto e uma porta azul-clara que dificilmente alguém associaria à morte e ao apodrecimento. Também havia um belo canteiro de flores e dois ciprestes crescendo em frente ao edifício, assim como um azevinho jovem, mas, como sabia o que se escondia lá dentro, Corell não via nada de agradável nem nas flores. Sentindo-se tenso, ele abriu a porta da frente e ficou surpreso por encontrar dois homens em ternos de tweed, que educadamente levantaram seus chapéus. Um deles era excepcionalmente alto e talvez excepcionalmente elegante, pelo menos para sua idade, com traços bem definidos e olhos negros intensos. Ele pareceu interessado de verdade em John Turing e em Corell, mas o que chamava mesmo a atenção era o fato de o pescoço ser torto, o que lhe dava um ar um tanto frágil. Uma bengala seria útil para ele. O outro homem era mais robusto, com o tipo físico de um lutador, embora já tivesse certa idade. Ele se movia de modo desengonçado, as bochechas coradas e o nariz grande e disforme, mas também emanava um forte sentido de autoridade, e Corell só teve tempo de se perguntar o que eles estavam fazendo antes que uma enfermeira aparecesse e informasse aos dois que o dr. Bird iria recebê-los.

Charles Bird era o mesmo de sempre. A pele era amarelada. Ele próprio tinha uma aura de morte, e como sempre queria impressionar com seu conhecimento. Mostrou uma deferência maior com John Turing, claro, e usou mais termos em latim, e obviamente fez de tudo para não ofender o advogado enlutado, mas acabou detalhando demais as descrições médicas, e mostrou uma completa falta de tato — quem é que quer ouvir sobre as vísceras do irmão morto? —, e John Turing o interrompeu bruscamente.

"Basta!"

"Eu não pretendia…", Bird murmurou, e os dois ficaram em silêncio, o médico constrangido, e o irmão profundamente emocionado, com os olhos marejados e o lábio superior tremendo. Era o tipo de situação em que a rotina diária de alguém se cruza com a tragédia de outra pessoa, uma cena de um gênero que fazia Corell se sentir melancólico, mas que agora lhe dava prazer, de tanto que desejava ver o patologista levar uma invertida. "Vamos", ele disse, e por um bom tempo os dois caminharam sem dizer uma palavra. O necrotério não ficava longe da estação ferroviária, e dava para ouvir lá longe um trem de carga. Na Hawthorne Lane, um Rolls Royce passou como se fosse uma lembrança maldosa de um outro mundo, melhor, mas Corell estava até certo ponto em paz, apesar de tudo. Tinha se despedido de maneira gélida do patologista, e isso lhe deu prazer. Agora deveria voltar à delegacia. Mas continuou indeciso, sem saber para onde eles estavam de fato indo.

"Tem uma coisa", John Turing disse, em uma voz que parecia prometer algo importante.

"Sim?"

"Você tem certeza de que foi suicídio?"

Corell olhou na direção do viaduto vermelho e marrom sobre o rio Bollin e ficou pensando se iria ouvir uma teoria sobre assassinato, ou talvez algo que batesse com o que Hamersley falou sobre segredos de Estado.

"Não pode ter sido um acidente?"

"Como assim, um acidente?"

"Fazia anos que a minha mãe dizia que alguma coisa ia acontecer com o Alan, a última vez foi lá em casa no Natal. Falou com ele como se fosse um menininho. 'Lave as mãos', ela disse. 'Não esqueça de esfregar bem'."

"Para se livrar do quê?"

"Dos venenos e dos produtos químicos. Alan mexia com todo tipo de coisa, e ela sabia melhor do que ninguém como ele era atrapalhado e esquecido, e também sabia que ele lidava com cianeto de potássio. Ela avisou mil vezes."

"Por que ele tinha o veneno?"

"Ele usava para banhar os talheres a ouro. Acho que é preciso separar o ouro de algum jeito. Não, nem me pergunte por que ele estava fazendo isso. Ele era assim. Tinha todo tipo de ideia. Pegava ouro do relógio antigo do avô e transferia para uma colher, totalmente maluco, não acha? Ficar ali mexendo com cianeto de potássio! Minha mãe ficava doida. 'Você vai fazer todo mundo ficar triste', ela dizia."

"De fato, nós encontramos uma colher de chá banhada a ouro", Corell disse, lembrando o objeto que Alec Block achou na casa.

"Pois é, então."

O irmão parecia agitado, e Corell se arrependeu de ter mencionado a colher.

"Mas e a maçã?", ele questionou. "Estava encharcada de cianeto."

"Seria a cara do Alan derrubar o cianeto na maçã por engano."

"Acho que o cheiro da maçã era forte demais para isso. Tinha muito cianeto de potássio ali para ter caído por acidente. Ele deve ter mergulhado a fruta no veneno, ou algo parecido", Corell disse, sem ter bem certeza do que estava falando, e sem saber se tinha acertado em contradizer o irmão do morto.

Se a mãe e o irmão quisessem acreditar que foi um acidente, era direito deles, e naquele momento lhe ocorreu uma ideia, uma boa ideia, ele achou, e caso quisesse rastrear a sua origem seria preciso voltar ao relacionamento complicado que teve com a própria mãe e aos seus esforços constantes e inexpressivos nas férias escolares para descrever a terceiros coisas que na verdade eram horrorosas de maneira que parecessem mais agradáveis, melhores. Foi uma ideia sobre como o morto pode ter raciocinado, mas ele não falou nada sobre isso.

"Fico grato de verdade por ter tirado um tempo para falar comigo. Mas infelizmente preciso voltar para a delegacia", ele disse.

"Mergulhada no veneno", o irmão repetiu, como se não estivesse ouvindo.

"Perdão?"

"Tem alguma coisa estranha nessa frase", ele disse.

"Como assim?"

"Ela me lembra alguma coisa."

"O que é?"

"Uma coisa que o Alan disse muito tempo atrás, antes da guerra. Não tem um poema infantil sobre isso?"

Um poema infantil? Pode ser que sim. Uma maçã mergulhada em veneno, isso parecia um arquétipo, mas não fez Corell lembrar nada específico, embora gostasse bastante de poemas infantis e de versos absurdos. "Não que eu me lembre", ele disse, e depois anotou o endereço e os dados de John Turing e prometeu mandar para ele os cadernos com os sonhos de Alan Turing que "definitivamente não deviam cair nas mãos erradas". Depois disso se despediram e, se antes o irmão deu sinais de proximidade, agora voltou à sua persona oficial e se afastou. Só depois que suas costas começaram a parecer uma linha distante, Corell percebeu que se esqueceu de perguntar sobre o trabalho de Alan Turing com paradoxos e máquinas, e por um momento foi tomado pelo remorso costumeiro de ter se tornado apenas uma pálida sombra do que realmente era. *Eu sou mais do que isso. Eu sou mais do que isso*, ele queria gritar, *Eu sou só uma sombra de mim mesmo*. Mas ele se recompôs, e sorriu com um ar de dignidade forçada para duas moças que vinham andando na direção oposta.

Embora estivesse um pouco tenso, não voltou para a delegacia, preferiu em vez disso ir para a Station Road, na direção da biblioteca. A biblioteca era um refúgio. Hoje em dia ele gostava mais de ir lá do que de ir ao pub. À noite era comum sentar lá e ler durante horas, tentando botar em prática um plano não muito bem definido de ampliar seus horizontes intelectuais, mas ele nunca, ou pelo menos nunca em princípio, ia durante o expediente. Agora tinha assuntos ligados ao trabalho para resolver, talvez não ligados diretamente à investigação, e que com certeza não eram uma prioridade, mas que de todo modo tinham alguma importância, e portanto se sentiu só um pouquinho culpado ao passar apressado pelo jardim de George Bramwell Evens, entrar no edifício e subir a escadaria curva. Dava para ouvir um suave murmúrio, e ele respirou fundo, aproveitando a atmosfera especial que, apesar do agradável odor adocicado, tinha uma combinação agradabilíssima de coisas mundanas e solenes, como numa casa em que alguém se sente à vontade mas ao mesmo tempo percebe a presença venerável de uma pessoa educada e muito sábia. *Livros, livros!* Talvez gostasse mais dos livros à distância, como promessas, ou como pontos de partida para seus sonhos, e sem pressa se aproximou do balcão de informações e da jovem que trabalhava ali e que sabia se chamar Ellen. Ele pediu um livro sobre medicina.

"Espero que o senhor não esteja doente."

"Não, não", ele disse, meio incomodado, e foi andando rumo ao seu lugar de sempre perto da janela.

9

Na manhã seguinte ao desaparecimento do pai em Southport, Leonard acordou com a impressão de que tudo ainda ficaria bem, e que na noite anterior tinham passado por um ponto baixo a partir do qual a vida tendia a melhorar. Ele estava tão cheio de esperanças que não reconheceu o sujeito andando pela praia e as caixas de ferramentas vermelhas. Achou que era um dos gaiatos da região, que tinha aparecido usando um chapéu esquisito para perguntar pelo seu pai. Mas o cérebro iludia o menino. Quando foi à cozinha esperando ouvir que "Seu pai estava fazendo uma coisa errada ontem à noite", percebeu que a mãe vestia as mesmas roupas do dia anterior e que o sujeito lá fora não era um piadista, era um policial, uma grande e barbada figura de autoridade, cujo chapéu esquisito na verdade era um capacete.

"Vai pro seu quarto!"

Ele se afastou só a ponto de sair do campo de visão dela, e fez o melhor que pôde para ouvir a conversa. Só o que conseguiu escutar foram trechos aleatórios do que eles falavam, e por um bom tempo ficou olhando o mar, e o barco a remo preto na água, mas no final acabou não aguentando.

"Do que vocês estão falando? Onde está o papai?", ele gritou.

"Se acalme, Leonard", a mãe sibilou com uma voz tão tensa que ele imediatamente compreendeu que um acidente da pior espécie tinha invadido a casa e, embora tenha levado um tempo para os detalhes ficarem claros, o que se dizia era que um homem havia sido atropelado por um trem de carga vindo de Birmingham, e que era possível que fosse seu pai. A mãe precisava ir ver se identificava o corpo, e se algum dia houve um momento para rezar provavelmente foi aquele, mas pelo que ele lembra as esperanças desapareceram de imediato. Sou um órfão, ele murmurou, como se os dois tivessem morrido, e por isso o choque não foi tão grande quando a mãe voltou já tendo identificado o corpo. Parada no batente da porta com a boca estranhamente pintada de vermelho e os olhos tão pequenos e inchados que chegava a ser impressionante que conseguisse ver alguma coisa, ela disse: "O pai morreu, ele não está mais entre nós", como se a última parte fosse absolutamente necessária.

 Ele deve ter reagido de algum modo, chorando ou tendo uma crise nervosa, mas a única coisa de que se lembrava era de ter feito em pedaços a cadeira Queen Anne branca e de isso lhe dar algum alívio, especialmente por não ter feito aquilo com raiva, e sim de modo metódico e controlado até três pernas da cadeira estarem quebradas e o encosto todo estilhaçado. A mãe, que como toda mãe nunca faz muita coisa certa, pelo menos teve a sensatez de não dar muita importância para o que ele fez, dizendo: "Eu nunca gostei muito dessa cadeira mesmo". Fora isso, começou a ficar mais rígida, ou talvez devesse dizer que ela criou uma espécie de máscara, com uma rapidez impressionante — como se seu luto não precisasse passar por fases — que para alguém de fora podia lhe dar um ar de serenidade ou a impressão de que estava em paz consigo mesma, em especial quando jogava partidas de paciência à noite ouvindo músicas alegres ou quando escovava o cabelo com um cuidado quase sensual. Mas Leonard nunca se deixou enganar, e em pouco tempo sabia dizer, mesmo de longe, como ela se sentia, como se a sua dor se espalhasse em ondas pelo ar.

 Nos momentos mais difíceis, um cheiro azedo saía pelas frestas em torno da porta do quarto, e ele provavelmente conseguiria lidar com aquilo se a mãe pelo menos botasse para fora um pouco do seu desespero ou se criasse alguma conexão entre as palavras que dizia e a sua linguagem corporal. Ela podia sorrir e falar do tempo, mas com a aparência de alguém que atravessa um inferno, e era comum ele querer gritar: "Pelo amor de Deus, chore!", mas a única coisa que obtinha como resposta era ver a mãe desaparecendo com frequência cada vez maior atrás de suas cortinas emocionais, e em vez de tentar abri-las ele fugia para dentro de si. Ele mal falava, e era comum que andasse por horas na praia ou seguindo o trilho do trem, onde criou um cemitério especial para si.

Foram necessários dias para encontrar o lugar. Ninguém era exatamente generoso para dar informações, e talvez ele nunca o encontrasse se não tivesse feito uma descoberta um dia perto de um silo enferrujado e de dois arbustos isolados. Na grama perto dos trilhos estava a luva preta de couro do pai, e, embora hoje não lembre com exatidão o que pensou na época, imediatamente percebeu que aquilo era importante. Era como se tivesse descoberto uma pista crucial, como se a morte do pai deixasse de ser uma tragédia e se transformasse em um mistério em que seria possível encontrar algum tipo de solução caso estudasse os indícios e chegasse às conclusões certas. Muitas vezes ele se perguntou se a luva tinha caído do bolso do pai, ou se tinha sido arremessada ali com raiva, ou se tinha sido deixada ao lado do trilho como uma mensagem secreta.

Por anos Leonard procurou referências a luvas pretas em livros, na esperança de encontrar um significado oculto, e chegou a ficar obcecado com os últimos passos do pai e a se perguntar se era verdade, como tinha lido, que a visão da pessoa fica mais aguçada nos minutos finais e se torna intensa a ponto de registrar todos os detalhes do entorno, e se de fato a vida passa diante dos olhos, e se nesse caso ele tinha aparecido na torrente de memórias e, se sim, o que estaria fazendo — e se tinha aparecido com uma imagem boa ou ruim.

Ele persistiu hora após hora, dia após dia, mas a luva não o levou a lugar nenhum, a não ser de volta a si mesmo, e naquele outono não aprendeu nada mais significativo do que o fato de que seu pai realmente levou a família até a beira da ruína. O coitado havia se enredado em um círculo de esquemas bobos e ideias tolas que em sua cabeça iriam tirá-lo daquela situação, e era evidente que já não tinha nem de longe o dinheiro necessário para mandar o menino para Marlborough.

Leonard foi para lá mesmo assim, só um pouco mais tarde, graças à tia Vicky e a uma bolsa para estudar inglês e matemática. De início ficou contente. Encarou isso como um modo de sair de casa. Mas nada era assim tão simples. Era outubro de 1939. Uma guerra começou, e ele ficou na estação com suas malas marrons, e teve a impressão de que o mundo inteiro tinha desmoronado. Havia soldados por toda parte. Um garotinho gritava, e a mãe dele, que estava com um broche brilhante no chapéu, escovava seu cabelo. De longe devia parecer perfeito, isto é, caso alguém estivesse olhando para os dois do mesmo modo que ele observava os outros. A mãe dizia todas as coisas certas:

"Vai dar tudo certo, Leonard. Me escreva o tempo todo", mas tudo o que ela dizia parecia oco.

Era como se estivesse apenas fazendo o papel da mãe amorosa, e enquanto punha os lábios na bochecha dele Leonard imaginou um olhar totalmente vago no rosto dela, ou até que estivesse olhando os homens na plataforma. Porque a situação tinha chegado a um ponto em que ele imaginava que ela só parecia viva ao ver homens que exalavam vulgaridade e dinheiro. Provavelmente isso era injusto da sua parte, mas estava convicto de que a mãe não se preocupava mais com ele e que tinha voltado suas atenções para uma paisagem distante onde não havia lugar para o filho, e tinha vontade de desafiá-la: *Por que você não me vê? Por que você deixou de me amar?*

Mas o crime dela era sutil demais, discreto demais. Não havia uma arma fumegante, nada tangível, e é claro que ele tinha esperança de estar errado e de nada ter mudado em relação ao amor e à presença da mãe, e que só o que a tornava mais distante era o luto pelo pai. Mas algo dentro dela realmente havia se tornado mais duro, e se tivesse dado um tapa ou um soco na cara dele ali mesmo na plataforma não seria tão doloroso quanto o olhar gelado que mostrava no rosto quando disse o seguinte: "Você vai me deixar orgulhosa na escola". "Você é um garoto muito esperto." "Fique longe dos encrenqueiros!"

Enquanto o trem saía da estação e ele se sentava no seu lugar, que cheirava a sabão antisséptico e ao álcool dos soldados, a mãe pareceu, verdade, tão pequena e triste ali na plataforma que por um momento se arrependeu de não ter pensado nela com mais afeto, mas no segundo seguinte uma onda de dor tomou conta do seu corpo, e numa anotação rápida no diário que em outras circunstâncias podia ser o início de algo melhor e representar alguma espécie de ponto baixo, ele escreveu: "Seja forte, seja forte!".

O único problema era que o Marlborough College não lhe deu a menor chance de voltar a ser forte. Em vez disso, a instituição confirmou a alarmante sensação de orfandade que surgiu após a morte do pai, e ele passou a detestar o lugar de todo o coração. Não apenas pelas razões de sempre, a comida horrorosa, os professores rigorosos e sem imaginação e o sistema vil de trabalho duro e punição que tolerava o bullying feito pelos outros alunos. Nem era por morar na casa "A", conhecida como "presídio", nem por as únicas coisas que realmente contavam serem rúgbi, críquete e atletismo, todas bobagens tediosas que não suportava, e por não adiantar nada ser o aluno brilhante que era. O verdadeiro motivo era totalmente diferente.

10

Ele já tinha manuseado aquele livro de medicina, não só em ocasiões em que pensou estar doente, como também quando queria ler sobre a biologia humana. O livro era marrom, estava gasto pelo uso e não era exatamente atualizado. A leitura daquelas páginas dava a sensação de viajar pelo próprio corpo, e às vezes ele sentia os sintomas das doenças sobre as quais lia, como se tivesse sido infectado pelas palavras ou por simplesmente entender como se sentia a partir daquela leitura. Mas dessa vez, enquanto folheava o livro, ele não se demorou em alguma página, e rapidamente achou o que queria: "Estrogênio, um hormônio esteroide [...] presente tanto no homem como na mulher, mas em maior quantidade na mulher [...] atravessa a membrana celular [...] afeta características sexuais secundárias como o desenvolvimento de seios e [...] acredita-se que regule o ciclo menstrual [...] sendo portanto conhecido como o hormônio sexual feminino".

Ele não entendeu. "Conhecido como o hormônio sexual feminino"? Por que então deram isso a Turing? Ele devia ter ouvido mal. Não estava prestando atenção. Mas não, havia repetido várias vezes a palavra mentalmente para não esquecer, e o irmão tinha certeza. Alan Turing deve ter recebido estrogênio. Mas aquilo parecia tão estranho, tão doentio. Corell não sabia muito sobre medicina, mas *hormônio feminino*, isso era simplesmente repulsivo, e não deveriam ter feito o contrário?

Tirou os olhos do livro e tentou pensar a respeito com mais sobriedade. *Hormônio sexual feminino, feminino*. Ele não tinha a menor ideia do que causava a homossexualidade, mas, fosse o que fosse, com certeza não era a falta de feminilidade! Mulherezinhas, era como chamavam os homossexuais. A tia dele falava de uma rua no West End de Londres onde travestis, homens vestidos de mulher, ofereciam o corpo para outros homens. Caso houvesse alguma coisa faltando para um homossexual, na certa era masculinidade. Por que então não dar mais hormônio masculino? Fazer o sujeito ficar mais barbudo e com pelos no peito, um pouco mais masculino. Ele não entendia. Por que deram aquilo para Turing? Não tinha como ser só para zombar dele. Escreveram "tratamento", "tratamento médico". Devia haver uma razão para isso. Ninguém ia fazer uma coisa dessas sem estudos exaustivos. Era preciso haver uma explicação científica. O problema era que ele não tinha todas as informações. Ceticismo, meu caro, ceticismo, os acadêmicos quase nunca são tão brilhantes quanto a gente imagina, o pai dele costumava dizer, e pode ser que estivesse certo, mas com certeza não eram completamente burros. Dificilmente iam obrigar um professor universitário a tomar hormônio feminino se não existisse um bom motivo, certo?

Corell sentou e ficou olhando para fora pela janela por vários minutos, pouco à vontade, e se lembrou do momento em que desabotoou o pijama de Turing, descobrindo o peito quase feminino, e examinou o corpo com as mãos. Essa lembrança tinha em si algo ameaçador, não? Ele levantou. Foi até as pilhas de jornais antigos e procurou desesperadamente duas coisas, a série sobre homossexualidade do *Sunday Pictorial* que Hamersley citou e o que tivesse sido publicado sobre o julgamento de Turing. Nenhuma das duas coisas foi fácil de achar. Ele voltou dois, três anos e folheou os jornais com tanta avidez que chegou a rasgar várias páginas, e estava a ponto de desistir. Olhava nervoso o relógio, a essa altura já deveria ter voltado, mas isso aqui... ele viu um texto sobre tratamento hormonal contra homossexualidade no *Sunday Pictorial*. A matéria era abstrata e sem nada substancial, mas ele entendeu o suficiente para perceber que as opiniões quanto à homossexualidade eram divididas.

Muitos viam a homossexualidade como um defeito moral que podia atingir qualquer pessoa que não se precavesse, uma degeneração, em resumo, uma consequência de uma vida dissoluta. Era provavelmente mais comum entre intelectuais, dizia o texto, em parte como resultado da mentalidade nas escolas particulares, o que devia ser verdade. Mas também se dizia que era um sinal dos tempos. Questionar os valores estabelecidos, desde o sistema político até a moralidade em geral, era moda nos círculos artísticos, escrevia o autor. Guy Burgess, o espião, e o grupo de Bloomsbury eram citados, assim como certos grupos do King's e do Trinity, em Cambridge, e a reportagem seguia citando similaridades entre homossexuais e comunistas. Os dois grupos se organizavam em células subterrâneas, e ambos davam as costas a valores fundamentais. Portanto não era surpresa que houvesse muitos veados entre os vermelhos, e o que se fazia necessário, de acordo com muita gente importante, era uma punição mais rigorosa, nada mais nada menos, além de uma condenação unânime.

Outros, com uma "mentalidade mais científica", definiam a homossexualidade como doença e prescreviam tratamento, o que irritava os conservadores, que viam nisso uma forma de tirar a responsabilidade dos que tinham a culpa. Foram feitas tentativas de lobotomia e castração química, mas os resultados não eram satisfatórios. O tratamento hormonal era visto como um método mais promissor. Um certo dr. Glass, de Los Angeles, realizou alguns estudos e chegou à conclusão de que os homossexuais tinham mais estrogênio no corpo do que outros homens, o que obviamente correspondia ao que Corell tinha antecipado. Em 1944 o dr. Glass injetou hormônios sexuais masculinos em vários pederastas, e ao que parecia estava esperançoso com o experimento. Ele viria a se decepcionar. Pelo menos cinco cobaias ficaram mais efeminadas do que nunca, ou "com maior tendência homossexual", nas palavras do texto.

O experimento fracassado sugeria fazer o oposto. Dar estrogênio em vez de hormônio masculino. Parecia uma abordagem bastante simplista, Corell pensou, se o preto não funciona vamos tentar o branco. Mas um médico britânico chamado F. L. Golla, do Instituto Neurológico Burden, em Bristol, se tornou um pioneiro no campo, e seus estudos sugeriam que o estrogênio de fato era muito eficaz. Se as doses fossem suficientemente altas, o desejo sexual desaparecia em um mês. Havia efeitos colaterais pouco importantes, claro, como impotência temporária e desenvolvimento de seios, mas era possível ignorá-los.

Turing não era citado na reportagem, e Corell folheou o *Wilmslow Express* e o *Manchester Guardian*. Encontrou bem pouco material sobre o julgamento, o que sugeria que Turing não era famoso. Nenhum repórter parecia ter achado que valia a pena investigar sua intimidade. Corell encontrou uma única matéria curta com o título: "Professor universitário recebe liberdade condicional. Passará por tratamento organoterapêutico".

Além do registro do crime em si, o texto dizia que o tribunal levou em conta o fato de que era a primeira infração de Turing. Informava também que os tribunais não eram tão severos quanto nos tempos de Oscar Wilde. Só 176 dos 746 homens considerados culpados de indecência grave em 1951 acabaram na cadeia, e muitos, como Turing, puderam escolher entre o tratamento e a prisão, entre as grades e o hormônio sexual feminino. Que bela escolha, pensou Corell, se perguntando se não preferiria a prisão. Na prisão pelo menos podia seguir sendo quem era. Podia continuar sendo um homem.

De acordo com o texto do *Sunday Pictorial*, era possível que o estrogênio afetasse — embora isso fosse improvável — o sistema nervoso. Experimentos em ratos mostraram que alguns indivíduos exibiam sinais de depressão, embora sabe-se lá como é possível dizer se um rato está deprimido. A cauda fica caída? Absurdo completo! Mas tomar um comprimido ou uma injeção que vai para a corrente sanguínea e trabalha sem que a pessoa veja, deixando não só a bunda parecida com a de uma mulher, como também criando seios! Tenebroso! Sem pensar, ele tocou no próprio peito, como se estivesse preocupado com a possibilidade de estar ficando mais macio. Sentia um medo inexplicável. Arrancarem da pessoa a identidade sexual, acordar de manhã e descobrir novos sinais da transformação! Ele não ia aguentar um dia que fosse disso. Também ia ficar perambulando pelo corredor do segundo andar e mergulhar a maçã na infusão maligna. O que é que sobra para quem perde a masculinidade? Mas na verdade... isso não era problema dele. *Agradeça por você nunca...* ele não ia aguentar. Tentou pensar em outra coisa. Tentou se concentrar de novo em uma série numérica, mas então... Então lhe ocorreu uma ideia que ele podia classificar como totalmente profissional. Segundo o texto, o tratamento só deveria durar doze meses, o que significava que Turing parou de tomar estrogênio em 1953, pelo menos um ano antes de morrer, e que passou a viver normalmente depois disso. Não que Corell soubesse grandes coisas a seu respeito, mas pelo menos não foi isso que arruinou Turing. Ele vinha se sentindo melhor, segundo o irmão, e comprou ingressos para o teatro, o que é claro que não queria dizer nada, mas em todo caso não era impossível que houvesse outras razões para sua morte além do julgamento. Ele foi vigiado. Tinha segredos. Podia ter acontecido todo tipo de coisa. Por outro lado... Corell jamais ia saber, ou ia? Turing levou as razões consigo para o túmulo. Era melhor esquecer tudo isso. De todo modo, ele realmente precisava ir. Ross provavelmente já estava furioso com ele. Corell decidiu se apressar e mesmo assim — o que o surpreendeu — não voltou direto para a delegacia. Virou à direita, em direção à Alderley Road, como se o vento e o verão o arrastassem ou como se os pensamentos sobre estrogênio e suicídio lhe despertassem a necessidade de dar provas de sua masculinidade, e andou até a loja de trajes masculinos Harrington & Sons, não para comprar roupas, Deus o livre. Sem a mesada da tia, mal poderia pagar por um lenço na loja. Seu interesse tinha relação com uma garota.

O nome dela era Julie. Ele não sabia o sobrenome. Era assistente na loja e, quando ele esteve lá para tirar as medidas para o paletó de tweed que a tia lhe deu de aniversário, ela colocou alfinetes na calça, mediu os ombros e a cintura, e ele gostou da sensação. Era um tipo de cuidado e atenção que não recebia sempre, e ele manteve a pose, como se de fato fosse alguém importante. No entanto, levou um tempo para prestar atenção nela. Julie não era nem bonita nem atraente, era tímida quase a ponto de se tornar invisível, mas um incidente mudaria isso de forma bem significativa. Leonard Corell não era nenhum galã. Muitas vezes ficava surpreso ao se dar conta de como andava solitário, e por ter tido tão poucas mulheres — menos ainda se não entrassem na conta as experiências fracassadas com prostitutas em Manchester —, e, embora houvesse muitas razões para isso, sua autoestima era um fator decisivo. Ele queria ser mais do que era no momento, como se quisesse ser um tamanho maior, uma versão aumentada do detetive Corell, a mesma pessoa porém com algumas qualificações e qualidades adicionais, talvez exatamente o homem que fingiu ser enquanto Julie enfiava alfinetes na sua calça, e, embora torcesse para isso acontecer, pouco se esforçava nesse sentido. Ele se tornou especialista em adiar iniciativas e abordagens. Não era uma estratégia consciente, certamente não. Ele apenas achava que ainda não estava pronto, e isso o levava a não agir, não que soubesse com certeza que um dia viria a ser algo mais do que já era, mas se havia um mito em sua vida era algo semelhante à história do patinho feio, e em vez de tomar uma atitude Corell sonhava.

Um dia, cerca de um mês antes, ele viu uma figura de traços delicados que vestia um dos manequins tipo Clark Gable na vitrine. Ao se aproximar viu que era Julie. Estava com o cabelo preso. Vestia um casaco xadrez verde e sóbrio, uma camisa e uma blusa de uma cor atraente que descobriu que se chamava céladon, mas nem assim considerou a moça bonita, e só quando ela colocou um cachecol vermelho no pescoço de Clark Gable alguma coisa aconteceu. Ela começou a brilhar, e ele se lembra de pensar que Julie emanava tranquilidade, e seguiu com os olhos os contornos perturbadores dos quadris e dos seios, mas, quando ela se inclinou e ajeitou as pernas do manequim, Corell viu que havia lágrimas escorrendo dos olhos da moça e se encheu de um desejo intenso de libertá-la da loja e da vitrine, do que quer que a estivesse atormentando.

Depois daquela tarde, ele passava com frequência pela loja e secretamente bastava que a visse de relance para experimentar uma mistura de terror e alegria. Uma ou duas vezes — dependendo de como se contava — um olhar veio na sua direção, um olhar que permaneceu com ele durante os dias de desolação, um olhar que não era sedutor nem convidativo, que mais parecia um olhar tímido, cheio de algo subjugado e reprimido, e Corell chegou a fantasiar pegá-la pela mão e levá-la para fora da loja, rumo a algo melhor e mais rico, onde ela nunca mais precisaria chorar.

Agora, caminhando mais uma vez rumo à loja, ele não tinha expectativas, mas como acontecia tantas vezes se perguntava se iria se arriscar a entrar e fingir estar interessado em tecidos para um terno de verão, talvez escolhendo entre um e outro, e pensava em coisas espirituosas para dizer, talvez até falar algo inteligente no limite do aceitável, que Harrington e o filho não entenderiam, mas ela sim, com um sorriso secreto, e isso podia ser um começo. Não que fosse convidá-la para sair logo de cara, não, não, ia ser cuidadoso e digno, mas isso ia quebrar o gelo e na próxima vez que se encontrassem por acaso em um domingo livre, aí a coisa ia ficar séria, tudo isso ele pensava, mas ao se aproximar a coragem o abandonou, e a uns poucos passos da vitrine percebeu com alívio que ela não parecia estar ali.

A única coisa que viu foram os manequins à la Clark Gable, além do próprio Harrington. Mas ela apareceu do nada e por puro azar andou na direção de Corell. Seu desespero não poderia ser maior. Ele deu um sorriso amarelo que mais tarde analisaria até quase enlouquecer, ergueu a mão até o chapéu num gesto que deve ter parecido um quase cumprimento, um terrível sinal de indecisão, mas o fato é que Julie sorriu de volta.

Os olhos dos dois se encontraram por um instante, o que não era muito, mas pelo menos era algo, e ele conseguiu sustentar o olhar por um momento antes de baixar a cabeça e de seu corpo assumir uma postura ansiosa e constrangedora, e enquanto seguia seu caminho — o que mais ele podia fazer? — ficou imaginando que a rua inteira observava seus passos deselegantes, mas depois de um minuto sentiu uma certa confiança, apesar de tudo, e pensou *um dia, um dia*, sem saber de fato o que isso poderia significar.

11

Ninguém parecia ter reparado em sua ausência, e por um bom tempo ele simplesmente ficou sentado à mesa, sem conseguir trabalhar. Depois pediu uma ligação com o sargento Eddie Rimmer, em Manchester. Rimmer atendeu de imediato e logo deixou claro que ficava feliz por falar com um colega de Wilmslow, independentemente de a conversa ser importante ou não, e tinha horas em que deixava Corell maluco com aquela risada seca e estridente, e acabou não contando nada importante de verdade, mas a conversa divertiu Corell, e eles falaram por muito tempo, mais do que seria necessário. Rimmer gostava de Turing:

"Era um sujeito bacana, mas devia estar puto com a gente. A gente dobrou ele fácil, fácil. Quase sem esforço!" O telefone fez um estalo. "Ele desembuchou tudo de uma vez. Não deu tempo nem de arregaçar a manga da camisa. Ha, ha. Um sujeito estranho, aliás. Tinha diplomas e tal, mas nunca deu uma de superior com a gente."

"Ele não foi nem um pouquinho arrogante?"

"Tinha lá as opiniões dele, claro. Às vezes simplesmente não dava para entender o sujeito — e, claro, era homossexual, e acho que do tipo incorrigível. Simplesmente tinha saído torto assim."

Rimmer também tinha ouvido que o Ministério das Relações Exteriores estava interessado em Turing. Alguma coisa a ver com a bomba atômica, ele achava.

"Bomba atômica?", Corell questionou.

"Tudo que tem a ver com a bomba atômica é secreto, sabe", Rimmer disse. "E aquela máquina em que ele estava trabalhando foi usada quando os britânicos estavam desenvolvendo a bomba. Para descobrir como os átomos se moviam, algo assim." Pelo menos foi o que Rimmer ouviu. Não que tivesse certeza, e talvez Turing tivesse feito alguma coisa parecida durante a guerra, uma arma secreta ou algo do gênero. Ele ganhou uma medalha — nada especial, verdade, segundo Rimmer, uma Ordem do Mérito, uma simples Ordem do Mérito, mas mesmo assim… havia alguma coisa além do que eles sabiam. Rimmer tinha percebido. Houve muita conversa sobre aquilo e "meu Deus, o alvoroço que fizeram por causa de um namorado norueguês que ia vir se encontrar com ele".

"Como assim?"

"Ninguém chegou a dizer, mas era óbvio que era um caso especial. Ele deixou nossos chefes quase histéricos."

"Os nossos também", Corell disse.

"Está vendo? Tem alguma coisa suspeita nessa história."

"Será que ele pode ter sido assassinado?"

Não, não, Rimmer não ia tão longe. Também não queria especular, disse, sem perceber que já estava especulando e muito, e Corell deixou o assunto de lado e contou meio por cima sobre a maçã, a panela e os fios elétricos. Depois chegou ao verdadeiro motivo do telefonema.

"Esse Arnold Murray e o Harry, que fizeram o assalto, sabe onde posso encontrar os dois?"

Rimmer não sabia. Eles não estariam exatamente sentados esperando do lado do telefone e não iam ser prestativos o bastante para pelo menos morar no mesmo lugar. Mas ele podia perguntar por aí, mandar uns telexes, se fosse importante, e Corell não tinha como afirmar que era, mas mesmo assim ficaria grato e depois eles falaram sobre os acontecimentos da Oxford Road, que aparentemente estava menos movimentada nos últimos tempos, "com certeza porque as bichas foram caçar em algum outro lugar. Porque é assim que funciona, é claro. A gente só muda o problema de lugar".

"Triste, mas é assim mesmo."

"Deve ser tranquilo trabalhar na delegacia criminal aí de Wilmslow. Tem muita gente rica aí, não?", Rimmer seguiu falando, e Corell respondeu que bem era isso mesmo, mas que infelizmente nenhum policial entrava nessa categoria, muito menos ele.

"Ha, ha", Rimmer deu uma risadinha.

"Tem outra coisa em que venho pensando. Talvez pareça bobo", Corell disse e, apesar de ser orgulhoso demais para isso, ele não tinha como evitar a pergunta.

"Eu gosto de perguntas bobas", Rimmer disse. "Fazem a gente se sentir inteligente."

Corell lembrou o colega sobre a anotação feita à margem do depoimento sobre o paradoxo do mentiroso.

"O que você quis dizer com aquilo?"

Rimmer não sabia bem. Era uma daquelas coisas que tinha entendido na hora, mas que depois acabou esquecida: "Dificilmente alguém vai parar para pensar nisso, né?". Mesmo assim Corell queria saber o que ele lembrava, e Rimmer disse que Turing contou algo que tinha a ver com o fato de existirem coisas esquisitas na matemática, mas não em algum número ou em algum cálculo específico, no sistema por trás da matemática em si. A frase "Eu estou mentindo" era um exemplo. De algum modo era possível converter aquilo em números, e talvez isso pareça simples. Mas não é nem verdadeiro nem falso. "A gente fica tonto só de pensar", Rimmer disse, e fez questão de afirmar que não era só um jogo de palavras, que era uma coisa séria, um troço que deixava os gênios de cabelo em pé, e que para resolver esse tipo de coisa Turing inventou uma máquina.

"Que tipo de máquina?"

"Basicamente o mesmo tipo de máquina em que ele trabalhava aqui em Manchester, acho."

"Tem certeza disso?"

Rimmer não tinha certeza. Isso tudo estava fora da sua alçada, mas fosse o que fosse o que Turing inventou era uma coisa assustadoramente inteligente.

"O dr. Turing disse que foram os matemáticos que ganharam a guerra."

"O que ele queria dizer com isso?"

"Nem me pergunte. Ele dizia muita coisa estranha. E que um dia essa máquina ia conseguir pensar como você e eu."

"Ouvi uma coisa parecida", Corell disse. "Mas com certeza não pode ser verdade, não é?"

"De qualquer forma não é fácil de entender."

"Pelo que pude ver ele não era um matemático muito famoso", Corell disse, sem saber muito bem por quê.

Aquilo simplesmente escapou, mas talvez ele estivesse pensando sobre a cobertura limitada que Turing teve nos jornais e talvez quisesse demonstrar autoridade. Não gostou do jeito afetado que Rimmer usou para mostrar que não conseguia seguir o raciocínio de Turing.

"Talvez estivesse me pregando uma peça", Rimmer disse. "Mas era um sujeito bacana. Serviu vinho para a gente e tocou 'Cockles and Mussels' no violino, sabe." Rimmer murmurou um trechinho. Ti tum tum, ti tum tum.

"Um fim triste, diga-se de passagem", ele comentou.

Corell murmurou alguma coisa querendo dizer que "não era de surpreender que ele tivesse tirado a própria vida, dadas as circunstâncias", e o colega poderia ter respondido de vários jeitos, mas em vez de fazer isso contou sobre uma mulher na Alton Road, em Wilmslow, chamada Eliza, e ficou se perguntando se Corell sabia quem era, porque ao que parecia era bem atraente, talvez um pouco velha, mas com um corpo bonito e simpática, e "com a bunda mais gostosa que você possa imaginar". Rimmer estava pensando se devia ligar para ela, achava que talvez houvesse alguma coisa entre eles, mas Corell disse: "Desculpe, não conheço. Mas queria agradecer pela conversa, foi bem útil".

"Boa sorte com a investigação", Rimmer disse, claramente irritado com o final abrupto do telefonema — agora que tinha começado a falar de coisas importantes, como a bunda de Eliza —, mas Corell não conseguia mais ficar escutando aquilo. Sua cabeça foi tomada por pensamentos muito diferentes.

Era como se estivesse sendo levado para um lugar secreto que ficava o tempo todo fugindo dele, e inconscientemente enterrou as unhas na palma das mãos. Será que Alan Turing estava trabalhando na famosa bomba e que esse era o motivo de tanta histeria? Os matemáticos ganharam a guerra, Turing disse para Rimmer. O que mais podia querer dizer se não o fato de gente como ele ter descoberto como disparar aquelas monstruosidades horrorosas e fazer com que explodissem. "O Exército juntou Alan e vários outros caras inteligentes em um mesmo lugar."

Ele viu o rosto do irmão diante de si. "Tenho minhas teorias. Mas, como Alan nunca falou nada sobre isso, é provável que eu tenha que ficar de boca fechada." Corell decidiu esquecer aquilo. O que mais poderia fazer?

Os pombos bicavam o jardim, e Alec Block estava sentado um pouco mais longe, debruçado sobre uns papéis. Era uma visão triste. Tudo em Block emanava tristeza e falta de autoconfiança, e Corell pensou, não sem consciência da importância disso para si mesmo, que o colega podia passar uma impressão bem diferente caso as circunstâncias fossem outras e ele quisesse perguntar: "Você está preocupado?", ou até "Você consegue entender alguém que queira tirar a própria vida?", mas decidiu que não era o caso.

"Descobriu alguma coisa nova?", ele perguntou.

Block tinha descoberto, não muito, mas mesmo assim algo que parecia sugerir que Turing estava planejando a vida como sempre — sabe-se lá se isso era importante. Turing havia reservado um horário naquele dia, quarta-feira, para trabalhar na máquina na universidade.

"Reservado horário para trabalhar na máquina?", Corell questionou.

Aparentemente era preciso fazer isso para ter acesso à máquina, Block explicou. Tinha uma fila.

"Que máquina é essa?"

"Algum tipo de máquina matemática. Ela consegue fazer cálculos muito rápido."

"As pessoas chamam isso de cérebro eletrônico?"

Block pareceu intrigado com a pergunta.

"Acho que não", ele disse. "Não ouvi isso."

"O que Turing ia calcular?"

Block não tinha ideia. Turing evidentemente não falava sobre o que fazia por lá. Era visto como uma pessoa estranha na universidade, alguém com um título importante que aparecia e desaparecia segundo sua própria conveniência. Nos últimos anos cuidou principalmente de suas próprias pesquisas, entre outras coisas das fórmulas matemáticas por trás do crescimento biológico.

"Parece assustadoramente inteligente, eu sei", Block disse, quase como Rimmer. "Mas parece que tudo cresce seguindo padrões especiais, existem teorias matemáticas sobre como as flores desenvolvem as pétalas. Alguém disse que ele chegou a estudar como crescem as manchas de um leopardo."

"Manchas de leopardo", Corell murmurou e perdeu a concentração.

Os números das cadernetas de Turing voltaram a dançar no seu cérebro, e ele se lembrou de seu velho professor de matemática, e de outras memórias distantes, e fechou os olhos.

Despertou do devaneio com o som do telefone tocando. Um certo Franz Greenbaum estava na linha. Corell de início não reconheceu quem era. Mas ele tinha ido atrás do sujeito mais cedo. Greenbaum era psicanalista, e seu nome estava escrito no alto de uma das páginas dos cadernos de sonhos de Turing. Quando Corell contou por que estava ligando e explicou o que tinha acontecido, Greenbaum ficou em silêncio, claramente abalado, e quando o detetive, sem a menor sensibilidade, deu sinais de impaciência, Greenbaum disse que ele e Alan tinham sido mais do que analista e paciente, a ponto de se tornarem amigos próximos. Corell murmurou: "Entendo". Sentindo que a voz de Corell estava carregada de crítica, Greenbaum respondeu rigidamente que seguia os princípios de Jung, que, ao contrário de Freud, acreditava que era possível ter uma relação pessoal com o paciente.

"O senhor sabia de alguma coisa que sugerisse que ele pensava em tirar a própria vida?"

Greenbaum achava que não. Turing tinha feito as pazes consigo mesmo. Tinha se aproximado da mãe. Vinha pensando com profundidade e clareza e, embora fosse uma pessoa complicada, em geral não era pessimista, mas claro que havia um limite para o que Greenbaum podia revelar. Ele tinha que respeitar a confidencialidade da profissão.

"Talvez o senhor possa me dizer por quanto tempo ele foi seu paciente."

"Por dois anos."

"A sua intenção era curá-lo?"

"De quê?"

"Da homossexualidade."

"Nem um pouco. Não acredito nesse tipo de coisa."

"O senhor quer dizer que não acredita que haja uma cura?"

"Se é que há alguma coisa para curar."

"O que o senhor quer dizer com isso?"

"Nada."

"Li que as pessoas estão tentando diferentes métodos científicos."

"Isso é bobagem!", Greenbaum bufou.

Ele parecia não querer continuar a conversa, e Corell certamente devia ter deixado o assunto para lá. O psicanalista mostrou sinais de irritação, ou até de desprezo, mas Corell queria uma resposta para a sua pergunta:

"Por que não haveria algo a curar? A homossexualidade deixa as pessoas infelizes e leva os jovens à ruína."

"Posso contar uma história?"

"Bom, sim... claro", Corell respondeu, hesitante.

"Um homem que era terrivelmente neurótico e cheio de pensamentos estranhos vai a seu analista e diz: 'Obrigado, caro doutor, por me curar dos meus delírios. Mas o que o senhor tem a me oferecer para substituir isso?'."

"O que o senhor quer dizer?"

"Que nossos entusiasmos e paixões são uma parte importante de nossa personalidade, e se você tira isso da pessoa remove algo fundamental. O Alan era o Alan, e não acho que quisesse se curar disso."

"Mas mesmo assim ele tomou o hormônio sexual feminino."

"Ele não teve escolha."

"Ele sofreu com isso?"

"O que você acha? Você ia gostar?"

Corell deixou o assunto de lado, e perguntou sobre a caderneta de sonhos. Nada de memorável nisso, Greenbaum disse. Tinha pedido a Alan que anotasse seus sonhos. Os sonhos podem revelar muito sobre a pessoa, ele disse, e, como o sono irregular e perturbado que Corell vinha tendo o levou a ter uma experiência mais íntima com seus próprios sonhos do que em outros momentos de sua vida, ele perguntou se Greenbaum acreditava que era possível decifrar sonhos.

"Decifrar. Curioso que você tenha usado essa palavra", disse o psicanalista. "Mas não, não acho que eles possam ser resolvidos como um enigma, como uma equação matemática. Mas permitem compreender coisas importantes sobre as pessoas, por exemplo aquilo que reprimimos. Posso pedir uma coisa muito importante?"

"Depende."

"Queria pedir que você não lesse o que Turing anotou nas cadernetas de sonho. Ele não escreveu aquilo para ser lido por terceiros, muito menos por autoridades", o psicanalista disse, num tom de voz professoral. O pedido irritou Corell, que por isso — ou pelo menos em parte por isso — respondeu de modo ríspido que, embora evidentemente respeitasse a integridade alheia, como policial às vezes precisava encontrar um equilíbrio entre um interesse e outro, e que, se Greenbaum soubesse de algo que pudesse ajudar a polícia a descobrir se a morte de Turing foi ou não suicídio, era obrigação dele dizer isso. Corell teve certeza de que esse seria o fim da conversa. Mas Greenbaum obviamente sentiu que estava sendo repreendido e, em um tom nervoso ou pelo menos cauteloso, disse:

"Bom, não, não que eu consiga lembrar... ou talvez tenha uma coisa, se é que isso ajuda."

Era algo que havia acontecido em Blackpool. Greenbaum, sua esposa Hilla e Alan estiveram lá em maio, um dia lindo. Andaram pela Golden Mile, passaram pelas atrações e tomaram sorvete. Em um velho carroção não muito longe deles estava pintado em vermelho: LEMOS SUA SORTE, e quando viu aquilo Alan contou sobre uma cigana que previu seu talento, disse até que seria um gênio, quando ele tinha dez anos. Hilla o incentivou a fazer isso de novo, "certamente você vai ouvir mais boas notícias", e Alan acabou cedendo e entrando no carroção, e lá encontrou uma senhora mais velha com uma saia comprida e uma espécie de cicatriz na testa. Greenbaum achou que Alan ia sair rápido. Mas levou um tempo. Os minutos se passaram, e quando Alan finalmente saiu era outra pessoa. Estava pálido. "O que aconteceu?", Greenbaum perguntou. Turing não respondeu. Não queria falar daquilo. Mal voltou a falar durante todo o trajeto de ônibus de volta para Manchester. Seu estado era terrível, e "a verdade é", disse o psicanalista, "que aquela foi a última vez que nos vimos, apesar de sabermos que ele esteve atrás da gente no sábado. É triste pensar nisso".

"Então o senhor não tem ideia do que a vidente pode ter dito?"

"Só que deve ter sido alguma coisa muito desagradável."

"Achei que o trabalho dessa gente era pintar o futuro de cor-de-rosa."

"Sim, que bruxa", Greenbaum sibilou de um jeito inusitado, e Corell se lembrou de todas as videntes em Southport no verão, especialmente uma mulher mais velha com lábios marrons pegajosos e rugas fundas nas mãos e na testa que arrastou as longas unhas vermelhas pela sua mão e o deixou muito desconfortável, embora dissesse que ia encontrar a felicidade com uma mulher morena misteriosa e conseguir fama e glória em uma carreira acadêmica, mas nem na época, quando o futuro parecia brilhante, ele acreditou naquilo, nem por um instante.

Ele nunca gostou de videntes, nem lia romances sobre elas e não gostava da ideia de que um cientista tenha se deixado influenciar por uma delas, e imaginou uma cena que reunia uma cigana, máquinas pensantes, experimentos com cianeto e ouro e panelas cheias de veneno borbulhante. Parecia alquimia e magia. Talvez Alan Turing fosse louco, no fim das contas.

"Então ele parecia muito tenso?"

"É o que eu acho, pelo menos na época, mas se você pensar mais no longo prazo ele estava muito melhor", Greenbaum disse, e pouco tempo depois Corell disse "obrigado" e desligou.

Aquela conversa não ajudou a entender melhor as coisas, e ele achou que provavelmente não ia avançar muito mais do que isso. Parece que sempre tinha um muro no caminho e, embora com certeza pudesse encontrar rachaduras depois de um tempo, não podia demorar muito. As ordens exigiam uma investigação rápida. O legista James Ferns ia fazer uma análise sobre a causa da morte já na noite seguinte, e infelizmente isso era um prazo curtíssimo, em sua opinião, dadas todas as incertezas, e ele precisava mesmo se concentrar no essencial, mas em vez de fazer alguma coisa sensata passou o indicador por uma das três cadernetas dos sonhos sobre sua mesa.

A caderneta tinha capa marrom avermelhada, com "Harrods" escrito em letras pequenas no canto superior esquerdo. "Queria pedir que você não lesse o que Turing anotou nas cadernetas de sonho." As palavras de Greenbaum deixaram Corell irritado e fizeram a caderneta ganhar um novo brilho. Ele abriu o caderno. Dentro havia o título "Dreams" em letras azuis que pareciam elas próprias saídas de um sonho. O semicírculo do "D" formava a parte de trás do "R" e criavam um símbolo parecido com uma aranha que parecia poder sair da página por conta própria. Em geral a caligrafia parecia nervosa — como se as letras estivessem conscientes de que estavam transmitindo um segredo sombrio —, mas o fato de Corell saber do incidente com a vidente provavelmente afetava o modo como percebia as coisas. Talvez a caligrafia difícil aumentasse a sensação de mistério. O que a vidente podia ter dito? Ele não ligava para isso. Não tinha tempo para superstições e bobagens do gênero, mas mesmo assim... que palavras de uma desconhecida teriam o poder de desestabilizar totalmente uma pessoa?

É claro que isso depende de todo tipo de coisa — do ânimo da pessoa e de sua vida. Não é o conteúdo do que é dito, e sim o que faz a pessoa pensar. É possível levar alguém ao desespero simplesmente dizendo bomba de bicicleta ou trator, e era inútil especular sobre o que ela podia ter dito. Mesmo assim, duas palavras lhe ocorreram, as palavras "condenado" e "rejeitado". *Você foi rejeitado, Leonard. Está condenado...* esse é o tipo de coisa que se ouve num pesadelo, o tipo de coisa que não se entende, mas que pode deixar alguém sem palavras de tão assustado, e era por isso que ele precisava ler essas cadernetas de sonhos. Era seu dever, não? Talvez houvesse algo importante ali, algo que explicasse o que havia acontecido — Greenbaum que fosse para o inferno! —, e, sentindo tenso, ele leu trechos aqui e ali, nas passagens que pareciam mais recentes. Não era fácil. As frases eram difíceis de decifrar, e ele pulava para a frente e para trás. Leu o nome Christopher várias vezes, *querido Christopher, querido e belo Christopher.* Quem era esse? Corell não encontrou nenhuma pista, leu sobre uma noite em que Turing estava deitado dormindo em um salão retangular e de repente acordou ao ouvir "o sino do abade tocar". Não ficava claro onde isso aconteceu, talvez fosse no sonho, em todo caso era um lugar escuro e quieto, e Turing andou até uma "janela com quatro vidraças" e olhou para o céu com binóculos. "Acima da casa de Ross" a lua brilhava. Podia "ter se tornado uma bela noite", mas algo aconteceu. "Estrelas caíram." Um raio de luz varreu o céu, e "o mundo se tornou menor e mais frio" e Turing percebeu que "ficaria sozinho". A data de 6 de fevereiro de 1930 estava anotada. "Os pensamentos dele viajaram sozinhos pela escuridão." Parecia que uma grande mágoa o havia atingido. Christopher teria morrido?

Corell continuou lendo, para descobrir mais, mas era uma caderneta de sonhos, nada mais do que isso. Não havia um tema que unificasse tudo aquilo. Assim que as palavras ficavam claras, se afastavam, e Corell seguiu seu caminho rumo a uma história em que um jovem de shorts estava deitado no chão ouvindo "sons de estalos e tinidos iguais aos de Bletchley", e em que uma mão era estendida, uma bela e longa mão que passava sobre o corpo... Corell deixou a caderneta de lado. Ele nunca pensaria em ler algo como aquilo!

Mesmo assim continuou lendo. O texto o arrastava, mas não, ele se recusava, não queria saber, era terrivelmente nojento, e por um momento se sentiu levado de volta para as salas frias do Marlborough College, e aquilo era simplesmente demais. Ele se levantou de repente e saiu para pegar três envelopes. Colocou as cadernetas dos sonhos neles. Depois escreveu o endereço de John Turing em Guildford três vezes e selou os envelopes, algo de que viria a se arrepender, e estava claramente parecendo incomodado, já que Kenny Anderson perguntou:

"Você está tendo um derrame?"

"Não, não. Não é nada."

"Tem certeza?"

"Tenho, absoluta. Só estava pensando. Você sabe o que é Bletchley?"

"O quê?"

"Bletchley", ele repetiu.

"Parece uma marca de carro."

"Você deve ter confundido com Bentley. Parece que é o nome de um lugar."

"Nesse caso não sei."

"Você viu o Gladwin, por acaso?"

"Acho que ele está de folga."

Corell murmurou algo, andou a passos rápidos para o arquivo e começou a folhear os livros de referência.

12

Em Marlborough havia dois meninos chamados Ron e Greg. Eram um ano mais velhos do que Corell, ambos filhos de bispos e, embora fossem muito diferentes, os dois eram dotados de refinado sadismo. O fato de Corell ter se transformado no seu alvo principal provavelmente era apenas resultado de um capricho infeliz da parte deles, mas Leonard era uma vítima satisfatória. Ele não tinha amigos nem para onde fugir, e imediatamente recompensou Ron e Greg na moeda que eles mais apreciavam; um sofrimento visível e substancial. Durante esses anos — os anos da guerra —, a escola foi um lugar cheio de gente e tumultuado. Mais de quatrocentos garotos da City School de Londres tinham sido evacuados para Marlborough para escapar dos bombardeios, e embora Leonard, com sua falta de agressividade, tendesse a ser invisível, era difícil para ele ficar a salvo. Uma manhã, enquanto estava nos degraus de pedra da casa A, num inverno, alguém o parou.

"A gente quer falar com você, moleque."

Ron era alto, bonito e encurvado e, embora isso parecesse muito estranho para alguém da sua idade, estava ficando careca. Havia um trecho de pele à mostra no topo de sua cabeça. Greg era moreno, menor e mais atarracado. Ninguém precisava ser muito esperto para saber que era bom no rúgbi, mas tinha dificuldade para acompanhar as aulas. Seus olhos brilhavam numa mistura extraordinária de brutalidade e estupidez, mas apesar de haver um nível incomum de engenhosidade na sua maldade não foi possível achar nada de errado em Corell naquele dia. Isso não era necessariamente bom para Corell. Não encontrar algo para poder pegar no seu pé só deixou Greg com mais raiva, e no final ele teve o auxílio das regras da escola. De acordo com as regras, o aluno devia carregar os livros escolares sob o braço esquerdo e só se devia ver a ponta dos volumes saindo entre o braço e o tronco, e talvez essa regra tivesse sido criada para impedir que os alunos machucassem uns aos outros com os livros, mas provavelmente o principal objetivo era dar aos mais velhos a chance de dificultar a vida dos mais novos:

"Você está mostrando uma parte grande demais dos livros."

"Verdade?", Leonard disse.

"Como você acha que ia ser se todo mundo carregasse os livros assim?"

"Como ia ser se todo mundo parasse os outros na escada para fazer observações idiotas?" Tendo em conta o comportamento anterior de Corell na escola, isso era de uma franqueza desconcertante, mas, como não tinha mais ninguém ali, ninguém ia se impressionar com sua coragem, e ele não ganhou nada com aquilo.

Greg não gostava de espertinhos e respondeu empurrando Leonard no peito e mandando que subisse e descesse a escadaria correndo vinte vezes. Correr de um lado para o outro nas escadas desse jeito era uma punição normal na casa A, e enquanto Leonard fazia isso Ron e Greg ficaram na parte de baixo supervisionando. Até ali Corell não tinha um relacionamento particularmente complicado com o próprio corpo. Nunca tinha parado para pensar se era bonito ou feio. Nesse momento ficou sabendo que tinha bunda de menina.

"Olha aquela bunda de menina", Greg disse, e os dois começaram a rir, e Leonard não sabia se isso significava que a bunda era grande ou pequena, mas entendeu o suficiente para perceber que era bem pior do que ser conhecido como idiota ou covarde.

Isso foi algo que ficou, e que manchava seu nome, e ele se sentia nu, ainda que estivesse vestido adequadamente com o uniforme escolar. Não demorou muito e começaram a chamá-lo de "Menina", e como sempre nesses casos outros garotos logo estavam fazendo o mesmo, embora não todos, não mesmo, mas o suficiente para que isso se espalhasse e se tornasse o seu apelido. "É uma bichona", Ron contou para todo mundo. "Não sou", Leonard dizia baixinho, mas em breve estava examinando o próprio corpo cheio de novas suspeitas, como se a afirmação pudesse de fato ser verdadeira, e todos os dias achava ter descoberto novos sinais preocupantes. O peito era muito fraco e afundado, as pernas muito altas para aquele quadril, e os cílios longos eram femininos demais, e às vezes ele não reconhecia a pessoa que via no espelho do banheiro. Será que havia alguma outra representação sua em outro lugar, algo que se aproximasse mais da imagem que ele mesmo tinha?

A sua impressão era de que a sua personalidade desmoronava pouco a pouco, e de que não conseguia mais ocupar o momento presente. Seus pensamentos eram autocentrados, como se envenenados pela sua autoimagem, e embora odiasse os alunos que o atormentavam e ficasse furioso com as acusações estava acima de tudo envergonhado, e se desprezava, e no fim não tinha para onde fugir, nem para dentro nem para fora.

Continuava indo bem na escola, especialmente em inglês e matemática, mas não estava mais entre os melhores. Tinha perdido a vontade de aprender e o espírito positivo. Era comum ficar com receio de erguer a mão, e ficava cada vez mais invisível. Não havia uma única área em que conseguisse mostrar aquilo de que era capaz, e isso se transformou em uma obsessão, uma sensação permanente de que estava decepcionando a pessoa que um dia havia sido e que deveria se tornar. Chegou ao ponto de rezar pedindo a Deus força de vontade ou um golpe de mágica que o fizesse voltar a ser o que era.

Leonard se tornou cada vez mais dominado pela ideia de que alguém, um professor, uma menina, ou mesmo uma nova ideia iria ajudá-lo a revelar sua real personalidade, e de que um dia se transformaria em algo maior e mais valioso do que o garoto tímido em que a escola o havia transformado. Mas nada aconteceu, nada além de novos problemas, e embora aprendesse com o tempo a ver a vida de maneira mais objetiva a ideia nunca o abandonou completamente. Depois de períodos de indiferença, aquele pensamento retornava e o galvanizava por um tempo, e ele achava que tinha descoberto uma brecha, uma abertura na porta, mas sempre ficava decepcionado, e era contra a sua vontade que agora permitia que a investigação da morte de Alan Turing trouxesse seus velhos sonhos de volta.

13

Corell procurou o paradoxo do mentiroso na *Encyclopædia Britannica*. Não esperava encontrar uma explicação para o que Rimmer anotou no resumo do depoimento, muito menos descobrir alguma coisa sobre o trabalho do morto, mas torcia para que isso o ajudasse a compreender um pouco melhor por que o paradoxo o atraía tanto.

A descrição afirmava que o paradoxo consistia em uma afirmação que alega ser falsa e por isso mesmo é verdadeira, cujas contradições inerentes levam nosso conceito de verdade a um colapso ou, por assim dizer, a uma suspensão temporária.

O paradoxo foi inventado por um filósofo cretense, Epimênides, muitas centenas de anos antes de Cristo. Em sua versão original, esta era a sua forma: *os cretenses são sempre mentirosos, segundo me disse um poeta cretense*, mas era possível expressá-lo de outras maneiras, como nesta forma mais simples: *Esta afirmação é falsa*. Corell não sabia por que, mas a afirmação lhe parecia ter algo de evasivo. Não que de fato acreditasse em Rimmer quando afirmava que isso tivesse causado uma crise na matemática e feito surgir uma máquina revolucionária, mas ele gostava de pensar sobre isso — o paradoxo fazia seu processo de raciocínio funcionar — e tentava encontrar novas variações. Entre outras coisas murmurou "Eu não existo", mas imediatamente lhe ocorreu que esse era outro tipo de contradição; algo que não podia ser dito sem que a pessoa estivesse mentindo, em função das próprias circunstâncias da vida; e precisou de algum tempo antes de deixar o assunto para lá. O paradoxo ficou na sua cabeça como uma velha canção popular.

Ele só voltou a pensar em outra coisa depois de entrar no ônibus para ir ver a tia em Knutsford e depois de descer na Brexton Road e de uma brisa fria soprar no seu rosto ficou pensando se deveria ter levado um presente, umas flores ou alguma sobremesa. Mas as lojas estavam fechando, e ao passar pelas casas com estrutura de madeira decidiu deixar para lá, e simplesmente se deixou levar pela tarde e por esse momento de respiro. Para ele, Knutsford ao anoitecer significava liberdade. Dali a pouco estaria sentado com um copo de xerez, reclamando do dia até a conversa passar para algo mais agradável. Com a tia ele falava mais ou menos abertamente e sem precisar se preocupar em filtrar o que dizia nem em esconder seu passado. Podia falar como um intelectual e mencionar os livros que quisesse sem que isso irritasse alguém, e embora ter uma parente idosa como melhor amiga pudesse ser um pouco constrangedor ele sempre percorria com passos apressados as ruas de Knutsford como se estivesse dando início a uma aventura esplêndida.

A tia nunca casou. Tinha sessenta e oito anos e na juventude foi uma sufragista, presa por arremessar uma pedra na janela do Parlamento. Seu nome era Victoria, mas todo mundo a chamava de Vicky, e havia frequentado o Girton College em Cambridge. Assim como a mãe de Leonard, não completou os estudos, tendo aceitado um emprego de editora na Bodley Head, em Londres, e resenhava livros para o *Manchester Guardian* sob o pseudônimo de Victor Carson. Seu cabelo estava sempre curto, e ela insistia em usar calça, independentemente de qual fosse a moda do momento. Desde a juventude era chamada de rabugenta e masculinizada, e de fato podia se exaltar durante uma conversa, mas Corell nunca achou que fosse pouco feminina nem explosiva. Foi o mais próximo que teve de uma mãe carinhosa, e sempre cuidou para que ele tivesse o suficiente para comer e o bastante para beber, e não só pelo mero fato de que ela mesma sempre estava bêbada. Na verdade, ela bebia como um gambá. No entanto os seus movimentos eram sempre graciosos, apesar da idade e do reumatismo. Dizer que era rica seria um exagero. Mas era a única pessoa na família a quem ainda restava alguma coisa, e como não tinha filhos nem hábitos caros, exceto pela bebida e os gastos com livros, esbanjava bastante com Leonard. Dava uma mesada para ele e presentes, sendo os mais recentes um rádio e um terno de tweed feito sob medida que já tinha fazia alguns meses, mas que ainda não usara simplesmente por não ter encontrado uma ocasião apropriada.

Curiosamente, dado o seu traquejo social, ela quase não via ninguém, exceto por Rose, mulher quinze anos mais nova que às vezes vinha de Londres para passar alguns dias com ela.

Ao virar na Legh Road, com suas várias casas magníficas, e se aproximar da grama alta e dos canteiros de flores cheios de ervas daninhas da casa de Vicky, e ver a casa de tijolos à vista semelhante a uma torre que também era bonita, porém mais degradada do que as outras da vizinhança, Corell sentiu subitamente uma dor, e começou a achar que podia não ser recebido com o mesmo entusiasmo de antes. Mas depois viu a tia acenar e teve a impressão de estar chegando em casa.

Vicky vestia uma blusa lilás sem mangas, um colete de couro justo e calça escura de um tecido leve, e estava apoiada em uma bengala preta com ponta prateada que usava às vezes quando o reumatismo exigia.

"Como está?", ele disse.

"Sou uma velha decrépita. Mas a noite está bonita, e agora você está aqui, então acho que dá para ir levando. O que aconteceu com meu menino? Que homem bonito você ficou."

Ele não disse nada. Achou o elogio tolo. Mesmo assim, ficou feliz de ouvir, e entrou na casa e respirou fundo. O jantar estava pronto. Pela janela, viu que a mesa estava posta no quintal e sem perguntar levou as panelas e espantou uns pombos atraídos pela manteiga e pelo pão do lado de fora. Eles iam comer empadão com feijão e batata, e decidiram começar com uma cerveja preta antes de passar para o xerez, e por precaução se enrolaram em cobertores cinzentos. Era uma noite bonita, mas tinha um ventinho, e Vicky se enrolou na cadeira e começou a discursar sobre política. Falou sobre Eisenhower e a teoria dele sobre o efeito dominó, e Corell começou a pensar em outras coisas — principalmente em Julie —, mas depois de encherem outra vez os copos o ânimo melhorou.

"Lembra que meu pai contava uma história engraçada sobre o paradoxo do mentiroso?"

"Me lembre, o que é o paradoxo do mentiroso?"
Corell contou.
"Sim... sim... acho que sei do que você está falando. Como é que era mesmo? Alguma coisa sobre uma cabeça de dragão, não era? Uma estátua?"
"Ele tinha ido a algum lugar em Roma."
"Isso, e tinha uma cabeça de dragão e segundo uma lenda quem pusesse a mão na boca do dragão e contasse uma mentira jamais ia conseguir tirar a mão de lá, não era isso?"
"Exatamente!"
"Mas o teu pai colocou a mão lá e disse... Ou pelo menos disse que falou — tenho quase certeza que ele roubou a história de alguém."
"Eu também."
"É boa demais para ser dele mesmo. Mas ele disse que falou... me ajude, Leo... Não lembro, o que foi que ele disse?"
"Acho que foi alguma coisa tipo: 'Nunca mais vou conseguir tirar minha mão daqui'."
"Isso, o que supostamente era uma coisa muito inteligente."
"Muito."
"Mas por que mesmo? Isso está fazendo a minha cabeça rodar."
"Porque o pobre do dragão deve ter ficado totalmente confuso", ele disse. "O que ele devia fazer? Se deixasse a mão lá, então o pai tinha falado a verdade e devia conseguir tirar a mão. Mas, se a estátua deixasse que ele tirasse a mão, a lenda estaria errada. Então era possível mentir e não perder os dedos. Foi assim que ele disse que derrotou o dragão."
"Pobre dragão. Por que você pensou nisso?", ela questionou e virou mais um copo de xerez.
"Não sei..."
Ele não sabia bem o que dizer.
"... talvez porque sempre achei que o paradoxo do mentiroso era só um enigma divertido, uma brincadeira de charada, mas agora soube que contradições como essa se tornaram um problema para a matemática e para a ciência", ele explicou.
"Sei", ela disse e de repente pareceu cansada.
A mão que segurava o copo de xerez tremeu um pouco, e ela estava com olheiras maiores que o normal.

"Espero que você esteja se cuidando", ele disse.

"Sou um imenso depósito de remédios. Como vão as coisas na delegacia? Vamos fofocar um pouco! Me conte como seus chefes são idiotas!"

"Você nem imagina como eles são atrapalhados!"

"Principalmente aquele Ross."

"Principalmente ele! No momento, acha que a coisa mais importante do mundo é pegar alguém que joga lixo por aí."

"Mas você não está fazendo nada de empolgante? Não pode me contar alguma coisa sobre o submundo?"

Ela deu um sorriso de incentivo.

"Estou investigando a morte de um homossexual."

"Um homossexual? Graças a Deus que não foi um heterossexual", ela respondeu com um sarcasmo inusitado.

Corell se assustou.

"Não foi isso que eu quis dizer", ele disse, magoado.

"Não?", ela rebateu. "Normalmente você não é tão específico em relação às tendências sexuais das vítimas."

"Só disse porque isso é relevante ao caso. A vítima foi condenada por indecência grave, e achamos que ele se matou por desespero."

"Entendo. Além de ser homossexual ele fazia alguma outra coisa?"

"Sim", ele disse, mal-humorado.

"Então ele não era veado em tempo integral. Que chato. A gente nunca tem tempo para se divertir hoje em dia."

Por que o sarcasmo?

"Ele era matemático", murmurou.

"Era mesmo? Um intelectual, então. Onde estudou?"

"No King's, em Cambridge."

"Você também já foi muito inteligente", ela disse em uma clara tentativa de melhorar o ambiente.

"Fui", ele respondeu, sabendo muito bem que soava como uma criança magoada.

"Você pode falar sobre o julgamento desse fulano? Eu ia gostar, e me desculpe, meu querido, se eu pareci meio irritada. Não ando me sentindo muito bem, você deve ter notado."

"Tudo bem", ele disse. "Não se preocupe."

Mas ele continuava de mau humor. No trabalho tinha aprendido a lidar com todo tipo de tom de voz imaginável, mas ficava bem mais sensível na casa da tia e levou um tempo para se recompor e só depois de falar sobre o tratamento com estrogênio a sua voz recuperou um leve vestígio de intensidade.

"Que horror", ela disse quando ele terminou de contar. "Que horror."

"Verdade."

"Posso perguntar uma coisa, Leo? E não me leve a mal. Você acha que eles tinham razão em condenar esse sujeito?"

"Acho…" ele começou, mas se interrompeu.

Ele achou que dava para ver os lábios da tia formando uma nova expressão sarcástica.

Será que ela ia começar tudo de novo?

"Foi horrível darem aquele hormônio feminino para ele", Corell disse. "Parece que virou uma cobaia, ou algo assim, mas fora isso, sim, acho que foi certo, sim. Ele infringiu a lei, e a sociedade tem que reagir. Ou a coisa podia se espalhar."

"E o que isso tem de tão perigoso?"

"Primeiro, deixa as pessoas profundamente infelizes e alienadas da sociedade."

"Mas isso não é exatamente culpa dos homossexuais."

"Bom, quem é culpado então?"

"Nós, claro. Somos nós que marginalizamos as pessoas."

"Mas, meu Deus, Vicky…" De repente ele ficou indignado. "Foram eles que escolheram esse caminho e, pode dizer o que quiser, mas é difícil que alguém veja isso como algo natural."

"Em que sentido?"

"Não é óbvio?"

"Será que é? E desde quando a natureza virou nosso ponto de referência? Tem umas coisas bem esquisitas que acontecem na natureza, não? Já percebeu? A gente imita tudo isso? Devorar nossos maridos, como as aranhas fazem?"

"Não diga tolices. Mas homem e mulher, isso é a própria base da nossa continuação como espécie, não? Se todo mundo fosse homossexual, a espécie humana ia desaparecer."

"Até onde eu sei, nem *todo mundo* é homossexual."

"Bom, parece que cada vez tem mais."

"Será?"

"Parece que é isso que as pesquisas sugerem."

"Que belas pesquisas!"

"O que é que você sabe disso? Eu estava falando com o nosso chefe, que por acaso conheço bem", ele falou, e se sentiu meio arrogante.

"Estou vendo que você ficou chateado", a tia interrompeu. "Mas não tenho como fingir que não estou surpresa."

"Com o quê?"

"De ouvir o filho de James Corell, que pregou tolerância e respeito a vida toda, falar essas coisas."

"Não me venha falar de novo daquele fracassado. Não quero ouvir falar dele", Corell disse, com uma virulência inesperada.

"Agora é você que está sendo tolo", ela esbravejou.

"Não estou."

"Está, sim, está sendo injusto e está irritado à toa."

"Aquele idiota já não me fez mal o suficiente? Precisa ainda ficar me esfregando isso na cara?"

"O James era um falastrão, e mentiroso, e um desastre para administrar o dinheiro da família, mas ainda assim era uma boa pessoa em vários sentidos, sabe, Leo. Acima de tudo, tinha coragem política, e não ia fazer mal para você…"

"Seguir o exemplo, era o que você ia dizer? Que sou um fracote, um covarde e um fracasso?"

"Deus do céu, Leo, do que é que você está falando? Você sabe que na minha opinião é uma pessoa maravilhosa. Só o que estou querendo dizer…"

"Que droga você está querendo dizer?"

Ele não sabia dizer por que estava tão irritado.

"Que você podia defender esse pobre sujeito. Imagino que seus colegas também estejam zombando dele."

"Eu não estou zombando dele. Ele está morto. Tenho o maior respeito…"

"O.k., o.k. Me explique, então, por que você tem todo esse problema com homossexuais?"

"Eu não tenho problema com eles."

"Alguma coisa aconteceu com você? Sei que você passou por umas experiências desagradáveis em Marlborough."

"Não aconteceu nada comigo. Só acho que os homossexuais são um problema para a sociedade e prejudicam a nossa moral."

"De repente parece que você virou um padre. Posso dizer uma coisa?"

"Claro."

"Você falou sobre a natureza. Os cristãos também costumam fazer isso. Supostamente as pessoas deveriam viver segundo a natureza, eles dizem, mas certamente não como os porcos, os cachorros e as moscas. Mas, Leo, e se a natureza tiver feito os homossexuais especificamente para permitir que nossa espécie sobreviva e veja novas perspectivas? Já parou para pensar em quantas novas ideias chegaram até nós por meio de pessoas com essas inclinações?"

"Não sei quantas."

"Só olhe para o mundo que eu conheço melhor, o mundo da literatura. Tem muitos homossexuais. Proust, Auden, Forster, só para citar alguns, Isherwood, Wilde, Gide, Spender, Evelyn Waugh, bom, não tenho certeza no caso dele, e Virginia Woolf, de abençoada memória."

"Ela era casada."

"Mas ela amava a Vita Sackville-West, e já parou para pensar que pode não ser coincidência que eles sejam tantos?"

"Do que você está falando?"

"Os que são diferentes também têm tendência a pensar diferente."

"Só porque é diferente não quer necessariamente dizer que seja bom."

"Verdade. Às vezes o convencional é o certo. Acontece, mas não é comum. Esse sujeito que morreu, o que ele realmente fazia, você sabe alguma coisa sobre isso?"

"Acabei de começar a trabalhar no caso. Mas acho que ele estava fazendo alguma coisa com máquinas", ele disse, feliz por ela ter mudado de assunto.

"Máquinas", ela repetiu, surpresa. "Isso não parece coisa de matemáticos."

"Por que não?"

"Normalmente eles se acham bons demais para fazer trabalho de engenharia. Como é que diz o ditado? A matemática é a arte do inútil, mais ou menos como arte pela arte."

"Acho que ele não era um matemático particularmente bom", ele disse, e repetiu o que tinha dito para Eddie Rimmer.

"Pois é, enfim, agora não importa. Pobre-diabo!"

"É, acho que sim."

"Só pense nisso... ele não faz mal a ninguém, só segue as suas inclinações naturais, e como todo mundo está atrás de paixão e amor, 'o amor que não ousa dizer seu nome', como disse Oscar Wilde, e por causa disso cai em desgraça e é perseguido e caçado até a morte. Isso pode estar certo?"

"Não exatamente."

"Mas aparentemente não está longe disso?"

"Deixe disso!"

Qual era o problema com ela?

"Ele pegava criminosos na Oxford Road", ele disse, "e você sabe que tipo de lugar é aquele, o lugar mais nojento que já vi, cheio de..."

"De quê?", ela interrompeu.

"De criminosos e velhos sujos."

"De infelizes, como diria Dostoiévski."

"Me poupe dos seus malditos romances!"

"Ora, ora, Leo. Você é que é fã de referências literárias. Mas o que esse sujeito deveria fazer? Provavelmente não podia sair por aí convidando homens para dançar. Você não disse que ele estudou no King's?"

"Isso não melhora muito as coisas", Corell bufou.

"A lenda é que quase todo mundo no King's é homossexual."

"Será?"

"Com certeza", ela disse. "Ou, pelo menos na minha opinião, quase todo mundo. Talvez não tenha mais homossexuais lá do que em nenhum outro lugar. Mas lá eles são visíveis, e é claro que deve ter um motivo. Mas uma razão podem ser os Apóstolos."

"O que é isso?"

"Uma pequena sociedade seleta no King's e no Trinity de que o seu pai gostava muito e que era afetado o suficiente para decidir entrar. Keynes, o economista, era uma grande influência na época. Será que Wittgenstein também era membro? Forster certamente era. Os Apóstolos idealizavam a homossexualidade. Lytton Stracher chegava a se referir a isso como a sodomia superior — algo que seria melhor do que a velha e boa união bíblica."

"Isso é horroroso."

"Você acha? Na minha opinião, um incentivo para os homossexuais não faria mal nenhum. Normalmente eles não se opõem a aplausos."

"Isso não é engraçado, Vicky."

"Não estou tentando fazer graça. Só quero dizer que os homossexuais são maltratados, até mais do que as mulheres, e isso não é pouco. Nosso amigo morto deve ter sido arrancado da proteção reconfortante de Cambridge e caído na intolerância fria de Manchester. Não entendo por que viemos para cá, Leo. É incompreensível! Já viu uma cidade mais feia? Por que não escolhemos uma parte melhor do país?"

Ele não respondeu. Achou que tinha sido mal interpretado e que ela estava tirando sarro de sua cara, e normalmente isso não seria um problema. Era ótimo quando ela reclamava do mundo, mas agora o ataque era contra ele, o que era doloroso. Ela era o seu refúgio. Entre todas as pessoas, era quem deveria ficar do seu lado. Agora o acusava de ser intolerante, e isso era injusto. Ele não ficava sempre do lado dela na questão dos direitos das mulheres? Não tinha concordado que os indianos e paquistaneses em Londres vinham sendo tratados de maneira injusta? Havia um limite para a tolerância e, sinceramente, sua tia devia ver que seria um desserviço aos homossexuais deixar que continuassem assim. Deus do céu, essa gente escolheu de forma consciente e por livre vontade um ato contrário à natureza e perverso e, embora ela dissesse que isso era só um triste moralismo, na verdade era um fato que um deslize facilmente leva a outro. Corell sabia disso por experiência própria. A soma de todos os vícios não permanece constante. Cada vício leva a outro. Mas ele não tinha vontade de seguir discutindo. Queria sua boa e velha Vicky de volta e por isso tentou um tom conciliador, cedendo um pouco, embora com relutância, mas isso em geral garantia que a tia ficasse menos severa:

"Esse sujeito", ele começou.

"Diga."

"Devia ser um sujeito decente. Talvez um pouco ingênuo, e com uma tendência ao exagero, mas afável e jamais arrogante, ao que parece, e às vezes… não sei… acho que tenho inveja da vida dele e do que conseguiu aprender. Eu diria até que o mero fato de pensar nesse paradoxo me devolveu um pouco de vida, e às vezes eu queria…"

"O que você queria, meu querido?"

"Ter trabalhado nisso."

"Como assim?"

Ele não sabia exatamente o que responder.

"Ele não foi mandado para Marlborough", foi só o que ele disse, e percebeu o quanto aquilo soou amargo. "Era para ele ir para lá, mas o irmão foi contra, e ele foi para Cambridge."

"E você ia ter gostado disso também."

"A gente não tinha dinheiro."

"Dava para arranjar, você bem sabe. Mas você não quis, queria se afastar de tudo, e o meu palpite é que era exatamente disso que precisava. Quem sabe, no final, essa não pode ter sido a decisão certa?"

Virar policial? Isso era absurdo, mas ela não falou por mal, ele sabia. É que, certas coisas, era melhor não dizer, e ele olhou para longe com resignação, vendo a hera no muro de pedra. Então sentiu a mão dela na sua bochecha. Os dedos dela corriam ásperos pela barba por fazer. Cheiravam a tabaco.

"Não se preocupe", ela disse.

"Por favor!"

Ele afastou a mão.

"As pessoas são desnecessariamente negativas em relação à inveja. Na verdade deveria ser retirada da lista de pecados capitais."

"Vicky, minha querida", ele disse. "Você está dizendo uma quantidade incomum de bobagens hoje."

"A inveja", ela disse, "não é uma coisa vergonhosa, desde que você tenha consciência dela. Pode até ser construtiva."

"Isso é um disparate total."

"Infelizmente é muito comum que as pessoas confundam a inveja que sentem com algum tipo de indignação justificada com os erros dos outros, e é aí que a coisa fica desagradável e até perigosa, mas fora isso..."

"O quê?"

"Ela pode trazer um pouco de luz. Não se faz muita coisa no mundo sem inveja. Acho que é uma boa coisa que você inveje o conhecimento desse sujeito."

Ele não disse nada. Esvaziou o copo e olhou para a mesa branca e lascada. Vicky acendeu um cigarro e o colocou em uma piteira escura e longa e começou a falar de outras coisas, mas a conversa tinha deixado Corell tão incomodado que ele só respondia "sim" e "seria bom", sem ouvir de fato as perguntas, até perceber que a tia estava falando sobre o eclipse solar que estava por ocorrer.

"Por que a gente não senta no jardim e toma uns drinques enquanto o mundo fica escuro?", ela estava dizendo.

"Acho que não vou conseguir folga", ele disse. "Deve acontecer amanhã no meio do dia?"

"Bom, à noite não tem muito como ter um eclipse solar, não é?"

Mais tarde, deitado na cama do andar superior que tinha tanto desejado, os pensamentos desagradáveis voltaram e, fiéis à sua lógica cruel, ficavam mais fortes a cada vez que tentava afastá-los, e ele se revirou no colchão até o relógio de parede da tia, que ficava no corredor, soar as três e ele se arrastar escada abaixo e parar o pêndulo. Aquilo parecia um ovo na sua mão, e ele olhou para os pés e teve a sensação de que estavam sendo levados de volta no tempo. Seguia sentindo dentro de si uma escuridão que vinha dos tempos de Marlborough. Não era apenas a lembrança dos insultos *menina* e *donzela*, nem as lembranças de apanhar e de o acariciarem por gozação nos chuveiros e nos dormitórios.

Era o fato de ter permitido que isso acontecesse. O seu pai disse uma vez que as pessoas respondem a uma crise lutando ou fugindo, e aquilo imediatamente soou verdadeiro, mas o pai esqueceu um terceiro caminho. Corell leu muito sobre isso depois. Também é possível se fingir de morto, como faz o cão-guaxinim siberiano, e olhando em retrospectiva para os anos em Marlborough Corell percebeu que foi exatamente isso o que fez. Ele perambulou por toda parte como se estivesse paralisado e, apesar de ter prometido a si mesmo várias vezes que iria brigar e protestar e crescer como ser humano, não fez nada, nadinha mesmo, e às vezes quando estava se sentindo especialmente pessimista achava que sua vida em Wilmslow continuava igualzinha.

Vez após vez, tinha tomado a decisão de sair da polícia e encontrar algo melhor e mais digno para fazer. Vá embora, ele dizia para si mesmo, mas não se mexia. Não tinha a força necessária para sair, mas um dia, ele imaginava, um dia, e com aquela vaga promessa soando em seus pensamentos finalmente conseguiu pegar no sono.

Na mesma hora um homem alto chamado Oscar Farley levantou o corpo dolorido de sua cama em um hotel de Manchester e olhou para a cidade em meio à fumaça. Ao contrário de Corell, tinha dormido bem, mas só porque tomara comprimidos e analgésicos na noite anterior e, levando em conta o modo como se sentia, quase ao ponto de chegar a uma overdose. Estava se sentindo muito mal, e a dor na lombar que o atacava havia quatro dias estava pior do que nunca. "Meu Deus", ele murmurou, e ficou parado, se inclinando sobre a pia branca com uma careta que fez seu belo rosto parecer velho, quase de um moribundo. Mas não era a dor o que mais incomodava Oscar Farley. Ele pensava em Alan Turing na mesa de autópsia em Wilmslow, e Alan olhando para o fundo de um poço ao lado de uma figueira em Shenley, e se sentiu culpado, não o tipo de culpa que se sente logo depois de cometer um crime ou um pecado, um tipo de sensação mais indefinido e preocupante de que tinha sido uma pessoa má. *Será que nós o matamos?*

Farley assumidamente tinha tentado defender Turing, e parecia que tudo havia sido feito segundo as regras, mas a história continuava com seus aspectos desconfortáveis. Quanto mais Farley pensava nisso, quanto mais analisava o que aconteceu, mais achava que algo importante estava lhe escapando, algo que podia explodir na cara de todos a qualquer momento. Não era só por saber a quantidade de informação que Alan tinha, nem pelas viagens dele ao exterior, ou pela atmosfera acalorada em Cheltenham. Era a sensação que ele havia deixado ao partir.

Seria verdade que não havia uma carta, um bilhete em algum lugar que pudesse explicar as coisas?

Farley olhou à sua volta no quarto de hotel, como se a carta pudesse ter se materializado ali, e ficou pensando se não era possível que tivessem feito a busca na casa num frenesi excessivo. Poderiam ter deixado de ver alguma coisa óbvia, como alguém que procura os óculos em toda parte exceto em cima do nariz? Ou os policiais que chegaram antes de todo mundo na cena encontraram alguma coisa, umas poucas linhas que não souberam interpretar com seu conhecimento limitado, ou cujo significado não entenderam? Claro que não seria do feitio de Alan expressar seus sentimentos em uma carta, mas ele podia pelo menos dar uma pista, uma mensagem dizendo que a Inglaterra não precisava se preocupar. Mesmo sendo teimoso como era, não teria um pouco de consideração com os outros? Farley olhou o relógio. Seria conveniente visitar o colega a essa hora? Eles precisavam discutir a estratégia para todas as reuniões do dia. Não, ainda era muito cedo, e na verdade ele não estava com vontade de fazer isso.

Robert Somerset era um de seus amigos no escritório, mas alguma coisa tinha acontecido nos últimos dias. Era como se a morte os tivesse afastado, e Farley começou a observar nele os mesmos sinais de suspeita pouco salutar contra tudo que fosse diferente e estranho — ou que mesmo remotamente pudesse ser ligado a Burgess e Maclean — em Robert e em tantos outros, e imaginava que era exatamente assim que a histeria se desenvolve, que os primeiros afetados eram os que já estavam supersensíveis, mas que depois ela se espalhava até para os mais sensatos. Estaria ele também ficando paranoico? Enquanto Oscar lutava para se vestir e tentava dar uma cor mais saudável ao rosto batendo de leve em si mesmo, ele se lembrou da única vez em que viu Alan chorar, mas na época não foram lágrimas de verdade, e ao pensar nisso sorriu e percebeu que estava lhe fazendo bem.

Ia ser um longo dia.

14

O sol brilhava sobre Knutsford na manhã de 10 de junho de 1954. Leonard Corell estava sentado num trecho cimentado atrás da casa com um roupão cinza esfarrapado, tomando chá Earl Grey e ouvindo Cole Porter no rádio, quando a tia, um tanto trêmula, saiu da casa carregando a bandeja de café da manhã.

"Pacote completo!"

"Uau!", ele exclamou, realmente empolgado, e o prato de fato estava cheio: tinha rabanadas, chouriço, tomates, feijão frito, croquetes de batata, cogumelos, bacon e ovos e suco de laranja.

Ele só ia comer de novo à noite, e abriu um sorriso de orelha a orelha, e disse algo sobre ter parado o pêndulo do relógio. Ela respondeu que podia dizer com precisão a hora em que o crime foi cometido e queria saber se ele tinha conseguido dormir. Corell disse que sim, e que estava descansado, o que não era totalmente mentira. O cansaço lhe trazia uma espécie de descanso, uma exaustão agradável que fazia o incômodo sumir, e ele estava razoavelmente contente por ter começado a ler o *Manchester Guardian*, que estava muito bem dobradinho ao lado da bandeja. Nada que chamasse a atenção. Ia gostar mais de se perder nas páginas de um livro, como a tia, que estava folheando *The Hour Glass*, de Yeats, mas não estava com vontade de levantar e ir pegar um. Ia ter que se virar com alguma reportagem do jornal, por exemplo a notícia de que a BBC começaria a transmitir noticiários na televisão ou a história de que a Câmara dos Lordes estava debatendo por que as policiais escocesas precisavam pedir demissão ao se casar, ou outra sobre um colega de polícia em Douglas, Dundee, que roubou 120 libras do cofre da delegacia e sobre o seu advogado, que havia dito que o crime era defensável porque o sujeito vinha convivendo com gente de classes sociais mais altas do que a sua, e Corell riu um pouco disso, embora no fundo não desse a mínima. E então de repente ele gelou.

Na coluna da esquerda na página onze havia um texto sobre Alan Turing. Não era grande. Pouco mais do que uma nota. Mas tinha relação com o trabalho de Corell, e quando o jornal trazia algum material que lhe era relevante, especialmente nas raras ocasiões em que era mencionado, o mundo parava por um momento e ele ficava apavorado. Mesmo assim, ficava feliz por seu nome aparecer. Sempre que saía algo sobre ele na imprensa começava a fantasiar, mas antes de entender bem o que tinha sido escrito sempre ficava preocupado com a ideia de que seria algo humilhante ou que o ridicularizasse, e por isso passou os olhos pelo texto ansioso e percebeu decepcionado que não havia nenhuma referência a seu nome, e que outra pessoa da delegacia, provavelmente Block, tinha fornecido as informações. O texto era intitulado "Obituário" e guardava a melhor das intenções. Começava assim:

> O Instituto de Medicina Legal divulgará hoje o laudo com a causa da morte do dr. Alan Mathison Turing, professor de teoria da computação na Universidade de Manchester desde 1948, encontrado morto em sua casa na Adlington Road, em Wilmslow, na manhã de terça-feira.

Depois de um breve relato das circunstâncias que envolviam a morte de Turing, razoavelmente preciso, o texto continuava:

> O dr. Turing foi um dos pioneiros no estudo das máquinas de cálculo neste país. É tido como autor da base teórica para a máquina digital de dados. Em Manchester foi um dos cientistas responsáveis pelo "cérebro mecânico", conhecido como Madam (Manchester Automatic Digital Machine) e "A.C.E.".
> Ele afirmava que uma de suas máquinas resolveu em poucas semanas um

problema de matemática avançada em que os matemáticos trabalhavam desde o século XIX. Junto com o professor F. C. Williams, também da Universidade de Manchester, inventou duas características das máquinas de calcular que se tornaram contribuições significativas para melhorar sua "memória" e sua capacidade.

Em um texto publicado na revista *Mind*, o dr. Turing parecia chegar à conclusão de que as máquinas digitais de dados serão capazes de fazer algo semelhante a "pensar". Ele também discutiu a possibilidade de educar uma máquina do mesmo modo como se faz com uma criança.

Corell tirou os olhos do jornal. Ele não gostou do obituário. Parecia uma mistura de especulação e elogios, e certamente não o ajudava em nada. Educar uma máquina como se faz com uma criança? O que era aquilo? Obviamente uma afirmação feita com a intenção de chamar a atenção do público — fosse o jornalista ou o próprio Turing o seu autor —, mas não havia uma única palavra para explicar o que aquilo significava de fato. Devia ser um absurdo completo, ou pura fantasia. É provável que o próprio autor do texto não soubesse do que estava falando. Corell se lembrou da frase que leu nos autos do depoimento à polícia em que Turing dizia para Arnold Murray que estava construindo um "cérebro eletrônico", e na hora Corell achou que aquilo era uma mentira, o tipo de coisa que pessoas com educação superior dizem por aí para seduzir ou oprimir os outros. Mas esse texto se referia não a um cérebro eletrônico, mas a um cérebro *mecânico*, e embora isso também fosse em certa medida um jargão, algo feito para soar propositadamente espetacular, era uma expressão que de fato se usava, uma entre várias que serviam para designar algo. Mas o quê? Uma série de expressões havia sido usada, sendo a última a "máquina digital". Dígito significa número, *digitus* dedos, contar nos dedos. Ele ainda se lembrava um pouco do latim da escola.

"Você sabe o que é uma máquina digital de dados?", ele perguntou para Vicky.

"Como?"

"Deixa pra lá."

Ele comeu um pouco de bacon e uns croquetes de batata e tomou o chá, que tinha esfriado, e voltando a ler ficou sabendo que Turing trabalhou no Ministério das Relações Exteriores durante a guerra e que era membro da Royal Society. Seus hobbies eram corridas de longa distância, xadrez e jardinagem. O texto dizia no final: "Ele corria pelo Walton Athletic Club". Corell bufou. Igualzinho a Marlborough. Se alguém queria mostrar que o sujeito era boa praça, a quintessência do bom inglês limpinho, dizia que ele era atleta. Todo bom menino era atleta. Turing era um bom menino. Também tinha morrido, e nos jornais todo morto é um cara bacana. Não se deve falar mal dos mortos. *De mortuis nihil nisi bene!*

"Hipocrisia", ele disse.

"O quê?"

Hipocrisia era um dos assuntos favoritos da sua tia.

"Nada. Posso arrancar um texto?"

"Pode amassar o jornal inteiro e pôr no bolso, meu querido, mas ia agradecer se você parasse de ser tão enigmático. Por que você está tão fascinado por esse texto?"

"Tem a ver com o caso que eu estou investigando."

"Ah, entendo. Sendo assim insisto em ler", ela disse, e por instinto ele quis dizer não.

Ele não tinha intenção de reabrir as feridas do dia anterior, e queria ficar com o matemático para si, especialmente agora que não ia saber responder às perguntas da tia, mas naturalmente passou o jornal para ela, que começou a ler com impaciência. Ao terminar, parecia mais bem-humorada do que de costume.

"Parece um conto do Edgar Allan Poe", ela comentou. "Educar uma máquina, foi isso que eles disseram? Que ótima essa maluquice."

"Para mim parece mais é assustador."

"Bom, com certeza faz a gente pensar. Parece ser um sujeito de mente aberta, nem de longe um engenheiro tedioso como você parecia sugerir ontem."

"Eu não fiz isso, fiz?"

"Talvez eu esteja confundindo as coisas."

"Mas vou dizer que acho que ele não batia bem da bola", Corell disse.

"Ora, você não está sendo meio duro com ele?"

"Mas sei que ele enganou…"

"Em todo caso parece que falam dele com muito respeito", ela interrompeu.

"Como fazem com todo morto."

"O texto diz que ele foi autor da base teórica de alguma coisa, e que a sua máquina resolveu um problema difícil. Não me parece que fosse um tolo."

"Meu palpite é que o autor do texto não sabia do que estava falando."

"Então me diga você."

"Eu também não sei muita coisa ainda."

"Você não ia gostar de saber um pouco mais, agora que acabou lidando com isso?"

"Não é esse o meu trabalho!"

"Não?"

"Dificilmente as máquinas vão ter alguma relação com a morte dele", Corell disse, meio intimidado, e pegando o jornal de volta arrancou o artigo, mas ao mesmo tempo se sentiu incomodado, como se tivesse sido pego, e como estava prestes a sair para pegar o ônibus para Wilmslow e não queria ir embora de mal com a tia arriscou um gracejo leve. No tom que um soldado usa com o superior, ele falou:

"Prometo descobrir tudo sobre as máquinas e relatar à senhora!"

"Vou esperar ansiosa."

15

Leonard chegou deliberadamente um pouco atrasado na delegacia, e sabia que ia ter que fazer hora extra, mas, apesar de se sentir razoavelmente bem enquanto subia a escada, voltou ao desânimo assim que entrou no departamento criminal. A sala estava abafada. Cheirava a fumaça de cigarro e mau hálito. Kenny Anderson tomou uns goles de uísque sem nem tentar esconder o que estava fazendo. Corell abriu a janela. *Por que Vicky tinha sido tão idiota?* A discussão com ela, os momentos de irritação, nada disso havia sido grande coisa, claro — na verdade, não tinha sido nada —, mas ele não conseguia parar de pensar naquilo. Era parte do problema que ele tinha com a tia. Era só surgir uma tensão que fosse entre os dois e ele já transformava a coisa em algo imenso. Como ela podia defender…?

"Hoje só quero beber até ficar torto", ele reclamou em voz alta, descobrindo uma tocante afinidade com Kenny, mas quando o colega sugeriu que fossem juntos ao pub depois do expediente, horror dos horrores, fingiu que não escutou e começou a trabalhar de verdade. Tudo num ritmo lento. Começou a sentir o peso de não ter dormido, e ficou feliz de verdade quando Alec Block foi falar com ele.

"Você devia dar uma olhada nisso", Block disse.

"O que é?"

Eram uns documentos da Chester & Gold, um escritório de advocacia de Manchester, colocados dentro de uma pasta preta discreta, e quando Corell passou os olhos pelos papéis dava para ver que ficou decepcionado — não era muito fácil dizer por que, mas tinham encomendado a ele um relatório sobre as circunstâncias da morte de Alan Turing para antes da divulgação do laudo do legista naquela noite, e esses documentos não iam tornar o trabalho mais fácil. Caso a sua conclusão não fosse óbvia antes, certamente agora seria. Aos quarenta e um anos e gozando de plena saúde, Turing tinha preparado um testamento em 1º de fevereiro daquele ano. O documento não era detalhado, nem continha palavras poéticas ou declarações dramáticas afirmando que a vida do sujeito era um tormento. Apenas listava algumas informações, por exemplo o fato de um autor chamado Nick Furbank ser nomeado como executor, e de que o dinheiro, os livros e os objetos valiosos deveriam ser divididos de tal e tal jeito. Mas dificilmente seria coincidência ter escrito isso tão pouco tempo antes.

Claro que alguém de quarenta e um anos de idade que parece ter metade de sua vida pela frente não senta e escreve o testamento sem ter um motivo para isso, não é? Apesar de Corell conseguir imaginar que alguém pudesse sentir uma espécie de satisfação ao mesmo tempo doce e amarga de escrever seus últimos desejos e seu testamento; é mais ou menos como fantasiar sobre o próprio funeral. Mas não, ele pensou, não tinha como ser coincidência, um capricho emocional. Somando as peças, o julgamento, suas consequências, a humilhação social e a maçã envenenada, era coisa demais para ignorar. A balança pendia para um lado. Era certeza que Alan Turing tinha se suicidado!

O testamento dizia que a srta. Taylor, a governanta, deveria receber trinta libras e que cada membro da família de seu irmão John ficaria com cinquenta libras, o que deve ter sido uma decepção para eles, e talvez Turing também estivesse querendo dizer algo com isso. O restante do espólio — que devia chegar a vários milhares de libras só com a venda da casa — seria dividido entre a mãe e quatro amigos, Nick Furbank, David Champernowne, Neville Johnson e Robin Gandy... Robin. *Querido Robin...* Corell de repente se lembrou da carta que encontrou na Adlington Road. Como podia ter esquecido? Segundo o testamento, Robin Gandy seria o herdeiro dos livros de matemática de Turing. Parecia ser o favorito. Deve ter sido para ele que Turing escreveu cartas pessoais, e em um movimento apressado Corell colocou a mão no bolso interno do casaco e estava prestes a pegar a carta e começar a ler quando Richard Ross entrou na sala. O que ele ia querer agora? Ross parecia corado e irritado como sempre, mas também de certa forma desarmado, como se alguma coisa constrangedora tivesse acontecido.

"Parece que você agora é um sujeito ilustre", ele comentou.

"Como assim?"

"Tem umas visitas importantes a caminho."

"De novo?"

"Não precisa ficar todo empolgado", Ross disse. Corell não parecia nem um pouco feliz. "Perguntei se eu podia participar da reunião", o inspetor contou. "Mas eles querem falar sozinhos com você. Provavelmente você fez alguma besteira."

"Com quem eu vou ter a honra de me encontrar?"

"Não nesse tom, seu idiota. É muito importante que você coopere."

"Claro. Mas com quem?"

"Provavelmente é melhor que eles mesmos se apresentem", Ross disse, soando rabugento, e Corell sentiu uma necessidade irresistível de ser desrespeitoso. *Eu não estou a fim. Tenho que ler umas revistas de pornografia*, teve vontade de dizer, mas a única coisa que lhe ocorreu foi ficar de braços cruzados enquanto sua linguagem corporal transmitia a mensagem de que só iria cooperar até onde estivesse disposto.

"Um pouco de compostura, pelo amor de Deus. Eles vão chegar a qualquer momento", Ross disse entredentes, e Corell acenou com a cabeça, relutante.

A subserviência que Ross mostrava aos poderosos que estavam por chegar deixava Corell enojado. Ao mesmo tempo, ele também começou a ficar nervoso e quis dar uma olhada no espelho. Mas ia ter que se contentar em ajeitar a gravata e passar os dedos pelo cabelo.

Dois homens de uns sessenta anos entraram na sala. Ele reconheceu ambos imediatamente. São famosos, ele pensou. Não estava só sendo tolo, também estava expressando um certo desejo. A verdade era simplesmente que havia encontrado os dois na entrada do necrotério. Mesmo assim estava com razão em achar que o mais alto dos dois tinha a aparência de um astro de cinema. Verdade que as costas, por serem muito longas, pareciam um pouco inflexíveis, mas o rosto mostrava uma dignidade e uma harmonia tão extraordinárias que Corell imediatamente sentiu uma admiração pelo sujeito. Desde a morte do pai, ele tinha a tendência de procurar homens importantes e inconscientemente buscar semelhanças entre si mesmo e eles, como se na esperança de ver seu próprio futuro naqueles rostos. Ou, pior ainda, como se estivesse em busca de uma figura paterna. Ao cumprimentar o homem — que se chamava Oscar Farley e que exalava uma impressão de melancolia —, Corell achou que havia detectado uma certa curiosidade em seus olhos.

O outro homem era atarracado, com cabelo ralo e despenteado e um nariz fino que se alargava perto da ponta. Ele se apresentou como Robert Somerset, e comparado ao colega era feio. No entanto dava a impressão de ser uma boa pessoa.

"Vocês são do Ministério das Relações Exteriores?"

"De certo modo", Somerset disse. "Fazemos parte de um pequeno grupo em Cheltenham que trabalha em uns poucos e modestos projetos. Entre outras coisas estamos investigando as circunstâncias da morte de Alan Turing. Tem algum lugar por aqui onde a gente possa ter um pouco de privacidade?"

No terceiro andar, atravessando o corredor onde ficava o sargento da delegacia, havia uma sala de reuniões recém-pintada com uns quadros horrorosos nas paredes, em que Corell tinha feito interrogatórios mais delicados, considerando que todo interrogatório em Wilmslow era mais delicado. Ele sugeriu ir até lá. Era um lugar onde as coisas tinham corrido bem para ele, e Corell gostava de achar que estava em um lugar que lhe oferecia um pouco que fosse de ânimo. Seria o caso de oferecer chá? Decidiu que não. Enquanto iam para a sala, ele ficou mais nervoso, e o sorriso educado mas ligeiramente irônico de Somerset com certeza não o ajudava a ficar mais calmo, já que tinha a impressão de que o sorriso era um alerta de que o outro poderia passar a agir de modo cruel. Nervoso, Corell olhou para Farley. Farley passou a mão pela nuca.

"Infelizmente não temos cadeiras melhores. Na verdade todo mundo termina o dia com o corpo dolorido", Corell disse.

"Obrigado pela preocupação, mas não se incomode comigo. Fico assim de vez em quando, todo curvado e torto. Sou alto demais para não ter dor. Ia ser bom tirar uns dez ou vinte centímetros. Eu conheci o seu pai, falando nisso."

Corell gelou.

"Mesmo?"

"Não muito bem", Farley disse. "Só nos vimos umas poucas vezes, mas tínhamos um amigo em comum, Anthony Blunt, não sei se você conhece. Não? Bom, os dois eram especialistas em arte, embora completamente diferentes. James era menos convencional, fazia mais o meu tipo, para falar a verdade. Eu gostava de um livro dele sobre Gauguin, e também gostava um pouco de um outro sobre os indianos, uma história muito incomum. Ele era uma figura, não? Meu Deus, como falava!"

"De vez em quando até conseguia dizer algo que fosse verdade", Corell acrescentou num tom tranquilo que imediatamente o deixou orgulhoso.

"Então às vezes ele enfeitava um pouco as coisas? Mas todo contador de histórias faz isso, não? Colocar o belo acima do verdadeiro é obrigação deles, por assim dizer. Uma virtude nobre, em certo sentido."

"Infelizmente não muito adequada para nosso trabalho", Somerset acrescentou.

"Infelizmente não", Corell disse, decepcionado por a conversa já estar se afastando do pai.

"A verdade, evidentemente, é um treinamento difícil para nós. Não basta descobrir a verdade. É preciso lidar com ela do jeito certo. Só isso já basta para deixar a pessoa exausta, não é?", Somerset comentou.

"De fato."

"Tem verdades que quase gritam para vir à tona..."

"E outras que gritam para ficar escondidas a qualquer preço", Corell arriscou.

"Exatamente. Você sabe como funciona. Das nossas desgraças a gente não fala. Mas as dos outros a gente fica bem feliz de espalhar."

"É possível."

"Bom, o que eu queria dizer é que tem uns detalhes nessa história do dr. Turing que exigem um certo cuidado."

"O que exatamente é tão delicado?", Corell perguntou.

"Bom, é delicado e não é", Somerset murmurou. "Não vamos fazer a coisa parecer mais emocionante do que é. Mas só me deixe dizer uma coisa e mostrar todo o meu lado dramático: o que eu vou contar agora tem que ficar entre nós, certo?"

"Claro!"

"Esplêndido! Nesse caso posso contar para você que Alan Turing trabalhou para o governo em certas incumbências cuja natureza não tenho permissão para revelar. Por isso é provável que convivesse com certa pressão. Ele não tinha permissão para falar uma palavra que fosse a respeito, nem para as pessoas de que mais gostava no mundo, e não temos razão para achar que violou isso. Tínhamos o maior respeito por ele e sentimos sua morte. Ele tinha uma força de vontade extraordinária. Se me ouvisse dizer todas essas bobagens imediatamente ia levantar e começar a fazer alguma coisa mais sensata..."

"Como os padrões matemáticos das manchas dos leopardos", Corell disse no mesmo tom tranquilo de antes.

"Ha, ha. Exatamente! Você está começando a entender o Turing, já percebi. Mas para ser franco, quando alguém morre desse jeito, você começa a pensar se a pessoa afinal fez alguma coisa que não deveria, né? Não que a gente ache que ele tenha feito, mas parte do nosso trabalho é esperar que tudo saia bem e presumir que tudo esteja mal."

"Tem como deixar isso um pouco mais claro?"

"Estou sendo enigmático de novo? Não fico surpreso! Não fique balbuciando por baixo da barba, meu pai me dizia. Eu nem sabia o que isso queria dizer. Porque eu nem usava barba. Nunca deixei a barba crescer, nem durante a guerra, ha, ha. Mas você não é tímido. Isso é bom. Como bons funcionários públicos que somos, nós checamos suas referências. Na verdade estamos um pouco surpresos por você estar aqui, mas isso só aumenta nossa admiração, de verdade. Precisamos de gente como você na polícia. A gente não lê sobre escândalos policiais quase todo dia no jornal? Não teve uma coisa assim hoje mesmo?", Somerset falou numa espécie de confusão astuta.

"E aí...", a voz dele ficou mais suave, mais baixa. "E aí, claro, ficamos sabendo dos seus pais, muito triste. Deve ter sido um golpe terrível, primeiro um e depois o outro. Lamento profundamente."

"Já faz muito tempo", disse Corell, subitamente irritado.

"Que falta de tato a minha, desculpe ter falado nisso. Só estava tentando... Mas onde a gente estava? Você queria que eu fosse mais claro, não é? Mais claro! Presumo que esteja ciente das tendências do dr. Alan Turing. Bom, obviamente está, mas, você entende, nós mesmos ficamos sem saber disso por muito tempo. Há muito tempo, Alan foi noivo de uma garota ótima, o Oscar conhecia, e sempre falou bem da moça, mas aí... depois que a gente percebeu, as coisas começaram a parecer muito diferentes, e acho que não dou muita importância para isso no nível pessoal. Todo mundo tem direito de fazer o que quiser no seu tempo livre, né? O jeito como tratamos Oscar Wilde foi praticamente um escândalo. Ou melhor, nem tanto a gente, os verdadeiros vilões do drama parecem ter sido o amante, como era mesmo o nome dele... Lord Alfred Douglas, isso mesmo, conhecido como Bosie, muito obrigado, Oscar, e o pai. Pessoas horrorosas! A propósito, você acha que esse Murray de certo modo era o Bosie do Turing? Certo, tudo bem, não... não, não, claro que tem diferenças enormes. Um artista como Wilde pode tomar certas liberdades. Talvez até pudesse fazer isso. Mas, se você está trabalhando pelo país, tem outros fatores para levar em conta. Eu soube que o seu superior... Deus do céu, acho que esqueci o nome dele também."

"Superintendente Hamersley."

"Isso, que o superintendente Hamersley fez um discurso apaixonado sobre Burgess e Maclean, e com todo o devido respeito ele teve muito colhão de mencionar esses dois palhaços e Alan Turing numa mesma frase. Mas o seu chefe tem razão no sentido de que a deserção deles fez as pessoas ficarem nervosas. Tem muita gente se perguntando se existem mais espiões. Será que eram só eles mesmo? Nosso pobre Turing era um sujeito muito decente, muito talentoso. O Oscar está convencido de que ele era um gênio, né?"

"Definitivamente", Farley disse e, pelo menos até onde Corell podia perceber, dava sinais de descontentamento ou irritação, mas talvez fosse só dor no pescoço ou nas costas.

"Com certeza ele era impressionante", Somerset disse. "Tinha a capacidade de pensar de um modo completamente diferente, para o bem e para o mal, em geral para o bem, acho. Ele virava tudo de cabeça para baixo. Não gostava de autoridade nem de ordens. Uma vez fui burro o suficiente para dizer: 'Neste assunto específico eu sou seu chefe, Alan!'. Sabe o que ele disse? 'E o que isso tem a ver?' Ele tinha razão, claro. Ou você tem alguma contribuição útil a fazer ou não tem, pouco importa se é o chefe do escritório ou o imperador da China. Mas o que é que eu estava dizendo? Alan Turing de fato tinha acesso a informações restritas, e se fôssemos avaliar o grau de risco, imaginar nosso pior pesadelo, por assim dizer, no mínimo seria relevante dizer que é um produto do mesmo ambiente universitário que Burgess e Maclean. Nesse aspecto ele era no mínimo tão pouco confiável quanto o nosso amigo Farley aqui, que conheceu todas as pessoas erradas."

"Tive mesmo essa honra!"

"Bom, estou falando disso agora para dar uma ideia do nível de ameaça, e também para me dar o direito de me gabar um pouco sobre meu poder de análise política. Ha, ha. Para falar em termos mais dramáticos, a Cambridge dos anos 30 era famosa por duas características, uma paixão pelo comunismo e uma paixão pela homossexualidade."

"Bobagem!", Farley protestou.

"Bom, você devia estar ocupado com outras coisas, como bebida, geometria e Shakespeare. Mas até você tem que admitir, Oscar, que foram tempos bem fora do comum. Tínhamos a depressão, e uma greve geral, e todo tipo de desgraça. Parecia que o sistema todo estava indo para as cucuias, e tinha muita gente indignada — e com razão, do meu ponto de vista — com todo o pessoal da direita que saudava o Hitler. A Guerra Civil Espanhola começou... verdade, Deus do céu... dá até para ficar nostálgico. Depois de muito tempo havia como fazer alguma coisa contra o fascismo, um monte de estudantes entraram como voluntários para o lado dos republicanos, e eles eram vistos como heróis, não? Não eram os intelectuais covardes de sempre, não eram falastrões patéticos como você e eu, Oscar... bom, agora o Oscar está quieto, mas você devia ver. Não vá me falar em Henry James ou naquele maldito irlandês do Joyce, que ele não para nunca. Pelo amor de Deus, não cite nenhum dos dois! Mas, como eu disse, a impressão em Cambridge era de que o establishment não estava nem aí para o fascismo, e realmente entendo isso. Não sou o velhote conservador que o Oscar quer fazer parecer. Nosso governo de fato era fraco, e não é preciso ter muita imaginação para ver que para muitos intelectuais o comunismo era a única alternativa decente. Sim, graças ao antifascismo deles, aqueles valentões se cobriram de glórias e honras e foram formadas células comunistas em toda parte no King's e no Trinity, e tudo isso podia ser ótimo. Jovem tem mais é que ter opiniões políticas esquisitas, né? E com certeza tem coisa muito pior para fazer do que sonhar com igualdade. O problema era que Stálin e o Comintern eram espertos o suficiente para se aproveitar disso. Sim, meu Deus, imagine... Ali estava a oportunidade de levar os líderes do futuro para o lado deles. E realmente mexeram seus pauzinhos. Cambridge ficou coalhada de olheiros e agentes comunistas, e você sabe como eram chamados, de gozação? Não, como é que você poderia saber? Homointern, era o apelido deles. Por quê? Simplesmente porque o Comintern preferia homossexuais. Os pederastas eram tidos como mais fáceis de ser convertidos ao comunismo, em parte porque suas tendências sexuais os tornavam mais receptivos a ideias radicais, mas também porque, deliberadamente, é claro, espalhou-se a ideia mentirosa de que Stálin tinha uma atitude mais liberal do que a do Ocidente em relação à homossexualidade. Claro que isso era um absurdo. Propaganda útil, só isso. Fico pensando se na verdade o Stálin não arrancou o pinto daquela gente toda, se é que você me permite falar assim."

"Está falando sério?", Farley disse, incomodado.

"Bom, não vá me dizer que a liberdade sexual foi o legado duradouro que Stálin deixou para a humanidade! Mas infelizmente a verdade é que na época ele tinha uma boa reputação com os planos quinquenais e tudo mais e na verdade se dizia que ele era bem tolerante, e muitos homossexuais foram atraídos para o comunismo. O exemplo mais conhecido é Guy Burgess. Meu Deus! Que história tenebrosa! E que final constrangedor. Realmente maluco! Só Deus sabe se ele hoje não se arrepende. O que você acha, Oscar, talvez os russos tenham dado bastante bebida e menininhos para ele?"

Oscar ficou olhando para a mesa com uma expressão de constrangimento.

"Bom, nunca vamos saber", Somerset continuou. "É preciso recompensar um espião. Mas, minha nossa, como estou falando! Será que deixei tudo um pouco mais claro? Bom, fico feliz. Não, não, por Deus, não tinha como o Alan ser mais diferente do Burgess. Eles tinham a mesma tendência, claro, mas fora isso... Turing nem era de beber muito, ah, pare, não me olhe assim todo surpreso. Ele aderiu a um abaixo-assinado pela paz em 1933, mas no resto do tempo só pensava naqueles números e naquelas ideias engenhosas dele. Nunca entendi muita coisa daquilo. O Oscar é melhor nisso... Não, pelo amor de Deus não comece a me explicar de novo."

Não parecia que Farley estivesse prestes a começar a explicar coisa nenhuma.

"O Alan era muito disciplinado, pelo menos quando estava motivado", Somerset disse. "Perto do fim Burgess era provavelmente o sujeito menos disciplinado do planeta. Era grosso com todo mundo que estava por perto, e nem de manhã era comum estar sóbrio... mas mesmo assim, como eu disse, *mesmo assim*... ainda tem alguns fatores incômodos, nada com que a gente precise se preocupar, estou seguro disso, e certamente nada que deva ser contado para todo mundo, sob nenhuma circunstância."

"Claro que não", Corell disse de modo amável.

"Não é melhor a gente se chamar pelo primeiro nome? Eu sou Robert, não Bob, não mesmo. Nunca suportei isso. O Oscar é Oscar. Um sujeito inexoravelmente literário. De jeito nenhum apenas mais um funcionário público tedioso como eu. Eu compenso isso sendo cuidadoso demais, o que me leva a ficar interessado por coisas triviais, como viagens ao exterior. Bom, se isso de fato é trivial depende de quem está viajando e para onde se está indo, né? Vamos ser totalmente francos um com o outro. Nos últimos anos, Turing viajou para o exterior para se encontrar com homens, basicamente pederastas e gente pervertida. Foi para Noruega, Grécia e Paris e, para ser sincero, a gente nunca gostou muito disso."

"O Ministério das Relações Exteriores certamente o teria mandado embora bem antes disso", Corell arriscou.

"Por que você acha isso?", Somerset quis saber.

"Ouvi falar de uma ordem para expurgar os homossexuais do funcionalismo."

"Expurgar? Que palavra horrorosa!", Somerset explodiu. "Mas me deixe dizer uma coisa. Embora a gente desse valor ao Alan e confiasse nele, perto do fim era provável que não tivesse tanta razão para ser leal à rainha e ao país. Pode ter até ficado furioso — bom, quem não ia ficar, no lugar dele? Você ouviu falar daquele hormônio que ele teve que tomar... sim, ouviu, e como eu disse provavelmente não é nada que preocupe, nem um pouco. Mas, mesmo assim, culpa e raiva não formam um bom coquetel, nem para o melhor de nós. É por isso que precisamos da sua ajuda, da sua experiência, só por isso. Você foi o primeiro a chegar à cena."

"Foi a governanta que encontrou o corpo."

"Mas depois..."

"Depois eu cheguei..."

"E você andou pela casa recolhendo impressões, e indícios, exatamente como era de se esperar."

"Naturalmente."

Somerset estava querendo alguma coisa.

"Tenho certeza de que você vai entender que... considerando o pano de fundo... até as menores coisas podem ser muito importantes. Algo que possa ter parecido irrelevante pode, se a gente pensar no quadro geral..."

"Ganhar uma proporção totalmente diferente. Sim, entendo isso." Corell queria partir logo para o que interessava.

"Naturalmente. Como investigador criminal provavelmente você entende melhor o valor do detalhe do que qualquer um de nós."

"Também sei que ser lisonjeiro pode ser muito útil."

"Ha, ha. Você me pegou", Somerset riu. "De todo jeito, tenho certeza de que não preciso lisonjear você. Sei que você sabe do seu valor. Só estávamos pensando se talvez tenha algo que queira contar para a gente."

"Vocês também revistaram a casa", ele respondeu e virou para Farley, que tinha permanecido surpreendentemente em silêncio durante a conversa, mas que agora acenou com as mãos de um modo que Corell logo interpretou como um sim. Eles estão dando pela falta de alguma coisa, Corell pensou.

"Em todo caso ouvimos dizer que você pegou umas cadernetas e uns papéis", Somerset disse.

"Verdade. Fiquem à vontade para pegar. Minhas habilidades matemáticas não são as mesmas de outros tempos."

"Então eram só anotações matemáticas?"

"Acho que sim. Mas não examinei com cuidado. Vocês vão receber tudo", ele disse, fazendo um movimento involuntário em direção a seu bolso interno.

"Excelente!"

"Na verdade, não."

"Não?"

"Alan Turing também tinha três cadernos em que anotava os seus sonhos, a pedido do psicanalista. Esses infelizmente já enviei para o irmão dele, John Turing."

"Que pena."

"Lamento."

"Mais alguma coisa?", Somerset perguntou.

"Não", Corell disse, e subitamente percebeu que não ia entregar a carta, sem saber exatamente o motivo, além do fato de querer lê-la e de não suportar o fato de perdê-la antes de sequer descobrir o que havia nela.

"Sendo assim a gente vai precisar entrar em contato com o irmão. Mas será que você pode entregar o restante agora?", Somerset disse, talvez satisfeito, talvez não.

Quando voltaram ao departamento criminal, Corell entregou os cadernos. "Cuide desse pescoço", ele disse para Farley. "Obrigado pelo discurso político. Foi interessantíssimo", disse para Somerset em uma voz que pode não ter soado completamente natural, mas que mesmo assim esperava que tivesse um toque de sofisticação. Ele estava extremamente nervoso. Depois de se despedirem, sua mão direita começou a tremer. Ele tinha sido desobediente, só isso, mas mesmo assim; o truquezinho deixou Corell tanto preocupado como beligerante: *Não, não, você não entende. Ninguém me diz o que fazer... Meu nome é Corell, por falar nisso, Leonard Corell, filho de James, o escritor. Eu tenho um interesse especial pelo lado matemático do meu trabalho. É por isso que não deixo ninguém interferir, só por isso... Meu Deus, quem o sr. Somerset achou que era? Vir aqui e exigir.... não, evidente que eu vou ficar com a carta... será que mencionei que frequentei o King's College, em Cambridge...* Sonhando acordado, ele sentou à escrivaninha e agora estava impaciente para começar a ler, mas com a impressão de que estava sendo observado. Kenny Anderson ficou encarando Corell, curioso:

"Então, o que era essa história toda?"

"Nada de mais. Eles só queriam me informar de umas coisas."

"*De umas coisas!* Ora, ora, estamos nos sentindo um pouquinho superiores?"

"Quê?... não... de verdade, não!"

"Bom, quer dar uma escapada rápida então? Você disse que queria ficar bêbado hoje."

"Eu disse?"

Corell ficou pensando se devia sair com a carta, ou se devia simplesmente ignorar Anderson e ler bem ali, mas no mesmo instante um nome surgiu na sua cabeça... *Hugh Alexander*. Ele não tinha a mínima ideia do motivo por que pensou nisso, talvez fosse apenas seu cérebro divagando sobre algo que tinha lido, mas então lembrou que Hugh Alexander foi uma testemunha de caráter no julgamento de Alan Turing. O nome soou familiar, e embora o relatório não dissesse isso com todas as letras Corell ficou com a impressão de que Alexander e Turing tinham trabalhado juntos durante a guerra. Quem poderia saber? Podia ser uma pista. Corell levantou e foi ver Gladwin.

Andrew Gladwin trabalhava no arquivo. Lá ficavam todas as informações sobre os suspeitos e os condenados da região, junto com uma pequena biblioteca de enciclopédia e livros de referência, onde Corell leu no dia anterior sobre o paradoxo do mentiroso. Gladwin era um dos melhores funcionários da delegacia. Gostava de palavras cruzadas e devorava biografias. Era possível perguntar-lhe quase todo tipo de coisa, e por isso era conhecido como Professor, ou até como Oráculo com Cachimbo. Era um sujeito agradável, e o único da delegacia que tinha conseguido engordar bastante. Assim como Anderson, fedia a álcool, mas de um jeito mais agradável. Estava perto dos cinquenta anos, mas o cabelo era farto e negro como o de um menino, e os olhos eram castanhos e alertas até o meio da tarde, quando começavam a ficar turvos. Quando Corell entrou, ele estava fumando seu cachimbo e parecia não estar fazendo absolutamente nada.

"Olá!"

"Olá!"

"Precisando dos meus serviços?"

"Hugh Alexander", Corell disse. "Você sabe quem é?"

"O enxadrista, você diz?"

"Não sei de quem estou atrás. Mas não é nenhum ladrão daqui."

"Então pode muito bem ser o enxadrista."

"Ele foi testemunha de caráter no julgamento de um matemático que morreu por esses dias."

"Nesse caso definitivamente é ele. Vejamos..."

Gladwin ficou de pé e pegou uma cópia do *Who's Who*, que parecia ter ficado vários anos na prateleira, e rapidamente conseguiu a informação que desejava.

"Sempre gostei de sujeitos que começam com a letra A", ele disse. "Hugh O'Donel Alexander, irlandês, pai professor de ciência da engenharia em Cork, ganhou o torneio infantil de xadrez da Grã-Bretanha em 1928, conseguiu uma bolsa em matemática no King's College, em Cambridge, estudou com o professor Hardy, se tornou professor de matemática em Winchester em 1932, chefe de pesquisa em uma coisa chamada John Lewis Partnership em 1938, mas na maior parte do tempo parece ter jogado xadrez."

"Em nível competitivo?"

"Ah, sim, foi mestre internacional, ganhou do Botvinnik e do Bronstein, entre outros. Campeão britânico em 1938, um dos melhores do mundo, dá para dizer. Tido como o melhor jogador da Irlanda de todos os tempos. Era capitão da equipe inglesa na Olimpíada internacional em Buenos Aires quando a guerra começou."

"Aí diz o que ele fez durante a guerra?"

"Só fala que trabalhou para o Ministério das Relações Exteriores. Parece que ganhou uma Ordem do Mérito em 1946."

"Ele também?"

"Como?"

"Meu morto também ganhou uma", Corell disse.

"Foi, é? Foi mesmo?... Eu mal recebi um agradecimento, apesar de ter levado um tiro na perna. Por falar nisso, como você está? Você está parecendo todo..."

"Não é nada", Corell disse, sem nem pensar. A sua cabeça estava zumbindo. "Tenho uma pergunta que vale mil libras para fazer."

"Diga!"

"Se estivéssemos em guerra contra o Hitler e você estivesse no Ministério das Relações Exteriores, onde é que ia colocar um mestre internacional em xadrez e um matemático que gosta de enigmas e de contradições lógicas?"

"Ia usar os dois de bucha de canhão."

"Você ia deixar os dois inventarem uma nova arma secreta?"

"Ou pensar em novas estratégias. Um jogo de xadrez no fim das contas é uma guerra em miniatura. Ia deixar os dois construírem uma miniatura da guerra e mobilizar cópias dos diferentes soldados usando alguma ideia inteligente. Ou pensar em enigmas engenhosos para confundir o inimigo. Como é aquele mesmo..."

"Dá para tentar falar sério, por favor?"

"Isso tem alguma coisa a ver com a sua investigação?"

"Mais ou menos." Gladwin se recostou na cadeira e deu um tapa quase carinhoso na própria bochecha.

"Leonard, meu caro, toda guerra precisa de algo além de músculos e armas, e tem sido muito comum que a intelectualidade se mostre incapaz de ficar de fora dessa sanguinolência maluca. Bertrand Russell foi uma exceção em 1916, claro. Não, em termos gerais eu diria que as reservas de talento tenderam a ser absorvidas pelos serviços de inteligência ou se envolveram no necessário esforço científico industrial. Normalmente dizemos que a Primeira Guerra Mundial, com seus gases venenosos, foi a guerra pavorosa dos químicos, enquanto a Segunda Guerra pertenceu aos físicos. Minha resposta portanto seria que um sujeito como Hugh Alexander teria sido usado em alguma forma de trabalho científico analítico, mas suspeito que essa resposta seja vaga demais para o cavalheiro."

"Bom, pode ser. Mas obrigado mesmo assim."

"De nada. Ei... você está meio apressado!"

Corell voltou rápido para sua mesa e pegou a carta do bolso interno.

16

A carta era de um amarelo pálido, e era surpreendente como estava amassada. Corell ergueu-a até o nariz e sentiu um cheiro suave, quase agradável, de amêndoas amargas. Ele olhou em volta. Ninguém estava prestando atenção nele. Kenny Anderson, tão curioso havia pouco, parecia estar num momento raro de atenção ao trabalho, e com uma certa formalidade secreta — que lhe fez lembrar uma noite quando estava lendo uma edição proibida de O *amante de Lady Chatterley* com a luz de uma lanterna —, Corell começou a examinar a carta, e a primeira coisa que chamou a sua atenção foi o fato de não ter data, só o horário. Talvez tenha ficado na gaveta da escrivaninha por muito tempo, coisa que não havia como saber, e ele leu as primeiras palavras muito lentamente, como se para decidir se estavam bem escritas, ou só para conter a impaciência. Tentou se convencer de que era idiotice esperar muito da carta. Afinal, tinha acabado de se lembrar dela; foi meramente por ter deixado de dá-la a Farley e Somerset que havia ganhado essa importância, e a carta continuava a mesma — seu pequeno atrevimento não mudava nada —, mas mesmo assim ele não conseguia evitar um certo fascínio, e com empolgação cada vez maior leu o texto repetidas vezes.

Hollymeade, 2h20
Caro Robin,
Estou cansadíssimo de todo esse segredo, de toda essa encenação. Será que é assim que a vida devia ser? Uma farsa para encobrir a outra! Ainda estou acordado e queria estar a quilômetros daqui. Lembra as perdizes e os ovos frescos que a gente comia? São duas e meia da manhã. A chuva está tamborilando lá fora, e eu estou pensando em todas as coisas que quero falar com você, não só as coisas que estou proibido de mencionar, mas também tudo que nunca cheguei a dizer. Todo dia uma nova porta se fecha. Perdi uma missão que podia não ser das mais empolgantes, mas que mesmo assim dava algum sentido para a vida. Não se confia mais em gente como eu, e acho isso difícil de suportar, Robin, me machuca mais do que posso dizer. Meu mundo está encolhendo. Nem sonho mais como antes. De que serve sonhar se você sabe que aquilo nunca vai se realizar? Já me tiraram tanto, e quando uma coisa vai embora outras desaparecem junto. E o horizonte fica mais escuro.

Andam falando em novidades promissoras na área da sexualidade, mas acho que não vou chegar a ver isso. Estou sendo vigiado. No instante em que ponho o pé para fora de casa e piso no jardim começa o inferno, e tenho medo de pensar o que aconteceria comigo se tivesse a coragem de viajar outra vez para fora do país. (Coisa que pretendo fazer, como é que eu poderia resistir a um pouquinho de provocação?) Eles querem me transformar numa solteirona. Talvez alguém pensasse que as coisas iam melhorar quando eu tirasse o implante da perna, e talvez por um tempo tenham melhorado um pouco, mas depois veio a decepção por o alívio não ser maior. O veneno desapareceu do corpo, mas não do cérebro, e comecei a suspeitar que nada daquilo fosse desaparecer no curto prazo. Vou ter que conviver com o julgamento e tudo que ele trouxe por um bom tempo e, na verdade, eu não devia ter ficado surpreso por irem atrás do meu rapaz norueguês. Devia ter percebido que eles não iam me deixar em paz. Mas como é que eu ia adivinhar o quanto isso seria doloroso?

Agora mesmo, quando tentei dormir, eu sentia os olhos deles cravados na minha nuca e me contorci e me virei até não aguentar mais. Levantei e fui até a janela olhar a rua. A lâmpada amarela iluminava o salgueiro lá embaixo, e meu pobre e velho caminho de tijolos que nunca cheguei a terminar (possivelmente porque a ideia de um caminho inacabado rumo a algum lugar me diverte), mas não tinha ninguém lá embaixo. Por que haveria alguém?, você talvez pergunte. Me deixe explicar: estou sendo vigiado. Vinte e quatro horas por dia vejo esse sujeito atarracado indo à minha frente ou atrás de mim, e o coitado não é muito bom nisso. É tão ruim em fingir que está agindo naturalmente que deixa as pessoas nervosas, e ele tem uma marca de nascença na testa no formato de um sigma. Imagine só! Um sigma!

Certa manhã eu tinha acabado de esconder minha chave na garagem antes de sair para correr quando ele apareceu como se nada tivesse acontecido. Eu disse em voz alta: que prazer receber uma visita sua, o que o deixou constrangido, respondendo "hum, hum, muito bem" com um sotaque escocês antes de se afastar lentamente. Acho que percebeu que eu tinha entendido quem ele era. Apareceu de novo uns dias depois, e me ocorreu que ele podia estar atrás das minhas cartas. Você sabe, toda a crise sobre meu amigo norueguês deixa de fazer sentido se eles não estiverem lendo as minhas cartas. Não, não, não ria de mim, Robin, não estou sendo paranoico, só tenho aquela mania de perseguição totalmente saudável de que as pessoas precisam para sobreviver. Ele tem cara de cachorro. Mas não consigo evitar de pensar: é assim que eles me agradecem? Envenenando todas as partes da minha vida? Tem dias em que fico com tanta raiva que nem sei o que fazer. Quando você estava aqui, percebeu uma marca em cima da soleira, bem pertinho da porta da frente? Bom, fui eu que fiz. Dei uma pancada naquilo com uma certa precisão, e provavelmente ia ter atacado a casa inteira se não tivesse me ocorrido que não era necessário punir a mim mesmo, justo a mim, entre todas as pessoas, quando estava me sentindo tão vingativo. Meus pensamentos desesperados ficaram andando em círculos e tudo explodiu e se transformou em uma caricatura ruim do que era antes, e me perguntei se tinha enfim ficado doido. Mas fiquei sem saber a resposta. (Claro que o velho W. tinha razão ao dizer que é impossível observar nossos próprios pensamentos, já que a observação imediatamente se torna uma parte deles.)

Ah, caro Robin, estou me queixando um pouco. (Você pode se vingar me mandando um lamento de setenta e nove páginas reclamando da terrível superabundância de amantes em Leicester.) Mas é claro que peço desculpas por não ter feito um elogio à sua tese (vou chegar lá), e é verdade que ela me trouxe algum consolo. Eu já disse que montei uma oficina bem na parte de trás do meu primeiro andar? Chamo de lugar do pesadelo, em homenagem aos nervos sensíveis da minha mãe. Ela está convencida de que vou mexer com algo letal lá, e ela tem razão porque estou tentando todo tipo de tolice, como extrair produtos químicos a partir do sal. Você deveria vir se divertir comigo. É terapêutico.

De resto eu me mantenho ocupado fazendo todo tipo de coisa, tudo menos aquilo que supostamente deveria fazer. Anoto meus sonhos a pedido do Green-

baum. Eu contei? Toda manhã escrevo páginas e páginas no meu caderno de sonhos e, para ser franco, às vezes não consigo resistir à tentação de enfeitar a história um pouco. Quem quer ter sonhos desinteressantes? Mas também descobri uma ou duas coisas sobre as quais queria falar uma hora. Além disso, ando pensando em partir para uma aventura obscena no Club Méditerranée em Ipsos-Corfu no verão, em vez de ir a Paris de novo. Contei do rapaz encantador que conheci em Paris? Ele ficou completamente desconcertado quando sugeri ir andando até o hotel ao invés de pegar o metrô. Acho que a relação dele com Paris é a mesma que nós temos com uma superfície de Riemann. Só tinha alguma familiaridade com os círculos de civilização em torno das estações subterrâneas, e era completamente incapaz de estabelecer conexões entre elas. Bom, ele tinha outros talentos, incluindo um belo traseiro, e eu realmente preciso dizer que acabamos nos divertindo no fim das contas, mas depois ele quis que trocássemos de relógios como símbolo de nossa confiança. O fato de o meu ser muito melhor do que o dele pode muito bem ter tido alguma importância nas circunstâncias, mas claro que concordei imediatamente. Afinal, a pessoa tem que aceitar as ofertas que lhe fazem. E essa foi a última vez que vi aquele relógio. He, he! Mas fora isso, Robin, fora isso... São quase três horas.

Esta é uma daquelas noites em que a vida fica assustadora demais. Eu contei sobre uma história que li, de um lorde que foi levado a julgamento pela segunda vez? Descobriram outro delito dele, de um período anterior, e é claro que isso me fez pensar: é isso que vão fazer comigo? Escavar mais uma sombra do passado? Por sorte eu provavelmente não tive tantos homens quanto gostaria de ter tido — afinal, quem teve? —, mas houve alguns. Graças aos céus pela igreja à la King's (acho que a sua formação pode ter tido algumas lacunas nessa área). Mas eu não ia suportar isso. Não ia aguentar a ideia de começarem a remexer de novo na minha vida. Outro dia vi uma das fofoqueiras do bairro que viram a cara assim que me veem, e não pense que me incomodo. Ela pode olhar pro outro lado o quanto quiser. Mas, mesmo assim, não é injusto? Fiquei com tanta raiva naquela noite que mal conseguia respirar. Você já sentiu esse tipo de raiva que não chega nem a sair, só implode numa massa escura sufocante?

É verdade que durante meu embate com o judiciário eu mantive a cabeça erguida e me recusei a ficar envergonhado, mas não pense que não senti aquele sino invisível ressoando no meu corpo, fui até melhor do que se poderia esperar em ter pensamentos destrutivos, embora talvez não tão contritos como Deus Pai em sua mesquinhez gostaria — sigo sendo um sujeito dissoluto —, mas mesmo assim bas-

tante dolorosos, pensamentos que simplesmente se voltavam para dentro sem alvo ou direção, e encontrando apenas o vácuo. O lugar a que esses argumentos levam. Imagine se eu tivesse me casado com Joan e de algum modo nós tivéssemos filhos. Como a minha vida teria sido? (Tanto você como eu precisamos parar imediatamente com essa nossa tendência de ficar pensando nos "e se?".) Tenho que me recompor. Logo o dia vai nascer. Já quero escutar os passarinhos. Mas às vezes, Robin, às vezes eu fico pensando se o que eles realmente querem não é me ver aniquilado, eliminado da cena. Pois o que me tornei para aqueles por quem já fiz tanto? Nada além de um elo perdido, uma pessoa cujas ideias eram claras, mas cujos desejos eram errados. Será que dei a resposta errada para a fada?

Outra noite sonhei com nossas refeições em Hanslope, e depois minha maçã à noite. Hoje à tarde eu me lembrei do arco-íris duplo que a gente viu e daí pensei: como será que você está? Às vezes cheguei a me preocupar que eles fossem atrás de você também, você e as suas convicções malucas. Que tipo de problema você acha que me aflige? O tipo que faz a máquina parar ou o que faz a máquina emperrar sem conserto para sempre? Eu já

A seguir vinham algumas palavras rasuradas, ilegíveis. A carta era interrompida no meio de uma frase e nem sempre era fácil de entender, mas sem dúvida exalava dor. Podia muito bem ser o bilhete de suicida que não tinham encontrado. Não, isso seria exagero. Corell tinha precisado fuçar pela casa para encontrá-la e, embora o texto tivesse algumas alusões sombrias a "o lugar aonde esses argumentos levam", aquilo parecia vago e confuso demais para ter um objetivo definido. Parecia mais algo que a pessoa escreve à noite quando a vida parece triste e ameaçadora. Afinal, o autor se sentia culpado por reclamar, e levando isso em conta era preciso ver as tentativas de humor, por exemplo "a terrível superabundância de amantes em Leicester", como um esforço para deixar o tom mais leve. Certamente não era coincidência o fato de nunca ter enviado a carta. Talvez à luz do dia parecesse totalmente fora de equilíbrio. Por outro lado, ele não rasgou a carta. Tinha ficado lá, esperando. Esperando o quê? Provavelmente nada! Todo mundo deixa coisas de lado sem saber por quê.

Ele olhou em volta. Anderson estava sentado, recostado e fumando. Alec Block veio do corredor e sentou na sua cadeira debaixo de uma parede com pôsteres com imagens de assaltantes de bancos procurados pela polícia em Manchester, e lançou um olhar triste em direção a Corell, como se estivesse tentando contato. Corell sentiu uma necessidade incontrolável de sair. Era como se a carta precisasse de ar fresco, e sem dizer palavra ele saiu da sala. No jardim, um bando de andorinhas desapareceu atrás dos blocos de apartamentos de tijolos aparentes, e ele seguiu rumo aos campos à direita e logo chegou a Carnival Field. Mais do que qualquer outro lugar em Wilmslow, Carnival Field era sinônimo de verão para Corell, e ele olhou para as campinas, feliz por ver quanta gente havia ali, e com uma certa força teatral encheu os pulmões e sorriu para um cavalo que galopava em círculos ali perto, mas o tempo todo pensava na carta. Ele estava feliz por ter saído. O ar livre lhe dava uma perspectiva melhor das palavras, e ele não ficou tão irritado. Não tinha tanta coisa ali para alguém se empolgar, tinha?

Havia muita coisa na carta que o aborrecia, e ele percebeu que tinha imaginado Turing como alguém mais estranho e perdido — em parte por causa do que o irmão tinha dito —, mas as palavras na carta eram de alguém esperto, que seduziu homens em Paris e que sumia em viagens ilícitas. Um homossexual incorrigível, segundo o sargento Rimmer, e provavelmente era verdade. Ao mesmo tempo havia mais coisas, que Corell não entendia e que o deixavam ardendo de curiosidade. Ele considerou as frases confusas muito mais interessantes do que as simples, e naturalmente conseguia ver que aquilo não era muito diferente dos gracejos e das alusões que fazia com a tia, nada mais do que pequenas convenções e expressões taquigráficas usadas na comunicação entre bons amigos, e era realista o suficiente para ver que seu bom e velho pensamento positivo de que algo grande e libertador iria acontecer podia enganá-lo. Mas isso não diminuía a sua empolgação.

Por exemplo o sujeito espionando Turing. Quem era ele? Uma invenção da cabeça do matemático ou alguém da polícia de Manchester? Turing vinha sendo vigiado pelas suas inclinações — Hamersley confirmou isso —, e certamente não era de duvidar que o pobre tira tivesse recebido a punição de ficar de campana na casa do matemático. Mas não, Corell não achava que fosse um policial. Mas quem é que tem uma marca de nascença em forma de sigma, uma letra grega? Ele decidiu que o sujeito tinha que ser alguém bem mais interessante do que um simples colega. "Estou cansadíssimo de todo esse segredo." Na carta Turing usava a palavra *eles* de modo vago, e às vezes parecia se referir de modo geral ao tribunal e à polícia ou até à época atual, enquanto em outras podia estar falando de pessoas específicas, talvez de uma instituição em particular, talvez da mesma a que pertenciam Somerset e Farley... "aqueles por quem já fiz tanto".

Corell ficou parado um instante pensando a quais serviços ele poderia estar se referindo. Depois deu de ombros, voltou para a delegacia e num ímpeto de energia sentou para escrever seu relatório como preparativo para a audiência judicial daquela tarde.

17

Oscar Farley e Robert Somerset descansaram por alguns minutos em um banco do Sackville Park, em Manchester. Dois homens com problema de postura passaram por eles, e um deles disse: "Acho que aquelas mulheres nunca entenderam…". Um pouco adiante em um gramado, debaixo de uma árvore cheia de folhas, uma moça lia um romance de capa verde, e Farley sentiu uma pontada de desejo. Ele sempre dava um jeito de encontrar pessoas que pareciam harmoniosas quando se sentia um traste, como se estivesse em busca de lembretes do que lhe faltava.

"Vamos lá?", Somerset falou.

"Só um instante."

"Dói muito?"

"Muito."

"Tenho um pouco de vinho do porto na pasta."

"Já tem veneno demais no meu corpo."

"O que você achou do policial?"

"Não achei nada. Só espero que ele tenha sobrevivido aos seus joguinhos bobos."

"Ele não pareceu meio esquisito no final?"

"Acho que não", Farley disse, sem ser totalmente honesto.

O rapaz sem dúvida tinha ficado meio nervoso quando falaram sobre os indícios encontrados na Adlington Road. Mas Farley relutava em incitar Somerset. Ele gostou do policial. Embora Robert tivesse tagarelado e dito coisas que realmente o irritaram — falar que a Cambridge dos anos 30 era caracterizada pelo comunismo e pela homossexualidade era tão estúpido que nem como piada servia —, ele se lembrou de sua juventude, e viu no policial traços em que se reconheceu. O modo como o policial parecia sofisticado e imponente num instante para logo depois parecer confuso e perdido levou Farley de volta aos anos em que ele mesmo não se sentia realizado e se achava incapaz de ser o que era, exceto por alguns momentos ou em algumas ocasiões. Por um instante chegou a ter saudade da própria insegurança, como se fosse algo precioso que tivesse se perdido à medida que desenvolveu sua personalidade e se tornou a pessoa capaz de travar conversas com segurança que era hoje, mas acima de tudo tinha pensado no pai do policial.

Ele não tinha conhecido o sujeito tão bem. Mesmo assim o pai do policial ocupava um lugar especial em sua consciência. O nome Corell estava ligado fazia tempo à atmosfera festiva que cercou os anos de Farley em Cambridge. James Corell era um autor que na verdade devia ter sido ator. Em alguns aspectos era grandioso, o tipo de pessoa que dominava qualquer reunião de que participasse, e que tinha sempre uma resposta na ponta da língua. Mas depois da sua morte Farley inevitavelmente o tinha designado para o papel do palhaço melancólico, talvez por ter passado a acreditar que no final James Corell houvesse compreendido que o domínio nas festas não tinha valor social, e que cada triunfo social, assim, o deixava com um gosto amargo, como um bufão que entristece quando cessam os aplausos.

Farley também não tinha como deixar de ver na delegacia de Wilmslow o rapaz como uma extensão, uma continuação do drama encenado pelo pai. O policial dava a impressão de ter ido parar longe dos círculos sociais de James em Cambridge e Londres. Parecia ter pagado um preço alto, mas mesmo assim o pai continuava ali, nos gestos e no olhar, e de vez em quando havia uma tranquilidade nas suas respostas, uma engenhosidade que lembrava James, e também tinha alguma coisa nos olhos dele. Era como se o policial estivesse sempre pesando caminhos diferentes que podia tomar. "Obrigado pelo discurso político", ele disse para Somerset com inequívoco sarcasmo, e, embora aquele fosse exatamente o tipo de ironia de que Farley gostava, talvez tivesse sido uma exibição de desafio, um gosto por tirar sarro dos outros que lembrava o jeito do pai. Mas o policial não estaria escondendo alguma coisa? Por que faria isso?

"Vamos", Farley disse. "Estou me sentindo melhor."
"Ainda acho que a gente devia voltar a falar com ele", Somerset disse.
"Acho que a gente devia ir para casa e ler poesia."
"Como?"
"Poesia. É uma forma de escrita especialmente concentrada. Vem sendo usada pela humanidade há milhares de anos. Você devia tentar de vez em quando. Tem livros para iniciantes."
"Ah, pelo amor de Deus!"

Corell não podia mencionar a carta no relatório. Mas deu a entender que havia muita coisa por investigar e escreveu o texto sem se preocupar muito, o que era raríssimo, talvez em parte porque o que escreveria teria pouca ou nenhuma importância. Ele achava que o resultado já estava definido e em certo sentido estava fazendo aquilo apenas para si mesmo. Não ia deixar que olhos burocráticos e sem imaginação de policiais matassem as palavras. Na verdade pensava em leitores mais ou menos imaginários — como o pai morto ou até um editor com um rosto invisível que iria encontrar o relatório por acaso e ficar com os olhos brilhando. Aqui e ali, tomava liberdades com a forma. Em outros momentos fingia que os fatos eram ficção. Isso permitia que todos os detalhes peculiares, como a oficina experimental, a panela fervendo, a maçã envenenada, deixassem de soar como observações sem importância e passassem a parecer peças de um quebra-cabeça que se encaixavam no lugar e que acabavam formando uma imagem simples e clara, como acontece com as perguntas em uma história de detetive. Mas depois de um tempo isso não funcionava, e ele percebia que tudo aquilo que parecia aleatório ou estranho continuaria sendo apenas isso, e que se no fim das contas a história fosse ter uma continuação iria ocorrer em outros corredores e outras salas, longe de Wilmslow e de Green Lane, e então todo esse momento de inspiração ia ser um pouco como masturbação; na hora era bom, mas depois deixava a pessoa envergonhada. Quando passou o relatório a limpo, ele se lembrou de algo que tinha escrito fazia muito tempo, quando o pai lhe disse "Bravo, Leo, bravo", mas nem isso parecia ser uma boa lembrança, e irritado ele pendurou o chapéu que tinha deixado sobre a mesa. Nessa hora o telefone tocou.

"Alô", disse uma voz. Era uma mulher.

"Com quem falo?", ele perguntou.

"Meu nome é Sara Ethel Turing. Sou a mãe de…"

Ele afastou o aparelho da orelha. Teve um impulso de desligar. Mas não tinha alguma coisa específica que ele devia perguntar? Não conseguia pensar em nada, e mesmo se conseguisse dificilmente haveria oportunidade. A voz da mãe estava embargada pelas lágrimas. Mas ela não parava de falar — como se quisesse afogar qualquer tentativa de silêncio.

"O Alan estava para fazer algo grande, realmente grande", ela disse. "Eu sabia, pelo jeito como ele se comportava. Ele não pensava em mais nada, só nesse trabalho. Não pensava nem em lavar as mãos! Meus Deus, por que ele não lavava as mãos? Por que não fazia isso?"

"Qual era o grande projeto em que ele estava trabalhando?"

"Bem que eu queria saber. Era impossível entender aquilo. Mas definitivamente tinha alguma coisa… uma mãe percebe essas coisas. O Alan era tão talentoso, um talento impressionante, mas era como uma criança, sabe. Ele derreteu o relógio do avô. Dá para imaginar? Disse que o avô ia ficar feliz de ver o relógio sendo usado para a ciência, e ele também mexia com substâncias perigosas, coisas realmente perigosas para a saúde, e eu disse mil vezes: 'Não faça nada de que você vá se arrepender. Lave as mãos'. Mas ele não lavava. Nunca, nunca!"

Corell estava acostumado a lidar com emoções fortes no trabalho. Às vezes isso fazia com que se sentisse mais vivo, era mais ou menos como assistir a um drama poderoso no cinema ou no teatro, mas no caso da mãe de Turing era simplesmente insuportável. O sofrimento jorrava de dentro dela. As palavras saíam como numa torrente, e era dificílimo aguentar aquilo. Ele tentou ser gentil.

"Lamento muito, sra. Turing. A senhora ouviu que ele lhe deixou parte da herança? Ele realmente amava a senhora."

Mas ela não estava ouvindo. Simplesmente seguia se lamentando e, quando finalmente conseguiu que parasse, ele deixou escapar um suspiro de alívio, mas não se sentiu melhor.

"Pare com isso", Kenny Anderson disse.

"Parar o quê?", ele retrucou. "Eu estava falando com a mãe do Turing."

"Nem por isso você precisa destruir a mesa!"

"Não, não!"

Ele largou a caneta, com a qual parecia estar apunhalando a borda da mesa. O telefone tocou de novo, e Corell estendeu a mão para atender. Rapidamente afastou a mão e, como se não fosse suficiente, pegou o chapéu e saiu da sala. O que estava fazendo? Estava correndo para lá e para cá e não tivera a presença de espírito para fazer perguntas sensatas à mãe de Turing — sem dúvida ela podia ter contado uma ou duas coisas úteis —, mas não conseguiu se forçar a fazer isso. Ele pensara em sua própria mãe, sua encurvada e atrofiada mãe, e no dia em que a abandonou. Mas isso não ia acabar nunca? Essa lembrança ia continuar atormentando-o pelo resto da vida?

Já não estava mais tão quente no jardim, e ele fechou mais o casaco e tentou se livrar daquela sensação incômoda. Mas não conseguiu. Os pensamentos corriam pela mente, e de repente se lembrou de algo da carta: "Será que dei a resposta errada para a fada?". Palavras cheias de dor, ele pensou. Como se de alguma forma o afetassem. Ele também teria feito os desejos errados, confundindo a única força que cuidava dele? Ele pôs a mão no bolso interno do casaco. A carta continuava lá. Pensou em ler mais uma vez, mas não fazia sentido — já sabia o texto quase de cor —, e por um tempo andou sem destino pelas ruas.

Ao sair na Walter Lane e passar pela fila de restaurantes e cafés com mesas na calçada, estava com a nítida impressão de ser o sujeito mais esquisito da cidade. As únicas pessoas que perambulavam por ali eram mulheres, ele pensou. Não era bem verdade. Havia homens em toda parte, mas a impressão de entrar em uma comunidade feminina não o abandonava, e ele achou que estava sendo observado e investigado. Aos poucos se acalmou e pode bem ser que um rádio tenha dado uma ajuda nesse processo. Uma voz de homem cantava "We'll have some fun when the clock strikes one" num ritmo incomum, e isso o fez sorrir. Mas foi só uma breve pausa. Pouco depois viu de relance as costas de uma mulher, e isso o deixou imediatamente nervoso, e no mínimo teve a vantagem de afastar o desconforto causado pelo telefonema, mas não chegava a ser um grande consolo.

As costas que viu pertenciam a Julie, e isso já era bem duro, mas o que realmente o deixou preocupado era ela estar andando ao lado de uma menininha com uma bexiga verde. A menina tinha o cabelo negro como o de Julie. Podia ser qualquer pessoa: uma sobrinha, prima, uma neta de Harrington, mas mesmo assim... Ele não gostou daquilo e não se tranquilizou pelo fato de nunca ter visto um anel no dedo de Julie nem por sempre ter imaginado que era solteira e solitária. Era evidente que tinha errado, e o primeiro instinto foi se afastar. No entanto, ele continuou andando.

Em pouco tempo alcançou as duas e sentiu uma inexplicável necessidade de pegar a bexiga. A droga da menina era uma parede entre ele e Julie, mas ao emparelhar com elas tomou um susto. A menina tinha um tapa-olho preto com uma cicatriz feia por baixo. Ele ficou incomodado e olhou para o outro lado. Quando estava prestes a ultrapassar as duas, parou. *Ou você finge que não percebeu. Ou então...* Ele se virou e disse oi, tanto para Julie como para a menina, e apesar da sua simpatia deu para ver claramente que a menina se virou para exibir o perfil, como se a vida já tivesse ensinado a não mostrar para estranhos seu lado desfigurado. O rosto não era estranhamente parecido com o de Julie?

"Como vai, sr. Corell?"

"Você vai bem?"

"Sim, vou. E o senhor?"

"Muito bem. Lindo dia."

"Finalmente a chuva parou. O senhor gostou do terno?"

"Gostei muito, obrigado. Tecido maravilhoso. Que linda menina a sua", ele disse, e ficou pensando se era apropriado chamar de "linda" uma menina com uma cicatriz.

"Obrigada", Julie disse. Agora ela parecia constrangida. "Chanda é... ela tem..."

Ela não terminou a frase. Nervosa, ajeitou a franja, e em um dia melhor talvez a falta de autoconfiança dela o fizesse se sentir mais confiante e a ponto de começar uma conversa, mas nesse momento ele ficou simplesmente incomodado. Com vontade de fugir. Sempre queria fugir quando estava perto de Julie, e embora percebesse que devia deixar que ela falasse ou talvez, melhor ainda, se sair com algo que mostrasse que era diferente — *sabe, senhorita, encontrei uma carta realmente espantosa...* —, ele disse simplesmente:

"Ótimo ver você de novo! Você está ótima! Talvez eu apareça na loja um dia desses para ver alguma coisa nova. Espero que tenham um ótimo dia."

"O senhor também", ela respondeu, evidentemente surpresa pela despedida abrupta, e então ele saiu com a incômoda sensação de que algo lhe havia sido roubado.

18

James Ferns, o legista, não demonstrou a menor dúvida durante os procedimentos. Estava totalmente de acordo com o raciocínio do dr. Bird, e nem chegou a prestar muita atenção nas ressalvas feitas por Corell, que em todo caso não foram feitas com grande paixão, embora de tempos em tempos tenha formulado o que tinha a dizer com um belo fraseado. Desde a conversa com a mãe de Turing e do encontro com Julie e a menina, Corell se sentia fraco, e não ajudou muito o legista tê-lo cumprimentado dizendo: "Por que o próprio Sandford não veio?". Na verdade Corell foi ignorado, e várias vezes durante o procedimento ficou maldizendo os outros mentalmente: "Tolos! O que é que eles sabem?". No entanto — e em certo sentido ele lamentava isso — nada do que foi dito no tribunal era evidentemente fruto de ignorância ou tolice. O veredito "suicídio" parecia bem razoável. Mesmo assim ele ficou decepcionado e aflito por ver como os procedimentos foram apenas de rotina. Eles não poderiam pelo menos dar a impressão de que o caso era especial?

Depois das deliberações, Ferns e Bird ficaram conversando e dando risadinhas juntos, como se Corell nem existisse, e quando os dois deram uma gargalhada ele ficou pensando que era o motivo dos risos, e inconscientemente cerrou os punhos. Ele fantasiou sobre vários modos como poderia se vingar. "*Um dia, um dia...*" Ferns era um baixinho de mais ou menos cinquenta anos com um rosto belo e autoconfiante cujo ponto central era um bigode fino e bem aparado de aparência militar. Tinha uma posição de destaque no Rotary Club de Wilmslow, e Corell já o tinha visto algumas vezes em Carnival Field com dois rottweilers grandes.

Quando saiu para a noite fria, Corell desejou estar a quilômetros de distância. Ele vestia o terno novo de tweed pela primeira vez, mas não estava nem um pouco confortável. De certo modo se sentia elegante *demais*. O terno parecia merecer alguém melhor do que um investigador de polícia confuso de Wilmslow, e ele olhou em volta, se sentindo meio deprimido. Quatro ou cinco repórteres esperavam por eles na escadaria do tribunal, não exatamente uma multidão, mas o suficiente para o legista começar a arrumar o bigode com uma vaidade que nem tentava esconder. Ferns adorava jornalistas. Mas os jornalistas não correspondiam exatamente a esse amor. Ferns tinha um modo estranho e rebuscado de falar, mas era provável que nem percebesse isso. Estufou o peito e se colocou na posição de grande autoridade. Era repulsivo. Mas Corell conseguia entender. Ele também se sentia importante quando jornalistas o abordavam, mas ao contrário de Ferns tinha o bom senso de não abrir sorrisos presunçosos. Além disso, em breve estaria pensando em outras coisas.

Dois rostos chamaram a sua atenção, e o primeiro era o de Oscar Farley, que parecia estar ainda pior do problema nas costas e no pescoço. Para marcar a ocasião estava usando uma bengala, que o deixava com um ar ainda mais melancólico e sofisticado. No entanto não foi Farley que o impressionou mais. Foi um sujeito que podia ser um dos repórteres. Seus olhos corriam de um lado para o outro como se não quisesse perder nada, mas alguma outra coisa em sua linguagem corporal sugeria que pertencia a um mundo diferente. Não usava roupas caras como Farley. Estava com calça de algodão e um paletó marrom de veludo que de tão gasto mais parecia um casaco, não estava de chapéu e não parecia muito mais velho do que Corell. Mas o que impressionava nele eram os olhos. Eram penetrantes, não fosse por outra razão pelo formato oblíquo e estreito e por irradiarem uma intensidade que os deixava com uma aparência excepcionalmente alerta. Tinha um livro cinza saindo do bolso do paletó, e sem saber exatamente por que Corell colocou a mão no chapéu como quem cumprimenta um colega. A essa altura todos tinham formado uma roda no topo da escadaria do tribunal, e quando Ferns escolheu aquele momento para limpar a garganta todos ficaram em silêncio. Havia, afinal, uma certa expectativa.

"Chegamos à conclusão de que foi suicídio", o legista disse. "Por assim dizer, um ato feito por livre vontade", ele acrescentou, como se houvesse outras formas de suicídio.

"Essa conclusão tem base em quê?", um jovem jornalista quis saber, o que levou Ferns a uma longa digressão sobre as circunstâncias dentro da casa em Adlington Road.

"Uma pessoa com o conhecimento de Turing sabe dos efeitos do cianeto de potássio", Bird disse. "Ele não ia ser descuidado com uma coisa assim."

"Ele também tinha seus motivos", o legista afirmou. "Passou por um julgamento humilhante."

"Por que ele usou uma maçã, e não alguma outra coisa?", perguntou um repórter de meia-idade com óculos redondos, e nessa hora Corell quis dizer algo, afinal a pergunta era para ele.

Mas ele não teve coragem de interromper, por isso só escutou em silêncio que Bird repetisse sua teoria de que a maçã provavelmente foi usada para eliminar o gosto amargo do veneno. Para Corell foi inevitável imaginar uma receita culinária: *Tempere com cianeto de potássio. Mas use uma maçã para eliminar o gosto amargo.* Logo depois o legista passou para uma rebuscada explicação afirmando que o suicídio não tinha sido necessariamente planejado com antecedência:

"Pode muito bem ter sido uma decisão tomada no calor do momento", ele disse. "No caso de um homem desse tipo, nunca se sabe o que seus processos mentais vão fazer no instante seguinte."

"Por que não?", disse o mesmo repórter que perguntou sobre a maçã.

"Deixe-me explicar assim. Todos somos diferentes. Alguém como o dr. Turing fica transtornado com facilidade, ouso dizer. Esse tipo de pessoa se torna desequilibrada e instável com facilidade. Para ele a vida é mais ou menos como uma montanha-russa, e suspeito, ou melhor, tenho razões para crer que a mente do dr. Turing estava desequilibrada quando decidiu pôr fim a seus dias. Bom, vocês percebem aonde quero chegar. Talvez sua ideia infeliz tenha lhe ocorrido repentinamente. Talvez estivesse prestes a fazer algo bem diferente quando a ideia lhe surgiu", Ferns fez uma pausa, e todos ficaram em silêncio.

Os repórteres pareciam ocupados anotando sua fala, e na verdade Corell também não devia ter dito nada. Mas naquele exato instante os olhos dele se cruzaram com os do sujeito desconhecido do paletó de veludo, e o olhar do homem não era apenas crítico. Era um olhar esmagador, que deu a Corell, desde o começo atrás de uma chance para impressionar o sujeito, um motivo para protestar.

"Devo dizer que fiquei impressionado com o senhor", Corell disse.

"Verdade, e por quê?"

Ferns parecia intrigado.

"Por ter conseguido determinar com tanta velocidade e precisão o tipo de pessoa que Alan Turing era. Mas imagino que isso se baseie em um estudo cuidadoso da vida e dos trabalhos científicos dele."

"Bom... para falar a verdade, sim", Ferns arriscou.

"Embora o senhor não tenha deixado claro a que tipo de pessoa estava se referindo", Corell prosseguiu. "Seria o tipo professor, ou o tipo cientista apaixonado, ou então o tipo homossexual, que é governado por impulsos e paixões? O senhor me perdoe. Não tenho nem certeza de quantos tipos de pessoas existem nesse quesito, o único tipo que realmente me parece familiar é o que fala de coisas de que não entende, e esse tipo está na minha frente neste exato instante."

Ouviu-se uma risada, mas Corell não conseguiu perceber de onde vinha.

"O que eu quis dizer foi...", Ferns começou, agora visivelmente perturbado.

"Que o senhor não tem a menor ideia do que motivou esse homem, ou pelo menos é o que eu espero que o senhor tenha dito. Existem lacunas imensas no que o senhor sabe sobre a vida dele. Essa investigação foi conduzida com uma pressa vergonhosa. Dizer a esta altura quais foram os pensamentos do dr. Turing nos últimos dias de vida é falta de bom senso e especulação", Corell disse, e por um momento se sentiu triunfante — pensando na risada que tinha ouvido —, mas quando olhou para os demais viu que nenhum repórter estava anotando o que ele falou, e viu também que os olhos do patologista e os do legista brilhavam de fúria.

Houve um silêncio incômodo, como se algo muito desagradável tivesse acontecido, e o inebriante aumento de autoestima que por um momento tomou conta dele desapareceu de imediato, e logo o sentimento de inferioridade se estabeleceu de novo. Ele olhou ansioso para o homem desconhecido. Mas o outro estava escondido atrás de um sujeito alto com uma falha entre os dentes, e por um instante Corell não teve a menor ideia do que fazer.

"Senhores, acho que isso é tudo", ele disse.

As palavras ecoaram no vazio. Ele não tinha autoridade para encerrar a coletiva de imprensa, mas não havia como retirar o que havia sido dito. Teria que ser assim, e por isso ele ergueu o chapéu e se afastou, pensando como suas costas deviam parecer patéticas, ou até mesmo que sua bunda devia parecer feminina, e por um momento imaginou as coisas horrorosas que o grupo devia estar dizendo a seu respeito. No entanto saiu de cabeça erguida e pôs seus mecanismos de defesa para funcionar. Não estou nem aí para esses arrogantes.

Mas o constrangimento só cresceu, e ele começou a se perguntar se Ferns não estava certo no fim das contas, ou se pelo menos não tinha dito algo tão imbecil a ponto de justificar um ataque maldoso como aquele. Não é verdade que os homossexuais são dominados por impulsos e caprichos? Talvez realmente fiquem irritados num momento e depois fiquem cheios de angústia e remorso no instante seguinte, o que ele sabia? Em termos puramente psicológicos, Ferns podia muito bem estar com uma certa razão. Corell tinha sido um idiota, só isso. Por que tudo que ele fazia era sempre um desastre? Além disso... se sentia vazio, como se algo tivesse sido retirado dele, não apenas um problema, um enigma que trazia em si uma aura do vasto mundo lá fora, mas também... como podia explicar isso... um desejo. Agora tudo estava acabado. O caso havia sido encerrado como um triste suicídio, e ele não estava em posição de discordar. Ele tinha a carta, mas sabia tão pouco agora quanto antes. Esse era, reconhecidamente, um dos aspectos mais nostálgicos do seu trabalho. Assim que passava a entender um pouco a vida de uma pessoa, precisava deixar tudo de lado, mas em geral isso não era difícil de aceitar. O que ele sentia normalmente ao se aproximar do fim de uma investigação era mais parecido com um cansaço, uma tristeza, mas dessa vez tinha vindo gente de Cheltenham, e houve conversas sobre espiões e grandes temas políticos.

O triste era que Corell não podia fazer nada. Ia ter que voltar às coisas tristes de sempre, voltar para investigações sobre lixo jogado no jardim da polícia, e começou a pensar em outras coisas, em Julie e na menina, todo tipo de coisa. Estava totalmente absorvido pelos pensamentos melancólicos e precisou de um instante para perceber que alguém o chamava.

"Perdão! Pode falar um instante?"

Ele virou lentamente e viu o sujeito desconhecido com os olhos estreitos à espreita, e não só despertou dos pensamentos tristes como também ficou nervoso, do modo como ficava na escola quando alguém muito mais velho inesperadamente aparecia e abria um sorriso amistoso. Ele gostava, mas preferia ficar sozinho. Por sorte, o sujeito começou dizendo exatamente a coisa certa:

"Maravilhoso, o jeito como você falou com o legista!"

Foi tão certo que Corell ousou começar sendo honesto:

"Estou me sentindo um idiota."

"A maldição de quem fala a verdade."

A *verdade*.

Era quase bom demais, e para não perder a compostura Corell estendeu a mão para se apresentar. O desconhecido, que apesar das palavras gentis tinha um ar muito severo, se chamava Fredric Krause, e era um estudioso de lógica em Cambridge e "amigo de Turing, ou no mínimo um admirador". Havia ido até lá "em homenagem a Alan".

"Homenagem?"

"Se você tivesse conhecido o Alan ia perceber quanto é inacreditavelmente cômico ouvir uma descrição dele como um tipo específico."

"Em que sentido?"

"Em todos os sentidos! Ou melhor, se existisse mais alguém do tipo dele, eu queria conhecer imediatamente!"

"Mesmo?"

"Se entendi direito você não parece ter tanta certeza quanto os outros sobre a tese do suicídio", Krause disse.

"Bom, acho que estou quase certo."

"Mas…"

"Mas nada. Só que percebi que sei muito pouco sobre Turing."

"Eu me sinto assim também."

"Mesmo?"

O sujeito fez que sim com a cabeça e deu um passo à frente, e num surto de paranoia Corell achou que o outro tinha chegado perto demais. Ele repeliu o pensamento. Estavam bem perto da Grove Street, e estavam se dando bem. O ritmo acelerado da tarde tinha dado lugar a uma cadência mais calma, e não demorou para começarem a diminuir o passo. Krause pediu que Corell contasse sobre a morte, e ao relatar de novo as circunstâncias da casa ele achou que realmente estava parecendo articulado e rápido de raciocínio.

"Qual é a sua opinião?", ele perguntou. "Era o tipo de pessoa que podia se matar?"

"Bom, a gente nunca pensa isso das pessoas, não é? Mas ele realmente sofreu coisas terríveis, e depois…"

Krause hesitou, e foi aí que Corell percebeu algo estranho nele. Quando pensava em alguma coisa, as suas pálpebras tremiam.

"Depois o quê?", Corell insistiu.

"Bom, nunca é fácil para um matemático envelhecer, ou na verdade para um físico. Nós somos como atletas, ou pelo menos a maioria de nós é assim. Chegamos ao auge lá pelos vinte anos. Einstein na verdade era quase velho quando teve seu *annus mirabilis*. Tinha vinte e seis. Depois disso a pessoa tem tempo demais para ficar pensando em si mesma."

"E isso não é bom?"

"Se você olhar para dentro de si com a mesma energia que dedica a investigar um problema matemático, o resultado é terrível", Krause disse, com uma estranha leveza, levando em conta o que tinha acabado de dizer, e depois acrescentou que Alan havia sido um idiota de se mudar para lá, "para este bastião do puritanismo. Bom, não que eu queira falar mal de Wilmslow", ele explicou, como se Corell pudesse ter se ofendido, mas "não tem nada mais diferente do King's do que Manchester".

"Sim, aqui ele precisava ir à Oxford Road", Corell disse.

"Para onde?"

"A rua onde os homens conhecem homens."

"Entendo."

"Posso perguntar uma coisa completamente diferente?", Corell disse.

"Você é policial. Acho que pode perguntar o que quiser."

"Não é uma pergunta policial."

"Melhor ainda."

"Eu era bom em matemática", Corell continuou, e imediatamente se sentiu constrangido pelo que disse.

"Parabéns", Krause respondeu, e não era difícil entender aquilo como sarcasmo, mas Corell escolheu não interpretar assim.

"E sou fascinado pelo paradoxo do mentiroso."

"Ah, entendo!"

Krause parecia curioso.

"E por muito tempo achei que fosse só um jogo de palavras divertido, mas aí eu li…" nas atas do depoimento à polícia, ele queria dizer, mas percebeu que isso pareceria uma idiotice.

"Leu o quê?"

"Que na verdade o paradoxo era um problema fundamental e importante e que tinha feito surgir uma nova…"

Ele se interrompeu de novo.

"Eu ia adorar se você me explicasse", ele disse.

"Meu Deus! Pra mim isso é uma surpresa e uma alegria", Krause respondeu e começou a sorrir. "O paradoxo do mentiroso? Jesus! Você realmente quer ouvir? Pode ser que nunca mais se livre de mim."

Eles pararam.

"Vou correr esse risco."

"Por onde eu começo?"

"Por que não pelo começo?"

"Então vou ter que voltar até os gregos. Acho que posso pular os romanos. Eles não sabiam de nada. O romano que teve a maior influência na matemática provavelmente foi o sujeito que matou Arquimedes. Ha, ha! Mas o paradoxo do mentiroso, na sua versão original, era chamado…"

"Eu sei sobre Epimênides."

Eles seguiram andando.

"Ótimo, então podemos continuar. Epimênides foi o primeiro. Mas depois o paradoxo apareceu em todo tipo de variante. No século xv um filósofo francês escreveu em um pedaço de papel: 'Todas as frases nesta página são falsas'. Brilhante, não é? Simples, claro, mas eternamente contraditório. Se todas as frases da página são falsas, então aquela frase também tem que ser, mas nesse caso é verdadeira porque diz especificamente ser falsa, mas por outro lado está na página em que todas as frases são falsas… O Alan uma vez disse que o paradoxo do mentiroso devia ser usado para explodir robôs."

"O que ele queria dizer com isso?"

"Quando uma coisa é construída puramente a partir de sistemas lógicos, vai acabar explodindo ao se deparar com uma frase dessas. O pensamento ia ficar andando em círculos até causar um curto-circuito."

"Mas ele tem uma importância fundamental?"

"Com certeza! É absolutamente central. Ele mudou o modo como nós vemos a lógica, e como vemos o mundo, na verdade. Bom, preciso dizer que depende de para quem você pergunta. Se falasse com Wittgenstein, ele ia dizer que o paradoxo é vazio e sem sentido."

"Mas não era assim que…"

"Não, para o Turing não, nem um pouco. Ele e o Wittgenstein tiveram debates clássicos sobre isso em Cambridge."

"Eles se conheciam?"

"Não muito", Krause disse. "O Alan tinha amigos mais simpáticos. Além disso, o Wittgenstein não entendia lhufas de matemática. Mas pouco antes da guerra o Turing e eu assistimos ao curso dele de lógica matemática e…"

Krause parou e sorriu, como se a lembrança fosse agradável. Apareceram rugas no rosto dele, que provavelmente não era tão novo assim no fim das contas, e o olhar, o profundo olhar castanho, ficou ainda mais estreito, e Corell, que tinha feito uma breve pausa na caminhada, teve um vislumbre do vasto mundo lá fora. Wittgenstein era um dos nomes famosos que apareciam nas conversas à mesa de jantar durante a sua infância, e ele ficou menos impressionado pelo fato de Turing ter tido "debates clássicos" com o filósofo do que com o tom de desrespeito usado por Krause para falar disso. "O Wittgenstein não entendia lhufas de matemática." As palavras soaram como as do pai quando desdenhava dos grandes do mundo. Olhando para o lado, Corell viu que eles estavam passando por um pub chamado The Zest. Ficava no térreo de uma bonita casa de pedras caiadas, e embora fosse um típico pub irlandês a fachada estava pintada de azul e amarelo, e apesar de ter hesitado — e de ter se arrependido no instante seguinte —, Corell disse:

"Posso pagar uma bebida para você?"

Foi como se Krause não tivesse escutado.

"Uma bebida?", ele repetiu.

Por um momento o outro pareceu perder o verniz irônico. Ficou pensativo, mas só por um breve instante. Depois se iluminou e fez um gesto com a mão direita.

"Claro", ele disse, e os dois entraram.

19

Eles sentaram a uma mesa ao lado de uma janela com vista para a rua. Nas paredes havia vários escudos com desenhos de brasões e também uma foto de uma montanha com despenhadeiros dramáticos. O pub estava surpreendentemente vazio. Só dois sujeitos com cara de entediados em ternos claros conversavam em uma mesa distante, e no canto oposto a eles estava sentado um homem mais velho solitário que já tinha tido dias melhores e que de tempos em tempos parecia prestes a dizer alguma coisa. Mas Corell logo se esqueceu dele. Estava concentrado no que Krause tinha a dizer e se sentia ao mesmo tempo relaxado e à vontade, não só por os dois terem imediatamente concordado em se chamar pelo primeiro nome, Leonard e Fredric, mas também por estarem bebendo muito: ele ia de cerveja preta e o outro, que tinha pedido em vão *lagers* alemãs e nórdicas, acabou tomando uma quantidade imensa de Carling Black Label.

"Você não tem ideia de como eu estava empolgado quando comecei o curso do Wittgenstein", Krause disse. "Sabe, eu sou de Praga e passei um tempo estudando matemática em Viena. Lá tinha um grupo que se autodenominava Círculo de Viena e que se encontrava num pardieiro lá na Boltzmanngasse. Uma vez fui lá e fiquei sentado numa cadeira velha de madeira escutando todo mundo falar de Wittgenstein como se fosse Deus Todo-Poderoso. O que é que o Wittgenstein diria, eles ficavam se perguntando. Era absurdo. Mas aquilo me afetou. Eu tremia só de pensar em chegar perto do sujeito. Você sabe a história da vida dele?"

Corell fez um gesto vago com a mão.

"O Wittgenstein nasceu podre de rico", Krause continuou, "e quando era um jovem aluno aparecia nas palestras do Russell e virou um tormento. 'É impossível falar com esse sujeito', Russell disse: 'Ele é um idiota', e pode muito bem ter sido uma avaliação certeira. Mas o Russell mudou de ideia. Em vez de dizer que ele era um idiota, passou a falar que era um gênio, simplesmente o gênio arquetípico, possuído, intransigente e excêntrico. Neste último ponto certamente ele tinha razão. O Wittgenstein era inacreditável. Doou toda a fortuna que tinha, não, não sei para quem. Acho que deu uma parte para o Rilke, o poeta. Mas tenho impressão de que a maior parte acabou com a irmã dele, que já era rica. Depois o Wittgenstein se alistou como voluntário no Exército da Áustria e, assim como seu conterrâneo Hitler — os dois na verdade frequentaram a mesma escola por um tempo —, achou a guerra edificante. Era simplesmente doido de pedra! Como prisioneiro de guerra na Itália terminou o *Tractatus*, você sabe, o livro que termina com as palavras: 'Sobre aquilo que não podemos falar devemos permanecer em silêncio'."

"Sobre aquilo que não podemos falar devemos permanecer em silêncio", Corell repetiu.

"Uma frase pretensiosa e sem sentido. Mas está expressa em termos elegantes, e é encantadora por seu rigor. Se você não tem nada razoável para dizer, feche a matraca! Hoje eu não consigo suportar isso. Mas na época, em 1939, fiquei hipnotizado. Devo ter lido o *Tractatus* no mínimo umas dez vezes, e estava convencido de que tinha encontrado todo tipo de coisa nele. Com aquele livro, Wittgenstein afirmava que tinha tirado as calças da filosofia. Dizia que a linguagem e a lógica não eram suficientes para lidar com as grandes questões. A lógica na melhor das hipóteses era suficiente para descobrir tautologias e contradições. A filosofia era puro nonsense e, sendo quem era, ele agiu segundo suas convicções, e se mudou para as montanhas, e virou professor numa escola da Áustria. Parecia maravilhosamente inflexível. Mais tarde me disseram que não se deu muito bem. Ele castigava os alunos, provavelmente como aqueles monges jesuítas que o Joyce descreve. Reprimiu tanto as paixões e os sentimentos normais que ficou suscetível a surtos violentos de raiva."

"Mas ele voltou para Cambridge?"

"Deu uma segunda chance para a filosofia quando lhe ofereceram a cátedra de G. E. Moore no Trinity, e o que você acha, será que isso causou um alvoroço?"

"Acho que sim."

"Não tinha ninguém em Cambridge com uma aura assim. Só ver o sujeito de longe era uma tremenda experiência, imagine poder fazer o curso dele! Ele dava as aulas nos seus aposentos em Whewells Court, no Trinity, e eu estava com os joelhos tremendo quando entrei lá. Quando passei pela porta parecia que estava pisando em solo sagrado."

"E o Turing também estava lá?"

"Na época eu não sabia quem ele era. Não tinha lido os *Números computáveis*. Na verdade demorou um tempo para eu notar qualquer um que não fosse o Wittgenstein. Ele era elétrico, bonito até, preciso admitir, ainda que com alguma relutância. Você já viu uma foto dele?"

"Acho que não."

"Bom, ele era incrivelmente imponente: magro, traços finos, e sempre vestido com roupas simples, uma camisa de flanela e uma jaqueta de couro, e a gente sentava em volta dele no chão e em cadeiras de madeira, meio paralisados pela reverência. Era como estar em um mosteiro. Ele não tinha nem uma luminária de leitura, doido ascético que era, nenhuma foto ou quadro nas paredes, não tinha móveis decentes, quase não tinha livros, só um cofre cinza para os manuscritos filosóficos, e as aulas… Como é que eu posso descrever? Obviamente o Wittgenstein não seguia manuscrito nenhum. Parecia mais uma produção cuidadosa de palavras, e ele sabia ser bem duro consigo mesmo. 'Eu sou um idiota', ele podia dizer. Só que o mais comum era ele ficar furioso com a gente: 'Dava na mesma se eu estivesse falando com um armário! Será que vocês não entenderam uma palavra do que eu disse?' Ninguém ousava abrir a boca, muito menos dizer que a gente não tinha entendido. O Wittgenstein era tão obscuro, sabe, e todos nós nos sentíamos burros. Ele sugava o nosso sangue. E a gente se amontoava como um rebanho de ovelhas assustadas. Mas tinha um sujeito que peitava o Wittgenstein…"

"Turing?"

"Sinceramente eu não sei quando foi a primeira vez que notei a existência dele. Afinal o Alan não era exatamente um Wittgenstein."

"Em que sentido?"

"Ele também era um sujeito original, eu descobri mais tarde, mas em alguns aspectos, falando objetivamente, ele e o Wittgenstein tinham muita coisa em comum; os dois eram solitários. Os dois eram homossexuais, viviam de um modo espartano e se interessavam por questões fundamentais. Mas em outro sentido eram opostos. O Alan era tímido. Era comum se tornar invisível em um grupo grande, e falava com um tom de voz hesitante. Às vezes gaguejava bastante. Não tinha nada de grandioso, nada mesmo, e no começo acho que ele irritou o Wittgenstein. Quem é esse cara? Mas ele mudou. Começou a escutar e a travar pequenas batalhas verbais com o camarada, e muitas vezes era sarcástico, claro que sim, mas dava para ver que alguma coisa tinha acontecido. Alguma coisa tinha despertado naquele cérebro impressionante. Como se ele se iluminasse quando era confrontado pelo Alan, e no final parecia que estava falando só para um aluno. Era como se o resto de nós não existisse. Uma vez, quando o Turing não apareceu, ele ficou todo deprimido. Foi como se tivesse se esvaziado. 'Hoje vamos fazer um seminário incidental', ele disse."

"Como assim?", Corell disse.

"O Alan era inteligente. Desafiava o Wittgenstein, e o velho tirano gostava disso, apesar de tudo. Mas o Alan também era o único matemático do grupo. O curso se chamava — eu já falei isso? — a lógica da matemática. Por coincidência o Alan estava dando um curso com o mesmo nome na mesma época, mas eu não tinha ideia, infelizmente, já que é bem provável que o curso dele teria sido mais útil para mim. Sabe, os números eram amigos para o Alan, eram a sua religião. O seu sonho era dar forma física a eles. O Wittgenstein era totalmente diferente. Na visão dele, os matemáticos levavam seu assunto a sério demais. Ele usava os matemáticos como alvo constante das suas polêmicas, e Turing era o representante do inimigo. 'Turing acha que eu quero instaurar o bolchevismo na matemática', ele dizia."

"Qual era exatamente o tema dos debates entre eles?"

"Exatamente aquilo que você me perguntou, o paradoxo do mentiroso!"

Corell se inclinou para a frente.

"Como assim?"

"Wittgenstein queria demonstrar que a matemática era como a lógica, um sistema fechado, construído sobre premissas arbitrárias, que não dizia nada sobre o mundo exterior. Defendia que uma contradição como a do paradoxo do mentiroso, que cria problemas dentro de sistemas matemáticos, não tem aplicação no mundo real. Era um jogo de palavras, nada mais, um joguinho mental. Algo que no máximo você podia usar para confundir os alunos. No seu uso normal não tinha nenhuma função. Além de talvez servir como piada para contar durante um coquetel. 'Qual é o interesse', ele disse, 'se digo que estou mentindo e portanto estou dizendo a verdade, portanto estou mentindo, e sendo assim estou falando a verdade até acabar a minha paciência? É puro nonsense.'"

"Mas Turing não concordava?"

"Não, e isso deixava o Wittgenstein furioso. Ele se esforçava até onde podia para convencer o Alan."

"Mas não conseguia."

"Nem de longe. O Alan via no paradoxo do mentiroso algo tremendamente sério, que tinha consequências muito além da lógica e da matemática. Ele chegava a dizer que uma ponte podia cair."

"Por causa do paradoxo do mentiroso?"

"Ou por causa de alguma outra falha nos fundamentos da matemática. Ele e o Wittgenstein falavam dessa ponte o tempo todo. Eles construíram e demoliram a ponte, e deram vida para defender todo tipo de cenário. Mas ninguém cedeu, e no fim Turing acabou cansando daquilo. Ele abandonou o curso, e o Wittgenstein ficou lá sentado com o rabo entre as pernas."

"E quem tinha razão?"

"O Turing, claro. Ele estava cem por cento certo."

"Você acha mesmo?", Corell disse, empolgado.

"Se alguém tinha como ver que o paradoxo era especial era o Alan", Krause explicou. "Normalmente, quando você se depara com uma contradição, é sinal de que cometeu um erro, não é? Mas não há nenhum erro aqui. A frase 'Estou mentindo' é correta, e não tem nenhuma falha gramatical. Mas mesmo assim não há como provar, e isso não é irrelevante. É um golpe poderoso no…"

"No modo como a gente entende a verdade", Corell completou.

"Sim, e o Alan pensou por muito tempo no paradoxo. Até usou uma variante na argumentação dos *Números computáveis*."

"No quê?"

"O ensaio dele sobre a máquina. Bom, como é que eu vou explicar?"

Fredric Krause tomou sua cerveja com uma avidez que Corell provavelmente teria atribuído ao alcoolismo, não fosse tão obviamente um reflexo da paixão que ele sentia pelo tema.

"Você sabe a diferença entre descobrir e inventar", ele continuou. "Quem faz uma descoberta encontra algo que estava oculto, como a América ou os elétrons no núcleo atômico. Quem inventa está criando coisas novas, que não existiam até a gente pensar naquilo, como o telefone."

"Óbvio!"

"Por muito tempo os matemáticos se viram como exploradores. Imaginavam que os números e as conexões secretas entre eles eram dados pela natureza, independentemente do homem. Os matemáticos só precisavam retirar o véu para revelar todo aquele sistema engenhoso. Mas uma hora alguém começou a pensar: será que é assim mesmo? As pessoas perceberam que no fim das contas os fundamentos da matemática não eram tão sólidos assim. Parecia que estavam cheios de furos. O paradoxo do mentiroso era apenas um deles. Certas verdades absolutas, mesmo uma parte da geometria euclidiana, passaram a ser relativos. Podiam muito bem ter outra aparência. As pessoas tentaram encontrar a raiz quadrada de menos um e descobriram os números imaginários, que de acordo com Leibniz eram anfíbios que ficavam em algum lugar entre o ser e o não ser. Cada vez mais gente começou a ver a matemática como uma invenção, quase como o xadrez."

Corell se lembrou do que Rimmer tinha dito.

"A matemática entrou em crise."

"Tinha gente perguntando até mesmo se ainda tinha lógica", Krause disse.

"E tinha?"

"Sem dúvida foram feitas algumas tentativas ambiciosas de curar o paciente. Gottlob Frege queria demonstrar que a matemática era no mínimo consistente — apesar das imperfeições. Parecia que tinha conseguido. Sua *magnum opus, Os fundamentos da aritmética*, parecia ter colocado a matemática de novo sobre bases lógicas firmes. Só que depois ele recebeu uma carta de um rapaz extremamente simpático de Cambridge. A carta elogiava o livro. A obra era fantástica, e assim por diante. Dá para imaginar a cena. Frege, o velhote antissemita, recostado na cadeira, prestes a explodir em seu farisaísmo... bom, talvez eu esteja exagerando, não que ele não fosse antissemita — o diário dele dos últimos anos de vida revela opiniões realmente chocantes —, mas talvez não fosse tão farisaico assim. O seu trabalho tinha sido ignorado, e ele nunca passou de um professor assistente em Jena. Mesmo assim... se vê como o salvador da matemática, e nessa carta pareceu receber uma merecida homenagem. Daí ele continuou lendo. O autor da carta — um certo Bertrand Russell — identificou, no fim das contas, um pequeno problema no livro, uma contradição semelhante ao paradoxo do mentiroso. Provavelmente nada importante. O que um frangote de Cambridge podia ensinar ao Frege? O frangote chega a se desculpar por tocar no assunto. Mesmo assim, Frege decidiu pensar melhor naquilo, e na verdade ficou meio preocupado, e o que você acha que aconteceu em seguida? O mundo inteiro dele desmoronou. Tudo que ele escreveu desmoronou como um castelo de cartas."

"Por quê?"

"Russell encontrou inconsistências no modo como Frege divide os objetos em grupos diferentes. O problema está no conjunto de todos os conjuntos que não contêm a si mesmos."

"Como é?"

"Quando eu frequentei as palestras do Russell em Cambridge, ele tentou explicar o que tinha visto falando sobre um barbeiro em, digamos, Veneza. O barbeiro faz a barba de todo mundo naquela região da cidade que não faz a barba sozinho, e de mais ninguém. Mas quem barbeia o barbeiro?"

"Sei lá!"

"Se ele não se barbeia sozinho, quem faz a sua barba é o barbeiro, ou seja, ele mesmo, mas se ele é quem faz a própria barba acaba sendo um dos que fazem a barba sozinhos, e então é evidente que não deveria ser barbeado pelo barbeiro. Existe um problema, independentemente da resposta dada."

"É o que parece", Corell disse, confuso, e tomando um gole grande da cerveja.

"E, se você transformar esse problema em números, obtém uma expressão que parece correta, mas que leva a um beco sem saída", Krause continuou, tranquilamente.

"Portanto..."

"E outra vez alguém pode achar que é só uma bobagem. Mas não é. Veja, os matemáticos tinham uma imensa vantagem sobre os outros cientistas: só precisavam fazer as contas para descobrir se algo está certo ou errado. Não precisavam nem abrir a cortina e olhar para fora. Era só checar os números.

Mas agora parecia que certas expressões estavam se autocontradizendo. Se esse fosse mesmo o caso, significava que o mundo era um lugar irracional, um mundo de Alice no País das Maravilhas."

"Isso parece sério."

"Claro que estou exagerando de novo. Como lógico, preciso injetar um pouquinho de drama de vez em quando. Caso contrário ninguém ouve. Mas é verdade que a matemática passou a ser tida como uma disciplina com contornos cada vez mais indefinidos. O certo nem sempre era certo. O errado nem sempre era errado. Havia os otimistas. Russell era um deles. Tentou resolver as contradições. No principal trabalho dele e de Whitehead, *Principia Mathematica*, os dois fracionaram a matemática em pequenos pedacinhos e tentaram demonstrar que tudo estava conectado segundo uma lógica sólida, apesar de tudo, o que gerou certa confiança. David Hilbert, um dos grandes matemáticos da época, estava convencido de que a matemática seria reabilitada como uma ciência confiável. Qualquer outro cenário era simplesmente inconcebível. 'Onde mais poderíamos encontrar certeza e verdade se até mesmo o pensamento matemático fracassar', ele escreveu. 'Ninguém devia nos expulsar do paraíso que Cantor criou'."

"Paraíso?"

Corell tomou as últimas gotas da sua cerveja.

"Hilbert estava falando do paraíso da matemática pura e clara. Ele se autodenominava um formalista. Pode não haver uma realidade exata que corresponda à matemática. Mas, desde que se decida quais vão ser as regras, deveria ser possível derivar um sistema estanque a partir delas — desde que se satisfizessem três condições: o sistema deveria ser consistente, completo e solucionável."

"E o que isso quer dizer?"

"Consistente significa que nenhuma contradição deveria surgir no sistema. Completo significa que deveria ser possível provar a verdade de toda proposição matemática verdadeira usando as regras do sistema. E para ser solucionável deve haver algum algoritmo que determina se é possível provar que uma proposição matemática — seja ela qual for — pode ser provada ou não. Hilbert fez um apelo aos matemáticos do mundo para que encontrassem respostas a essas questões. Ele acreditava que devia haver uma solução — em algum lugar. Era só uma questão de encontrá-la. Porque, na matemática, não existe *ignorabimus*", ele disse.

"O quê?"

"Na matemática você sempre tem que ser capaz de encontrar a solução."

"O que aconteceu?"

"Em vez de testemunhar uma reabilitação, ele se viu no meio de um terremoto. O paraíso estava perdido para sempre."

"*Paraíso perdido*", Corell disse.

"Tem um sujeito chamado Kurt Gödel. É austríaco como eu, ou tcheco, dependendo de como você vê as coisas. Eu me encontrei com ele uma vez, em Princeton, onde estudei por um ano, ou talvez seja exagero dizer 'me encontrei', mas pelo menos vi. O Gödel é um recluso. Um camarada estranho, magro, introvertido, paranoico, pelo que ouvi dizer, e hipocondríaco. Tem tanto medo de ser envenenado que quase não come. Só tem um amigo, e não é um velho amigo qualquer. Consegue adivinhar quem?"

"Buster Keaton?", Corell arriscou uma piadinha.

"Ha, ha. É o Einstein. Ele e o Gödel são melhores amigos. É comovente, de verdade. Em Princeton eu via os dois para lá e para cá, hora após hora, com as mãos cruzadas atrás das costas e só conversando, Einstein meio gordinho e bem-humorado, Gödel sério e triste, o Gordo e o Magro do mundo intelectual, era o que a gente dizia. As pessoas ficavam se perguntando como Einstein — que era normalmente um sujeito simpático — podia passar tanto tempo com um misantropo daqueles. A resposta do Einstein era vaga: Gödel é a razão deste lugar. Eu entendo. Quando o Gödel criou seu teorema da incompletude, em 1931, ele abalou toda a comunidade matemática, pelo menos as pessoas que entenderam. O teorema não é fácil de assimilar. Naturalmente, ele se baseia no paradoxo do mentiroso."

"De novo."

"O paradoxo é como a Excalibur. Atravessa tudo. Num raciocínio extremamente elegante, Gödel mostrou que um sistema que é completo nunca pode ser ao mesmo tempo consistente. É uma coisa ou outra. Pense na frase: 'Esta proposição jamais pode ser provada!'. Se pode ser provada, temos uma contradição. A frase se contradiz. Se não pode ser provada, então o sistema é incompleto. Significa que há proposições que não podem ser provadas — embora tenham sido formuladas totalmente de acordo com as regras do sistema."

"Entendo", Corell achou que de fato estava começando a entender, mas talvez fosse só a cerveja.

"O Gödel acabou com os sonhos do Hilbert", Krause disse. "Ele acabou com a inocência de todos nós. Mostrou que em termos gerais a matemática e o raciocínio lógico nunca podem se livrar completamente de algum grau de irracionalidade. Nada é tão próximo e perfeito quanto pensamos. Não temos como escapar das contradições. Parece que são parte da própria vida."

"Um homem sem contradições não tem credibilidade, meu pai costumava dizer", Corell arriscou.

"Seu pai era um sábio."

"Não exatamente."

"Ah não? Mas ele tinha razão. A força que move o drama e a literatura são as nossas contradições internas. É por isso que clichês e caricaturas são tão terríveis. São unidimensionais demais. Mas o teorema do Gödel deu um golpe fatal em Hilbert, já que ele acreditava que pelo menos os dogmas da matemática estavam escritos em pedra. Para o Alan, por outro lado, que chegou a Cambridge mais ou menos nessa época, o teorema virou um gatilho, uma cenoura. Se os fundamentos da matemática eram fluidos, era ainda mais emocionante andar por esse terreno. Eram tempos muito estimulantes, na verdade, e nesse sentido o Alan teve muita sorte. Einstein tinha encontrado furos na visão newtoniana do mundo, Niels Bohr e seus colegas descobriram a física quântica. Era tão difícil prever os movimentos de uma partícula individual dentro do núcleo de um átomo quanto o comportamento de um bêbado numa festa. O mundo inteiro ficou menos previsível, e o Alan adorava isso. Virar convenções de cabeça para baixo era o próprio ar que ele respirava. Quando chegou ao King's, só se falava em Gödel. Gödel isso e Gödel aquilo. E, na verdade, Gödel era o herói. Era a atração principal. Mas ele não tinha a solução para tudo. Não tinha respondido às perguntas do Hilbert. Uma questão importante continuava lá. A que falava sobre a solucionabilidade. Hilbert afinal tinha desafiado os gênios do futuro a encontrar um método que pudesse determinar se uma proposição matemática, fosse qual fosse, pode ou não ser provada. Muita gente continuava na esperança de que algo do gênero pudesse ser encontrado, o que pelo menos em certa medida salvaria a honra da matemática. Muitas vezes se chama isso de problema da decisão. Ou, em alemão, *Entscheidungsproblem*. Max Newman, o mesmo Newman que agora trabalha na máquina digital em Manchester, fez uma palestra sobre o problema. Suspeito que tinha esperança de inspirar alguém a trabalhar nisso, não que pudesse ter expectativas muito altas. Aquilo deve ter parecido insolúvel. Como encontrar um método capaz de examinar todas as proposições matemáticas, do passado e do futuro, e decidir quais podiam ser provadas? Deve ter soado monumental. Parecia o sonho de um *perpetuum mobile*. Mas Newman... ele especulou que talvez houvesse um modo mecânico de lidar com o problema."

"Um modo mecânico?"

"Newman falou em termos figurativos. Um modo mecânico num sentido puramente intelectual, em que há algumas regras simples que permitem calcular uma resposta. Mas na plateia estava um rapaz que a vida inteira tomou as coisas ao pé da letra."

"Turing."

"O Alan sempre gostou de testar a interpretação literal. Uma vez foi criticado por não ter assinado a própria carteira de identidade. 'Me disseram para não escrever nela', ele disse. Ele era assim. Entendia tudo literalmente, e claro que em geral isso é sinal de uma pessoa meio lenta. De falta de imaginação. No caso dele, era exatamente o contrário. Ao interpretar as coisas literalmente, chegou um pouco mais longe do que todos nós. Mecânico para ele queria dizer mecânico como em uma máquina."

Corell se inclinou sobre a mesa, ansioso.

"Me conte!", ele disse. "Me conte!"

20

Não era fácil entender, e não só por ser tão abstrato. Eles estavam começando a ficar bêbados. Mas aparentemente Alan Turing era jovem quando ouviu a palavra "mecânico" ser mencionada em um contexto estranho. Mal tinha vinte anos, jovem como Gödel, jovem como todo matemático que tem ideias inovadoras e grandiosas, mas ao contrário da maioria não parecia muito interessado na história da matemática nem em aprender com erros alheios.

Com frequência conseguia, mesmo na infância, encontrar sozinho a resposta para problemas matemáticos que outras pessoas já tinham resolvido, às vezes cem anos antes, e não parecia particularmente inclinado a discutir as próprias ideias. Fazia as coisas a seu modo. Já era visto como alguém de fora do clubinho pelo jeito de ser e pela personalidade difícil, e tinha um modo todo próprio de ver o mundo. Para os outros em Cambridge a palavra mecânica não só era carregada de tédio, segundo Krause. Agora que a visão mecanicista de Newton tinha sido revista, parecia antiquada, uma palavra da ordem anterior a Einstein, mas para Turing tinha sua poesia.

"O Alan teve uma carreira estelar em Cambridge, e isso era uma experiência nova para ele", Krause disse. "Ele não tinha se destacado na escola. Mas no King's rapidamente se tornou bolsista, e recebia trezentas libras por ano, e ganhou seu próprio quarto e o direito de jantar com os acadêmicos mais notáveis, não que se importasse com isso, mas tinha liberdade para fazer o que quisesse."

"E o que ele queria fazer?"

"No começo queria mexer com física quântica e depois com algo na área da teoria das probabilidades, mas não chegou a lugar nenhum e não conseguia se esquecer daquilo que Max Newman tinha dito."

"Sobre encontrar um método mecânico..."

"Que pudesse determinar se proposições matemáticas podiam ou não ser provadas."

"Parece difícil!"

"Era maluquice. Na matemática não faltam problemas que não podem nem ser demonstrados nem desconsiderados, é só no Último Teorema de Fermat ou na Conjectura de Goldbach de que todo número íntegro par maior do que dois pode ser expresso como a soma de dois números primos. Como seria possível esperar que um método mecânico pudesse resolver algo que tinha se mostrado difícil demais até para os mais talentosos matemáticos ao longo dos séculos? E seria possível uma coisa tão sem alma e estúpida quanto uma máquina dar algum tipo de contribuição para o problema? Outros matemáticos riram da ideia. Hardy, o grande Deus, escreveu que só os mais burros dentre os idiotas acreditam que matemáticos podem fazer suas descobertas ligando algum tipo de máquina milagrosa. Não, matemáticos de alto nível eram vistos como sendo o exato oposto disso. Estavam no domínio do pensamento livre e belo. Até mesmo sonhar com uma máquina..."

"Mas Turing fez isso..."

"Ele sonhou. Mas não era um matemático sério, não nesse sentido. Ele se mantinha isolado, não se importava em pensar do mesmo modo que o pessoal da moda, gente como Hardy. Ele seguiu sendo ingênuo, e ser ingênuo e brilhante é uma combinação feliz."

"Mas uma máquina?"

"Sabe Deus de onde aquilo veio. Mas nós vamos juntando ideias, não? Aos poucos a gente se vê seguindo certos caminhos. Uma ideia pode aparecer de repente, mas normalmente tem uma longa história. Eu disse que a palavra 'mecânico' tinha um efeito positivo ou até mesmo uma conotação poética para ele. Pode ter alguma coisa a ver com o fato de que quando era menino ganhou um livro em que um cientista entusiasmado descrevia em palavras simples como o mundo e o ser humano funcionam — entre outras coisas o autor comparava nosso corpo a uma máquina avançada. Evidente que era só uma metáfora, um meio de mostrar como nosso interior opera de modo rítmico e mecânico para nos manter vivos. Mas aquilo impressionou o Alan. Ele gostava de interpretações literais, e acredito que simpatizava com a ideia do cérebro como uma máquina. Era uma mudança em relação ao modo comum como a gente se curvava aos aspectos miraculosos da alma humana."

"Ele falava em cérebros eletrônicos."

"Mais tarde, sim… mas na época, nos anos 30, não estava pensando nem em eletricidade nem em eletrônica. Era puramente teórico. É possível que já soubesse na época que o cérebro funciona à base de impulsos elétricos e que a eletricidade na verdade não pode fazer muito mais do que ir de um lugar para outro. Pode estar aqui ou ali. Ser ligada ou desligada. É uma força primitiva. De mão única e burra, e no entanto nosso cérebro escreveu *Hamlet*, a *Appassionata* de Beethoven e a Teoria da Relatividade. Parece que, com apenas duas possibilidades, duas constantes lógicas, é possível expressar até mesmo coisas complexas, e o Alan entendeu isso muito cedo. Ele não ia ficar desanimado ou travado só porque máquinas são coisas burras e desajeitadas. Ele via grandeza na simplicidade."

"Não tenho certeza de que estou entendendo."

"De certo modo era muito simples. Platão já percebeu no *Sofista* que você só precisava de duas palavras, sim ou não, para chegar a uma solução. Você já jogou 'Vinte perguntas'?"

"Acho que já."

"Então você sabe quanta coisa dá para descobrir e para excluir sobre uma pessoa só fazendo perguntas do tipo sim ou não."

"É, pode ser!"

"Bom, imagine acelerar o processo de perguntas ou colocar juntas todas as respostas positivas e negativas para formar uma longa combinação, aí dá para imaginar quanta coisa pode ser expressa com apenas duas palavras, duas configurações?"

"Acho que sim."

Corell estava cada vez mais confuso, porém fingia que tudo estava perfeitamente claro para ele.

"E a ideia do Alan não era nova. O conceito de reduzir o raciocínio a uns poucos elementos básicos é muito antiga. No século XVII Leibniz tinha ideias grandiosas sobre isso. Mas antes do Alan ninguém — não alguém com a mesma ambição desmesurada — decidiu construir uma máquina que pudesse lidar com todas as equações matemáticas que já existiram ou que virão a existir. Acho que ele entendeu várias coisas fundamentais desde o começo, por exemplo o fato de que uma máquina desse tipo precisa conseguir ler essas diferentes configurações, e ter a capacidade de memorizá-las e de armazená-las, e acima de tudo poder receber instruções, mas não sei como as diferentes peças do quebra-cabeça apareceram para ele. Ninguém sabe. Ele não discutia o projeto com ninguém. Mas nessa época estava correndo como um doido. Ele não corria de um jeito muito elegante, mas o diabo do homem era persistente, podia continuar pelo tempo que você quisesse, e muitas vezes corria pela beira do rio, às vezes até Ely. Num final de tarde, no começo do verão de 1935, ele deitou em uma campina em Grantchester depois de correr, pelo menos era isso que dizia para as pessoas. Você é esportista? Não? Mas com certeza sabe que o sangue corre mais rápido quando diminui o ritmo depois de fazer muito esforço. Às vezes acho que é mais ou menos como escapar de um perigo fatal. Depois do medo, depois da emoção, você sente uma clareza estranhamente purificadora. Como sair de um banho gelado. As peças que estavam irrecuperavelmente misturadas se encaixaram como que por mágica, e o Alan, ele tinha se deixado soterrar por essas perguntas. Estavam incomodando e fermentando dentro dele, mas sem chegar a aproximá-lo de uma solução. Mas alguma coisa aconteceu naquela campina... digamos que uma pequena brecha se abriu nas nuvens e o sol apareceu, ou vamos imaginar que ele sentou confortavelmente na grama e se esqueceu completamente de onde estava e que, como num lampejo, embora um lampejo seja um clichê horrendo neste contexto, digamos que em um momento de perspicácia ofuscante — bom, acho que não melhorou muito, ofuscante, cintilante, todas essas palavras são pavorosas, não são leves como o ar, como eu disse. Soa meio como os cristãos tentando proclamar uma visão divina. Em todo caso o Alan disse que sentiu uma alegria intensa e que depois não tinha certeza do que veio antes, se a alegria ou a solução, ou se as duas foram simultâneas; se a resposta chegou a ele como pura alegria. Ele só sabia que tinha sido tomado por uma força viva palpitante e que encontrou a solução para a terceira pergunta de Hilbert, a resposta para o famoso problema da decisão."

"O que ele descobriu?"

"Não é tão fácil de explicar", Krause disse e sem realmente pensar Corell pegou o bloco do bolso interno.

"Você vai anotar?"

"Tem problema?"

"Claro que não, imagina. Onde eu estava?"

"Você ia explicar a solução de Turing."

"Sim, bom, então... ele começou a escrever esse ensaio..."

"*Números computáveis?*"

"Isso, do mesmo jeito que Cantor um dia descobriu os números irracionais a partir dos racionais, o Alan chegou aos números incomputáveis estudando os computáveis", Krause disse, agora um pouco inseguro. Era como se as anotações de algum modo estivessem incomodando.

"Então ele inventou algo que podia decidir se uma proposição matemática pode ou não ser resolvida", Corell disse.

"Não. Ele percebeu que isso era um oximoro. O que dá para dizer é que, ao formular as bases teóricas para uma máquina projetada para lidar com esse problema, ele compreendeu as limitações inerentes da questão."

"Nunca tem como saber de antemão se existe uma solução?"

"Às vezes é impossível. Às vezes não temos ideia se a máquina que está fazendo a computação para nós vai conseguir parar."

"Ou se vai ficar presa na pergunta", Corell acrescentou, lembrando um trecho do esboço da carta.

"Exatamente!"

"Então foi mais um golpe na matemática como ciência exata?"

"O Alan pôs o prego no caixão, e o Hilbert derramou mais algumas lágrimas. Mas o mundo ganhou uma outra coisa, como prêmio de consolação."

"O quê?"

"Uma máquina digital programável. Uma máquina de propósito geral que pode substituir qualquer outra."

Corell esvaziou o copo e olhou em volta, maravilhado, mas a única coisa que conseguia ver eram suas próprias imagens internas.

"Como isso foi recebido?", ele quis saber.

"O que você acha?"

"Como uma sensação?"

"Muito pelo contrário. Ninguém estava nem aí para a máquina. Era como se não fosse nada. Afinal, era pura teoria, uma ajuda para resolver um problema matemático específico, só isso. Ninguém pensou em construir aquilo, imagino que nem ele, não na época. Além disso…"

Corell lembrou o que a tia tinha dito:

"Máquinas eram vistas como coisas meio vulgares."

"De todo modo, ninguém perguntou se a engenhoca podia ser usada para alguma outra coisa, fora resolver a questão do Hilbert", Krause disse. "Matemáticos não gostam de pensar em trivialidades como a utilidade de suas equações. Isso é considerado uma questão corriqueira demais. Você já ouviu a história do menino que era pupilo de Euclides? Não? O menino perguntou ao grande matemático qual era o benefício que ele obtinha com aquelas equações. Euclides respondeu que alguém devia dar uma moeda ao garoto para ele poder ter alguma utilidade para as contas que aprendeu. E depois expulsou o menino. Não, não se deve pensar em tolices como a utilidade de algo. A matemática é considerada bela exatamente porque é autossuficiente. Ela só precisa servir a si mesma."

"Mas certamente não faria mal…"

"Fazer uso dela, você ia dizer. Nunca diga isso. Você vai fazer os puristas chorarem lá no céu. Em todo caso, pouca gente na época, e Hardy certamente não estava entre eles, achava que a matemática avançada podia ser usada para qualquer coisa fora de sua própria esfera, mesmo que você quisesse."

"Mas Hardy estava errado?"

"Errado ao quadrado. Tão errado quanto Wittgenstein. O Alan iria entender melhor do que qualquer outro que paradoxos e contradições podem significar a diferença entre vida e morte. Mas essa é outra história."

"Qual história?"

"Nenhuma, na verdade", Krause respondeu, de novo inseguro. Ele chegou a morder o lábio, e olhou desconfiado para o bloquinho. "Como você sugeriu", ele continuou, "as máquinas eram vistas como algo inferior, uma coisa para meros engenheiros. Definitivamente não serviam para um grande matemático. Mas o Turing não era grande, como eu disse."

"O que você quer dizer?"

"Que ele não ligava para esse tipo de coisa, ou melhor, que não entendia isso. Você acha que ele seguia as tendências da moda, que usava expressões só porque todo mundo estava falando? Nada, ele se vestia de um jeito chocante. Não dava a mínima para o que os outros pensavam. Não estou dizendo que nunca se ofendia. Nessa época andava sempre meio solitário. Mas ele era assim. Não fazia parte de nenhuma panelinha de intelectuais nem nunca entendeu o que precisava fazer para ser aceito nesses grupos. O Alan não era bom nesse tipo de coisa. Nunca aprendeu a se promover, ou a tentar conhecer as pessoas certas. Seguiu sendo um solitário, um forasteiro. Ele definitivamente não era grande."

"O ensaio dele teve algum reconhecimento?"

"Ele ficou bem infeliz por um bom tempo porque ninguém leu, e dá para entender o motivo. Você tem uma experiência espantosa no meio da campina, e depois nada, só um silêncio constrangedor. Mas mesmo assim..."

"O quê?"

"... é um texto extraordinário. O Alan escreve sobre as máquinas como se fossem colegas. Fala sobre o estado delas, sobre sua consciência, seu comportamento, e aí ele notou — e essa já é uma ideia genial — que tudo que pode ser contado pode ser contabilizado por uma máquina automática, e isso abre todo um novo campo de pesquisa."

"Mas ninguém leu o ensaio?"

"Pouca gente! O mundo da lógica matemática é ridiculamente pequeno, e ainda por cima ele recebeu uma notícia alarmante dos Estados Unidos. Alonzo Church, um sujeito tedioso de Princeton, que foi professor tanto do Alan como meu mais tarde, tinha chegado na mesma época a uma outra resposta à terceira pergunta de Hilbert, só que muito menos interessante. O Alan teve que escrever um apêndice para dar conta disso."

"Então não houve multidões aplaudindo?"

"Pouco a pouco, o Alan foi ganhando reputação. Ele ficou conhecido como o cara que resolveu o problema da decidibilidade, o *Entscheidungsproblem*. Era admirado por isso, e da minha parte eu achava que ele estava no mesmo nível do Gödel, mas..."

"Sim?"

"No fim das contas, ele não estava muito interessado no *Entscheidungsproblem*. Ao contrário dos outros, ele estava interessado nos meios e não no fim."

"A máquina, você quer dizer?"

"Ou no esforço que fez para compreender os elementos fundamentais da inteligência."

"Então ele começou a construir a máquina."

"Pelo menos fez um esboço. Mas o mundo provavelmente não estava pronto para isso. Não sei. O que acabou se materializando em Manchester era bem menos empolgante do que ele imaginou."

"Mas você acha que isso pode dar em algo?"

"Bom…"

Krause parecia pensativo e olhou para baixo, para a bolacha branca onde estava o copo de cerveja.

"Quando ouvi falar sobre isso pela primeira vez, não acreditei", ele continuou. "Eu achava que parecia muito complicado montar uma máquina daquelas. Mas agora fico pensando…"

"Pensando no quê?"

"Se aquilo pode dar em algo."

21

No sonho, Alan Turing levantou da cama, e havia algo de cerimonioso no seu movimento, como se tivesse sido acordado por um chamado distante, e lá longe se ouvia uma remota missa de réquiem com sinos de igreja e tambores. O ar estava abafado e inerte, como acontece pouco antes de uma tempestade, e Turing limpou a baba da boca, mas as mãos estavam duras demais, e agora, agora ele queria falar. Não se ouvia uma palavra, e no entanto ele se esforçava muito. Os lábios tremiam, e Corell se inclinou para a frente. Ele pôs as mãos em volta do ouvido e, sim, conseguiu captar uma ou duas palavras, sobre alguma coisa realmente impressionante, algo que estava prestes a se tornar importante, e Corell pegou uma caderneta com uma capa de oleado na qual escreveu o que ouviu, mas não importava o quanto tentasse o texto ficava incompreensível, e ele agarrou o lápis ainda mais forte. Gravou as palavras em baixo-relevo. Pressionava as letras, mas elas flutuavam como se estivessem na água, e agora ele estava sendo transportado para longe, rumo a uma ferrovia e a uma cadeira solitária à beira-mar, e tudo ficou vago e branco, mas Corell tinha uma sensação tão forte de ter anotado algo que quando acordou tateou à procura do caderno.

Por um instante ele achou que tinha encontrado as anotações. Um dos blocos de trabalho estava na mesinha de cabeceira. A primeira página estava amassada e coberta de frases escritas rapidamente, mas eram só umas notas breves que tomou durante a conversa com Krause, e não alguma mensagem misteriosa do além-túmulo. Que horas eram? Devia ser cedo. Dava para dizer pelos pássaros e pelo silêncio e pela sensação no corpo, e pela dor de cabeça e pelo tamanho da sua ressaca. Ele puxou o lençol e o cobertor para cima da cabeça.

Memórias do dia anterior penetravam na sua consciência. Ele tentava mantê-las afastadas, e continuar em sua bolha. Até onde conseguia lembrar, tinha fantasiado mundos totalmente prontos para sua entrada, alguns com raras mudanças, outros novos e moldados a partir de coisas que ouviu ou viveu recentemente. Alguns consistiam apenas de coisas que deveria ter dito e feito na vida real. Outros eram desenvolvimentos idealizados de triunfos menores de sua vida cotidiana e do seu trabalho, mas a maior parte era simplesmente maluca e improvável, mas pensada em detalhes. Eram mundos para onde fugir. Refúgios onde era possível manter as mágoas à distância. Mas, nesta manhã, a fantasia não oferecia nenhum refúgio. A realidade tinha um peso, embora menor do que o normal. O dia parecia leve. A noite anterior tinha sido bem-sucedida, não? Ele e Krause tiveram uma boa conversa, o tipo de conversa que desejava fazia anos, embora admitisse que ainda havia sinais de ansiedade. Ele não estava livre dos tormentos. Nunca estava. Mas tinha afogado a vida na bebida na noite anterior. A bebedeira fez voltar parte do Corell de outros tempos, e perto do fim eles falaram sobre todo tipo de coisa. Ele perguntou...

Ele sentou.

E pegou a caderneta. Não era fácil ler o que tinha escrito, e ele não gostava do que conseguia decifrar. O que havia parecido grande agora se mostrava tão insignificante: *não é a máquina em si que importa, são as instruções que ela recebe*, aquilo soava tedioso, tão diferente do dia anterior, mas agora... algumas palavras e um ponto de interrogação, a mesma pergunta que ele fez a Gladwin no arquivo: *O que é que alguém quer com um gênio da matemática e um mestre do xadrez num período de guerra?* E abaixo disso algo que Krause falou na outra ponta da conversa: *O Alan iria entender melhor do que qualquer outro que paradoxos e contradições podem significar a diferença entre vida e morte.*

O que Krause quis dizer com isso? Corell não tinha ideia. Ele só lembrava que depois o lógico foi evasivo e talvez até desdenhoso. Era óbvio que estava escondendo alguma coisa. Tinha ficado nervoso com o bloco de anotações de Corell, e *vida e morte*... Será que Krause durante a guerra estava fazendo a mesma coisa que Turing, fosse lá o que fosse? Ele tinha sido um idiota, para variar, em não pressionar para que explicasse melhor. Não queria estragar o clima agradável, e estava tão ansioso para aprender sobre lógica e matemática quanto para descobrir segredos sobre a guerra. Além disso, não conseguia aceitar que um acadêmico de Cambridge fosse querer passar a noite bebendo com um simples policial como ele sem um motivo. Será que Krause estava tentando arrancar alguma coisa dele? Não, Corell desdenhou da ideia, e agora... agora se estirou na cama e tentou se lembrar de mais coisas. Curiosamente não conseguia visualizar o rosto de Krause. Só os olhos estreitos ficaram na memória, e também o brilho impaciente das pupilas. Mas tinha sido um bom encontro, não? Sabe Deus quanto tempo eles ficaram lá! A última parte era um borrão. Ele só se lembrava bem da hora em que se despediram. Eles se abraçaram, e isso o deixou nervoso. O sujeito afinal era amigo de Turing, e nenhuma das possíveis explicações para o longo tempo que passaram juntos seria pior, mas provavelmente não era nada preocupante, ele se convenceu. O abraço foi curto, e Krause deu um número de telefone e um endereço em Cambdrige, e Corell saiu andando para casa na chuva sem energia sequer para se preocupar com o terno.

Ele deu uma olhada no apartamento. Jesus, aquilo estava uma bagunça. Roupas e coisas por todo lado. Quando saiu da cama, ouviu barulho de pedra sendo pisada e de migalhas de pão, e isso não seria tão ruim se abaixo dos detritos houvesse algo agradável, mas o apartamento não tinha charme nenhum. A cadeira Queen Anne parecia ter acabado no lugar errado, o rádio parecia bom demais para o apartamento e nada combinava, mas em geral nem havia tempo para prestar atenção na própria casa. O apartamento só estava ali para protegê-lo do mundo ao redor, uma extensão da armadura protetora de seu corpo, e só uma vez passou por sua cabeça o absurdo da situação, quando sonhou em seduzir Julie. Foi aí que percebeu que dificilmente isso poderia acontecer ali. No máximo, podia apontar para a casa e dizer: é ali que eu moro.

Do lado de fora, a casa era bem-feita, de tijolos aparentes, com um pequeno jardim com peônias e macieiras. Mas nada disso era obra sua. A proprietária do imóvel, sra. Harrison, aparecia por lá toda manhã na primavera e no verão. Ela era gentil e conversadeira, mas ele nunca se sentia à vontade ao seu lado — tinha medo de que fosse reclamar da bagunça no apartamento — e agora, ao conseguir sair antes de ela chegar, viu nisso uma pequena vitória.

Parecia um belo dia, e as pessoas que encontrou não estavam com a menor pressa. Ao chegar à cidade, comprou o *Manchester Guardian*. Ele era um ávido leitor de jornais, mas naquela manhã nem olhou para as notícias na primeira página. Folheou o jornal impaciente e na coluna da esquerda da página oito encontrou. Era mais ou menos do mesmo tamanho que no dia anterior. Começava assim: "Ontem à noite ficou estabelecido que Alan Mathison Turing, de Hollymeade, na Adlington Road, Wilmslow, tirou a própria vida com veneno num momento de desequilíbrio mental."

Num momento de desequilíbrio mental. Era o que o legista tinha dito. Nenhuma menção à intervenção de Corell, óbvio que não, e por que deveria haver? Não era uma notícia sobre uma diferença de opiniões na investigação. Mesmo assim, ele ficou decepcionado. Se sentiu frustrado. Tinha esperança de ler algo como O *detetive Corell questionou a afirmação do legista...* Teve que se contentar com duas citações, em frases que não pareciam ser dele, mas de fato falou sobre a meia maçã e sobre a panela borbulhante e sobre o cheiro de amêndoas amargas. O que disse equivalia aos fatos, restava esse consolo. Ferns, por outro lado, tinha falado um monte de bobagens como se nada tivesse acontecido. "Foi um ato deliberado, já que você nunca tem como saber o que um sujeito daquele tipo vai fazer."

As palavras pareciam ainda mais peculiares depois de impressas. A notícia quase parecia dizer que o ato foi deliberado por ter sido impulsivo. Era um absoluto non sequitur. Que idiotas, ele pensou. Mesmo assim, se sentiu um pouco melhor. *Segundo o detetive Corell... O detetive Corell afirma*. Não havia nada, chegava a ser um insulto, já que a importante contribuição dele, que exigiu uma certa coragem, não foi sequer mencionada, mas mesmo assim ficou contente, e aos poucos recuperou parte do bom humor da manhã. Sonhando acordado, virou na Green Lane e passou pelo parquinho e pelo corpo de bombeiros. Do outro lado da rua uma mulher andava lendo um livro enquanto empurrava um carrinho de bebê — Corell sempre gostou de gente que lê andando —, mas ao bater o olho nela pensou rapidamente na própria aparência. As rodas do carrinho fizeram com que se lembrasse de Fredric Krause.

Krause tinha dito que antes da guerra a máquina de Turing não passava de um esboço, uma ideia de uma fita infinita que corria para um lado e para o outro para ler símbolos, nada completo, nada mesmo, apenas uma ferramenta em uma discussão lógica, mas mesmo assim: já em 1945 Alan Turing tinha estabelecido as diretrizes para uma monstruosidade em tamanho real. Alguma coisa deve ter acontecido durante a guerra, alguma coisa que elevou a máquina a outro nível. Ela deve ter tido algum propósito durante a guerra. A única pergunta era qual.

Para que se usa uma máquina lógica durante uma guerra?

Corell chegou à delegacia ouvindo berros. Era Richard Ross, que parecia precisar puxar uma briga com ele, mas a intenção aparentemente não era apenas causar problemas, embora fosse evidente que esse era o objetivo principal. O inspetor tinha um objetivo em mente. Vermelho de raiva e com as mãos nos quadris, entrou batendo os pés no chão no departamento criminal e parou com as pernas afastadas diante da mesa de Corell. Os lábios estalaram como se ele se preparasse para enfiar os dentes na sua presa:

"Posso perguntar que merda você acha que está fazendo?"

"Acabei de chegar..."

"Estou falando de ontem. Depois da audiência!"

"Não sei do que você está falando."

"Claro que sabe", e Corell obviamente sabia. "James Ferns entrou em contato e disse que você tentou fazer que ele e o patologista ficassem com cara de palhaço em frente a uma multidão de jornalistas."

"Não tinha tantos jornalistas assim", Corell disse.

"Não faz a menor diferença quantos jornalistas estavam lá. Parece que você foi arrogante e insolente e, pode acreditar, isso eu não vou tolerar. Você representa..."

"Eu sei", Corell interrompeu. "Mas você ouviu aquele idiota! Era uma bobagem completa!"

"Olha só, estou cagando para isso. E aliás não acredito nisso. Tenho certeza de que o único falando bobagem ali era você. Estava de olho em você, Corell, e percebi que estava se achando todo importante. Você e o seu jeito esnobe de aluno do Marlborough. Que se dane o Marlborough. Não vou aceitar isso. De jeito nenhum. Você não tem nada que sair dizendo para pessoas respeitáveis o que é que deviam estar fazendo. O que se espera é que você relate os fatos e que fora isso fique de boca fechada. Entendeu?"

"Sim!"

"Qual é o seu problema, eu não entendo! Só pode ter alguma coisa errada."
"Como assim?"
"Deixe de ser convencido. Fique bem quietinho. Porque hoje é seu dia de sorte. Você vai ter uma chance de se redimir. Sim, por mais que isso pareça estranho, você tem um amigo por aqui. O Hamersley, aquele filho da mãe pegajoso, diz que o seu relatório está bem escrito. Não fique muito feliz. Truquezinhos de faculdade pública como esse não me impressionam. Mas agora você vai ser mandado a campo — por ordens do superintendente."
"Qual é o assunto?"
"Uma tarefa delicada!"

Delicado normalmente queria dizer sórdido, e com certeza também servia para esse caso. Tinha acontecido fazia uns anos. O suspeito era um homem de quarenta e cinco anos chamado David Rowan, que trabalhou como dançarino e coreógrafo, mas que agora tinha uma alfaiataria em Manchester. Rowan morava na Pinewood Road, em Dean Row, com a esposa de Glasgow e duas filhas, de oito e seis anos de idade. A mulher, que já era descrita como "aquela infeliz" antes mesmo de as circunstâncias do caso serem esclarecidas, costumava viajar para a Escócia com os filhos de tempos em tempos e passar o fim de semana lá.

Nesses fins de semana era comum que o marido recebesse visitas de um jovem "de aparência feminina" e "modos efeminados", e naturalmente tinha o direito de andar "com os maricas que quisesse", nas palavras de Ross, mas uma vizinha, uma certa sra. Joan Duffy, um dia cruzando o jardim de Rowan viu por uma fresta da cortina "a mais horrorosa nojeira. Você pode imaginar o que era". O único problema era que a sra. Duffy era cozinheira em uma escola, enquanto David Rowan era um cavalheiro respeitado e "honestamente a gente achou que ia ser constrangedor se envolver nisso. Tinha a mulher e também as crianças. A gente não queria causar nenhum problema desnecessário para eles".

"Mas agora vamos reabrir o caso?"
"O Hamersley acha que é hora de fazer outra tentativa. Afinal, os tempos são outros, e temos as nossas diretrizes. E também fomos bem-sucedidos no caso do Turing."
"Eu não diria que foi um sucesso."
"Pare de ser tão convencido! É óbvio que estou falando da condenação, não do suicídio. Se conseguimos pegar Turing, devemos conseguir pegar

qualquer um, não é? Você sabia que o sujeito era membro da Real Sociedade? Sabia mesmo? E aposto que você também ficou impressionado com isso. Bom, me deixe dizer que não dou a mínima para esse tipo de coisa quando me falam que a pessoa viaja pela Europa caçando veados."

"Certamente a gente só se interessa em saber se houve crime", Corell disse.

"Isso. E não me vá ficar todo empolgado com a montanha de títulos e de medalhas! Mas não era disso que a gente estava falando, era? Toda essa história agora. Não, não, não quero mais ouvir falar disso."

"Só estava me perguntando por que…"

"Fique quieto, pode ser?"

"Mas tem alguma coisa nisso que a gente não está sabendo."

"Bobagem", Ross interrompeu. "A gente não precisa ficar fazendo tanta pergunta. Você tem um outro caso para cuidar agora, e no seu lugar começaria imediatamente. Só Deus sabe se você não pode virar o nosso ganha-pão aqui."

Corell achava que a única coisa de que precisava era de um dia tranquilo de trabalho para curar a ressaca. A última coisa que queria era sair para cumprir uma missão impossível e degradante. Tinha lá seu orgulho, afinal. Ele não havia tido uma conversa profunda com um acadêmico de Cambridge na noite anterior? Lamento, comissário, ele devia estar dizendo, o senhor não tem o direito de falar assim comigo. E no entanto… mesmo Ross sendo um idiota — e um belo dia Corell ia lhe dizer isso —, só repassara uma mensagem de um superior: "O Hamersley diz que o seu relatório está bem escrito". Imagine só! O próprio Corell não tinha achado isso? Produziu algo minimamente especial. Em um simples momento de inspiração. Pelo que ele sabia, era capaz de naquele exato instante o superintendente estar falando com o próprio chefe de polícia: "Em Wilmslow, sabe, temos um jovem talentosíssimo que encontrei um dia desses, autor de relatórios realmente soberbos, diria até que tem talento literário, o senhor deveria ler isso, de verdade…". Ele foi despertado do devaneio por Ross resmungando: "E então?".

"Vou fazer o meu melhor", ele conseguiu dizer.

"O que precisamos é de uma confissão, nada menos que isso. O inquérito está com o Gladwin."

Não era um grande caso, ele pensou, e realmente não via como avançar muito naquilo, mas mesmo assim começou a trabalhar imediatamente, e pediu para que fizessem um telefonema para o sr. Rowan. Uma mulher avisou que o sr. Rowan estaria em casa depois das cinco, e sem nem perguntar se isso era conveniente ele disse que passaria na casa nesse horário para fazer algumas perguntas.

"Sobre o que seria?"

"Vou dizer ao sr. Rowan de um jeito que não vai deixar dúvidas!", ele disse, se sentindo decidido e firme.

À uma e meia, a testemunha, sra. Duffy, apareceu na delegacia. Corell estava esperando encontrar uma senhorinha de traços marcados, mas era completamente o oposto, não que fosse uma beldade, mas tinha uns trinta anos, silhueta roliça e um olhar tão provocante que ele olhou para baixo por instinto. A sra. Duffy era atraente de um jeito vulgar e, vá saber, pode ser que impressionasse um júri.

"Obrigado por vir", ele disse.

"É uma honra poder ajudar."

"A senhora poderia me dizer o que viu naquele dia, e pelo amor de Deus não deixe de contar nenhum detalhe."

Ele não devia ter dito a última parte. Ficou sabendo de muito mais detalhes do que poderia desejar. Até teve uma aula sobre jardinagem. O marido da sra. Duffy era jardineiro. Muito bom no que fazia. "Quase um artista, e para ser franca eu mesma aprendi a fazer uma ou duas coisas sobre o trabalho."

"Que útil!"

"Sim, não é? Veja, nós e os Rowan dividimos uma cerca viva. Ela separa nossos terrenos, e eu cuido dela, o que deixa a sra. Rowan muito grata. Pobre, pobre sra. Rowan."

"Talvez a gente possa deixar isso de lado por enquanto."

"Claro, sargento, claro."

"Eu sou investigador."

"Um trabalho emocionante, não é?"

"Bom, sim, de vez em quando. A senhora poderia fazer a gentileza de continuar?"

"Sim, sim. Mas tudo isso aconteceu dois anos atrás, o senhor entende. Eu procurei vocês na época."

"Sei disso."

"E não pense que parou por ali. De jeito nenhum!"

"Então, por favor, me conte!"

A história toda girava em torno da cerca viva, ela disse. Naquele dia ela estava podando a planta com a tesoura e se viu forçada a passar para o lado que ficava no terreno da família Rowan. Caso contrário não ia conseguir deixar a cerca viva "bonita e simétrica", e isso podia muito bem ser verdade, mas também podia ser bobagem. Joan Duffy tinha motivo para estar curiosa. "Eu estava de olhos abertos", ela disse, e preocupada com os próprios filhos. Em todo caso ouviu um barulho. Ela não quis ser mais específica. Afinal, tinha tido "uma boa criação". Mas mesmo assim: "Que Deus possa me perdoar", ela olhou para dentro, "muito discretamente", e claro que parou de olhar assim que entendeu.

"Claro", ele acrescentou.

"Fico constrangida de estar aqui lhe contando essas coisas."

"Não fique. A senhora fez a coisa certa ao nos procurar."

"Gostei mais do senhor do que do sujeito que me recebeu da outra vez."

"Vamos tentar ir até o final do caso desta vez."

"O senhor acha que eu deveria me preocupar?"

"Não, acho que não."

"E se ele ficar agressivo, o senhor pode providenciar proteção?"

Proteção? Ele nunca ouviu nada do gênero.

"Vamos dar um passo por vez", ele disse. "Pode haver outras testemunhas?"

"Vou perguntar."

"Muito discretamente, espero."

"A discrição sempre foi uma questão de honra para mim."

"A senhora sabe o nome desse sujeito que fazia as visitas?"

Ela achava que era Klaus. Um nome estrangeiro. Um nome bem suspeito.

"Muito obrigado por ter vindo", ele disse, encerrando a conversa, e apertou a mão dela, e depois achou que ela havia feito um movimento convidativo com o cabelo, mas devia ter se enganado.

22

A sra. Duffy demonstrou uma voracidade que ficou na sua cabeça, uma vulgaridade que o incomodou e deixou seus nervos à flor da pele. Mesmo tentando evitar, não conseguia parar de ter fantasias com o corpo dela e com o modo como iria agradecê-lo: "Você sozinho é mais policial que todos os outros juntos", ou sabe-se lá o que ela ia dizer. Em todo caso, o vestido ia estar justo no corpo, e o olhar dela iria atrair o seu, e quando isso acontecesse por que ele não teria êxito? Não tinha se passado muito tempo desde a época em que ele se achava um bom interrogador que conseguia identificar com facilidade os pontos fracos das pessoas, e que percebia a preocupação delas pelo olhar. Não era verdade que normalmente ele sabia a hora certa de dar o bote? Essa era uma das vantagens de ser uma alma sensível. Ele via os sinais dos outros.

Onde ele estava agora? Aquela era a Pinewood Road. Ele estava perto, e começou a pensar em Ron e Greg, aqueles malditos babacas, o que nunca o deixava feliz, mas agora isso só aumentou sua firmeza. Na imaginação de Corell, o rosto de Rowan assumiu alguns traços de Greg, e ele endireitou as costas. Imaginou que era um funcionário graduado da inteligência a caminho de uma missão importante. No entanto não estava exatamente explodindo de confiança. Pensou se devia ir embora. Não, não! Se aquele tapado do Rimmer conseguiu derrubar Turing, ele devia ser capaz de fazer um velho dançarino desmoronar. Olhou os nomes das casas. Um carro, um Morris Minor, passou, e ele ouviu uma voz de criança.

"Papai, papai!"

Ele entrou no jardim. Uma menininha de cabelo escuro e olhos pequenos e sérios saltitava em uma piscina de água da chuva. Estava completamente encharcada. Atrás dela, um balanço recém-pintado pendurado em uma armação.

"Olá", Corell disse para ela.

"Olá", ela respondeu, lacônica.

"Você devia trocar de roupa."

"Não vou trocar."

"Então não troque", ele murmurou e olhou na direção da residência, uma bela casa branca de pedras com um telhado negro e uma estufa perto da porta da frente.

A maçaneta era dourada, e à direita da casa havia uma cerca viva ligeiramente malcuidada e uma casa vizinha bem mais simples; feita de madeira verde com canteiros de flores bem cuidados com um telhado gasto e janelas pequenas. Era ali que a sra. Duffy passeava com seus vestidos espalhafatosos? Ele tocou a campainha. Um arrepio correu pelo seu corpo, e todo tipo de pensamento passou pela sua cabeça. Mas quando a porta abriu instantaneamente se concentrou, como se uma cortina tivesse subido, e sorriu com seu sorriso mais confiável.

"Boa tarde."

"Como vai o senhor?", o homem disse, no mesmo tom ríspido e reservado da filha, e Corell imediatamente soube que a sra. Duffy tinha razão.

O sujeito era uma bicha. Admita-se que uma bicha boa pinta, para ser generoso, com pernas bonitas e uma boa postura, um olhar cristalino e azul, mas com algo inequivocamente gracioso nos movimentos. Até o jeito de estender a mão entregava tudo. Era como se o sr. Rowan estivesse tirando Corell para dançar, ou como se desenhasse algo no ar.

"Liguei mais cedo. Meu nome é Corell e trabalho para a polícia em Wilmslow. Posso entrar?", Corell perguntou com uma voz amistosa.

"Na verdade eu..."

"Entendo se o senhor estiver ocupado. Ouvi dizer que tem umas belas lojas de roupas em Manchester. Excelente. Sempre me interessei por roupas, apesar de meu salário não me permitir comprar muita coisa. Em todo caso acho que não seria bom adiar isso."

"Adiar o quê?"

"Nossa conversinha", ele disse, e não ficou feliz com o diminutivo naquele contexto específico, mas tentou se dar ares de autoridade, e pode ser que tenha sido bem-sucedido.

"Claro, claro, entre."

O sujeito estava nervoso, e talvez isso fosse um bom sinal. Tinha suor no seu lábio superior, e quando entrou na sala de estar no térreo parecia estar se esforçando para andar de um modo mais firme do que o normal. Um lustre de cristal estava pendurado no teto, havia belas peças de mobília na sala e uma parede cheia de livros. Era uma casa diferente do que Corell estava esperando, e ele sentou em uma cadeira de um amarelo brilhante em frente a Rowan, que acendeu um cigarro.

"Bela casa!", Corell disse.

"Não é má."

"Que linda menina lá fora. Pelo que sei o senhor tem mais uma."

"Mais uma."

"Que chuva horrível essa dos últimos dias", Corell disse.

"Verdade."

O sujeito estava taciturno a ponto de ser engraçado.

"Mas o verão deve ser bom!"

"Vamos torcer."

"É assim que funciona, não é?"

"Como assim?"

"Que já choveu tudo o que tinha para chover. Que um período de tempo ruim abre caminho para o tempo bom. Claro que pode acontecer o contrário. Coisas ruins geram mais coisas ruins. É comum que seja assim com nossas próprias vidas, afinal", Corell comentou.

"Às vezes, sim."

"Estava aqui por perto um dia desses. Uma história muito triste. Talvez o senhor tenha lido a respeito. Encontrei o matemático Alan Turing morto na cama dele. Tinha comido uma maçã envenenada. Terrível. O senhor o conhecia? Ou talvez tenha esbarrado com ele na vizinhança?"

Rowan sacudiu a cabeça, com uma ênfase quase excessiva.

"Uma pessoa de um talento extraordinário", Corell disse.

"Ouvi ele falando no rádio", Rowan disse.

Era a primeira vez que ele tomava a iniciativa de informar algo.

"Do que ele estava falando?"

"Acho que tinha a ver com Norbert Wiener."

"Me refresque a memória."

"Um autor que escreveu sobre robôs e máquinas que podem pensar."

"Então Turing falou sobre máquinas inteligentes?"

"Sim."

"Pareceu estranho?"

"Muito estranho."

"O senhor sabia que tudo começou com uma pequena discussão entre matemáticos sobre alguns problemas de lógica?", Corell disse.

"Não", Rowan parecia confuso.

"Mas tenho certeza de que o senhor ia achar interessante como uma questão minúscula, que só causava interesse para bem pouca gente, e que provavelmente era vista pela maioria das pessoas como o arquétipo do problema acadêmico sem sentido, possa ter feito surgir uma nova máquina. Mas talvez o senhor não se interesse por lógica..."

"Nem um pouco."

"O senhor está mais para esteta."

"Não tenho bem certeza."

"O senhor normalmente tem visitas nos fins de semana."

"Claro, o senhor não?"

"Não", Corell disse, sendo completamente sincero, mas conseguindo evitar que isso soasse patético. "Quem costuma vir?"

"Amigos."

"Alguém em especial?"

"Isso não lhe diz respeito."

As palavras não foram ditas de modo agressivo, e o lábio superior de Rowan, que já estava salpicado de suor, tremeu de modo imperceptível.

"Tenho certeza de que o senhor percebe que nós sabemos de tudo", disse Corell, consciente de que roubou essa frase do sargento Rimmer.

"Como assim?"

"O senhor tem relações sexuais ilegais."

"Eu não tenho..."

"Temos testemunhas."

"Se o senhor está falando da sra. Duffy, devia saber que ela é gentil o suficiente para sair por aí contando mentiras sobre os vizinhos. É disso que ela vive, por assim dizer."

"Temos mais do que a sra. Duffy", Corell disse com confiança, e realmente acreditava naquilo.

Ele teve uma impressão tão nítida de que David Rowan era homossexual quando o viu na porta da frente que por um momento aquilo pareceu um tipo de prova, e de repente parecia que estava com a vitória nas mãos.

"O quê?", Rowan gaguejou.

"Temos muita coisa."

"O senhor pode ser mais preciso?"

"O senhor quer que eu mencione item por item? Todos os detalhes? Se é o que o senhor quer, basta pedir, porque eu tenho todo o tempo do mundo. Pelo amor de Deus, o senhor realmente acha que eu viria aqui se nós não tivéssemos recebido várias informações?", Corell disse, sabendo que estava levando seu blefe longe demais.

"Não, claro que não, entendo isso. Mas mesmo assim não acho..."

"O quê?"

"Que o senhor tenha realmente compreendido... afinal isso não é nada... pelo menos não nesse sentido..."

"Me conte tudo agora!"

Mas David Rowan não continuou, era como se os lábios dele estivessem tentando formar uma frase impossível, e enquanto se contorcia na cadeira o rosto brilhava de suor. Parecia estar à beira de um colapso, e Corell sentiu uma antecipação do seu triunfo, e portanto — o que era coerente com a sua estratégia — falou com voz mais calma, mais insinuante.

"Não quero pressionar o senhor."

"Não é o que o senhor pensa."

"Bom, como é, então? Me conte! Tenho certeza de que muitas vezes nós erramos."

"É que..."

Com um movimento súbito, David Rowan cobriu o rosto com as mãos.

"Veja", Corell disse, "não é tão ruim assim. Só precisamos esclarecer o pior dos mal-entendidos. Se você me disser exatamente o que aconteceu, prometo que vou ver essa informação do modo mais positivo. Talvez a gente possa esquecer tudo isso. Só depende de saber se você quer ser franco e falar abertamente."

"Você ia conseguir esquecer..."

"Desde que o senhor esteja disposto a cooperar, existe a possibilidade", Corell disse, pensando que diabos estava prometendo, mas estava apenas seguindo seus instintos e sua convicção de que nessa situação uma mão estendida seria mais eficaz do que uma ameaça, e por isso sorriu, não de modo triunfante, como acreditava, mas amistosamente e com empatia, e parece que isso teve efeito.

O sujeito entrou em colapso. Está pego, Corell pensou, e só teve tempo de imaginar o elogio de Hamersley — *Exemplar, meu jovem, brilhante* — quando uma coisa aconteceu. Passos pequenos e leves soaram no corredor, e uma voz estridente chamou:

"Papai, papai, a Mary está toda encharcada. Ela vai pegar um resfriado."

Nisso uma menina de oito ou nove anos entrou pela porta, vestida de branco, como uma fada. No começo não notou que o pai estava com visitas, e parecia absorta pelo drama da piscina de água da chuva lá fora. Mas depois ela mudou. Olhou para o pai e encolheu os ombros. Os olhos grandes e sérios desviaram para o chão. Ela parecia ter medo.

"Desculpe, não percebi", ela disse e desapareceu, correndo para fora.

Os pensamentos de David Rowan estavam tumultuados. Por mais de dois anos, achou que essa história pavorosa estava morta e enterrada. Recentemente, não vinha mais pensando nisso. Tinha até conseguido pensar nas suas inclinações sem muita vergonha. Mas naquela manhã — foi estranho —, várias horas antes de saber que a polícia tinha ligado, já havia sido atingido por uma onda de medo. Ele leu sobre o matemático morto. Odiava os jornais. Tinha sempre algo neles que o fazia se sentir mal. Essa notícia especificamente o angustiava por dois motivos, não só por fazer com que lembrasse o que o pai disse anos antes: "Achava que gente assim se matava", mas porque de fato conheceu Turing.

Eles tinham trocado um olhar rápido uma vez na Oxford Road, em Manchester, e depois ficaram sabendo que compartilhavam um segredo, uma cruz. Mais tarde, quando os dois se esbarraram por acaso na Brown's Lane, em Manchester, eles pararam, disseram olá e tentaram começar uma conversa. David, que estava com as filhas, falou alguma coisa sobre o tempo e sobre o bairro, platitudes para fazer a conversa engatar, mas o matemático respondeu de modo enigmático que tinha visto dois arco-íris, um do lado do outro, "como se a natureza estivesse sendo explícita demais".

O que estava tentando dizer? Durante toda a conversa pareceu que eles estavam pisando em ovos, nervosos em torno do tema impossível de ser mencionado, se eles podiam ou não se encontrar de novo com mais privacidade, porém os dois estavam constrangidos demais, e antes que alguma coisa pudesse acontecer, e antes que alguém pudesse dizer uma única palavra sensata que fosse, o matemático foi embora no meio de uma frase. Alguém podia achar aquilo muito rude, mas David não se ofendeu. Ficou com a impressão de que Turing estava cansado de toda aquela pantomima social. Ele mesmo não costumava ter vontade de gritar a plenos pulmões contra aquela maldita farsa?

Mas acima de tudo, o olhar dele... tão diferente, ao mesmo tempo inerte e intenso. Aqueles olhos tinham algo de inacessíveis, mas também pareciam convidativos. Era provável que pudessem ser perturbadores, mas David também estava curioso para saber o que escondiam, e quando chegou em casa tentou encontrar Turing na lista telefônica. Não com a intenção de ligar para ele, só brincando com a ideia, mas o nome não estava lá, e em vez disso acabou ouvindo a voz dele no rádio um dia, falando coisas estranhas sobre máquinas. Ele não tinha dito ter esperança de que um dia elas iam pensar, como nós? Parecia tão maluco, tão pouco convencional. De início, David pensou que o matemático estivesse só usando as máquinas como metáfora para os homossexuais. Turing mencionou uma espécie de jogo entre um homem, uma mulher e uma máquina. Eles deviam fingir que um era o outro — Deus do céu, a vida de David não era exatamente esse tipo de jogo de mentiras? —, mas a discussão no rádio logo se tornou científica demais para ter sido de fato simbólica, e David perdeu o fio da meada. O que mais lembrava depois era a voz gaguejante de Turing, e o tom inquieto, e por semanas David pensou nele de manhã até a noite. Mas aí um dia Turing desapareceu dos seus sonhos. Deus tinha lhe mandado Klaus.

Desde a primeira vez em que ficaram deitados entrelaçados pareceu uma dádiva imerecida. Klaus não só era mais novo e mais bonito do que ele. Não tinha vergonha. Sentia que tinha direito ao prazer. Simplesmente vivia a vida, e essa era uma sensação magnífica e louca, embora não fosse forte o suficiente para transformar o próprio David. David era incapaz de escapar do fardo de sempre da vergonha e do medo, e quando o pesadelo com a sra. Duffy começou ele quase viu aquilo como uma espécie de justiça. É claro que merecia ser punido! A sua cabeça estava tão confusa que ele se sentiu culpado quando a investigação policial não foi em frente. Mas depois o tempo passou, e ele pensou, quem sabe, afinal, *talvez até gente como eu possa ser feliz* — porque o estranho era que com Klaus em sua vida David ficou mais amoroso até com a mulher e as filhas. Tudo se tornou mais leve e mais brilhante. Era como se o amor em geral tivesse aumentado.

Mas então naquele dia — um dia sombrio no calendário —, eles ligaram de novo, e David encontrou essa pessoa horrorosa na porta, e por um breve instante foi tolo o suficiente para achar que era uma pessoa boa, provavelmente apenas porque viu uma espécie de brilho nos seus olhos, uma ambígua reflexão melancólica. Mas era apenas a duplicidade do engano, a mendacidade do policial bem treinado brilhando como um mosaico traiçoeiro, e ele não entendia por que era tão despreparado para lidar com isso. Não fazia muito tempo que tinha sentido uma necessidade irresistível de capitular e abreviar a agonia. Havia perdido toda a vontade de lutar, não conseguia pensar em nenhuma explicação melhor para aquilo. Queria assumir o fardo de sua culpa. Qualquer coisa que fosse, menos ter que ouvir como outra hiena tinha espiado pela janela e visto o que ninguém devia ver. A mera ideia era insuportável, e ele percebeu apenas de maneira vaga, como se num sonho, que a filha entrou e depois desapareceu imediatamente. *O que ela queria?*

"Eu aconselharia...", o policial disse.

"Bom... sim", ele murmurou e se sentiu irremediavelmente perdido.

Mas então notou algo; uma nova mudança nos olhos do policial, e aquilo o deixou confuso. O homem de repente tinha um olhar de suplicante, como se fosse ele, e não David, que precisasse de ajuda.

Dava para ouvir de longe os passos da filha, e Corell baixou os olhos para as próprias mãos. As veias azuis eram visíveis, como pequenos rios canalizados, e sem perceber passou os dedos por elas e se lembrou de estar na cozinha em Southport, muito tempo antes. Tinha olhado para baixo para os sapatos marrons da mãe. Qual é o problema com o papai?, ele perguntou. Nada, Leonard, nada! Nunca era alguma coisa.

"Onde nós estávamos?", ele disse.

"O senhor ia me dar um conselho."

"O meu conselho..."

Por algum motivo Corell viu a tia à sua frente. E não conseguia parar de pensar na menina.

"Eu aconselho o senhor a não admitir absolutamente nada", ele disse, surpreso com as próprias palavras.

"Perdão?", Rowan disse.

Corell sentiu uma necessidade de se jogar aos pés dele. Mas ficou onde estava.

"Como eu disse", ele continuou, com raiva de si mesmo. "Temos muita coisa, realmente muita coisa."

"Novas provas ou o quê?"

Que merda eu devia dizer?

"Realmente muita coisa, como eu disse. Mas desde que o senhor negue tudo não há modo de conseguirem uma condenação no tribunal."

Ele não conseguia acreditar. Estava estragando a sua oportunidade, mas não conseguia suportar a ideia de fazer mal à menina. Não conseguia fazer aquilo.

"A sra. Duffy também não é uma testemunha particularmente confiável", ele prosseguiu. "Para começar, estava cometendo invasão de propriedade. E também parece ser um caso de inveja. A sua casa é mais bonita. Do modo como eu vejo as coisas, não aconteceu absolutamente nada aqui."

"Eu não entendo...!"

A voz de Rowan soava estridente, frágil.

"Vou tomar as providências para que o senhor não precise se preocupar", Corell disse. "Vou recomendar que o caso seja arquivado."

Do mesmo modo como tinha roubado a frase de Rimmer, agora ele roubou a de Vicky:

"Cada um devia poder fazer o que quer, desde que não cause mal a ninguém", ele disse, e se sentiu um mau ator, fazendo pose de importante, mas parecia que as palavras surtiram efeito.

Rowan ficou de pé com um sorriso incerto.

"Está mesmo falando sério?"

"Sim."

"E eu pensando... o que posso dizer... o senhor não pode imaginar..."

Parecia que Rowan ia lhe dar um abraço, e Corell deu um passo atrás. Não estava preparado para ir tão longe, com certeza não, e no entanto estava tomado por alguma coisa, não achava que fosse alegria, mas aquilo borbulhava dentro dele. Ele era um merda de um hipócrita. Mas tinha feito alguém feliz, e seu corpo pareceu mais leve.

"Posso oferecer alguma coisa, alguma coisa forte? Estou encharcado de suor. Eu com certeza preciso tomar algo...", Rowan falou.

"Não, não", Corell disse. "Eu não bebo..."

Nada podia ser mais falso. Ele bebeu como um idiota na noite anterior, e seu corpo inteiro implorava por uma bebida que o acalmasse, mas queria sair e ir para longe, e começou a andar rumo à porta. Ele se lembrava apenas vagamente de ter dito oi para a menina mais nova outra vez, mas então lhe ocorreu um pensamento, no mínimo tão estranho quanto o anterior.

"Tem uma coisa que talvez você possa fazer para me ajudar", ele disse.

"O que você quiser! Só dizer!" Rowan sorriu, nervoso outra vez. Dava para ver que estava fora de si.

"Você trabalha com alfaiataria", ele disse.

"Sim."

"Por acaso você não conhece a Harrington & Sons, na Alderley Road?"

"Conheço, com certeza. Richard Harrington e eu somos amigos íntimos."

"Tem uma funcionária da loja lá, Julie alguma coisa."

"Julie Masih, uma garota ótima, mas é meio difícil conhecê-la. Ela passou por uns maus bocados."

"Em que sentido?", ele perguntou.

"A mãe dela é inglesa. O pai é indiano muçulmano. Julie cresceu perto daqui, em Middlewich, mas acabou casando com um primo em Karachi que diziam que era muito religioso, mas no fim das contas era só um hipócrita e um canalha. Por causa de uma suposta transgressão dela, não lembro o que era agora, jogou uma concha com água fervendo na mulher, mas o idiota errou e acertou a filha. Pobre menina! Você precisava ver..."

"Eu já vi."

"Julie e a filha conseguiram fugir. Acho que conseguiram ajuda da embaixada e de uma enfermeira inglesa. Elas moram aqui em Wilmslow faz um ano, mais ou menos, mas a Julie continua com medo. Parece que o sujeito fez algum tipo de ameaça."

"Então ela não é mais casada?"

O rosto de Rowan, tão assustado e sério um momento antes, agora se abriu num sorriso largo, que expressava não só o alívio de quem percebe não estar mais prestes a ser arrastado para o tribunal, mas também algo próximo à ternura.

"Em termos formais, acho que é, mas não nesse sentido em que você fala. Ela provavelmente poderia gostar de ter um verdadeiro amigo."

"Bom, muito obrigado", Corell disse, de repente ficando atrapalhado — ele bateu o nariz no batente da porta —, e por um instante não conseguiu achar a maçaneta.

"Eu ficaria feliz de falar alguma coisa positiva a seu respeito, se o senhor quiser", Rowan disse, mas a essa altura Corell já estava no jardim e não ouviu.

23

Oscar Farley largou a caneta na mesa de mogno do quarto de hotel. Não havia motivo para se gabar do que tinha acabado de escrever, só mais uma tentativa infrutífera de entender o que aconteceu, mas como sempre colocar as coisas no papel não resolvia nada enquanto havia fatos desconhecidos. Mais uma vez folheou os documentos que encontrou na Adlington Road. Mas, como acontecia com todo o resto, também ali não havia pistas do que realmente lhe interessava: Turing foi ou não negligente com segredos de Estado?

Alan não era exatamente um patriota. Detestava as suspeitas dos tempos modernos e o quanto se bisbilhotava a vida privada das pessoas. Quando Oscar tentou recrutar Turing, ele já estava furioso com os protestos contra o casamento de Eduardo VIII com a sra. Simpson. "É um assunto privado", ele dizia, irritado. "Não é da conta de ninguém, nem dos bispos nem de ninguém mais!" Se ele não cogitava nem que o casamento do rei podia ser questão de Estado, era óbvio que ia ficar indignado de ver suas próprias aventuras amorosas se tornarem assunto de segurança nacional. A maldita política, da qual Alan só queria distância, entrou pela porta dos fundos e o seguiu até o quarto. Não era de surpreender que estivesse furioso! E no entanto... ele não tinha feito nada de imperdoável, não é?

Farley sabia como Alan era escrupuloso com segredos e como ficava indignado quando os outros eram descuidados. Mas é que... Depois de todos os ataques odiosos que Alan sofreu após o julgamento em Knutsford, Oscar, ao contrário de todo mundo, passou a falar dele sempre em termos líricos e a elogiá-lo até não poder mais, e havia alguma coisa nisso, no retrato que pintava da situação, que o incomodava. Na verdade havia algo em Turing que ele nunca entendeu, se existia alguém que era um código indecifrável essa pessoa era Alan. Sentado agora com a caneta na mão, Oscar pensou nas visitas que Turing fazia a um psicanalista nos últimos dois anos e nas anotações que fez de seus sonhos em três livros (que o irmão disse já ter destruído), e que era de se presumir que tivesse feito sua primeira tentativa de um trabalho mais ou menos literário. Oscar descobriu um conto na casa de Turing sobre um cientista que estudava foguetes e encontrava um homossexual na rua, mas a narrativa acabava no meio de uma frase, antes de algo sério ou importante acontecer... claramente uma tentativa de algo autobiográfico. Por que esse desejo de confessar? Era óbvio que Turing tinha passado por uma crise e sentia a necessidade de se conhecer, mas ao mesmo tempo diziam que tinha se recuperado no ano anterior; que teve ideias extremamente interessantes e que estava cheio de apetite pela vida. E de repente... o veneno, os fios elétricos, a maçã. Farley simplesmente não entendia.

E alguns detalhes que ficavam voltando à tona o incomodavam. Como a cena do lado de fora do tribunal de Wilmslow, por exemplo. Ele viu Fredric Krause, aquele sujeito bacana que trabalhou com ele na guerra e que não via fazia tanto tempo, no meio de um grupo de jornalistas, e Oscar realmente queria falar com ele, mas não conseguiu ir além de um aperto de mãos e de umas poucas frases educadas. O jovem policial — vestido de maneira notavelmente elegante — foi tão agressivo em seu desabafo e na sua demonstração de autoridade que por um instante Farley achou que Corell conhecia Turing, ou que pelo menos sabia mais sobre ele do que os outros, mas aí tudo acabou de um jeito abrupto quando o policial desapareceu na rua andando com passos desafiadores. Foi uma cena peculiar, não? Não só por ter surpreendido a todos, ao que parecia — claramente ninguém esperava que o melancólico policial tivesse aquela explosão de arrogância provocadora —, mas também porque, quando Farley se virou na direção de Krause para dizer algo como "Pelo menos essa parte é verdade", o sujeito tinha ido embora.

Ele simplesmente desapareceu, e não devia ser coincidência que uma das pessoas mais importantes a trabalhar na tenda de Alan durante a guerra aparecesse de repente em Wilmslow e depois sumisse de modo igualmente súbito, e Farley com certeza não gostava disso. Por outro lado, no seu trabalho sempre havia o risco de ficar preso a detalhes sem importância e, enquanto esperava para ir comer com Robert Somerset, Farley voltou à *Balada do cárcere de Reading*, o que o levou a se sentir melhor. Como se houvesse algo reconfortante na dor de outro homem punido pelo mesmo crime de Turing.

Ela não é casada. Ela não é casada. Corell sentiu um arrepio percorrer seu corpo, e por um bom tempo andou sem rumo, só para consumir o excesso de energia, e chegou a pensar que estava a caminho da Harrington & Sons para cortejar Julie imediatamente, mas aos poucos sua coragem foi diminuindo. Ele era patético, não? Um sujeito cheio de boas intenções, mas que fracassa no momento decisivo, então por que se sairia melhor com Julie? Não, não, ele não queria ir nem para a loja nem para a delegacia.

Por isso decidiu, em vez disso, ir à biblioteca. Desde cedo queria fazer mais pesquisa. Mas não era fácil encontrar as coisas. Um rapaz de óculos redondos que Corell não tinha visto antes o encarou com curiosidade na recepção e não pareceu sequer entender a pergunta: "Como assim?", ele disse, como se de algum modo aquele fosse um pedido inconveniente, ou como se Corell na verdade quisesse dizer algo totalmente diferente, talvez até impróprio.

"Elas também são chamadas de máquinas digitais", o policial disse. "Ou máquinas de dados. Não sei. Tem um projeto grande na Universidade de Manchester. O nome não é MUC?"

"Ah, sei... isso parece familiar", o sujeito disse, e imediatamente ficou um pouco mais empolgado. "Só um instante!"

Ele consultou um colega e logo voltou com uma brochura preta, provavelmente um panfleto publicitário, ou alguma coisa para ser usada nas escolas. A prosa era simples, quase infantil. Corell sentou em seu lugar usual perto da janela e folheou o livreto. As páginas do meio traziam uma seção com fotografias tediosas de uma máquina grande e incompreensível. Mesmo assim, uma das imagens fez um arrepio correr pela sua espinha e por um breve instante, até perceber quão trivial era a descoberta, pareceu que tinha encontrado algo muito importante. A foto mostrava dois homens mais velhos sentados em frente a algo que parecia um aparelho de televisão, mas a parte interessante era a terceira pessoa: um homem mais jovem de cabelo negro à direita, curvado sobre a máquina. Sem dúvida era Alan Turing. A foto foi feita à distância, mas Corell reconheceu o perfil do matemático.

Não havia mais nada sobre Turing nas legendas nem em qualquer outra parte do livreto. Mas Corell leu sobre outras coisas, algumas das quais chamaram sua atenção, pelo menos em parte. Como se para dar mais provas de que o texto era destinado a crianças em idade escolar, era informado que a máquina era chamada de Porco Azul, embora não ficasse claro o motivo. Ela não era azul. Não parecia um porco. Pode ser que soasse como um porco. Ela havia cantado "Baa baa black sheep", e a canção de jazz "In the mood" em um programa de rádio. Ela era capaz de reproduzir melodias e de escrever cartas tolas de amor:

Meu Docinho de Coco,

Você é minha amizade. Meu ardor se atrai com curiosidade para seu desejo apaixonado. Minha aprovação deseja teu coração. Você é minha simpatia que se consome; meu amor gentil.

Sua bela MUC

Esse era o lado divertido. O outro era que a máquina fazia cálculos matemáticos sofisticados e estava sendo usada para importantes projetos industriais e de Estado. A máquina era o futuro. Permitiria que a Grã-Bretanha reconquistasse seu lugar de direito no mundo. O discurso vendedor predominava no livreto. Corell não gostou do tom, parecia muito professoral, e na verdade a parte sobre o passado era bem mais interessante do que a promessa de um futuro brilhante. Corell leu sobre um certo Charles Babbage, que também era matemático em Cambridge. Trabalhou cem anos antes, nos primeiros tempos da industrialização, uma época com que Corell era razoavelmente familiarizado, talvez porque seu pai e Vicky falassem tanto sobre Marx e Engels. Sabia que tinha sido uma época infernal. Agora aprendeu coisas novas. Havia mais mortes nas fábricas do que novos nascimentos nas cidades, dizia a publicação, e um motivo importante eram falhas matemáticas. Eram necessárias enormes quantidades de dados —

sobre tráfego ferroviário, crescimento populacional, empregos gerados, navegação marítima, sobre todo tipo de coisa, e o tempo todo aconteciam erros. Erros na compilação de dados e erros nos cálculos. Trens colidiam. Navios naufragavam. Gente morria no chão de fábrica, e esse era o problema que o "venerável Charles Babbage" enfrentou. "Ele era um homem da Renascença", dizia o texto, um homem que testou suas habilidades em todo tipo de coisa, por exemplo solucionando a "cifra de Vigenère", um trabalho visto como um dos maiores avanços na criptoanálise, e ele também se interessava por motores a vapor. Certa vez disse, em tom de brincadeira, imagine só se um motor a vapor pudesse fazer os cálculos para mim. Logo depois percebeu que isso não era impossível. No entanto desistiu da ideia do vapor. Mas o sonho de uma máquina que pudesse até mesmo realizar tarefas intelectuais o cativou cada vez mais até que, por fim, ele pôs mãos à obra. A ideia que o motivava, acima de tudo, era o reconhecimento de que um equipamento mecânico é capaz de assimilar informações, desde que o conhecimento em questão seja convertido em configurações e posições da máquina. Mas era evidente que ele foi ambicioso demais. Suas máquinas nunca se tornaram realidade. Continuaram sendo sonhos.

Corell continuou lendo sobre outra pessoa que ganhou um concurso organizado pelas autoridades da América do Norte no fim do século XIX para ver quem inventava o melhor modo de catalogar o enorme fluxo de imigrantes. Esse homem se chamava Herman Hollerith.

Hollerith inventou uma máquina com cartões perfurados, que registrava informações usando números binários. O sistema binário era outro modo de contar, ou de falar. Em vez de usar muitos números e letras, usava apenas dois — um e zero — e embora isso soasse primitivo e estranho era uma linguagem que servia para as máquinas. O simples pode ser usado para expressar o complexo, como disse Krause: o finito contém o infinito. Os equipamentos de Hollerith foram vendidos para os governos e para a indústria e formaram a base da empresa criada em 1923 e que veio a se chamar IBM. No entanto, os projetos de Hollerith eram relativamente simples, não eram máquinas de propósito geral capazes de fazer todo tipo de coisa, como cantar "Baa baa black sheep" ou de encontrar novos e grandes números primos como a máquina em Manchester. Quanto mais Corell lia, mais tinha certeza de que o desenvolvimento dessas máquinas devia ter dado um salto adiante nos anos 30 e 40, mas o livreto não descrevia isso bem.

É claro que podia haver vários motivos, mas Corell — que não gostava de explicações triviais — se convenceu de que o que aconteceu durante a guerra, fosse o que fosse, era delicado e secreto demais para se discutir no que era, em essência, um livreto de propaganda. Isso ainda deixava em aberto a pergunta sobre o que aquelas malditas máquinas haviam feito. Talvez algo mais puramente matemático do que se poderia imaginar. Hardy estava "errado ao quadrado, tão errado quanto Wittgenstein" ao dizer que a matemática não teve implicações na guerra. O que Krause queria dizer com isso? Certamente não que era possível ganhar batalhas resolvendo o enigma de Fermat ou a conjectura de Goldbach. Mas deve ter havido algo... o quê? Corell não fazia a menor ideia. Seus pensamentos andavam em círculo. Ele tentou pensar racionalmente, mas não tinha nem certeza de que a razão era um instrumento útil. Talvez devesse estar olhando na direção do improvável, como na nova física... Absurdo! Por que tentar? Aquilo estava além de suas possibilidades. Não fazia sentido, e no entanto... A resposta parecia estar diante dos seus olhos, ainda que oculta, e por um breve instante ele foi ingênuo o suficiente para achar que seria capaz de descobrir o que era. Em uma fração de segundo, passou de uma reflexão razoavelmente sóbria sobre os potenciais usos de paradoxos na guerra para fantasias sobre o tipo de recompensa que conseguiria por resolver o mistério, e o efeito que essa recompensa teria sobre Julie. Depois se sentiu sem forças. Como era tolo. Ninguém pediu que encontrasse a resposta. E em todo caso, a resposta podia ser praticamente qualquer coisa. Essas máquinas, afinal, eram de propósito geral. Faziam o que eram instruídas a fazer. Ele não dava a mínima, então por que se preocupar? A investigação tinha terminado. Acabou. Ele deveria deixar aquilo para trás, mas mesmo assim... essas máquinas, e as contradições, e os problemas a partir das quais surgiram fizeram reviver seus velhos sonhos dos anos em Southport, em certo sentido restabeleceram uma esperança distante e esquecida, e ele viu que gostava de pensar naquilo. Ele até se gabou por ser bom naquilo, e ficaria feliz se pudesse passar horas sentado na biblioteca pensando, mas precisava voltar para a delegacia e realmente estava exausto.

Sentado por um momento com a cabeça apoiada nas mãos, ele teve a impressão de que o rosto e os dedos estavam se fundindo em uma única coisa, e é possível que tenha cochilado. Foi tomado por uma sensação surreal, parecida com um transe em vigília, quando entregou o livrinho preto para uma moça atrás do balcão. Ela disse algo que ele entendeu errado e achou que era "lâmina e uma menina", palavras estranhas, que chegavam a parecer uma continuação do seu sonho, e ficou ali hesitando se devia pedir que repetisse o que falou. Depois desceu a escada em curva até o sol.

O caminho de cascalho estalava sob seus sapatos como se os fragmentos pudessem quebrar a qualquer instante, e ele ficou cada vez mais preocupado. Qual era o seu problema? Ele estava pensando uma coisa e fazendo outra. Não era só o fato de ter permitido que David Rowan escapasse. Prometeu que a investigação seria encerrada sem dispor de nenhuma autoridade para fazer isso. O próprio Sandford podia assumir o caso ao voltar de férias. Corell não queria pensar nisso, nem por um instante. Será que devia entrar disfarçadamente em um bar e tomar uma cerveja para se acalmar? Não, já tinha desperdiçado muito tempo e agora precisava... ele voltou seus pensamentos a uma parte do que havia acabado de ler, e naquele instante teve uma ideia cristalina e simples e que levou para longe o que ainda restava de seu devaneio. Embora parecesse que aquilo surgiu do nada, na verdade chegou por um caminho tortuoso e tinha raízes na infância de Corell, quando ele gostava de inventar idiomas secretos e de às vezes misturar as letras do próprio nome, para elloroc eolarnd, algo que lhe dava a sonoridade de um mágico árabe. Mas o processo de pensamento também passou por Charles Babbage, o pai da máquina mecânica de propósito geral, em parte por causa de seu nome, que soava tão divertido, e em parte por causa da cifra iniciada com a letra V que solucionou.

Sim, Charles Babbage resolveu um enigma. Tinha feito todo tipo de coisa, mas tentou construir uma máquina universal e depois decifrou um código especial, o que por si só não queria dizer que Turing tivesse feito o mesmo. Mas códigos são usados para comunicações secretas, e qual situação traz maior necessidade de conversas secretas do que uma guerra? Esforços imensos devem ter sido feitos para desenvolver códigos, e ainda maiores para decifrar os códigos do inimigo. Como a Inglaterra poderia ter encontrado uso para um gênio da matemática e para um mestre do xadrez?

Era muito provável que tivessem trabalhado exatamente para criptografar e decifrar mensagens, e a máquina, essa materialização da lógica, deve ter sido usada para isso, na verdade era provável que continuasse fazendo esse trabalho, e pode ser que agora isso fosse ainda mais importante do que nunca. Havia uma nova guerra em curso, ele pensou, uma guerra fria que podia levar ao conflito mais quente de todos os tempos, e era evidente que planos precisavam ser feitos e refeitos a todo instante, e naturalmente não podia haver vazamentos, já tinha havido danos demais. Espiões foram desmascarados, traidores homossexuais fugiram de barco e de carro para a União Soviética. Havia muita gente querendo manter as coisas em segredo, e óbvio que era ou desastroso ou fantástico, dependendo do lado em que você estava quando alguma coisa secreta vazava.

O que lhe ocorreu então foi que todo especialista em criptografia deve ter sido valioso, não só em função de suas habilidades, mas também pelo que podia ter ouvido e lido enquanto trabalhava. Talvez Turing soubesse segredos de Estado. Talvez soubesse nomes de espiões soviéticos e de informantes, e mesmo assim esteve na Oxford Road. Os mais altos segredos se misturaram a criminosos e fofocas, e era possível que alguém tirasse a verdade dele à força. Ou alguma coisa podia ter escapado enquanto se gabava. Ele não contou a Arnold Murray sobre o seu cérebro eletrônico?

Corell se perguntou se ele próprio não seria capaz de contar segredos, caso soubesse de algum, apenas para seduzir uma moça bonita como Julie, ou simplesmente para impressionar a pessoa certa. Mas não, ele queria acreditar que não faria isso. Não que se visse como excepcionalmente confiável, mas soube manter silêncio sobre tudo que aconteceu de importante em sua vida por tanto tempo que era provável que ficasse calado só por hábito. Mas será? Quanto mais ficava preocupado com aquilo, mais rápido caminhava.

Ele só diminuiu o ritmo ao chegar à delegacia. Já era fim de tarde. A maior parte das pessoas tinha ido para casa, e o crepúsculo se espalhava pelo horizonte. Mas no jardim, perto da entrada, dois meninos com macacão cinza varriam detritos e vidro quebrado. Pareciam intimidados. Um deles tinha as bochechas vermelhas, como se houvesse levado um tapa na cara.

"Olha só pra isso. Olha só pra isso."

Corell entendeu por que os meninos estavam infelizes. Acima deles, no topo da escadaria da delegacia, estava Richard Ross, com as mãos no quadril, excepcionalmente alto e autoritário, em parte porque as escadas pareciam aumentar sua estatura, mas também porque o olhar amedrontado dos meninos enfatizava o lado tirânico de sua personalidade. Havia crescido às custas deles, e pareceria realmente assustador caso não tivesse retorcido a boca em uma espécie de meio sorriso negativo, que mais lembrava uma caricatura de jornal. Parecia participar de uma cruzada contra algo que não justificava nem a cruzada nem seu nível de seriedade.

"E então?", disse Ross.

"O que aconteceu?"

"O idiota agiu de novo."

"Ele deve ter um belo estoque de garrafas."

"Não dê uma de engraçadinho. Como foi com o pederasta? Dobrou o sujeito?"

Corell sacudiu a cabeça.

"Ele era durão?"

"Não especialmente!"

"Mas não confessou?"

"Ele contou uma história diferente."

"E você acreditou?"

"Não consegui encontrar furos."

Ross olhou para ele.

"E qual era a história?"

Quando menino, Corell mentia com muita facilidade, improvisava histórias longas sem dificuldade, mas de uns anos para cá perdeu esse descaramento. Por isso ele mesmo ficou surpreso com a velocidade que teve para inventar uma mentira.

"Ele estava ensaiando passos de dança com um colega mais novo."

"E?", Ross falou, irritado.

"Ele acha que a sra. Duffy confundiu a dança com…"

"Sodomia? Não seja tonto."

"Infelizmente o depoimento dela também não é dos melhores. Acho que é mera fofoca."

"Você não tem que ser um Einstein para perceber que aquele maricas é uma bichona. É só ver o jeito de andar!"

"Tem muito homem que é meio afeminado, o que não necessariamente…"

Como se tivesse criado coragem com a mentira, ele ficou mais ousado:

"Olhe o Hamersley, por exemplo", ele disse. "O jeito dele de andar é meio afetado, se você prestar atenção. Mas isso não significa que…"

Por um instante, Ross pareceu intrigado. Depois alguma coisa aconteceu no seu rosto. Ele deu um sorriso.

"Não é que você tem razão? Faz a gente pensar", ele disse, e realmente pareceu se animar. Havia algo semelhante a bondade no olhar que ele deu para Corell, que por instinto achou que devia aproveitar a situação ao máximo.

"Claro que a gente podia mandar mais alguém. Mas depois do caso do Turing, todo pederasta vai fazer questão de ficar de boca fechada."

"Não, eu não ligo. Isso é coisa do Hamersley. Ele fica falando sobre expurgo. Parece um padre. Mas na verdade não entende nada sobre o trabalho da polícia, não é mesmo? Aquele veadinho. Ha, ha. Você é corajoso! E eu aqui, achando que era o puxa-saco do chefe. Não, estou mais preocupado com essa história de jogarem lixo. Meninos, meninos, aqui do lado da escada também..."

"Nesse caso...", Corell disse.

Ele não terminou a frase. Só acenou para Ross, lançou um olhar simpático na direção dos meninos que faziam a limpeza e recebeu de volta um olhar tímido, de cumplicidade. De volta a seu lugar no departamento criminal, sentou nervoso, batucando com uma caneta na mesa. O bom e velho Gladwin fumava seu cachimbo na sala do arquivo e acenou. Ele acenou de volta. Depois pegou de novo a carta e leu mais uma vez, linha por linha, como se procurasse algum sentido oculto, ou até como se estivesse lendo um código, uma mensagem criptografada. Embora isso não melhorasse seu entendimento das coisas, achou que a carta tinha se transformado — como se tivesse se tornado mais dramática, ao estilo da conversa com Krause. *Mas às vezes, Robin, às vezes eu fico pensando se o que eles realmente querem não é me ver aniquilado, eliminado da cena.* Robin... Robin Gandy, não era? A carta falava alguma coisa sobre Leicester, sobre Leicester... Corell pegou o telefone e pediu à operadora que fizesse uma ligação para a universidade local, e quando conseguiu a linha perguntou se havia algum Robin Gandy trabalhando lá.

"O senhor gostaria de falar com ele?"

"Não, não", ele disse, "só queria saber."

Então pensou sobre o paradoxo do mentiroso e sobre a nova máquina. Ele se deixou absorver pelo assunto, não como um detetive, nem mesmo como um acadêmico que está tentando analisar as questões, mas como um sujeito que quer entender algo sobre si mesmo — *por que isso me deixa tão fascinado?* —, e de repente ele sentiu uma necessidade urgente de viajar, de se deixar levar pelo enigma que intuía haver ali, e então percebeu que de certo modo a carta era uma passagem para se afastar de Wilmslow e de Richard Ross. E decidiu usá-la.

24

Poucas semanas depois Leonard Corell andava pela King's Parade, em Cambridge, vestindo seu novo terno de tweed cinza e vermelho e, embora se esforçasse ao máximo para parecer à vontade, ainda se pegava sem ar, como um menino do campo que vai para a cidade pela primeira vez. A cidade era assustadoramente bonita. Era como andar dentro de um quadro. Tudo era limpo e arrumado, e ele esperava que os outros o vissem como uma espécie de acadêmico, talvez um jovem professor de humanas, por que não um professor de história da literatura, e tentou fazer com que seus olhos brilhassem como alguém que leu muito, e ele pensou, provavelmente sem nenhuma base, que parecia um sujeito muito viajado, uma pessoa respeitada do sul que estava de passagem. Quando viu o reflexo de um homem elegante no espelho de uma loja, percebeu que tinha fracassado e que não tinha estado à altura dessa imagem, e que não foi capaz de entregar o que havia prometido. Era apenas fachada, Corell pensou, alguém que fingia ser mais do que de fato era.

Embora se esforçasse para andar de cabeça erguida, ao ver o King's College inevitavelmente se sentiu pequeno, e isso não se devia apenas ao encontro que o esperava. A entrada era realmente maravilhosa. Nem quando criança, quando esteve ali com o pai, ele percebeu como o lugar era magnífico. O gramado próximo ao portão brilhava em diferentes tons de verde, cortado com tal perfeição que parecia um veludo suave. Ao lado ficava uma castanheira alta, e atrás via-se a imponente capela com seus pináculos e torres. Havia bicicletas em uma pilha desorganizada ao lado do portão, e acima delas ficavam o campanário e o frontispício em pedra ornamentada. Corell entrou, feliz por ter sido cumprimentado por um sujeito louro que deve ter achado que era outra pessoa, mas também com um vago medo de ser preso por invasão de propriedade. Claro que era um absurdo, e não só por ser um policial. O King's College era uma atração turística. Ninguém era proibido de entrar, mas a capela, e a fonte, e o mundo que ficava lá dentro mesmo assim lhe davam a impressão desconfortável de que ali não era seu lugar, e ele achou que se pelo menos, se pelo menos, mas não sabia exatamente o que queria dizer com aquilo. Aonde devia ir agora?

As instruções que recebeu por telefone não ajudaram nem um pouco, e ele percebeu que estava começando a sentir falta da tia, o que evidentemente era patético, mas não conseguia evitar o desejo de que ela estivesse ali para guiá-lo. Foi graças à tia Vicky que conseguiu a folga. Foi a coragem dela que fez as coisas acontecerem com tanta facilidade. Diga que estou no meu leito de morte, ela disse. "Claro que não posso fazer isso", ele respondeu. "Pode sim. Depois a gente diz que eu me recuperei miraculosamente", e depois ela escreveu uma carta com uma caligrafia particularmente tremida, em que informava a causa de sua morte iminente: câncer linfático. "Quando você conta uma mentira, é bom sempre dar algum detalhe preciso e inesperado", e aquilo funcionou bem a ponto de Ross ser bastante solidário:

"Sei que a sua tia é muito importante para você."

Agora ele olhava em volta e ficava se perguntando se devia pedir ajuda. Não houve tempo. Dois rapazes saíram do prédio imediatamente à sua direita. "O que o senhor está procurando?", eles perguntaram, encarando-o de um modo respeitoso que ele achava imerecido, e estava tão preocupado com a impressão que causaria que mal ouviu. Mas entendeu o suficiente para se localizar. A Bodley's Court era uma antiga casa de pedras avermelhadas ali perto com hera crescendo nas janelas e três chaminés no telhado. Em frente havia um gramado bem cuidado e bancos de madeira. Um sujeito com cabelo negro crespo vestindo uma jaqueta de couro preto e calça preta estava sentado em um deles, claramente um motoqueiro, um cara durão — tinha pequenas placas de metal nos ombros —, mas esse valentão estava escrevendo em uma caderneta e fumando um cachimbo com uma suavidade que não combinava com a primeira impressão. Só podia ser Robin Gandy, e o corpo inteiro de Corell enrijeceu. Tinha ficado empolgadíssimo com essa viagem. Mas quando se deparou com o momento da verdade ficou chocado com a própria audácia. Era como ser empurrado para um palco em que não queria estar, e ele percebeu que tinha imediatamente de pôr um fim a essa farsa mais ou menos involuntária que criou com seu telefonema, em que o fato de dizer que trabalhava para a polícia foi interpretado como um sinal de que estava ligando no papel de policial.

"Dr. Gandy, presumo."

"Investigador Corell?"

"Exato..."

Ele não falou mais nada. Estava nervoso demais para explicações — pelo menos foi essa desculpa que deu para si mesmo —, e em vez disso começou a falar trivialidades sobre o clima e a viagem. Era um tanto estranho que eles estivessem se encontrando em Cambridge. No ano anterior, Gandy tinha defendido sua tese de doutorado sobre um assunto relacionado aos fundamentos lógicos da física, e agora trabalhava na Universidade de Leicester, *com sua terrível superabundância de amantes*, mas, quando falaram ao telefone sobre um lugar adequado para se encontrarem, Corell aceitou de imediato ao ouvir Robin dizer que iria para lá. Sem Cambridge, a reunião teria sido bem diferente e mesmo assim, enquanto andavam seguindo o curso do rio abaixo do King's College, Corell pensou que seria bom se tivessem se encontrado num lugar menos imponente. Tudo era tão ameaçadoramente solene. Gandy falava num tom de voz suave e hesitante, e acima brilhava o céu cinzento e manchado de nuvens. À distância se via um grupo de meninos do coral andando, um vislumbre de outra época. *Eu devia contar imediatamente que estou aqui só como cidadão privado...* Outra vez isso não aconteceu, e talvez ele realmente quisesse tirar vantagem da autoridade que vinha com seu cargo.

"Você tinha algo para mim."

A ponte sobre o rio rangeu debaixo deles, e o rosto de Gandy se enrugou e ficou com a aparência de um pássaro.

"Tenho", Corell disse e fez um gesto em direção ao bolso interno.

Por mais de uma semana, imaginou como perguntaria sobre a carta. Mesmo assim, agora se sentia despreparado e diminuiu o ritmo de seus movimentos. Deus sabe o que esperava ganhar, mas foi só depois de alguma hesitação que colocou a mão no bolso interno. Um calafrio percorreu seu corpo. A carta tinha sumido. Ele procurou febrilmente, mas não havia nada ali, nada além de um envelope com botões reserva para o paletó e algumas receitas e uma moeda. Ele tirou tudo aquilo e quase derrubou tudo no rio, mas ali... graças a Deus! A carta estava na sua mão, ainda mais amassada agora, e ele a entregou a Gandy.

Gandy agradeceu e atravessou a ponte, passou por arbustos de rododendros e chegou a um banco sujo, coberto de cocô de passarinhos e de rabiscos, e ali sentou e leu. Aquilo levou uma eternidade. Corell teve tempo de repassar a carta duas vezes mentalmente, e de pensar no pai e nos passarinhos e todo tipo de coisa antes de Gandy se desviar da carta e olhar para cima. O papel tremulava nas mãos dele, o seu olhar estava distante ou pensativo, mas ele não disse nada. Os lábios tremiam.

"Então?", Corell disse.

"Então o quê?"

Havia irritação na voz dele.

Desde que o policial telefonou para ele, a carta assumiu todo tipo de forma em sua cabeça e chegou a aparecer nos seus sonhos. Agora que ele andava pela trilha ao lado do policial que vestia aquele terno excessivamente caro — o salário na polícia devia ser uma miséria —, sentiu uma impaciência enorme, que só diminuiu em função do desconforto cada vez maior com a situação. Ele presumiu que os investigadores teriam revirado palavra por palavra da carta, e que obviamente havia algo delicado ali! Por que outra razão viriam incomodá-lo? O pior cenário claro seria se Alan tivesse violado a obrigação de confidencialidade sobre o período da guerra em um momento de amargura ou por puro desleixo. Não, não, Robin se recusava a acreditar que ele faria isso. A única pessoa a vir até aqui era um mero policial local, ou alguém que dizia ser um. Não parecia uma grande operação. Alan era cuidadoso. Se alguém tinha certeza disso era Robin. Mesmo os dois sendo íntimos, Alan jamais mencionou seu trabalho secreto, mas Robin era esperto o suficiente para mais ou menos adivinhar o que estava acontecendo acima da estação ferroviária de

Bletchley Park, em Buckinghamshire. Mas ele nunca falou, não queria constranger Alan. Aquele virou um dos tabus das conversas entre eles.

Em todo caso, havia lados da vida de Alan que Robin jamais entendeu e que de umas semanas para cá o deixavam tremendamente aflito. Havia tantas coisas que queria ter feito diferente! Ele deveria ter perguntado a sério, e não desistir até ter uma resposta: "Como você está? Está dormindo bem? O que você pensa da vida?". Mas sempre houve lógica e ciências demais, e piadas demais. Com Alan era difícil não seguir o exemplo. Ao observar sua intransigência, imediatamente a pessoa também queria ser daquele jeito. Robin não admirava nenhum outro amigo como admirava Alan. E nenhum era mais difícil de entender.

Toda uma série de memórias passou pela cabeça de Robin enquanto esperava o encontro com o policial. Ele e Alan num tabuleiro de xadrez em Hanslope; uma discussão política acalorada na casa de Patrick Wilkinson em Cambridge; brincadeiras com os baldes em Wilmslow; e longas caminhadas em vários lugares no interior do país; todo tipo de coisa, e uma nem combinava com a outra. Ele realmente conhecia Alan? Alguém teria sido capaz disso?

Quando Robin soube que achavam que Alan tinha se matado, sentiu vontade de gritar: *Não, não, eu estive aí ainda um dia desses. Ele estava ótimo! É impossível.* A raiva foi tanta que ele meteu na cabeça que Alan tinha sido assassinado pelo serviço secreto britânico, ou até pelo americano. Robin havia lido sobre a Ameaça Lilás, aquele projeto horroroso que devia retirar todos os homossexuais de cargos importantes, e de lá para cá a perseguição a dissidentes e não conformistas ficou ainda mais hostil. Mas depois ele se acalmou e viu que esse tipo de coisa não podia acontecer aqui, não na Inglaterra. Alan era um ativo valioso. Apesar de sair à caça de rapazinhos, não era do tipo que podia ser expurgado. As autoridades eram obrigadas a tolerar gente como ele se quisessem resultados. E — independentemente de quão doloroso fosse pensar nisso — havia outras coisas; e uma delas era a tristeza que dominou os olhos azuis de Alan e depois foi embora. Não, o que doía mesmo era que Robin não tinha percebido a tempo e que jamais ia saber o motivo, a não ser…

"Você tinha algo para mim", ele disse, e o policial também ficou tenso.

Ele era tão novo, com olhos negros penetrantes, e às vezes olhava para longe e às vezes o estudava, mas agora ficou todo atrapalhado. O que estava fazendo? Com as mãos longas e delgadas, entregou os papéis a Robin e, meu

Deus, como estavam amarrotados! Robin mal queria olhar para aquilo. Ele reconheceu os floreios arredondados nas letras maiúsculas, que eram um contraste imenso em relação ao estilo apertado do restante do texto, e por um momento achou que conseguia ver o movimento das mãos de Alan escrevendo. A carta ardeu em suas mãos, e foi com relutância que guiou seus passos para um banco do outro lado do rio e começou a ler.

O tom triste da introdução foi uma surpresa. Não parecia coisa de Alan. Ele tendia a jogar os comentários pessoais ou muito privados mais para baixo. Mas talvez não fosse uma carta comum. Robin passou os olhos para ver se no fim havia alguma decisão dramática... não, nada do gênero, nem de longe. A impressão era de que Alan simplesmente desistiu, cansou das próprias palavras, e era evidentemente uma carta dirigida a Robin e a mais ninguém, apenas mais pessoal e mais franca do que de costume.

Mas também tinha outra coisa... ele leu de novo, com mais cuidado agora, e entendeu. Estava esperando algo escrito pouco antes, talvez no dia em que Alan morreu, mas aquele não era um documento recente. A carta devia ter um ano, sem dúvida era mais antiga do que os cartões-postais que Robin recebeu de Alan em março, aqueles que diziam "Mensagem do mundo oculto" e que ele não entendeu por um bom tempo, exceto pelo fato de falarem em termos crípticos e belos sobre o Big Bang e cones de luz e terminarem com uma frase inteligente, usando a observação de Pauli sobre as partículas elementares:

> O *princípio da exclusão é estabelecido puramente para benefício dos próprios elétrons, que poderiam ser corrompidos (e se tornar dragões ou demônios) caso tivessem permissão para se associar livremente.*

A frase fez Robin dar um quase sorriso. Ele a tomou como uma piada, mas talvez não fosse. Talvez os elétrons representassem o próprio Alan. Era evidente que havia muita coisa que Robin não entendia. Olhando para trás, a vida inteira de Turing parecia cheia de sinais ambíguos, e Robin entendeu com mais clareza do que nunca que não os tinha interpretado corretamente. Ele só teve ideia de quanto Alan estava sofrendo quando era tarde demais, e mesmo então precisou de uma carta entregue pelas autoridades, o que era absolutamente insano. Que tipo de documento era aquele?

Uma parte era antiga. Outra era recente. Robin já tinha ouvido a história do amante francês. Mas não tinha ideia de que Alan recebera alguma tarefa secreta depois da guerra, para o Ministério das Relações Exteriores, ele imaginou, e que perdeu a indicação por causa de suas inclinações. O que podia ter sido? Dava para imaginar que seria algo semelhante ao que Alan vinha fazendo em Bletchley? *O princípio da exclusão é estabelecido puramente para benefício dos próprios elétrons.* Aqueles idiotas, Robin pensou. A carta tremia nas mãos dele. Moscas voavam em volta. A raiva aumentou, mas ele também começou a ficar preocupado. Alan teria sido negligente simplesmente por mencionar aquela tarefa, e realmente vinha sendo vigiado por um sujeito com uma marca de nascença em forma de sigma? *Querido, querido Alan!* Por alguns minutos, Robin não conseguiu fazer nada. Simplesmente ficou sentado ali com a carta nas mãos e teve uma vaga consciência de que o policial estava dizendo algo:

"Então?"

Uma espécie de relutância dolorosa tomou conta de Robin Gandy, e Corell não sabia o que fazer. Embora tivesse se preparado cuidadosamente para esse momento, ele não tinha ideia de como começar. Parecia que, o que quer que dissesse, seria a coisa errada.

"O que você acha?", ele disse.

"De verdade, não sei."

"Entendo que é difícil."

"E também não estou com tanta vontade de interpretar a carta para você. Suspeito que isso tenha sido escrito num estado de espírito muito particular, que não era necessariamente muito típico nele."

"'A vida de uma pessoa como uma farsa para encobrir outra farsa'. O que será que ele podia querer dizer com isso?", Corell especulou.

"O que você acha?"

Essa era uma resposta terrível. Como Corell ia saber?

"Não faço ideia", ele disse. "A vida pode muito bem ser uma encenação, mas não é necessariamente uma atuação para esconder outra."

"Não necessariamente, de fato."

"Ele pode ter tido muita coisa para esconder."

"Não sei", Gandy disse, agora mais lacônico.

"Não estou sugerindo que tivesse esqueletos no armário. Mas que ele pode ter recebido instruções para esconder certas coisas, para encenar, por assim dizer."

"Alan era um péssimo ator."

"Por que você diz isso?"

"Porque é verdade", Gandy disse.

"Como assim?"

"Como é que eu posso explicar? O Alan tinha problemas em ser sociável. Não sabia fazer joguinhos, esconder sua personalidade. Ele não fazia parte deste mundo."

"Ele chamava a atenção de outras maneiras."

Robin sorriu e suspirou. Teve alguma dificuldade para ficar de pé, o que por um instante deu a ele a imagem de um velho, e depois começou a andar.

"Acho que o ponto é que o Alan nunca conseguiu ser visível", ele disse.

"Mas as coisas pareciam ir muito bem."

"Será?"

"Em termos intelectuais, pelo menos", Corell arriscou.

"Sim, já que não sabia se impor, ele usava outros meios."

"O quê?"

"Autossuficiência. Mas isso não facilita a vida de ninguém."

"Como assim?"

"Talvez um pouco mais de encenação e adaptação pudessem ter feito bem a ele, quem sabe? O Alan era franco demais."

"Isso é um mérito."

"Não aos olhos da sociedade."

"Não?"

"Para um homossexual a sinceridade é o pior dos crimes, não é verdade? Desde que seja hipócrita, a pessoa está a salvo. Mas o Alan não era um ator, como eu disse. Infelizmente."

Gandy dobrou a carta, que estava segurando, e ia colocá-la no bolso.

Corell o interrompeu.

"Receio que isso seja propriedade da polícia", ele disse, e ficou se perguntando que diabos estaria fazendo. Em vez de jogar limpo, ele estava se afundando cada vez mais na sua farsa, e isso era o que menos queria, mas a ideia de perder a carta era incômoda.

"Sei... bom... Pensei que...", Gandy parecia decepcionado.

"Muito obrigado. Agradecemos. É porque Turing escreve sobre segredos", Corell continuou, mais formal agora, como se as novas circunstâncias exigissem isso.

"E o que mais impressiona num segredo é que você nunca sabe o que ele está escondendo!", Gandy disse, igualmente reservado.

Corell achou que merecia o comentário. Achou que não fosse conseguir obter mais nenhuma informação útil. Ia ter que se dar por feliz indo embora sem um constrangimento ainda maior e, para não parecer indeciso, perguntou meio sem esperança algumas coisas sobre a carta, mas aquilo não pareceu esclarecer nada, exceto pela informação de que Hanslope era um lugar, mas Corell já sabia isso, tinha se informado antes. Pensou em aproveitar a deixa e ir para casa, mas apesar de tudo tentou aliviar o clima com um pouco de conversa fiada. Gandy foi educado e seguiu conversando, apesar de tudo, e ouviu com atenção Corell descrever a cena na Adlington Road, e enfim houve um momento em que a conversa realmente mudou, ou pelo menos passou para um ritmo mais calmo, mais íntimo. Eles estavam voltando para a cidade, e era possível ouvir um trompete ao longe.

"Você esteve lá, pouco antes, não foi?"

"Sim... estive."

Gandy começou a contar, mas nem de longe como se estivesse falando com um policial.

Alan foi o mesmo de sempre, ele disse, brincava, ria com seu riso em staccato, falava sobre lógica e matemática, e os dois juntos tentaram inventar um herbicida não venenoso que colocaram em baldes na oficina do primeiro andar, provavelmente os mesmos baldes que Corell viu. Gandy não percebeu nenhum sinal de crise ou suicídio iminente, ele explicou, não na hora, mas mais tarde juntou dois e dois, alguns olhares, frases num cartão-postal, e a maçã.

A *maçã?* Corell levou um susto.

"O que aquilo queria dizer?", ele perguntou.

"O Alan comia uma maçã toda noite quando trabalhamos juntos durante a guerra. Era disso que ele estava falando na carta", Robin respondeu, não o tipo de revelação que Corell esperava, e evidentemente não o que Robin queria dizer também; era só um preâmbulo, um início meio distraído.

"E depois eu me lembrei da Branca de Neve", Robin disse.

"Branca de Neve?"

"Sim."

"Algum símbolo de inocência?"

"Não, a dos anões. Ou, mais especificamente, a do filme da Disney, aquele que saiu um pouco antes da guerra."

Corell não tinha assistido. O período antes da guerra não foi uma época em que se dessem ao luxo de ir ao cinema em Southport, e em todo caso ele não tinha muita certeza sobre a história, talvez estivesse confundindo com a Bela Adormecida. *Espelho, espelho meu...* quem diz isso?

"Por que você pensou nisso?"

"O Alan adorava o filme. Viu um monte de vezes."

"Um filme infantil?"

"O Alan era quase uma criança. Mas é um filme infantil divertido", disse Gandy. "E tem umas cenas pesadas, e uma delas, sei lá. Não quero falar muito disso, só me ocorreu. Provavelmente não é nada, mas a certa altura do filme a bruxa traz uma maçã, e mergulha a fruta num caldeirão de veneno enquanto murmura uma rima."

"Uma rima", Corell repetiu, e se lembrou de algo.

"Sim, é assim, me deixe ver: *Mergulhe a maçã na infusão. Que o sono da morte comece a ação.*"

Corell olhou para Gandy, surpreso.

"E então no caldeirão a maçã se transforma em uma caveira", ele continuou, "e a bruxa sussurra para o corvo — ela tem um corvo bem sicofanta — *Olhe! Que horror! Já mostra o que há no interior. Agora, porém, volte a ser colorida, para tentar a Branca de Neve a lhe dar a mordida.*"

"Você sabe de cor!"

"O Alan recitava isso muitas vezes. Ele gostava da musicalidade das palavras. Sussurrava como se fosse um feitiço."

"E você acha..."

"Na verdade eu não acho nada. Não tenho ideia do que aconteceu e do que ele podia estar pensando. Só estou dizendo que me lembrei da cena, só isso, e daí..."

A expressão de Gandy tinha sinais de preocupação ou mágoa.

"E aí eu recebi a carta", ele continuou.

"De quem?"

"De um velho conhecido do Alan, e ele disse que o Alan tinha falado sobre um jeito de acabar com a própria vida com uma maçã e uns fios elétricos. Eu realmente não sei como. Já faz um tempo, mas mesmo assim…"

Corell se lembrou dos fios no teto da Adlington Road, e da panela com veneno, e da sensação de ter visto algo doentio e pouco saudável.

"Tinha alguma coisa específica, além de todas as outras dificuldades, que pudesse levar Alan a fazer isso?"

"Não que eu saiba."

"Lendo a carta, a impressão é que ele se sentia cercado, preso numa armadilha, em certo sentido."

"Pode ser."

Gandy ficou em silêncio outra vez, como se tivesse se arrependido de ter começado a falar.

"Turing disse ter medo de que *eles* também fossem atrás de você", Corell disse, e teve a impressão de que aquilo soou como uma intrusão, o que pareceu um erro.

Mas para sua surpresa o outro sorriu, não com um sorriso especialmente simpático, mas também nada sarcástico. Era um sorriso orgulhoso e desafiador.

"Não é óbvio?"

"O quê?"

"Que sou um companheiro de jornada. Que fui membro do Partido Comunista."

Corell não entendia por que isso deveria ser óbvio.

"Então você…", ele começou.

"Tomei gim-tônica com Guy Burgess. Com certeza. Sou simplesmente um maldito risco para a segurança. Nossos sensatos amigos também deveriam ter vindo atrás de mim, o Alan tinha toda razão quanto a isso", Gandy continuou, com um grau de sarcasmo tão alto que levou Corell por instinto a tentar se dar ares mundanos.

"Ah, não faça essa cara de espanto. Eu não fiz nada", Gandy sorriu ironicamente.

"Você continua sendo comunista?", Corell perguntou, novamente sem gostar do próprio tom de voz, que agora parecia ingênuo demais.

"Sou", disse Gandy, "acho que ainda sou, ou talvez não, depende, mas você entende, quando eu fui para Cambridge, em 1936, tinha células comunistas se formando em todo lado. Conferencistas, alunos, professores, todo mundo era parte daquilo. Onde você estava no fim dos anos 30?"

Corell ficou sem reação. No final dos anos 30 ele não tinha lá muita idade, e se Gandy estivesse perguntando sobre seu nível de engajamento político havia muito pouco do que se gabar, então a única coisa que podia fazer era dar uma resposta vaga. Felizmente parecia que Gandy não estava ouvindo.

"Se você queria chegar a algum lugar nos anos 30, o comunismo era a única alternativa. Essa era a impressão", ele disse. "Os vermelhos eram os únicos preparados para assumir riscos e, você sabe, a gente não queria só ficar falando. A gente queria fazer alguma coisa. Eu tinha um amigo, John Cornford, que sumiu, foi para a Espanha e morreu em Córdoba faltando uns dias para completar vinte e um anos. Dá para imaginar quanto a gente falava dele?"

Corell disse que sim.

"Na época eu estava estudando física", Gandy prosseguiu. "E a física ensinava que não dava mais para ver o mundo como antes. O tempo não era absoluto, nem o espaço. Muita coisa que era dada como autoevidente tinha deixado de ser verdade, ou era só parte da verdade, e parecia natural aplicar o mesmo para a política."

"Você queria que as coisas fossem como na União Soviética?"

"Tem gente que podia querer isso", Gandy disse. "Mas a maioria via o comunismo como uma coisa independente de Moscou — uma força que varria o mundo e que ia criar uma sociedade mais livre e igualitária. Tinha gente que talvez visse algo essencialmente religioso nisso."

Corell lembrou o que Robert Somerset disse para ele.

"E os russos se aproveitaram."

"Imagino que sim."

Eles passaram por uma pequena igreja e depois por uma placa: "Para Madingley". Parecia que estavam indo rumo aos limites da cidade. Campos amarelos se estendiam mais adiante, e por um tempo eles caminharam em silêncio.

"Você chegou a encontrar algum agente soviético?", Corell perguntou.

"Não que eu saiba", Gandy disse, e parecia que não queria falar mais sobre o assunto, mas depois mudou de curso de novo e revelou que obviamente havia boatos de que fulano ou que havia um membro do partido ou um agente russo e às vezes acontecia de algum marxista convicto do dia para a noite virar um reacionário, e aí os rumores ficavam ainda mais fortes.

"Por que isso?"

"Porque se dizia que era assim que funcionava. Se você fosse recrutado, precisava se distanciar do comunismo e se aproximar da linha do governo para poder fazer uma carreira e ter acesso a material sigiloso. Afinal, não existe espião com a palavra comunista carimbada na testa. Isso que é estranho no caso do Burgess."

"Como assim?", Corell questionou.

"Ele era tão óbvio o tempo todo. Vermelho, bêbado e escandaloso. Não podia ser mais inapropriado para trabalhar como espião. Não consigo imaginar por que os russos queriam alguma coisa com ele."

"Ele tinha um programa na BBC, Westminster alguma coisa. Não chegou a entrevistar o Churchill?"

"Com certeza ele não era bobo. Mas era desesperadoramente óbvio."

"E era homossexual", Corel disse.

"Sem dúvida!"

"Tinha muitos?"

"Muitos o quê?"

"Muitos homossexuais que viraram comunistas", Corell explicou.

"Não sei", Gandy disse, taciturno.

"Ouvi dizer que muitos eram atraídos para a ideologia."

"Isso é bobagem!"

"Sim, mas…"

"Isso é puro preconceito, tolice. Mas pode ser que você tenha razão", Gandy continuou, de novo mais amistoso, "no sentido de que muitos homossexuais se sentiam excluídos e marginalizados. Christopher Isherwood escreveu em algum lugar que estava com tanta raiva dessa bobagem que as convenções e os pais exigiam dele que queria mais era se vingar e virar tudo de cabeça para baixo. Política, amor, literatura. Talvez mais gente se sentisse assim."

"E Turing?"

"Ele com certeza era homossexual."

"Mas comunista?"

"Nem um pouco. Nadinha. Meu Deus, de onde você tirou isso?"

"Teve gente que insinuou…"

"Quem? Que monte de bobagens. O Alan era assustadoramente apolítico. Não participava de nada disso. Nem de longe era o tipo de sujeito que se apaixona por uma moda política. Ele não se deixava influenciar por ninguém."

"Estou começando a perceber isso!"

"Está mesmo? Porque para ser franco essa é a parte que eu acho mais difícil de entender. Como a mente dele podia ser tão fundamentalmente diferente da cabeça das outras pessoas? Como, por exemplo, ele podia ter uma ideia tão pouco convencional de que o cérebro é computável e de que é possível replicá-lo? O que você acha, melhor a gente voltar?"

"Como?"

"Melhor a gente voltar para a cidade?"

"Sim, vamos", Corell disse, pensativo. "Mas o que você disse? O Turing achava que o cérebro era computável e que seria possível…?"

O que Robin Gandy menos queria era fazer o papel de professor. Tinha coisas bem mais perturbadoras na cabeça, e portanto não disse nada. Ficou em silêncio, esperando que a pergunta fosse esquecida, mas ao ver que o policial não ia desistir começou a falar, relutante, e explicou no nível mais simples possível. Mas teve uma surpresa. O rapaz — que o irritava num instante e logo em seguida despertava seus instintos paternos — já tinha compreendido *Números computáveis* e várias outras coisas no campo da lógica. Parecia absorver tudo com uma facilidade impressionante, e no fim Robin começou a falar de coisas que causaram surpresa até nele mesmo:

"Em certo sentido o Alan estava predestinado a pensar nisso. Às vezes eu até me pergunto se não surgiu do velho coração partido dele. Quando tinha dezessete anos, o Alan se apaixonou por um garoto chamado Christopher, sabe. Ele dizia que beijava o chão que o Christopher pisava."

"Christopher", o policial murmurou, como se estivesse pensando profundamente.

"Isso, Christopher Morcom. Christopher era um estudante incrivelmente talentoso que convenceu o Alan a tomar jeito e a deixar de ser um caso perdido na escola. Eles fizeram os exames para entrar em Cambridge juntos. Pouco tempo depois Christopher morreu de um tipo de tuberculose transmitida pelo leite. Foi um golpe terrível. O Alan ficou fora de si. Não conseguia suportar a ideia de que Christopher estava morto. Queria que o amigo continuasse vivendo a todo custo, mas como não gostava da conversa aguada do cristianismo sobre almas eternas ele inventou a sua própria solução. Escreveu um artigo científico. Talvez você conheça o conflito entre determinismo e livre-arbítrio: como pode o homem, vivendo em um universo governado por leis físicas, ser independente e livre? Quando as descobertas na física quântica ocorreram, no início do século XX, teve gente que achou que tinha encontrado a resposta. As partículas dentro do núcleo de um átomo, pelo menos cada uma delas tomada isoladamente, não pareciam seguir nenhum padrão de movimento predeterminado. Cada partícula parecia ser tão imprevisível quanto nós, seres humanos. Era por isso que o Einstein, que era um determinista incorrigível, tinha tanta dificuldade com a física quântica. Não conseguia suportar tanta desordem. Queria enxergar no microcosmo a mesma bela ordem que via no universo da sua teoria da relatividade. Mas para o jovem Alan isso virou uma fonte de inspiração. A alma, ele escreveu, não era nada mais do que um arranjo particular de átomos em nosso cérebro que, graças a sua independência, governa as outras partículas de nosso corpo. Depois da morte elas saem do corpo e encontram um novo lar. Aquilo tinha um pouco de prestidigitação. Depois de adulto, inevitavelmente o artigo virou uma fonte de constrangimento para o Alan. Mas o impressionante era que o texto examinava o modo como os átomos do nosso cérebro se conectam uns com os outros, e aquilo levou o Alan a dar novos passos."

"Como?"

"Aquilo deu para ele uma visão materialista da biologia. Ou talvez eu deva dizer mecânica, ou simplesmente matemática. Quando o Alan escreveu *Números computáveis*, começou usando um simples algoritmo e, embora reconhecesse as limitações de um método como esse, estava principalmente interessado..."

"No seu potencial."

"Exato! Ele compreendeu que algo computável, e que pode ser informado a uma máquina, é capaz de fazer coisas imensamente maiores. Não estou dizendo que chegou de cara à estranha conclusão de que até mesmo o cérebro é mecânico. Em Princeton, na verdade ele estava trabalhando mais com a ideia de que havia elementos intuitivos no nosso pensamento que eram totalmente diferentes. Mas ele mudou de ponto de vista, e acho que foi por ter aprendido mais sobre eletrônica. Ele percebeu quanto havia a ganhar caso o processo pudesse funcionar à velocidade da luz."

"E fazer simples conexões entre polos ia levar rapidamente a algo complexo, e significativo", o policial disse.

"Sim, o tique-taque inanimado de uma máquina podia ser capaz até mesmo de transmitir sentimentos. Logo depois da guerra, quando o Alan começou a trabalhar nos fundamentos daquilo que nós hoje chamamos de máquina digital de dados, não estava interessado muito nas consequências práticas, como o potencial para calcular como construir bombas novas, monstruosas. Desde o começo estava atrás de algo bem diferente."

"Como o quê?"

"Como tentar replicar o pensamento."

"Parece insano."

"E era. Mas entenda, à medida que ele aprendia mais sobre o cérebro — como milhões e milhões de neurônios se conectam entre si —, via similaridade com a sua máquina, não que gostasse muito da comparação, com certeza não, mas achava que todas essas conexões dificilmente poderiam funcionar se não tivessem por trás uma estrutura lógica. E, por natureza, tudo que é lógico pode ser dividido e replicado, o que quer dizer que é computável. Pode ter havido alguns aspectos da física quântica que complicassem as coisas, e acredito que perto do fim da vida ele estivesse cada vez mais inclinado a pensar desse modo, mas na época se convencia cada vez mais de que tudo em nosso pensamento é mecânico em algum sentido — até nossa intuição e nossos momentos de inspiração artística."

"Como é que...", Corell disse.

"Acho que ele comparava os momentos de criatividade a mecanismos ocultos. Falava sobre máquinas com funções ocultas. Imagine um interruptor. Você aperta o botão e tem a impressão de que a luz chega imediatamente — como se fosse mágica, não é? Mas na verdade aconteceu um processo. Os elétrons foram transportados por um cabo. Aconteceu muita coisa que a gente não percebe. O Alan imaginava as funções do cérebro de um modo semelhante. Uma ideia aparece na cabeça, e a gente acha que veio do nada. Mas por trás disso houve uma sequência de eventos, um padrão, que é passível de descrição. O fato de ter acontecido rápido não quer dizer que não foi mecânico."

"Mas ele não podia estar falando sério, podia?"

"Estava sim. Ele disse que em cinquenta ou cem anos — ele mencionou dois períodos diferentes — nós íamos conseguir criar uma máquina que vai ser inteligente no mesmo sentido que você ou eu, ou que no mínimo vai se comportar como se fosse, e isso irritou muita gente, como você pode imaginar. Teve quem dissesse que, embora seja possível que o cérebro contenha sequências lógicas que possam ser copiadas, a sua essência mais profunda é algo diferente e maior. O Alan respondeu falando sobre cebolas. Disse que talvez o cérebro seja como uma cebola. Imagine alguém que nunca tenha visto uma cebola antes. A pessoa tira uma camada depois da outra da cebola e pensa que logo vai chegar ao cerne, àquilo que é realmente importante no vegetal, mas no fim já tirou tudo e não sobrou nada. A cebola era apenas a soma de suas camadas, e seguindo o mesmo padrão o Alan achava que o cérebro também não tinha um cerne, nenhum segredo mais profundo, e que era constituído simplesmente de suas partes individuais e de suas conexões. O Alan se recusava a acreditar que a inteligência era exclusiva dos humanos, uma coisa que só pode ocorrer naquilo que parece tanto uma grande porção de mingau."

"Mingau?"

"Era o que nosso cérebro parecia, segundo ele, cinza e pouco apetitoso. Ele achava que a inteligência podia muito bem se originar em outras estruturas, em outra matéria, por exemplo da lógica binária em uma máquina eletrônica, e se recusava a definir a inteligência de um modo tão estrito. Mais do que qualquer outro, ele sabia que o que é normal do ponto de vista dos humanos não é necessariamente a única régua."

"Como assim?"

"Ele estava acostumado a ser o diferente. Por mais estranho que pareça, não teve problemas em tomar o partido da máquina."

O policial pareceu intrigado, e Robin se esforçou para encontrar as palavras certas para se expressar:

"Ele achava que seria errado discriminar as máquinas no contexto da inteligência, e às vezes — mas talvez eu esteja sendo injusto com ele — me perguntava se esse sonho das máquinas pensantes não tinha a ver com o fato de Alan nunca ter tido uma família. O sonho de uma máquina inteligente era o seu sonho de criança, não que houvesse nada de onírico nas suas teorias, muito pelo contrário. Ele era extremamente racional, mas a sua posição vulnerável, a sensação que sempre teve de ser marginalizado, tudo isso fazia dele a pessoa certa para ver as coisas do ponto de vista de uma máquina. Depois da publicação do livro *Cibernética*, de Norman Wiener, começou um debate — meio sensacionalista, na minha opinião — sobre ser possível falar em máquinas pensantes. Um neurologista chamado Geoffrey Jefferson, especializado em pesquisa cerebral, saiu em defesa dos humanos. Na opinião dele, enquanto uma máquina não for capaz de corar, ou de escrever um soneto ou compor uma sinfonia, ou de sentir prazer com o carinho de uma mulher, ou de sentir remorso e alegria, não dá para dizer que seja inteligente do mesmo modo que um ser humano. O Alan achava isso profundamente injusto."

"Por quê?"

"Para começar, o Alan também não conseguia sentir prazer com os carinhos de uma mulher. E compor uma sinfonia? Quem consegue fazer isso? Você consegue? Ele dizia que não se devia ter uma definição tão estreita de inteligência. Achava até que Jefferson estava sendo injusto em seu gosto por sonetos, porque um soneto escrito por uma máquina seria mais bem entendido por outra máquina."

"Perdão?"

"Se as máquinas puderem mesmo aprender a pensar, é muito provável que as preferências delas sejam diferentes das nossas. O Alan queria demonstrar que nós não somos necessariamente o único padrão. Uma máquina pode pensar sem ter que ser como você e eu. Não precisa nem gostar de morango com creme. Além disso, não estava atrás de uma máquina especialmente talentosa. Só tinha que ser esperta como um executivo americano, ele disse. Em todo caso, ele inventou um teste."

"Um teste?"

"Um teste para ver quando se podia dizer que uma máquina era inteligente. O Alan escreveu sobre isso na revista *Mind*. Se estiver interessado, posso arranjar o artigo para você ler, é bem divertido", Robin disse, mostrando uma benevolência que não entendia, mas o rapaz tinha algo que inspirava confiança.

Robin até parou de se preocupar com a possibilidade de o sujeito estar preparando uma surpresa desagradável. Parecia mais alguém curioso sobre

Turing, na verdade era mais como se fosse um estudante que gostava de fazer perguntas do que um policial, e por isso Robin ficou embasbacado quando a conversa tomou um rumo bem diferente.

Não é possível, ele pensou, durante os segundos em que ficou atordoado.

25

A movimentação no entorno se tornou mais intensa, e eles andaram por ruas de paralelepípedos, passando por belas casas e torres. De vez em quando alguém dizia olá para Gandy, e Corell voltou a ficar inebriado pela situação, pensando até onde o terno e a companhia enganavam os que passavam. As mulheres estavam mesmo olhando para ele de um jeito diferente? Ele achava que sim, mas ao mesmo tempo se sentia um ator, seguro apenas enquanto desempenha o papel. O dr. Gandy falava sobre um teste que podia determinar se uma máquina era capaz de pensar.

"Ia adorar ler isso", ele disse.

"Excelente! Nesse caso, vou dar um jeito de mandar para você."

"Estou interessado principalmente no que o dr. Turing fez durante a guerra."

"É mesmo?", Gandy disse.

"Eu sei, claro, que ele usou máquinas para decifrar códigos dos nazistas", ele continuou, como se aquilo fosse óbvio, e precisou de um tempo para perceber como tinha sido atrevido em dizer aquilo.

Afinal ele não sabia nada, absolutamente nada. Era mera especulação que Turing tivesse trabalhado com criptoanálise, uma hipótese sem nenhuma base. Não, simplesmente não tinha como dar certo, era só um tiro no escuro da parte de Corell, e ele imaginou que Gandy reagiria dando uma de cético ou até de superior, e teve certeza de que viu um sorriso indulgente e mordeu o lábio. Chegou a corar. Mas depois percebeu outra coisa; um olhar de apreensão, uma sombra que cruzou o rosto do lógico. Talvez Gandy não estivesse tão seguro, afinal.

"Quem?", ele disse, nada mais, nem mais uma palavra, mas Corell entendeu que a frase inteira teria sido: "Quem contou isso para você?", e foi tomado por uma sensação de triunfo, e respondeu, tendo cuidado para não parecer confiante nem autocongratulatório:

"Não posso dizer."

Mesmo assim conseguiu dar a impressão de que tinha excelentes contatos.

Gandy não sabia se Alan Turing tinha decifrado códigos nazistas. Só sabia que o amigo trabalhou com criptoanálise em Bletchley Park ou na Estação X, como o lugar era conhecido. Gandy não conhecia os detalhes, exceto, claro, a percepção de que Turing foi bem-sucedido. Quando se conheceram em Hanslope, em 1944, Turing já tinha um novo status. Dava para perceber pelos olhares dos colegas e pelas fofocas e os apelidos. Ele era chamado de "Professor", e dizia-se que tinha ido aos Estados Unidos, enviado como uma inestimável contribuição para o esforço de guerra, e de certo modo era possível ver isso nos seus olhos. Era como se tivesse decidido parar de sentir vergonha.

Hanslope Park era uma antiga casa senhorial administrada desde 1941 pelo serviço secreto, usada como oficina experimental para todo tipo de máquina eletrônica e para construção civil. No início da guerra, Gandy tinha feito pesquisas com comunicação via rádio e radares. Em Hanslope, passou a assistente do projeto de Turing para desenvolver um equipamento de criptografia de voz que seria usado nas conversas entre Churchill e Roosevelt. Gandy gostava do trabalho. A guerra estava perto do fim, e parecia que ele ia sobreviver — tinha encarado a convocação como uma sentença de morte —, mas acima de tudo estava estimulado. Turing entendia tudo muito rápido. Havia o trabalho, mas também as piadas, e frequentemente a impressão era de que estavam em um jogo, embora um jogo muito sério que iria levar a resultados de alto nível, e às vezes à noite Turing falava para eles sobre matemática. De vez em quando bebiam juntos em festas no refeitório dos oficiais. Era uma vida boa. Mas um dia tudo esteve prestes a desmoronar.

Foi no início do verão, no começo do projeto. Eles tinham colhido cogumelos na noite anterior. Turing tentou em vão encontrar uma cicuta verde, *Amanita phalloides*, e de manhã, como sempre, trabalharam na Dalila. Dalila era o nome que Gandy deu à máquina de criptografia de voz, em homenagem à personagem bíblica que traiu Sansão. Donald Bayley também estava lá. Bayley era o outro assistente do projeto. Frequentou uma escola pública e estudou engenharia elétrica na Universidade de Birmingham, vivendo bem longe do mundo do King's College. Só conhecia homossexuais como tema de piadas maldosas na escola e por meio de eufemismos ineptos nos jornais, mas agora estava ficando amigo de um deles. Do nada, Turing disse:

"A propósito, eu sou homossexual."

Gandy nunca soube qual era o objetivo. Talvez esperasse criar uma atmosfera mais íntima, ou pode ser que só quisesse colocar as cartas na mesa. Bayley reagiu com um nojo imediato:

"Que merda é essa que você está falando? Ficou doido?"

Mais tarde Bayley explicou que não sabia o que era pior, se a informação em si ou o modo como Alan falou: "Ele nem ficou com vergonha". Bayley ficou tão contrariado que queria abandonar o projeto. O próprio Turing se mostrou infeliz com a situação. Essa era a última reação que desejava. "Tente imaginar como as coisas são para nós", ele disse. "Se você revela as suas inclinações, pode ser que com um pouco de sorte dê tudo certo por um tempo, mas o mais provável é que seja excluído." Gandy disse que entendia. Verdade que tinha passado por uma experiência bastante desagradável com um homem mais velho quando tinha quinze anos — Turing admitiu que não se devia mexer com alguém de quinze anos —, mas depois Gandy tinha ido para o King's e foi eleito membro dos Apóstolos.

Gandy precisou se esforçar muito para convencer Bayley a permanecer no projeto, e depois de alguma dificuldade conseguiu. O fato de Turing ser tão evidentemente diferente e tão obviamente brilhante ajudou. A homossexualidade acabou sendo vista como parte de sua excentricidade, e em vários sentidos Bayley era obrigado a admitir que eles passaram bons momentos juntos.

Turing se mudou do Crown Inn, em Shenley Brook, para Hanslope Park, e ele, Gandy e um imenso gato gordo chamado Timothy passaram a dividir um pequeno chalé abaixo do refeitório. Um dos funcionários do refeitório era Bernard Walsh. Era o proprietário do Wheelers, um restaurante de frutos do mar no Soho, em Londres, e em Hanslope era uma espécie de mágico. Enquanto o resto da Inglaterra vivia na miséria, ele conseguia que Gandy e Turing comessem ovos frescos, às vezes perdizes, e também havia um suprimento regular de frutas.

Turing trabalhava muito, e não só no projeto de criptografia de voz. Ele também pensava muito sobre os elementos básicos da inteligência e da vida, e se fazia perguntas como: Como o cérebro é formado? Como cresce até chegar a ser o que é? Ele considerava que esse processo seguia modelos matemáticos, alguma espécie de sistema organizacional. O cérebro em si era um alvo inicial muito difícil. Era mais fácil começar com a folha de uma planta ou de uma árvore, e logo eles passaram a coletar pinhas na floresta. As escamas da pinha cresciam conforme os números de Fibonacci, e Alan quis demonstrar como isso acontecia. A genética, ele dizia, não ajudava a explicar, já que todas as células têm os mesmos genes e as mesmas enzimas. A genética não explicava como cada célula sabia formar seu padrão e como todas se relacionavam entre si. Turing queria explicar isso. Queria descobrir a matemática da vida, e ele e Gandy discutiam as possibilidades por horas e rabiscavam cálculos nos seus cadernos.

Eles também falavam sobre o sonho de construir uma máquina pensante, e embora Gandy não tivesse permissão para perguntar, ou em todo caso não fosse ter uma resposta se perguntasse, suspeitava que num período anterior da guerra Turing já houvesse pensado sobre como seria uma máquina do gênero. As descrições que fazia eram detalhadas e cheias de imaginação, e por isso Gandy também achou que Turing devia ter usado algum tipo de geringonça lógica para decifrar as comunicações dos nazistas, e foi por isso que hesitou tanto quando o policial que vestia aquele terno caro demais de repente disse que Turing decifrou códigos alemães com a ajuda de sua máquina! Não que ficasse chateado com isso. Ele não tinha a menor obrigação de garantir que os segredos da guerra permanecessem seguros, mas, além da curiosidade, também começou a ficar preocupado. Será que estava se metendo em encrenca?

"Parece que você sabe mais do que eu", ele disse, tentando parecer despreocupado.

Corell não respondeu, e notou que Gandy se perdeu em pensamentos. O que deveria dizer agora? Ele não conseguia pensar em nada, e sentiu uma pontada de desconforto.

"Acho que não", foi capaz de responder.

"Ou então você não é quem diz ser."

"Para ser franco, em grande medida estou adivinhando."

Gandy pareceu intrigado.

"Como assim?", ele disse.

"Lendo o inquérito, juntei as coisas", Corell continuou, contente por falar a verdade. "Vi que Turing trabalhou em algo secreto na guerra, e também que recebeu uma Ordem do Mérito, então tentei entender o que um sujeito como ele podia ter feito para ganhar essa homenagem."

"Pode ter sido um monte de coisas diferentes."

"Talvez. Mas fiquei com a impressão de que ele estava trabalhando com lógica durante a guerra, e depois ouvi e li outras coisas. E aí essa ideia apareceu, e parecia fazer sentido. O que você sabe sobre isso?"

"Nada, como eu disse."

"Mas vocês dois não trabalharam juntos na guerra?"

"Só no final, e na época trabalhamos em algo totalmente diferente, que não chegamos a terminar. O Alan nunca disse uma palavra sobre o que fez antes na guerra."

"Nem mais tarde?"

"Não."

"Era tão delicado assim?"

Gandy balançou a cabeça. "Suponho que sim."

"Mas nós ganhamos a guerra. Acabou."

"Definitivamente não", Gandy disse, irritado outra vez, ou até com raiva, mas depois voltou a se acalmar e ficou pensativo.

Gandy se sentia cansado, e olhou para a cidade. Eles passaram pelo Trinity College e, em meio a todas as pessoas que saíam pelos portões, ele notou Julius Pippard, o linguista. Mais tarde pensaria sobre a coincidência. Julius Pippard era um sujeito baixinho. Mas tinha uma postura tão boa que dava a impressão de ser alto. Robin não sabia muita coisa sobre ele, exceto pelo fato de ter trabalhado com Turing em Bletchley Park.

Ele sabia disso porque um dia Pippard apareceu em Hanslope Park para discutir algo com Turing. Gandy nunca ficou sabendo sobre o que falaram, mas dava para ver que Alan não gostava muito dele, e talvez tenha sido por isso que Gandy decidiu deixar as coisas um pouco mais interessantes.

"Está vendo aquele sujeito ali?", ele disse, apontando.

O policial fez que sim.

"Aquele é Julius Pippard. Se você quer falar sobre o passado do Alan, devia conversar com ele", Gandy disse, mas instantaneamente pareceu um conselho maluco. Aquilo podia levar Corell a ter problemas, e imediatamente Robin se corrigiu:

"Não, pensando bem, não faça isso", mas parecia que o policial não estava mais escutando.

Ele pareceu estar perdido em pensamentos, e depois de um momento de silêncio disse algo estranho.

"É provável que eu não fique muito mais tempo na polícia", e quando Gandy perguntou o que planejava fazer em vez de trabalhar como policial, ele respondeu:

"Estou pensando em voltar a estudar."

Gandy ficou com a impressão de que esse plano não existia, mas não tinha certeza. Embora o ápice de sua preocupação tivesse passado, ele continuava nervoso. O que era isso que tinha acabado de enfrentar — um interrogatório, uma conversa, ou algo bem diferente? Quando se despediram pouco depois e o rapaz desapareceu descendo a Trumpington Street, foi como se o policial tivesse deixado uma dúvida atrás de si.

26

A primeira visita de Corell a Cambridge foi em meados dos anos 1930, acompanhando o pai, e embora não se lembrasse de muita coisa foi na mesma época do ano, fim de junho, e parecia que ninguém tinha pressa, e que todos estavam tranquilos. Havia expectativa no ar, e o pai estava feliz e barulhento como sempre naquela época.

"Olá, olá, que bom ver você", ele cumprimentava as pessoas em toda parte. "Elegante como sempre. Que livro brilhante, Peter. Obrigado pela carta. Ah, que honra inesperada! Permita que me curve diante de você."

Ele tinha uma espécie de brilho, era o próprio centro da vida, e é claro que sacudia as chaves, e de vez em quando se virava para Leonard, que ia segurando sua mão.

"Menino esperto, tenho certeza de que um dia você vai estudar aqui."

Com essas palavras, as ruas de paralelepípedo pareciam se estender diante dele como uma corrente de promessas, e eles compraram chocolates e livros e viram os remadores no rio e falaram sobre o que Leonard devia estudar em Cambridge. "Matemática é interessante, pai?" É interessante, mas o pai disse que preferia isso ou aquilo. Um matemático não tem com quem falar, ninguém fora do seu círculo. Alguém de humanas, por outro lado, sempre pode entreter os outros com seu conhecimento. "Como você, papai?" "Como eu", o pai respondeu, e Corell fantasiou que um dia ia caminhar por entre aquelas belas casas, cheio de histórias, e quando alguém fizesse uma observação, talvez algo banal, ele responderia: "Bem, sim, mais ou menos como Ulisses quando se aproxima de Ítaca...". Mas não era para ser. O pai o decepcionou. Ele mesmo também foi uma decepção.

Era como se a cidade o fizesse compreender. Coisas em que não pensava fazia anos voltaram à mente, e ele se lembrou de como foi forçado a deixar Marlborough, ou deveria dizer que se forçou a sair? Que imbecil tinha sido... meu Deus, ele nem respondia às cartas da Vicky em Marlborough. Ele tentou. Tentou mesmo. Mas nunca conseguiu escrever.

A paralisia era profunda demais. Até os professores que antes gostavam tanto dele começaram a se distanciar, e por isso ninguém se esforçou para mantê-lo na escola. Ele sabia havia algum tempo que a mãe não vinha pagando as mensalidades, e se pelo menos ela tivesse dito que era esse o problema talvez ele tivesse se esforçado para conseguir o dinheiro. Mas a mãe apelou para a consciência dele. Nem chegou a insistir que voltasse para casa. Em vez disso falou: "Evidente, Leonard, é claro que você deve continuar na escola".

O problema era só que ela não estava dando conta de tudo sozinha, e que a casa estava caindo aos pedaços, e não tinha ninguém para cuidar do jardim, e ninguém vinha visitar. Tinha esse problema e aquele outro. Tinha a guerra, os vizinhos e as longas caminhadas até o comércio, e acima de tudo aquela imensa solidão. "É duro", ela escreveu, "duro".

Nas entrelinhas das cartas havia um pedido de ajuda que beirava a chantagem, e ele cedeu, não apenas por culpa. Marlborough estava a ponto de sufocá-lo, e quando Vicky escreveu: "Você não deve sair daí de jeito nenhum. Eu pago a mensalidade", ele nunca respondeu. Corell simplesmente esvaziou as gavetas. Foi embora de Marlborough e desde então passou a quilômetros de distância de qualquer coisa que tivesse a ver com a escola, e só agora em Cambridge percebeu o quanto tinha ficado magoado com aquilo. Desejava desesperadamente ser parte da cidade, e não era de descartar que a viagem fosse uma mera tentativa de compensação por aquilo que jamais chegou a ter.

Graças a Gandy, teve acesso à sala de arquivo do King's College, onde passou a estudar os textos escritos por Alan Turing, e, embora ficasse tremendamente feliz por estar ali, tinha consciência de estar apenas imitando os alunos. A própria farsa o divertia — *acho que eles pensam que eu passo todo o meu tempo aqui lendo os ensaios mais abstratos do mundo* —, mas com o tempo passou a se sentir como um ladrão que havia entrado sem permissão e que podia ser expulso a qualquer momento. Curiosamente encontrou um certo consolo nos textos de Turing.

Não foi só na carta que Turing escreveu sobre teatro e drama. Ele parecia fascinado por imitações, por simular o comportamento humano. Quando Corell leu o artigo que Robin mencionou, *Maquinário de computação e inteligência*, tinha acabado de terminar com muito esforço *Números computáveis*, e portanto não estava esperando nada além de cálculos e símbolos, mas passou os olhos pelo artigo, embora achasse que também esse texto fosse peculiar. Turing não só parecia achar que as máquinas seriam capazes de pensar como realmente esperava que se tornassem tão inteligentes quanto nós, o que Corell achou muito esquisito. Se as máquinas pudessem se tornar iguais aos humanos, é possível que também pudessem nos superar, e isso devia ser tão assustador quanto um ataque vindo de outro planeta. Mas, exatamente como Gandy disse, Turing tomou o partido das máquinas. As máquinas não deveriam ser discriminadas só por serem diferentes, ele escreveu. Ao decidir se alguém era ou não inteligente, não se deveria levar em conta nem a aparência nem o gênero, e no caso de uma máquina também não se deveria levar em conta o material de que era feita, apenas a capacidade de ação tinha de ser analisada. Turing imaginou um jogo da imitação, em que uma máquina precisava fingir ser um humano. Um avaliador teria permissão para fazer as perguntas que quisesse e para ler as respostas impressas e, caso não conseguisse concluir se estava conversando com um humano ou com uma máquina, a máquina teria de ser considerada inteligente, Turing escreveu, e a ideia era que qualquer um que fosse capaz de nos imitar estava pensando.

Sabe-se lá o que Corell achava disso, mas Turing não viu problemas em rebater todo tipo de objeção, como as dos que diziam que o que nos dá status de seres pensantes é o fato de sermos conscientes, de sentirmos prazer, e de sofrermos, e de estarmos vivos. Esses argumentos, ele escreveu, não eram convincentes porque só temos certeza sobre essas coisas em relação a nós mesmos, e não aos outros humanos. Quanto aos outros, só julgamos com base no modo como parecem pensar e sentir, e seria injusto exigir mais que isso de uma máquina.

O único modo de provarmos que uma máquina tem consciência seria nós mesmos nos tornarmos uma. Jamais saberemos se ela tem experiências, sentimentos, e por isso ele acreditava que o jogo da imitação era a única solução, e portanto em vez de nos perguntarmos se uma máquina é capaz de pensar deveríamos nos perguntar: É possível que uma máquina possa se sair bem no jogo da imitação? Turing achava que sim, não agora, mas no próximo século, e certamente percebia que soava estranha, ou mesmo absurda, a possibilidade de após uma longa conversa — em que a pessoa poderia perguntar tudo o que desejasse — nós confundirmos uma máquina com um ser humano. Mas nunca estamos preparados para o inesperado, ele escreveu, e listar as deficiências das máquinas de hoje é um argumento fraco para usar como base de projeção para saber o que serão capazes de fazer amanhã. As coisas mudam. O que um bebê pode fazer hoje não nos diz nada sobre o que poderá realizar dentro de vinte anos.

Corell leu com grande fervor, e demorou um tempo até que percebesse que havia alguém olhando para ele. Muita gente tinha passado por ali a manhã toda, escrito solicitações de livros e documentos em pequenas tiras de papel branco e sentado para ler por uma ou duas horas e depois desaparecido — ele imaginou que muitos estavam fazendo cursos de verão no King's — e, embora tivesse prestado mais atenção do que a maioria das pessoas no fluxo na biblioteca, Corell não havia percebido o sujeito sentado em uma mesa que ficava em diagonal em relação à sua. Era um camarada jovem, não tinha nem vinte anos, e parecia ser indiano, com olhos brilhantes, animados, e esse garoto apontou para o que Corell estava lendo:

"Impressionante, não é?", ele sussurrou.

"O quê?"

"Alan Turing. Eu estava lendo sobre o teorema Gödel-Church."

"É mesmo?", Corell disse, se sentindo incomodado.

Ele estava decidido a evitar uma conversa, e o único jeito que encontrou foi fingir que não queria ser perturbado e apontar para a placa que pedia silêncio na sala. O garoto fez um sinal de que entendia, cabisbaixo, o que incomodou Corell. Ele queria causar uma boa impressão, e, embora tivesse tempo para continuar lendo, aproveitou a conversa como pretexto para ir embora. Devolveu os documentos e desceu os degraus de pedra rumo ao adro, bastante apreensivo. Ele era tão diferente do pai! Nos bons tempos, James achava que era um privilégio para os outros — até para desconhecidos — encontrar pessoalmente alguém como ele. Mas para o filho isso só tinha trazido insegurança e baixa autoestima.

Corell, que sabia esconder como se sentia — às vezes exalava uma enorme determinação —, começou a sonhar como andaria por ali e olharia para a King's Chapel caso tivesse criado algo revolucionário, talvez um novo tipo de máquina. Não é verdade que ia andar de cabeça erguida? Ia distribuir sorrisos e sua expressão seria meditativa, quase austera. Todo grande pensador tinha um olhar um tanto austero, não?

Começou a chover. Primeiro só uma garoa. Depois os céus despencaram, e ele se abrigou debaixo de uma arcada. Em seguida apressou o passo. Ao longe se ouviam os gemidos de um trompete, o mesmo trompete, ele pensou, que tocou quando se encontrou com Robin Gandy, as mesmas notas cheias de lamento que agora se misturavam ao som da água na sarjeta e que davam cor à cidade como a música de um filme, e ele pensou na chuva que caiu sobre a Adlington Road naquele dia e sobre várias outras coisas enquanto um ônibus de dois andares de número 109 passou com uma propaganda de DULUX no espaço entre as janelas. O ruído do motor engoliu o som do trompete, mas logo ele retornou, e Corell andou em sua direção, passando pelas casas de pedras amarelas e marrons e pelas árvores cheias de folhas, e começou a ficar nervoso. O encontro que teria não ia ser agradável. Ele estava a caminho da casa de Julius Pippard, o sujeito que Robin Gandy apontou, e mal podia acreditar que teve coragem de entrar em contato. Aquilo não combinava bem com a imagem do menino tímido que não ousava olhar as pessoas nos olhos. Mas mesmo assim... bêbado de xerez e de um desejo de avançar mais, ele procurou na lista telefônica na noite anterior e encontrou o número. Não que achasse que fosse telefonar, mas no final das contas acabou ligando, e só depois de se enrolar em um monte de mentiras percebeu o tamanho do erro que estava cometendo. Lá estava ele agora, andando, quando certamente deveria estar voltando para o hotel e deixando tudo aquilo para lá. E, no entanto, seguiu andando.

Adiante do ponto de ônibus viu o trompete e, embora não tivesse pensado nisso antes, aos seus ouvidos aquelas notas soaram masculinas, e imaginou que vinham de um músico infeliz e abandonado tocando imerso em solidão. Mas recostada na parede de tijolos estava uma moça com tailleur azul-claro e cabelo curto como o de um rapaz. Embora com certeza não fosse fácil tocar por dinheiro na chuva, ela parecia contente, quase como se zombasse da situação, e aquilo lhe conferia uma aura de orgulho. Corell jogou uma moeda no chapéu sobre a calçada, mas a moeda quicou e pulou para fora, e no momento em que ele se abaixou para pegar o dinheiro os olhos dos dois se encontraram. Um dia ele ia ter coragem para convidá-la para sair. Enquanto se afastava, a música soava para ele como uma promessa. Até a chuva pareceu diferente, e à medida que as notas ficavam mais distantes ele ficou triste por elas, como se uma porta tivesse ficado aberta por um instante deixando escapar os sons de uma festa.

Ele virou na Emmanuel Street e passou pelo Emmanuel College. Eram quatro e cinco. Ele tinha vinte e cinco minutos antes do encontro com Julius Pippard, e voltou a perceber que a única coisa que ia resultar daquela conversa eram problemas. A mentira para Gandy de certo modo foi involuntária, resultado de um mal-entendido, mas agora Corell estava tão enrolado na própria confusão e no constrangimento que tomava conta dele que chegou a dizer que ia fazer umas perguntas por ser o policial que investigava a morte de Alan Turing. Ele devia estar louco... O dia todo esteve convicto de que tinha de seguir seus instintos e deixar a visita para lá, mas era como se uma força irresistível o impelisse, e ele olhou para o mapa quase com raiva. Não podia estar longe, e agora viu que estava na Burleigh Street.

A Burleigh Street era uma rua cheia de comércios, e Corell bem que podia aproveitar a oportunidade para comprar um guarda-chuva, ou tomar uma xícara de chá. Melhor ainda se mudasse de ideia e começasse o caminho de volta, mas estava impaciente, como se o encontro fosse uma dor de dente e ele precisasse o mais cedo possível de uma extração, e acelerou o passo. No endereço que tinha anotado, viu uma casa de tijolos aparentes, bonita exceto pela entrada branca em estilo romano, que parecia deslocada, e também pelo hall de entrada escuro do lado de dentro. Na sua imaginação, o ambiente era ameaçador. Ouviu os sons dos próprios passos com clareza excessiva e estremeceu. Encontrou a porta no segundo andar, exatamente como haviam lhe dito, com o nome Pippard acima da caixa de correspondência. O nome pareceu ao mesmo tempo irreal e violento, e ele pensou em voltar atrás e retornar após quinze minutos, exatamente às quatro e meia, mas não, agora aquilo parecia inevitável, e no instante seguinte tocou a campainha. Apertou o botão e esperou. Nada aconteceu, exceto por uma porta que se abriu no andar acima, como se na verdade a campainha estivesse conectada a ela, e Corell pode ter sacudido a cabeça por um instante em uma espécie de sonolência nervosa por ter se assustado com os passos rápidos que finalmente soaram do lado de dentro. Uma luz débil e espectral passou pela fenda da caixa de correio, houve um barulho na fechadura, e Julius Pippard estava de pé diante dele, com uma camisa xadrez vermelha, e era óbvio que estava irritado.

"Você está adiantado", ele disse. E a única coisa que ocorreu a Corel dizer foi: "Estava chovendo", como se a chuva tivesse algo a ver com aquilo.

27

Julius Pippard se olhou no espelho do banheiro e sorriu. Não estava perdendo o encanto com a idade! Veja esses olhos! Não era evidente que revelavam sua inteligência, seu caráter forte? Claro, ele tinha lá seus defeitos. Se irritava com facilidade, se exaltava, mas sabia controlar as emoções. Essa era uma das chaves de seu sucesso, não? Embora ainda tivesse seu gabinete em Cambridge e mantivesse laços com a Trinity, seu cargo no Quartel-General de Comunicações do Governo (QGCG), em Cheltenham, era absolutamente vital, e era comum ele ter a sensação de que seu trabalho era importante, não apenas no sentido em que um artigo acadêmico é importante, ou no sentido em que uma empresa ou universidade é importante, mas importante no sentido de que *protegia a Inglaterra*.

A ligação de Pippard com a Escola Governamental de Códigos e Cifras, antes chamada Sala 40, vinha de antes da guerra, e ele trabalhava em Bletchley Park, em Buckinghamshire. Podia não ser um Alan Turing, mas as traduções e análises que fez do material decodificado na Cabana 4 foram de grande importância, e em pouco tempo ele se tornou parte relevante do processo de análise de segurança, e aquilo lhe caía bem. Com sua facilidade para perceber pontos fracos nos outros, detectava perigos e riscos onde os demais não viam absolutamente nada, e antes de qualquer um se preocupar a sério com fraquezas de caráter como a tendência à perversão sexual ele entendeu a importância disso. Ele se tornou o mestre dessa arte.

Depois de 1945 continuou avaliando os colegas de trabalho para saber se eram confiáveis — o que se tornou uma função ainda mais central no contexto da Guerra Fria —, e em breve se viu no papel de responsável por trabalhar na análise altamente confidencial das mensagens soviéticas com dupla criptografia. Era um projeto chamado Venona, iniciado em 1943 porque Carter W. Clarke, chefe da inteligência militar dos Estados Unidos, não confiava em Stálin — independentemente do fato de a União Soviética ter sido aliada dos americanos na guerra. O código foi decifrado pela primeira vez em dezembro de 1946, e pouco depois os americanos perceberam que estavam sendo espionados pelos russos durante o desenvolvimento da bomba atômica em Los Alamos. Pippard e os colegas ainda não estavam envolvidos nessa fase, por isso a primeira vez em que leu uma referência obscura ao Venona foi no *Times* — não exatamente a fonte em que ele costumava encontrar informações relevantes de inteligência, mas, embora Pippard tenha sido surpreendido, nem ele nem ninguém em posição de autoridade levou aquilo a sério como deveria. No entanto, era um assunto importante, talvez a coisa mais importante com que tinham se deparado, como ele percebeu logo depois, quando o QGCG se envolveu no trabalho. Pippard se tornou membro de um exclusivo grupo de especialistas e autoridades responsáveis por decidir quem podia conhecer o segredo, e só Deus sabe o tipo de pressão que isso criou nele. Era crucial que ninguém considerado um risco de segurança tivesse acesso a essa área.

Havia uma série de codinomes nas comunicações dos soviéticos que pareciam ser disfarces para espiões americanos e britânicos que haviam vazado informações sobre a bomba atômica, entre outras coisas. Por exemplo, os codinomes ANTENA e LIBERAL pareciam às vezes se referir à mesma pessoa, cuja identidade foi revelada quando ficou claro que um oficial da KGB mencionou que o nome da esposa dessa pessoa era Ethel, Ethel como em Ethel Rosenberg, o que levou à prisão dela e de seu marido, Julius. Também havia CHARLES e DESCANSO — que era o espião Klaus Fuchs — e muitos outros, como PERS, que ainda não havia sido identificado, mas acima de tudo HOMER, ou GOMER, dependendo da transliteração do alfabeto cirílico. Seis telegramas com essa assinatura foram enviados da embaixada britânica em Washington para a KGB durante a guerra, e Pippard se envolveu de perto na caçada a esse espião. Ele e os colegas montaram o quebra-cabeça peça a peça. Eles se sentaram com suas listas de nomes e queimaram seus neurônios: Podia ser essa pessoa ou aquela, e passo a passo — algum dia se esqueceria disso? — começaram a se aproximar do culpado, que era ninguém menos do que Donald Maclean, o destacado diplomata e filho do famoso político liberal de mesmo nome.

Infelizmente eles repassaram essa informação aos colegas do MI6, não que tivessem muita opção, mas aqueles idiotas... Pippard não queria nem pensar a respeito. O MI6 fez uma lambança. Maclean e Guy Burgess conseguiram escapar para a Rússia Soviética de carro e balsa, e desde então Pippard tinha certeza de que o pessoal de Cheltenham era a única parte confiável do serviço de segurança. Quem decifrou o mistério e quem estragou tudo?

O MI6, com seus aristocratas, devia estar fervilhando de espiões, ou mesmo que fosse exagero dizer "fervilhando" era inegável que não se tratava apenas de Burgess e Maclean, era impossível imaginar outra coisa tendo em vista todos os outros vazamentos, e eles também não estavam fazendo grande coisa quanto a isso. Era um bando de preguiçosos que achava que as pessoas eram dignas de confiança só por ter estudado em Eton e Oxford, e Pippard sentia orgulho, nada menos do que isso, por várias vezes ter deixado de repassar informações ao MI6. Tudo bem, no QGCG eles também cometiam erros. Mas ele não tinha culpa. Por exemplo, eles queriam ter usado a máquina em Manchester no serviço de criptografia, e por isso entraram em contato com Turing. Pippard foi contra. Percebeu logo que Turing era homossexual e promíscuo. Um prostituto, em resumo.

"Ele não pode voltar. A gente sabe como os russos trabalham!", ele argumentou.

Mas foi voto vencido. Turing continuava sendo visto como um oráculo, pura e simplesmente, e sem dúvida tinha sido um ativo importante durante a guerra. Claro, as suas habilidades não eram mais indispensáveis, além do que ele não tinha muito respeito por seus superiores e por rotinas formais, e magoava as pessoas com sua franqueza — e não importava o quanto era brilhante, ele só atuava no máximo de suas capacidades quando achava o trabalho estimulante. Pippard ressaltou tudo isso, mas ninguém deu ouvidos, não na época. Agora pelo menos ele podia dizer que tinha razão. Não havia dúvida. Turing foi pego, e evidente que houve um rebuliço no departamento. Mas mesmo assim a expulsão não foi unânime. O velho Oscar Farley — aquele maldito fracote — insistiu em defender Alan:

"Vamos mesmo expulsar o Alan depois de tudo que ele fez por nós?"

Como se Turing não tivesse demonstrado suficiente falta de discernimento e como se não houvesse instruções claras para livrar a organização de homossexuais. A maior parte das pessoas concordava com Pippard em princípio, claro. Mas argumentava-se que Turing era um caso especial. Houve muita conversa, e as pessoas contaram muitas histórias adoráveis sobre Bletchley Park, e foi só quando Pippard gritou: "Vocês querem que ele leve todos nós à ruína?" que concordaram em cortar todos os laços com Turing. Pippard, que nunca fugia de tarefas desagradáveis, se ofereceu para falar com ele, mas a decisão foi de que Farley devia fazer isso. Não é de surpreender que tenha sido tratado com luvas de pelica até o final, e sabe lá Deus o que Farley disse a Turing, mas era evidente que não foi claro o suficiente. Turing continuou a ir à Europa em aventuras sujas. Por que em nome de Deus não o proibiram de viajar, e por que alguém não investigou os seus romances? Não, não fizeram nada direito, e ninguém deveria ficar surpreso com o fato de a preocupação ter continuado a aumentar mesmo após a morte do matemático. Quem diabos era esse policial, por exemplo?

Ele não tinha o menor direito de ficar metendo o bedelho ali. Num telefonema rápido para a delegacia de Wilmslow, soube que o sujeito estava de folga porque a tia estava morrendo em Knutsford. E agora estava a caminho de sua casa. Será que a tia tinha melhorado? Um investigador do meio do nada dificilmente podia causar grandes danos. Mas nunca era possível saber. Pippard discutiu a situação com Robert Somerset em Cheltenham. Somerset já conhecia o policial, e o achou meio estranho, "desleal, em certo sentido, como se estivesse escondendo algo".

"Eu vou incutir algum temor a Deus nesse sujeito", Pippard disse. "Vou fazer com que entenda que está andando sobre gelo fino!"

Sim, ele iria jogar duro com o tolo. Mostrar quem mandava e descobrir o que estava acontecendo. Podia até ser interessante. Mas... como o policial chegou ao nome de Pippard, e como sabia que trabalhou com Turing? Isso o deixava um pouco preocupado. Que horas eram? O policial devia chegar em vinte minutos, e enquanto isso Pippard começou a escrever uma carta em que fazia movimentos muito cautelosos para tentar seduzir uma moça de seios salientes que conheceu em uma conferência em Arlington, mas não chegou muito longe. A campainha soou.

* * *

Corell não gostou do olhar com que foi recebido. Também não gostou da casa. Não só por ser impessoal e fria. Havia sinais de pedantismo que realmente o deixavam nervoso. Os lápis na escrivaninha de mogno tingido estavam todos muito bem alinhados, e a mobília, que não tinha nem verniz nem caráter, parecia ter sido arrumada muito simetricamente. Sim, até as bitucas de cigarro no cinzeiro no peitoril da janela pareciam ter sido organizadas com cuidado. Bem diante dele havia uma tela singularmente desinteressante de uma caçada à raposa em uma floresta que podia funcionar caso fosse menor, mas em função de seu tamanho — teria mesmo mais de dois metros de comprimento? — parecia grotesca.

"Que agradável ter um visitante vindo da distante Wilmslow!", Pippard disse, subitamente amistoso.

"Wilmslow não é exatamente o fim do mundo."

"Lugar simpático, não?"

"Somos famosos por termos muitos salões de beleza e pubs."

"Que conveniente! Assim dá para ficar ao mesmo tempo bêbado e bonito!"

Exceto por um pedaço de papel removido às pressas da mesinha de centro, os movimentos de Pippard eram comedidos. A irritação que demonstrou ao abrir a porta parecia ter desaparecido, mas isso não diminuiu a insegurança de Corell. Era como se estivesse falando com alguém que sabia com precisão o que fazia, que era cauteloso com cada piscada, e assim, com muito cuidado, como se tentando ter certeza de que tinha permissão, Corell sentou em uma cadeira de madeira marrom-acinzentada enquanto Pippard foi pegar chá.

"Então você foi enviado por seus superiores?", Pippard disse, voltando com a baixela.

Corell fez que sim.

"Posso perguntar por quê?"

"Para conseguir a maior quantidade de informações possível."

"O caso não foi arquivado?"

"Bom, sim... mas ainda há algumas coisas que não conseguimos entender. Não queremos deixar nada ao acaso."

"Por que você não conta mais, para que eu entenda melhor? Não entendo muito de trabalho policial. Me explique como funciona."

Pippard se valeu de vários pequenos detalhes — como sentar em uma cadeira ligeiramente mais alta ou demonstrar um desdém quase imperceptível no olhar e no tom de voz — que lhe davam uma vantagem esmagadora. Por uma espécie de artifício invisível. Sem Corell entender como, Pippard assumiu o controle da conversa, e quanto mais a fala dele se tornava educada e insinuante, mais sua superioridade era estabelecida, e para Corell logo se tornou difícil olhar Pippard nos olhos. Ao falar, suas palavras soavam como frases vazias.

"Para entender por que uma pessoa morreu, é preciso saber sobre sua vida", ele disse.

"Então por que vir até mim?"

"Estamos falando com diversas pessoas que tiveram contato com o dr. Turing."

"E eu sou uma delas?"

"Vocês não trabalharam juntos durante a guerra?"

"O que levou a essa impressão?"

Corell queria sair dali, ir embora.

"Trabalho policial rotineiro", ele disse.

"Perdão?"

Ele repetiu o que havia dito, e sentiu fisicamente — como uma onda de náusea — a arrogância de Pippard crescer.

"Que interessante! Parece que você sabe mais do que eu. Já que está tão bem informado, talvez possa me dizer em que foi que nós trabalhamos juntos?"

"Informação sigilosa, e é por isso que…"

"E que tipo de informação sigilosa teria sido esse?"

"Trabalho criptológico. Vocês decifraram códigos nazistas com a ajuda de máquinas desenvolvidas por Alan Turing", Corell disse, olhando constrangido para as mãos. Ao erguer os olhos esperava ver a mesma expressão arrogante de antes, mas se deparou com algo bem diferente. Os olhos de Pippard brilhavam com a concentração de alguém que pressente um grave perigo.

Que diabo estava acontecendo? Ali estava alguém que Pippard tomou por um policial simplório, iletrado, falando abertamente sobre os mais bem guardados segredos da guerra e, o mais estranho de tudo, essa pessoa — que ele esperava ser capaz de colocar em seu lugar sem maiores dificuldades — agora exalava, se não segurança, certamente ousadia, e não apenas se mostrava muitíssimo articulado, como também parecia assustadoramente bem informado, como se soubesse de todo o trabalho feito em Bletchley e talvez em Venona também. Pippard não se tranquilizou nem com o fato de o sujeito ser tão inacreditavelmente imprudente. Pelo contrário, estava começando a ficar preocupado com a possibilidade de o policial ter um objetivo, um motivo oculto, que podia se transformar em uma armadilha para ele, e nem lhe ocorreu usar seu trunfo da tia que supostamente estava à beira da morte.

Corell não dispunha sequer de uma fração da informação que Pippard achava que ele tinha, mas sua concentração havia aumentado, como se a insegurança de Pippard restaurasse sua força e sua voz, e embora de início falasse numa espécie de murmúrio nervoso, tentando apenas manter a cabeça fora da água, logo reconquistou a confiança. Ele se sentiu livre por não deixar que pisassem nele, como Ross fez na delegacia. Tratou Pippard do mesmo modo como foi tratado, e embora estivesse furioso jamais deixou a situação sair de controle.

"Você parece um pouco preocupado", ele disse. "Não há razão. Estou bem consciente da importância da discrição. Jamais falaria disso com alguém que já não soubesse. Mas o senhor entende… não, como seria possível? Bom, seria uma negligência da minha parte se eu não perguntasse se o trabalho de Alan Turing durante a guerra pode ter tido algo a ver com a morte dele. Fiquei sabendo que ele deu uma contribuição importante. O próprio modo como ele pensava era diferente."

"Você está falando de coisas que estão muito longe da sua compreensão, posso garantir."

"Talvez. Mas o curioso é que passei o dia lendo os escritos dele no King's College, e percebi que ele mesmo escreveu…"

"O quê?", Pippard interrompeu.

"… que é um fato bem conhecido que as pessoas mais confiáveis raramente descobrem novas maneiras de fazer as coisas."

"O que isso significa?"

"Quando Alan Turing escreveu isso, estava pensando no limite máximo de inteligência que uma máquina pode atingir", Corell prosseguiu. "Ele percebeu que um pré-requisito para descobrir coisas novas é a capacidade de cometer erros, de se arriscar fora dos limites conhecidos. Alguém que sempre pensa de acordo com as regras jamais criará nada. Alguém que apenas segue as opiniões que ouve, ou as configurações de programa de costume, para falar na linguagem das máquinas, nunca vai inventar nada inovador, e não pode sequer ser considerado inteligente num sentido verdadeiro. Esse foi o motivo de Turing querer acrescentar um elemento de acaso em suas máquinas, elas não deviam sempre seguir a lógica estrita, às vezes um gerador aleatório deveria determinar o que fariam. Era assim que ele pretendia replicar o livre-arbítrio, não que achasse que um elemento aleatório seria suficiente para conseguir isso, mas a possibilidade em si de que algo inesperado e irracional ocorresse seria no mínimo um começo."

"Realmente não sei aonde você quer chegar."

"Só estou tentando dizer que Alan Turing achava que, de um modo semelhante, nossos cérebros têm um elemento aleatório. Como uma roleta-russa. De tempos em tempos fazemos coisas loucas. Saímos dos trilhos. Mas isso em parte é necessário para que haja progresso."

"Diga logo o que quer!"

"O fato é que não estou querendo insinuar que seu senso de ordem ou seu medo exagerado de cometer um erro neste exato instante esteja tendo algum efeito na sua capacidade de pensar livremente. Só estou dizendo que Turing parece ter sido um tipo diferente de pessoa, você não concorda? Ele saía dos limites estabelecidos. Era criativo. O pensamento dele parece ter sido fundamentalmente diferente do convencional, e ele assumia riscos. Por consequência, cometia erros. Pode muito bem ser que houvesse uma roleta-russa operando dentro dele até o final, até onde eu sei."

"Pelo amor de Deus, o que você está tentando dizer?"

"Nada, apenas que parece importante tentar descobrir se ele estava fazendo algo inesperado ou até arriscado pouco antes de morrer, ou se alguma outra pessoa estava fazendo isso, alguma coisa que o deixasse chateado e o levasse a essa decisão. Ele descreveu em uma carta…"

"Em uma carta?"

"Bom, o esboço de uma carta, um rascunho", Corell respondeu, e em um instante perdeu a autoconfiança. *Por que ele mencionou a carta?*

"E você tem essa carta?"

"Não pessoalmente, claro."

"Quem está com ela?"

"A carta está na delegacia."

"Sei que você se encontrou com o sr. Farley e com o sr. Somerset", Pippard disse, de repente voltando à ofensiva.

"Verdade... sim... como você sabe?"

"Sou muito bem informado, você devia saber", Pippard disse.

"Nunca duvidei disso."

"Sei inclusive que Somerset pediu que você entregasse todos os papéis que encontrou na casa."

"E foi o que eu fiz."

"Evidente que não!"

"Esse rascunho na verdade não é..."

"O quê?"

"Nada muito emocionante."

"Não? Já que estamos falando sobre ser bem informado, como vai a sua tia?"

Corell foi tomado por uma aguda sensação de desconforto.

"Minha tia?"

"Ela melhorou?"

"Infelizmente não..." *está nem doente*, ele esteve prestes a dizer, mas então congelou e percebeu que havia agido com total falta de discernimento. Procurar esse homem e pedir que falasse sobre segredos de Estado talvez tenha sido a coisa mais burra que ele fez na vida. Talvez Corell estivesse tentando dizer mais alguma coisa, porém não conseguia pronunciar uma palavra que fosse. Ele se sentia paralisado, e por isso não percebeu que o próprio Pippard estava agindo de modo estranho.

Pippard foi tomado por uma sensação de urgência, e em sua cabeça frenética esse rascunho de carta se tornou um documento letal que caiu nas mãos de um oportunista mau-caráter, e ele se esforçou para pensar o que era necessário fazer.

"Obrigado por me ceder seu tempo. Mas é evidente que isso foi um erro, e é melhor eu ir", o policial disse, o que fez Pippard voltar imediatamente à vida.

Será que eu devia forçá-lo a ficar?

"Você precisa me contar quem mais sabe sobre o conteúdo dessa carta."

"Tentamos limitar o número de pessoas com essa informação, claro. Mas como eu disse... preciso ir agora."

Corell se sentiu derrotado, e por isso sorriu. Esse sorriso fixo sempre foi um dos seus mecanismos de defesa, e era um truque razoavelmente eficiente para usar na fase crítica de uma disputa por poder. Pippard pareceu ver naquilo um sinal de força:

"Você parece satisfeito."

O que ele deveria dizer? Recorreu a uma espécie de truque.

"Por acaso você não teria um guarda-chuva para emprestar?", e em qualquer outra situação ia sentir orgulho do que disse. Era de um atrevimento impressionante. Era puro humor negro, e funcionou. Pippard murmurou algo, e Corell viu sua chance. Ele caminhou rumo à porta.

"Nesse caso uma ótima tarde", ele disse, se sentindo curiosamente indiferente, e Pippard respondeu algo.

Ele não ouviu o que era. Abriu a porta e saiu rápido para as escadas, onde a escuridão pareceu agarrá-lo. Mas quando chegou à rua se sentiu refrescado pela chuva e começou a andar na direção da trompetista. Achou que conseguia ouvir as notas à distância, mas deve ter sido só a sua imaginação, porque quando chegou lá não havia ninguém tocando trompete, só uma calçada vazia, molhada, e a chuva caindo de lado.

28

Na manhã seguinte à visita a Pippard, Corell ficou deitado na cama no hotel da Drummer Street, os olhos seguindo as listras do papel de parede amarelo, como se tivessem se perdido no labirinto das paredes, e só conseguiu se forçar a sair da cama na hora do almoço, mas mesmo assim não fez o check-out, como pretendia. Deixou a bagagem onde estava e saiu em meio à multidão. O tempo estava bonito. Era a véspera do grande eclipse solar, e ele viu pipas subindo no céu e casais de namorados nas ruas, mas isso não o animou. Ele se sentia excluído da vida ao redor, e pensava em Alan Turing. Sua jornada certamente estava encerrada. Ele não avançaria nada além disso, e o mais sensato a fazer era voltar para casa, e no entanto...

Como se movido por forças externas, foi ao King's College e ao arquivo da biblioteca, onde leu mais uma vez *Números computáveis* e um ensaio intitulado *Sistemas de lógica baseados em ordinais*, do qual entendeu muito pouco. Ele gostava do som das canetas passando pelo papel, e das páginas sendo viradas, e das tosses constrangidas, mas não conseguiu se libertar da sensação de incômodo. Nem nas suas fantasias, por mais atraentes que tentasse torná-las, conseguia afastar os receios que tinham tomado conta dele desde o encontro com Pippard. Ele imaginava Ross ou Hamersley conversando com Pippard e combinando sua demissão ou as punições que receberia, mas também se via como um vagabundo bêbado andando por Wilmslow, jogando lixo e garrafas no jardim da delegacia, e pensou na morte, na morte como uma maçã envenenada, uma panela borbulhante e um trem correndo pela noite. No caminho de volta para o hotel, comprou oito garrafas de Mackeson's Milk Stout e tomou no quarto, e assim, em vez de continuar preocupado, agora estava com pena de si mesmo. Tudo ficou tão triste!

Ele não só tinha decidido renunciar ao amor. Tinha dado as costas para a amizade. Os poucos amigos desapareceram, não de uma vez, nem um a um, mas tão lentamente que ele sequer percebeu. O declínio foi gradual a ponto de ser imperceptível e, ele achava, mal se podia dizer que estava vivendo, só o que fazia era se arrastar por uma existência sem alegrias, e agora que finalmente tinha se empenhado em algo tudo deu errado.

Ele ligou o rádio no quarto. Uma voz falava sobre um golpe na Guatemala. Desligou o aparelho e por um tempo ficou simplesmente parado no meio do quarto, balançando um pouco e meio bêbado, e aí começou a andar, de um lado para o outro, passando pela cama, pela pia, pelo cabideiro. Chegou ao ponto de achar que as pessoas da rua podiam vê-lo e achavam que ele estava prestes a tomar uma decisão crucial, ou a fazer uma grande descoberta... Então você já ouviu falar de Alan Turing? Eu cuidei da investigação da morte dele. Dá até para dizer que isso fez a minha carreira decolar. Uma história muito triste, claro, ele era homossexual, sabe, mas muito inteligente, criou as bases para a máquina programável de dados, uma máquina que... Entendo, você sabe tudo sobre isso? Bom, já se falou muita coisa sobre o tema. Nesse caso talvez você saiba que também contribuí para algumas melhorias. Pensei nelas enquanto lia o ensaio dele no King's College. Foi em junho de 1954, um verão muito úmido — lembra? Roger Bannister fez aquele recorde fantástico na milha. Teve um eclipse solar no fim de junho... você viu na época, então, que interessante. Da minha parte eu tinha acabado de encontrar Julius Pippard, sei que você nunca deve ter ouvido esse nome, ele era completamente insignificante, o trabalho científico dele era um total fracasso, e era um sujeito muito desagradável, um cafajeste... talvez pareça que estou sendo meio duro. Claro que não sou de chutar cachorro morto. Mas, veja, o sr. Pippard me causou um monte de problemas. Ligou para o meu chefe. Criou um alvoroço medonho — embora eu talvez deva ser grato a ele. Foi graças a ele que saí da polícia... ah, sim, concordo, é um trabalho bom, honesto, mas eu não achava muito estimulante. Sim, claro, agora as coisas são diferentes, agora mal tenho tempo. Obrigado, obrigado... que bom ouvir que você valoriza as minhas contribuições. Boa sorte para você também... e, lembre, nada vem de graça nesta vida, teve uma época em que eu estava totalmente desesperado, sabe, ficava andando de um lado para o outro num hotel, e sonhava que...

Ele interrompeu seus pensamentos e saiu de novo, sem saber aonde estava indo. Do pub com um toldo azul do outro lado da rua vinha o som de um jukebox tocando "*Cara mia*, why must we say goodbye?", e ele olhou para o céu. Estava nublado e frio, e o dia estava terminando, mas ele se sentiu melhor e por um momento até esqueceu sua paranoia, o que foi uma ironia do destino porque, se tivesse olhado com mais atenção para dentro do pub, teria visto um sujeito atarracado com uma marca de nascença na testa, e esse senhor, Arthur Mulland, um oficial de baixa patente no QGCG agora ficou de pé e seguiu Corell pela St. Andrews Street, onde uma igreja católica se destacava na paisagem.

Corell não precisaria nem ser muito observador porque, como Turing escreveu na carta, Mulland não era muito bom em desaparecer em meio à multidão. Com sua constituição rude e andar cambaleante, era visível demais e tão comum que nem fizesse questão de ficar fora do campo de visão. Com o tempo se tornou um sujeito cansado e negligente. As instruções que recebeu também não eram muito claras: "Tente descobrir o que ele está tramando", e ele não achava que houvesse muito sentido naquilo. Mas hoje em dia tudo tinha que ser investigado, e Arthur Mulland estava só fazendo o seu trabalho, em certa medida como forma de protesto, porque de algum modo estava na mesma situação que Corell. Os dois andavam sem rumo, tomados por pensamentos indóceis, e nenhum deles tinha dormido bem, nem estava particularmente sóbrio. Embora Mulland fosse casado e tivesse três filhos, se sentia tão solitário quanto Corell, e não entendia por que andava tão rabugento e nervoso. Percebeu que a bebida devia ter algo a ver com isso. Os períodos de abstinência iam e vinham. Às vezes ele se curava, e era um processo doloroso, com os nervos às vezes à flor da pele e às vezes relaxados. Ele era especialista no assunto. Sabia falar em termos eruditos qual o tipo exato de bebida alcoólica necessário para tratar cada problema espiritual. Mas não sabia nada sobre outros aspectos das circunvoluções de seu cérebro, e essas tarefas de vigilância não melhoravam as coisas. Aquela espera toda do lado de fora de portas e janelas tinha um efeito corrosivo sobre ele, e era comum que sentisse raiva das pessoas que precisava vigiar. Jamais se esqueceria do olhar arrogante que um homossexual lhe dirigiu em Wilmslow, e não estava feliz com o policial fuçando no caso, ou fosse lá o que estava fazendo. Mulland olhou o relógio. Eram seis e meia e, embora não soubesse se o sujeito que estava seguindo era ou não desonesto, o fato era que definitivamente estava usando um terno caro demais e agora o cara entrou em um pub, o Regal, era o nome, e Mulland ficou esperando do lado de fora, tomando goles de sua pequena garrafa prateada de bolso.

Corell pediu uma cerveja da mesma marca importada que Krause tinha pedido em Wilmslow, e as imagens de Adlington Road, não só as do lado de fora da casa, voltaram enquanto bebia. Ele se lembrou dos pensamentos impróprios que teve na escada e das memórias de seu pai, e da fantasia sobre o trem noturno maligno, e viu o matemático diante de si, morto na cama estreita com espuma ao redor da boca, e de repente achou aquilo muito estranho. Turing estava pensando, e depois não pensou mais. Um mundo desapareceu, uma inteligência questionadora... No artigo na *Mind*, Turing escreveu que nossa consciência se situava em algum lugar do nosso cérebro, mas como poderíamos encontrá-la? Como algo pode encontrar a si mesmo? Como um enigma pode se autorresolver? Como o paradoxo do mentiroso pode escapar de sua própria contradição?

Corell fechou os olhos e tentou sentir com qual parte da cabeça estava pensando — tinha a impressão de ser algum lugar bem na parte de trás do cérebro —, mas deixou o pensamento de lado, aquilo era absurdo, e antes de terminar a bebida pagou e saiu apressado. Tinha voltado a chover. Aonde deveria ir? Ele decidiu só passear à toa, mas depois de alguns metros parou. Tinha alguém de pé atrás dele? Não, devia ter se enganado. Não tinha ninguém ali, e nenhum lugar para onde a pessoa pudesse ir, nenhuma alameda, nenhuma porta por onde entrar. Estou imaginando coisas, ele pensou, e de fato estava. Arthur Mulland estava a vinte metros de distância, escondido por um grupo de turistas perto da igreja de St. Andrew's, mas claro que Corell também tinha razão, e agora apertou o passo. Na King's Parade cumprimentou uns estudantes, só para testar, e o cumprimento foi respondido, e ele tentou pensar positivo

— algo do gênero *eis-me aqui, Leonard Corell, andando e pensando sobre o paradoxo da consciência* — mas não deu muito certo, e ele deu meia-volta de novo, tomado por uma nova sensação de incômodo. Foi a primeira vez que ele viu Mulland. O funcionário do QGCG estava perto dele agora, e Corell pensou algo como: Esse sujeito é grande, e a calça não está curta demais? Mas o pensamento foi embora e, apesar de ter percebido a marca de nascença na testa, ele não ligou aquilo à descrição da carta, e por que deveria? Ele não pensava no sujeito da carta fazia um bom tempo. Além disso, a marca não parecia nem de longe um sigma. Era só uma marca de nascença comum, vermelha, que deixava Mulland envergonhado na infância.

Só depois de passar dos trinta anos Mulland parou de usar uma franja longa, e mesmo assim não foi nada voluntário. Como estava ficando careca, não dava mais para fazer aquele corte de cabelo, e com o tempo ele desenvolveu uma espécie de aversão a gente com muito cabelo. O policial tinha muito cabelo. Era jovem e se vestia bem. As mulheres lançavam olhares curiosos em sua direção, e Mulland, que não recebia nenhum olhar amistoso, decidiu dar um gole rápido. Mas a garrafinha estava vazia, e a chuva tinha voltado. Sempre chovia quando estava trabalhando na rua, e ele olhou com certa raiva o policial parado na entrada da King's Chapel. O sujeito parecia pensativo.

Dava para ouvir música de órgão, e um coro cantando. Corell foi atraído pelo calor, e pelo brilho, e pelo cheiro de incenso lá dentro, mas como um ateu inabalável resistindo a um impulso religioso mudou de direção e foi rumo ao rio, e atravessou uma ponte, e foi mais ou menos aí que começou a tremer. Podia ser a chuva, o álcool, ou até uma premonição, e ele procurou as trilhas mais desertas. Teria sido útil ter gente por perto, porque de jeito nenhum era inevitável que fosse levar uma surra. Na Inglaterra ninguém bate nem mesmo em espiões condenados pela justiça, então por que bateriam em um policial qualquer que apenas não tinha conseguido fazer o seu trabalho? Não havia absolutamente nenhum motivo, exceto pelo fato de Mulland estar irritado com o policial e com a vida em geral e por ter se sentido ofendido: outra vez estava tendo que ficar de olho em gente que não era confiável e que não tinha respeito pelos segredos do país, e se lembrou da agitação que os supostos vazamentos causavam em Cheltenham, e essa agitação de certo modo legitimava sua raiva.

Um gato laranja peludo passou correndo e causou reações muito diferentes em Corell e Mulland. Mulland queria chutar o bicho, enquanto Corell queria não só fazer carinho no seu dorso. Também queria apertar o gato contra o rosto, como se fosse um ursinho de pelúcia que traz consolo, e bem quando estava passando por um banco e uma árvore grande um galho quebrou atrás de si. Ele sentiu um calafrio. Ficou com medo. Mesmo assim não se virou, ainda não. Continuou andando. O que tinha escutado? A chuva, claro, o vento nas folhas, e depois passos. Os passos agora estavam logo ali atrás e, levando em conta a lentidão do andar de Corell, já deveriam ter passado por ele. Provavelmente não era motivo para se preocupar. E no entanto... o peso dos passos e a respiração, que parecia pesada demais para alguém que andava tão lentamente, aumentaram o seu medo. Ele deveria se virar? Não teve tempo. Os passos atrás dele aceleraram, e Corell girou e viu o homem pela segunda vez, ainda sem se dar conta do fato de que a marca de nascença era uma pista, um elo para outro contexto, e o único pensamento claro que teve foi de que estava encrencado.

Mas Mulland não tinha a menor intenção de machucar alguém. Ele se certificou de que os dois estivessem sozinhos e se perguntou se deveria começar uma conversa, e mesmo isso seria contra as instruções que recebeu, mas violência? Nunca! Isso o colocaria numa situação muito difícil, mas, mesmo assim, alguma coisa no rosto de Corell, o olhar assustado, os traços delicados, a juventude acentuada pelo medo, e depois as palavras "Eu não tenho dinheiro!" foram uma provocação para Mulland. *Aquele idiota achou que eu era um assaltante?*

"Eu sou policial", o sujeito disse.
"Que belo policial."
"Como assim?"
"Andando por aí vazando como uma peneira."
"Do que você está falando?"

Corell não entendeu. O encontro com Pippard passou por sua cabeça, mas algo nele se recusava a ligar aquele lunático a isso. Ele parecia brutal demais para matemática e enigmas, tinha a aparência de um valentão, e isso por si só fazia o perigo parecer maior. Mulland se sentiu desprezado. Conseguia ver o medo nos olhos de Corell, e quando deu um passo à frente, soltando uma baforada com hálito cheio de álcool, o policial fez uma careta de nojo e terror, e foi aí que aconteceu. Mulland ficou furioso. Ele empurrou o policial no peito e, enquanto Corell cambaleava, empurrou de novo, agora ainda mais forte.

Corell mal conseguia manter o equilíbrio. E no entanto, enquanto oscilava, conseguiu registrar vários detalhes; um dos olhos do sujeito parecia maior do que o outro, os dentes eram amarelos, e ele tinha um queixo duplo, mas acima de tudo Corell notou a marca de nascença, e isso lhe deu uma sensação de déjà-vu, embora ainda não conseguisse ligá-la à carta. Mas isso só aumentou a sua cautela.

Como um jogador de futebol tentando um drible, ele foi para um lado e para o outro e, quando viu uma brecha, correu desviando do homem, mas, bem ao lado de uma pedra que iria ficar manchada com seu sangue, Mulland o alcançou, até certo ponto consciente de quanto seu comportamento era insano e até ridículo. Mas agora não podia haver esperança de que fosse deixar Corell em paz. Em seu estado de agitação extrema, Mulland passou a enxergar uma ameaça, até um verdadeiro risco para a segurança, e em pouco tempo era como se Turing e o policial tivessem se fundido em uma mesma pessoa na cabeça dele, e isso talvez tenha exacerbado a raiva que sentia. Ele agarrou Corell e o jogou na grama, se sentindo cada vez mais humilhado em sua fúria e falta de jeito.

Mesmo a essa altura já estava claro que o absurdo da situação era parte do perigo. A uma pequena distância da missa que era celebrada na venerável capela do King's College, Arthur Mulland, pai de três filhos, rastejava nos arbustos como um estudante briguento, e quando ele descobriu, enquanto se esforçava para virar Corell de costas, que seus joelhos estavam imundos, ficou ainda mais furioso, não por se importar com a calça, mas porque as manchas de grama lembraram o quanto foi vulnerável na infância. Ele vinha se tornando cada vez mais temperamental com os anos, mas era por isso que era tão obcecado em manter sua dignidade, e quando não conseguia as explosões eram ainda mais extremas. A fúria o deixou fora de si.

Todas as suas decepções, todos os defeitos que via em si mesmo, todas as necessidades e os deveres conflitantes, se uniram em uma explosão totalmente destrutiva de energia, e ele bateu de novo e de novo, primeiro com a mão aberta enquanto ainda lhe restava algum juízo, depois com os punhos e por fim, quando Corell cuspiu no rosto dele, bateu a cabeça do policial na pedra, de certo modo aceitando integralmente que estava destruindo não apenas Corell, mas também sua própria vida, e na verdade era de estranhar que conseguisse continuar fazendo aquilo por tanto tempo. Eles não estavam longe do rio e da trilha, mas Mullan certamente teve a ajuda da chuva. Pouca gente estava ao ar livre. A cidade estava silenciosa. As copas das árvores se inclinavam sobre o rio, e o trovão soava à distância. O único som surpreendente veio das meninas cantando a "Ave-Maria" de Schubert ao longe. Para Corell, o coral soou como um grupo de vozes celestiais vindo de um mundo em vias de desaparecer, enquanto para Mulland eram apenas uma irritação distante, e é verdade que as vozes das meninas não eram treinadas nem sérias. Havia uma ironia na música, mas quando Mulland despertou de sua fúria, e com surpresa cada vez maior olhou para as mãos machucadas e o sangue que pingava do cabelo encaracolado do policial, as vozes do canto se tornaram um despertador, um canto da sereia de um mundo melhor.

O que ele tinha feito?

Parecia que o sangue também escorria do seu próprio corpo, e ele resistiu ao impulso de deitar no chão ao lado do policial, e quis rezar ou bater em si mesmo, mas não fez nada, nada além de ofegar pesado. Bater tão forte e com tamanho frenesi esgotou suas forças e, sem pensar, ele tentou ouvir a música. Já tinha desaparecido e, embora tivesse se irritado com o som pouco tempo antes, nesse momento sentiu sua falta. Obviamente estava com medo de alguém encontrá-los ali; ao mesmo tempo sentiu um desejo desesperador de ter companhia e pensou — sem saber por quê — em uma caixinha pequenina de ébano que achou em uma ruela de Ancara, e em que às vezes ele tamborilava com os dedos, mas não conseguia encontrá-la em lugar nenhum.

Ele se levantou e saiu andando pela escuridão.

29

No dia seguinte havia uma grande expectativa no ar não só na Grã-Bretanha como também em várias partes do mundo. Um eclipse total do Sol se completaria às 13h29 pelo horário da Inglaterra, e milhões de pessoas se preparavam escurecendo vidros com fuligem e tiras de filme revelado. Dizia-se que o próprio Galileu arruinou os olhos vendo um eclipse solar sem proteção. Óculos de sol não bastavam, segundo os jornais, e muita gente ficava imaginando — como se esses alertas disparassem algum tipo de compulsão — se realmente conseguiria resistir à tentação de olhar diretamente para o Sol enquanto escurecia.

Muitos sentiam um gosto renovado pela vida. Em Cambridge a sensação era de que a cidade estava prestes a presenciar um acontecimento, e muita gente não conseguia nem se concentrar nos estudos. Outros não eram nem um pouco afetados pela empolgação. Alguns tinham a sorte de estarem tão absortos no trabalho intelectual que nem chegavam a prestar atenção nas atrações celestes. Outros não sabiam de nada, o que por si só era uma façanha. Falava-se o tempo todo do assunto nos jornais, no rádio e na tevê, um veículo cada vez mais popular. Nas ruas e praças havia fofocas e conversas. Mas nunca se deveria subestimar o poder do ser humano para a seletividade. As pessoas muitas vezes deixam de ver o que está bem diante dos olhos. Só enxergam o que estão acostumadas a ver. Em termos gerais, estamos despreparados para grandes mudanças, e mesmo em Cambridge houve mais de uma pessoa surpreendida pela escuridão.

Outros que eram mais esnobes ou que tinham tendência a ser do contra, do tipo que as melhores cidades universitárias produzem em números particularmente grandes, viam como seu dever ignorar aquilo que interessava a todos os outros. Segundo eles — embora houvesse variações na argumentação —, um ser humano independente deveria evitar esse tipo de histeria. No fim das contas, um eclipse solar é apenas uma sombra, e só astrônomos ou poetas se interessariam por isso. Quando todo mundo olha para cima, o melhor que se faz é olhar para baixo ou para o lado. O que importa é ficar de fora, não só para ser diferente, embora evidentemente isso fosse parte importante dessa postura, mas porque as pessoas achavam que só os que ficam à parte descobrem o que seus contemporâneos negligenciam. Grandes talentos não têm tempo para psicose de massa.

Alguns estavam tristes demais ou doentes demais para se importar, enquanto outros estavam tão irritados que decidiram ignorar o espetáculo como um todo. Oscar Farley estava entre eles. Estava sentado na sua cadeira ergonômica — instalada recentemente — na sua mesa em Cheltenham, e colocou o telefone no gancho com um gesto teatral, destinado a mostrar a uma plateia invisível o quanto estava contrariado. Farley se opôs desde o primeiro instante à ideia de seguir o policial. Disse que era um absurdo. Mas foi voto vencido e, embora relutante, cedeu. Se quisessem prevenir e descobrir novos vazamentos, era necessário se concentrar no essencial. Claro, claro, o policial podia muito bem ser um oportunista, um mau caráter, mas mandar Mulland ir atrás dele, não. Mulland era instável... Farley não entendia por que tanta gente gostava dele no departamento. O estado em que ficou ao descobrir as inclinações de Turing já eram um indício de algo pouco saudável — indignação moral era a última coisa que Farley queria encontrar em um relatório de vigilância, mas acima de tudo foi o telefonema. Não era apenas a falha na missão. Errar era parte do trabalho. Era o tom, eram os detalhes, ou melhor, a ausência de detalhes, e de cara fechada Farley ficou de pé e saiu para o corredor. Ainda era cedo, e ele não sabia se Robert Somerset tinha chegado. Desde o divórcio, Robert se habituou a chegar tarde e sair tarde, mas sim, Robert estava sentado na sala dele com uma xícara de café. O rosto dele se iluminou quando Farley entrou.

"Olá, Oscar. Olhe isso." Somerset colocou um par de óculos que lhe davam a aparência de paródia de agente secreto. "Feitos especialmente para o eclipse."

"Mulland ligou de Cambridge."

"Você podia me dar um tempo? Estou tomando meu café."

"Ele perdeu o policial", Farley disse.

"Que trapalhada. Ele estava bêbado?"

"Não sei. Mas ele diz que Pippard tinha razão, e que tem alguma coisa suspeita no policial."

"Que estranho o Pippard e o Mulland parecerem ter virado melhores amigos de uma hora para outra."

"Pois é, bem conveniente, não?"

"Parece que você melhorou das costas. Tentou os exercícios que eu falei?"

"Mulland diz que o policial se livrou dele de propósito; percebeu que estava sendo seguido."

"E você não acredita?"

"Também disse outras coisas. Que tinha mais alguém seguindo o policial, um sujeito mais novo, de traços eslavos e com uma expressão meio brutal. Mulland descreveu o tipo para mim."

"Que estranho."

"Bem estranho."

"Então ele estava inventando isso?"

"Ou isso, ou exagerou bastante o que viu."

"O que você vai fazer?"

"Vou para lá. Parece que o Corell ainda não fez o check-out do hotel, então deve aparecer mais cedo ou mais tarde."

"Presumo que você vá levar alguma coisa decente para ler no caminho."

"Vou levar os seus óculos. Ficam mais bonitos em mim", Farley disse com uma voz mais tranquila, e colocou os óculos.

Somerset pareceu não achar divertido.

"Então não tem ninguém tentando contato com o policial?"

"Pode ser qualquer coisa. Mas não me sinto à vontade de deixar o Mulland e o Pippard cuidando disso."

"O Pippard tem sido incrivelmente cuidadoso."

"Cuidadoso", Farley bufou e tirou os óculos.

"E concentrado."

"Nós todos andamos tão concentrados e tão cuidadosos que como resultado ficamos doidos", ele zombou, e saiu da sala para voltar e sentar novamente à sua mesa.

Cuidadosos e doidos... Desde que Burgess e Maclean desapareceram, o ambiente ficou cada vez mais histérico, e era bem compreensível. Podia ter um terceiro, um quarto, um quinto espião à solta — possivelmente aquele maldito Philby, que no fim das contas sabia sobre Bletchley e que morou com Burgess em Washington — e era, sem dúvida, da maior importância capturar essas pessoas e não deixar que mais ninguém de caráter duvidoso tivesse permissão para entrar no templo sagrado. Mas era também evidente que as suspeitas haviam envenenado o ambiente e levado a uma perseguição que tinha como alvo qualquer um que fosse diferente e pouco convencional, e não haveria uma mentalidade de linchamento nesse incômodo latente? Farley viu uma fúria no departamento que o assustava, e mais do que em qualquer outro momento queria se afastar de tudo aquilo. No entanto, arrumou uma mala pequena em que colocou um livro de poemas de Yeats e uma camisa passada que estava pendurada havia alguns dias em seu gabinete.

Depois pediu a Claire que comprasse uma passagem de trem para Cambridge.

"Não demoro muito para voltar", ele disse.

Mulland estava sentado no seu quarto de hotel, bebendo de sua garrafinha prateada. Ainda bem que Farley não estava vendo. Nem a bebida fez as mãos pararem de tremer, e ele fedia a álcool e suor. Estava pálido e encolhido. Mas não ia ceder. "Estamos numa época perigosa", ele murmurou, como se o espancamento tivesse sido apenas uma batalha necessária, parte de uma cruzada, e o tempo todo tentou achar uma brecha que lhe permitisse sair da confusão que criou a seu redor. Durante a noite bolou as mentiras que contou a Farley. Sabia que a versão tinha defeitos e que a descrição do perseguidor fictício — *traços eslavos e brutal* — era meio óbvia demais, não só em função da ameaça russa. Aquilo também o deixava exposto a outras acusações, mas ele achou que bastaria, e que era até bem inteligente. Pensou em Pippard. Pippard virou um bote salva-vidas, uma esperança. *Julius vai resolver isso.*

Mulland não estava vendo as coisas com clareza e, quando as imagens da noite anterior surgiam, ele as via como se à distância, como se não tivessem nada a ver com ele.

Depois do espancamento sentiu um breve alívio, como se toda a raiva que estava reprimida dentro dele tivesse finalmente encontrado um escape, mas essa sensação era enganosa, uma ilusão de calma. O pânico colocou suas garras sobre ele, e até onde podia lembrar mal olhou para o policial. Tinha apenas entendido que a situação era grave e olhado para o outro lado, e por isso as memórias mais claras que tinha não eram de Corell, e sim das próprias mãos ensanguentadas e da chuva caindo sobre os dois, e depois a percepção de que precisava fugir. Ele saiu cambaleando e vagou pela cidade até finalmente recuperar o juízo e voltar para o hotel, onde lavou todo o seu corpo e caiu num sono profundo mas breve.

Deus Todo-Poderoso, o que ele havia feito? Ele se levantou. Sentou de novo. Bebeu gole após gole, às vezes água, às vezes uísque, e pensou que poderia ligar para Irene, a esposa, para dizer que estava tudo bem, mas isso era imbecilidade. Nada estava bem, e nos últimos anos o relacionamento deles andava hororoso. Obviamente só depois de algo desse tipo ele poderia ser tomado por uma tal sentimentalidade, e deixou os pensamentos se voltarem para os filhos — especialmente Bill, que começava a estudar medicina —, e tentou se lembrar do rosto deles, mas era inútil. Em vez disso, continuava vendo o policial com seus olhos oblíquos. *Será que ele ainda está estirado lá? Será que ele...* Mulland pegou o telefone e pediu que a operadora ligasse para o Hotel Hamlet, na Drummer Street. Quando uma voz masculina atendeu ele desligou, sentindo um desconforto. *Não, não, ele não pode estar lá, ele deve...* Ele se ergueu e se viu no espelho, de início parecendo horrorizado — *Jesus, que aparência medonha!* —, mas depois nem tão insatisfeito. Limpou o suor do lábio superior, arrumou o cabelo ralo, e sorriu sem jeito como se estivesse tentando enganar também a si mesmo. Depois saiu às pressas para a cidade e chegou ao King's College. Mas diminuiu o passo. *Qual a pressa?*, e então viu uma placa na Market Street, do Regency Café, e percebeu que era um lugar simples, um café da classe trabalhadora do tipo que não esperava encontrar nessa cidade tão elegante, e ele parou e pediu um bule de chá e um sanduíche de ovo. *Primeiro preciso me acalmar!*

Oscar Farley sentou no trem, e embora tenha tentado ler seu Yeats — Yeats era a paisagem tranquilizadora a que sempre voltava —, seus pensamentos estavam vivos e, quanto mais tempo a viagem durava, mais se voltavam para Turing. Não fazia tanto tempo que o matemático tinha se sentado de frente para ele e dito com sua voz gaguejante e resignada:

"Então você não confia mais em mim."

"Claro que confio, mas é que…"

Mas é que… o quê? Farley não lembrou qual foi sua resposta — provavelmente ele se perdeu em uma desculpa longa —, mas tinha sido doloroso. Ele e Alan se conheciam fazia muito tempo. Farley foi um dos que o recrutaram para Bletchley. Já na época estavam procurando matemáticos e cientistas mais do que linguistas e classicistas, e várias pessoas da velha rede de contatos em Cambridge mencionaram Alan, o jovem que resolveu o *Entscheidungsproblem*, e que estudou em Princeton e que por vontade própria se interessou por criptografia. Sabiam que seria bom tê-lo como recruta. Mas ninguém teria imaginado… Farley se lembrava da primeira vez que viu Alan em Bletchley. Foi no baile da mansão que na época já estava sendo usada como ponto de encontro e posto de comando. Havia um grupo de pessoas sentadas nos sofás, bebendo. Deve ter sido no outono de 1939, mas eles estavam felizes, apesar dos rumos da guerra. Ele mesmo estava quase feliz. Bridget também estava lá. Tinham acabado de se tornar um casal, mas como os dois eram casados mantinham uma farsa, fingindo não se conhecer, e isso só aumentava a paixão. Desde jovem Farley era a alma de toda reunião social a que comparecia. Sempre providenciava para que ninguém fosse deixado de fora ou ignorado. Assumia uma espécie de responsabilidade paternal por todas as conversas, e portanto logo descobriu que Alan Turing ficava quieto e se remexia desconfortavelmente em sua poltrona sempre que a conversa ficava mais leve. As pessoas riam, e Alan também ria, só que um pouquinho depois, como um menino que não tivesse entendido a piada, mas fingia entender. Parecia perdido e constrangido, e Bridget — que devia estar pensando mais ou menos a mesma coisa — perguntou educadamente:

"Perdão, dr. Turing, mas em que é que o senhor estava trabalhando em Cambridge?"

"Eu…", ele começou. "Eu estava trabalhando com umas questões muito simples sobre…"

E então ele travou. Nem uma palavra passou por seus lábios. Ele simplesmente ficou de pé e desapareceu, e na época ninguém entendeu por quê. Mas em breve todos perceberiam que, quando Alan achava que as pessoas não entenderiam aquilo em que estava trabalhando, ele não falava uma palavra sobre o assunto, e claro que isso podia ser visto como esnobismo, arrogância, mas era provável que simplesmente não conseguisse lidar com pessoas que estavam muito distantes do seu mundo. Ele não entendia nada sobre mulheres. Seus olhos baixavam quando elas passavam. Ele prendia a caneca de chá no aquecedor para não perdê-la, vivia esquecendo onde tinha posto as coisas e se vestia de um modo excêntrico. Mas na época as coisas que eram diferentes nele eram vistas como parte dos seus talentos. Isso foi antes... Farley olhou para fora da janela do trem e ao ver Cambridge se aproximando sentiu uma pontada de saudade. Cambridge era seu verdadeiro lar. Como seria maravilhoso se não estivesse indo a trabalho! Ao levantar da poltrona as costas começaram a doer. Ele falou um palavrão e desceu para a plataforma. Era quase uma da tarde. Não faltava muito tempo para o eclipse, e a cidade já estava começando a parar.

Mulland estava muito agitado e indo na mesma direção de Farley. Seu corpo como um todo exalava tensão, mas agora seu olhar estava mais límpido. Tanta coisa tinha acontecido com ele. Depois do café da manhã na Market Street, foi rapidamente ao King's College — sem se dar conta de quanto parecia deslocado ali — e seguiu rumo ao lugar onde havia espancado Corell. Ao se aproximar, diminuiu o passo e tomou fôlego. Esperava que aquilo fosse doloroso, e uma parte dele percebeu que era o culpado voltando à cena do crime, mas ele não estava preparado para o desconforto físico que sentiu, e não fosse pelo fato de ter ficado obcecado pela ideia nas horas imediatamente anteriores sem dúvida teria dado meia-volta. Mas seguiu em frente. Ele achou estranho se lembrar tão claramente do entorno. Cada arbusto e cada árvore pareciam estranhamente familiares, como se a fúria e a loucura tivessem na realidade aguçado seus sentidos, e ele se lembrou do trompete que ouviu, e da "Ave-Maria" das meninas e dos pensamentos que passaram pela sua mente. Compreendeu naquele momento que não ia encontrar nada. O lugar parecia assustadoramente insuspeito. Não havia corpo ali. Nada tinha sido deixado para trás. Só olhando mais de perto ele viu sangue na pedra e a terra revirada. Dava para ouvir um gato — seria o mesmo do dia anterior? — mas ali... Na grama ao lado da trilha havia uma caderneta simples, sem capas. Ele a pegou e tremeu ao ver uma mancha na primeira página que pensou ser sangue. Envergonhado e olhando furtivamente para os lados, colocou o caderno no bolso interno e voltou rumo à fonte e à capela. No fim não conseguiu mais se conter.

Ele se sentou no banco em frente à entrada do King's College e folheou a caderneta. Uma das primeiras coisas que viu foi o nome *Fredric Krause* sublinhado duas vezes. Havia algo naquele nome que o deixava preocupado. *Não é a máquina em si que importa, são as instruções que recebe.* O que aquilo significava? *Como contradições podem ser uma arma de vida e morte? Como o paradoxo do mentiroso pode ser uma espada na guerra?* Mais adiante na caderneta, viu as palavras *decodificação* e *Bletchley* e depois uma argumentação sobre a capacidade de cometer erros como um pré-requisito para a inteligência. *É por isso que Turing permite que a máquina cometa erros nos testes?*

Seria exagero dizer que Mulland compreendia o que encontrou, mas em sua empolgação ele se convenceu de que se tratava de um documento crucial, algo que podia inclusive justificar o espancamento, e por muito tempo andou de um lado para outro até encontrar uma cabine telefônica. Nervoso, catou moedas no bolso e disse à operadora o número direto de Pippard.

"É o Mulland."

"O que foi?", Pippard disse.

"Você tem razão quanto ao policial. Tenho provas. Estou com o caderno secreto dele."

Ele sabia que aquilo parecia invenção e que a palavra *secreto* no contexto era forçada.

"Do que você está falando?", Pippard disse. "Somerset falou que você tinha perdido o policial. O Farley está indo para Cambridge."

"Está? Aonde ele está indo?"

"Onde? Não faço ideia. Imagino que esteja indo ao hotel onde o sr. Corell está hospedado. Claro que mais cedo ou mais tarde o policial vai voltar lá."

Mulland disse que era possível. Ele não gostava do fato de Farley estar a caminho, e tentou soar casual e ao mesmo tempo convincente ao falar sobre o sujeito de traços eslavos que supostamente teria seguido o policial. Não parecia estar tendo sucesso, e por isso deixou escapar o nome Fredric Krause como um modo de fazer Pippard mudar de assunto.

"Esse nome lembra algo?"

"Ah, sim, com certeza."

"Quem é?"

"Um conhecido da época da guerra", Pippard falou.

"Parece que Krause é o contato do policial. Ele sublinhou esse nome no caderno."

"Do que você está falando?"

"Depois eu conto mais. Agora tenho que ir."

"Não, não... você tem que explicar. Você não entende?"

"Não tenho tempo."

"Mas pelo amor de Deus, homem! Qual é a pressa?"

"Tenho que encontrar o policial."

"Mas ele não tinha desaparecido?"

"Bom... sim, mas acho que sei onde posso encontrar", Mulland mentiu.

"O.k., o.k. Vá atrás dele então, e não deixe que saia de Cambridge! É fundamental que a gente consiga falar com ele! Não que eu tenha ideia do que seja essa bobagem de que você está falando. Mas Fredric Krause, Jesus... se for isso mesmo, eu realmente fico preocupado."

"Krause não parece um nome inglês."

"Exatamente."

Eu sabia, foi o que passou pela cabeça de Mulland.

"Vou manter contato", ele disse e, embora tenha ouvido Pippard dizer mais alguma coisa, ele desligou e saiu às pressas. Após dez metros ele parou, e ficou sem dar um passo por um ou dois segundos, balançando para um lado e para o outro. Depois voltou à cabine telefônica. Pegou mais uma moeda e pediu que a operadora ligasse para o Hotel Hamlet. Demorou bastante. Pelo amor de Deus... era só uma ligação local. Podia ser tão difícil? Ele precisou colocar mais uma moeda, e quando enfim conseguiu a ligação pediu para falar com o sr. Corell, e apesar da preocupação que voltava o tempo todo à sua cabeça nem por um instante imaginou que o policial ia estar lá. Pensou apenas que fazer a ligação ia ser terapêutico. Mas a voz masculina no telefone era hesitante e soou estranha. *Ele poderia saber...?*

"Eu não sei."

"O quê?"

"Ele pediu para não ser incomodado."

"Passe a ligação. É importante."

"Aconteceu alguma coisa?"

"Me deixe falar com ele", Mulland disse, e ouviu o eco do telefone tocando, várias e várias vezes e acabou não conseguindo mais esperar.

Agitado, saiu da cabine telefônica e correu a toda velocidade, em contraste com o resto da cidade — as pessoas ao redor estavam surpreendentemente imóveis —, mas ele não pensou muito nisso. As palavras de Pippard ressoaram nos seus ouvidos, *se for isso mesmo, eu realmente fico preocupado*, e Mulland murmurou para si mesmo: "Eu estava certo, não estava?".

30

O telefone tocou. Corell queria atender, mas não tinha forças, e só o que conseguiu fazer foi abrir a mão pateticamente como se esperasse que alguém lhe entregasse o aparelho. Depois voltou a afundar em seu torpor. A fronha tinha sangue e terra. Uma camisa xadrez estava envolta na sua cabeça. Os olhos e as bochechas estavam roxos, e machucados, e inchados a ponto de parecerem deformados. Se alguém perguntasse naquele instante o que tinha acontecido, ele ia dizer que não sabia, que talvez tivesse caído da cama e se machucado, e talvez fosse uma coisa boa o fato de estar escurecendo, porque queria dormir. Ele precisava mudar de posição e cuidar da costela e da testa, que doíam, e talvez tivesse conseguido se não tivesse percebido algo: uma imobilidade, um silêncio se espalhando pela cidade, e por algum motivo pensou na mãe. Ela costumava tentar ler a própria sorte jogando alumínio fundido na água sobre a lareira de Southport, uma memória surpreendentemente agradável não só pelo que tinha acontecido, mas também levando em conta o modo como costumava pensar nela, mas a lembrança foi desaparecendo.

A sombra lá fora se espalhou rápido demais pelo céu, e ele ficou assustado e confuso, chegou a fungar como se quisesse se certificar de que o fedor das amêndoas amargas não tinha entrado ali também, e sentiu o ar abafado, mas não sabia dizer o que estava acontecendo. Depois percebeu que os carros, os pássaros e as pessoas ficaram em silêncio, não gradualmente como acontece à noite, mas como se tivessem recebido um sinal, e então compreendeu: era o eclipse, e pouco a pouco tudo começou a voltar. Ele se lembrou da chuva.

Ele se lembrou de ser atacado e de ficar caído na grama, pensando que a vida se esvaía de seu corpo. Mais tarde naquela noite levantou e vomitou em um arbusto. Escarrou e cuspiu sangue e pensou o tempo todo, como se fosse questão de vida ou morte, que não devia mover a cabeça. Mas continuou andando, levado por uma necessidade instintiva de chegar em casa — ao hotel. A certa altura passou por um grupo que aproveitava a noite e que insistiu em ajudar, mas ele recusou com firmeza. Como um animal ferido, queria ficar sozinho com seus ferimentos, e ao chegar ao hotel — impossível saber como ele encontrou o caminho — não havia ninguém na recepção. Ele abriu a porta do quarto com a chave que ainda estava no bolso e caiu na cama, ou, mais exatamente, tomou um pouco de água primeiro e enrolou a camisa em volta da cabeça, porém depois... A maior parte do que se seguiu estava envolta em névoa. Ele se sentiu terrivelmente mal, e houve momentos em que devia estar alucinando. Quando a camareira bateu na porta, sussurrou que não queria ser perturbado — por que ele fez isso? —, e ela murmurou algo e desapareceu. Ele tinha a sensação de que ela ia voltar. Queria que ela voltasse. Ele precisava de ajuda. Agora que estava pensando com mais clareza sentia uma pena imensa de si mesmo, e passou a mão pela camisa na cabeça, e sentiu a ferida lá embaixo e pensou; foi um corte feio, não foi? Ele estava com dor. Estava com o corpo enrijecido, e com olhos semicerrados olhou pela janela... *O mundo todo está compartilhando este grande evento, e eu aqui deitado. Que triste, eu que li*... Ele se viu sentado no King's College, e imaginou um admirador se aproximando... *Fale mais baixo, senhor. Eu sei, eu sei, obrigado pelo elogio, para mim a matemática é como música*... ele não tinha recuperado por completo a consciência, mas lentamente os eventos ressurgiam, e ele se lembrou de Pippard e da carta; meu Deus, a carta. A mão entrou no bolso interno, e ele procurou nervosamente, mas, sim, a carta estava ali, todas as páginas pareciam intactas, e ficou tentado a ler tudo de novo. Mas e a caderneta? Onde estava? As mãos procuraram no corpo todo, mas não, nada da caderneta. Olhou para a mesinha de cabeceira e para a mala. O caderno não estava em nenhum lugar à vista, e isso o deixou consternado. Ele se lembrou do sujeito que o tinha agredido. Que tipo de pessoa seria, e por que ele tinha sido o alvo?

Ele tinha uma marca de nascença na testa, e a calça era curta demais... devia ser o sujeito da carta de Turing... de repente aquilo ficou claro para Corell. Mas seus pensamentos foram interrompidos. Ele ouviu passos no corredor. Devia ser a camareira. Talvez tivesse trazido um médico junto, ele pensou. Isso ia ser bom. Alguém bateu na porta. Mais alto do que ele esperava.

Farley estava em um humor horroroso, e as suas costas doíam. Pontadas de dor irradiavam da lombar para o pescoço, e as pessoas na rua ficavam surpresas não só com a altura dele como pela cabeça que pendia para a esquerda de tão rijo que estava o corpo, o que fazia parecer que estava se esforçando para ver um ponto distante mais acima. Na verdade, mal via o céu. Ele estava tomado pela dor, e quando de fato olhou o eclipse foi com a impaciência de alguém irritado com uma mudança no clima. Andando na Drummer Street, viu as vísceras de um animal morto e, embora tenha desviado o olhar logo em seguida, aquilo o incomodou. A carcaça o deixou ainda mais chateado, e nem a luz brilhante e o mundo que despertava conseguiram melhorar o seu humor. Ele pensou em Pippard. Tinha certeza de que Pippard não podia estar certo! Pippard era um idiota. O policial poderia mesmo ter descoberto tanta coisa, e seria concebível que estivesse repassando informações para pessoas misteriosas? E ainda havia Mulland: *um sujeito de traços eslavos estava me seguindo!* Não, não!

É verdade que Farley estava intrigado com Corell desde o começo, por todas as contradições e pelo atrevimento que mostrou na saída do tribunal em Wilmslow. Talvez também tivesse sido um pouco imprevisível, e achasse que tinha contas a acertar. Até certo ponto isso era de família, eles conversaram a respeito no departamento no dia anterior. Tanto o pai dele como a tia eram vistos como subversivos, sim, de fato, Farley pensou, em outras palavras pessoas bacanas. Se você tivesse ideia do tanto de bobagem que acho que você fala. Mas, claro, levando tudo em conta, era difícil não ficar um pouco preocupado. O que era aquela carta, por exemplo, e por que o policial ficou com ela? Ele começou a andar mais rápido, e a certa altura pensou ter visto Mulland à distância, mas provavelmente estava enganado, e em todo caso estava perdido em pensamentos.

O boato era de que Mulland tinha saído dos trilhos uma vez em uma corrida em York. Diziam que foi visto chorando quando o cavalo em que havia apostado caiu na última curva, e que mais tarde tinha enchido de pancadas um pobre-diabo que perguntou qual era o problema. Ninguém achou que valia a pena investigar — diziam que houve muito exagero —, e isso deve ter sido um erro. Sentimentalismo e violência não eram uma boa combinação. Além disso, Mullan bebia demais. Por que justo ele escapou sem uma investigação? Seria pelo apadrinhamento de Pippard, e por papagaiar tudo o que os chefes diziam?

Farley olhou o número da rua e encontrou o hotel, um lugar simples do qual nunca tinha ouvido falar e que não tinha toldo. Vendo de fora, parecia uma casa, e olhando de dentro a decoração era pobre e pouco convidativa. Nas paredes havia fotografias de atores que fizeram o papel de Hamlet, incluindo Laurence Olivier segurando uma caveira contra o rosto com ar quase afetuoso, e imediatamente à direita da entrada ele viu um vaso grande que parecia precisar de água, mas não tinha ninguém no lobby. Farley tocou a campainha de prata colorida no balcão.

"Pelo amor de Deus!"

Não apareceu ninguém, e ele tocou de novo e teve a sensação absurda de que o lugar havia sido abandonado fazia muito tempo. Só depois de alguns minutos um rapaz de camisa branca e colete preto, e com uma grande falha entre os dentes, veio correndo da rua. Havia algo tocante nele, desajeitado e estranho.

"Desculpe, desculpe. Estava vendo o eclipse. Fantástico, não é?"

"Imagino que sim."

"O que posso fazer pelo senhor?", ele disse.

"Quero ver o sr. Corell."

"O senhor também?"

"Como assim?"

"Acabei de encontrar um homem na rua que fazia questão absoluta de falar com ele."

"Então o sr. Corell está?"

"Acho que sim. Ele não estava atendendo o telefone. Mas falou com a camareira. Ele pediu…"

"Em que quarto ele está?"

Era o quarto 26 e, embora houvesse um velho elevador e suas costas doessem, Farley foi pela escada. Achou que ia ser mais rápido. A informação de que mais alguém queria falar com o policial o deixou apreensivo. Ele não sabia exatamente por que estava preocupado, mas começava a temer que o policial tivesse de fato feito algo imperdoável. Isso ia ser um contratempo e tanto, não? Ele detestava quando gente como Pippard acabava tendo razão pelos motivos errados — ou talvez, ele devesse dizer, quando atitudes insanas davam bons resultados, e por alguma razão ele pensou em Alan, Alan acariciando seu lingote de prata na floresta.

Estava surpreendentemente escuro no segundo andar. Uma lâmpada tinha queimado? O carpete que cobria todo o chão era marrom e estava puído. Ele teve a sensação de andar pelo corredor de uma prisão, mas então parou, e provavelmente se esticou, ou fez um movimento descuidado. Ele sentiu uma pontada de dor no ombro, e grunhiu: "Deus!". Mas uma outra coisa chamou sua atenção. Farley ouviu um som que parecia um suspiro, e embora não fosse alto nem dramático aquilo o deixou incomodado, ele não sabia o motivo — talvez fossem só os seus nervos —, mas agora deu para ouvir também uma outra coisa; um sussurro agitado, e um baque, e à medida que apressava os passos Farley ia se convencendo de que algo sério estava acontecendo, e começou a chacoalhar nervosamente e com um barulho alto as chaves que estavam no seu bolso.

31

Corell tinha trancado a porta ao entrar cambaleando no quarto de hotel naquela noite. Por isso não adiantava gritar "entre!", era preciso abrir a porta. Mas ele mal tinha forças para levantar. Estava enjoado, e era como se o seu corpo todo gritasse: Fique deitado! E, no entanto, precisava levantar. Tinha que tomar alguma coisa e ir ao banheiro. Valia a pena tentar. Mas Deus, como era difícil. Tudo oscilava diante de seus olhos, e a cabeça parecia pesada.

"Estou indo. Estou indo!"

Com um esforço imenso, ele levantou e conseguiu manter o equilíbrio. Viu naquilo uma pequena vitória, e foi andando abaixado. A rua estava despertando outra vez para sua agitação. Os pássaros e as pessoas voltavam à vida, e ele tentou tirar algum prazer daquilo, mas a luz lhe fazia mal.

"Quem é?", perguntou.

Não houve resposta. Ele precisava concentrar toda sua atenção para andar e, quando conseguiu pensar um pouco em quem estaria batendo na porta, achou que era a camareira ou o porteiro, ou um médico que alguém tinha chamado. Não passou por sua cabeça que a camareira nunca o tivesse visto. A única coisa que o preocupava era se conseguiria chegar até a porta. Isso em si já lhe parecia uma missão arriscada. A cabeça girou ainda mais, e ele pensou: *não vou conseguir*, mas seguiu se esforçando e descobriu para seu alívio que a chave estava na porta. Mas a fechadura engripou e ele não tinha força nas mãos. Tente de novo! E aí funcionou. Ele abriu a porta e se preparou para encenar uma pequena queda dramática — queria mostrar o estado lamentável em que se encontrava —, mas não havia camareira nem nenhum outro funcionário do hotel ali. Alguém muito diferente estava diante dele, cheirando a suor e álcool.

Mulland tinha ordens: devia garantir que o policial permanecesse em Cambridge. Além disso, queria chegar lá antes de Oscar Farley e dar sua versão dos fatos primeiro. Estava obcecado pela necessidade de resolver a situação e fazer com que funcionasse a seu favor. Várias e várias vezes olhou para a caderneta em sua mão, como se fosse um trunfo fantástico. Mas, à medida que o céu escurecia e as pessoas à sua volta olhavam extasiadas, seu ânimo piorou e ele viu o policial diante de si de várias formas diferentes, incluindo uma em que Corell parecia ser um fantasma, e começou a se sentir acossado. O tempo parecia correr, e ele se apressou, como se não houvesse maneira de voltar atrás. Por muito tempo não percebeu o que ocorria à sua volta. Um rapaz estava do lado de fora do Hotel Hamlet, segurando um vidro escurecido com fuligem em frente aos olhos. Ele falou algo incompreensível sobre loucura.

"Com licença."

Claro que o sujeito não estava falando dele, não é?

"Senhor! Cuidado! O senhor não tem nada para proteger os olhos?"

"Não estou olhando. Mas o que você disse? Você falou alguma coisa sobre loucura?"

"O quê… sim… eu disse que agora entendo como as pessoas se tornavam religiosas e ficavam loucas antigamente quando viam esse tipo de coisa."

"É possível. Você trabalha no hotel?"

O sujeito trabalhava, e sim, havia um hóspede chamado sr. Corell, e então ele informou o número do quarto, com alguma relutância, parecia, e logo em seguida Mulland passava pelo corredor escuro. Ao bater na porta ele murmurou para si mesmo "se acalme, se acalme!", mas quando nada aconteceu — quando percebeu que não se ouviam passos lá dentro —, bateu de novo. Mal conseguia esperar, mas enfim ouviu uma voz e algum movimento, e sentiu seu corpo ficar mais tenso, e quase por reflexo começou uma contagem regressiva, *seis, cinco, quatro*, como se esperasse uma explosão, e então a porta abriu.

O policial estava na situação mais lamentável possível de conceber. Corell tremia, e estava curvado, e seu corpo parecia uma massa disforme.

"Não, por favor, não", ele disse entredentes, e levou as mãos à cabeça, onde um trapo ensanguentado que parecia uma camisa estava pendurado caindo sobre os ombros como se fosse um penteado bizarro. Mulland fechou a porta e deu um passo adiante, talvez só para dizer algo ou para estender a mão e oferecer ajuda, mas seus passos foram muito rápidos e enérgicos, e o policial se desequilibrou. Ele se apoiou na parede, e lentamente, como alguém que decidiu deitar, caiu no chão. Era uma cena desoladora. Corell ergueu as pernas até a altura do peito, com as mãos ainda segurando a cabeça e a camisa. Mulland achou que precisava fazer algo imediatamente. Continuou de pé e, com uma voz que percebeu soar artificial, disse:

"Não vou machucar você. Vim para ajudar. Mas você precisa entender..." Ele ia dizer algo sobre a gravidade de conspirar com gente como Fredric Krause, mas viu que não faria sentido, e em vez disso olhou para o quarto à sua volta. Havia uma Bíblia vermelha sobre a mesa, e uma mala aberta no chão. Mulland tentou pensar friamente e decidiu, entre outras coisas, que precisava levar o policial para a cama, e que devia sentar na cadeira que estava ali no canto e ler a caderneta. Queria estar totalmente preparado antes de falar com Corell, mas então ouviu passos no corredor. Ouviu mesmo? Sim, estavam se aproximando. Havia algo familiar neles. Não é impressionante o quanto se pode saber só ouvindo o som de sapatos no chão? Teve certeza imediatamente de que era Farley — talvez por estar com ele na cabeça o tempo todo, e porque Farley já tinha ocupado um lugar especial na sua vida. Mulland admirou por muito tempo a dignidade e a independência de Oscar Farley. Mas ultimamente essas qualidades passaram a ser motivo de irritação. Farley fazia Mulland se sentir grosseiro e burro, e ultimamente ele preferia falar com chefes como Pippard, que pensavam e raciocinavam de modo mais semelhante ao seu. Talvez até guardasse uma espécie de ressentimento latente contra Farley. Quando bateram na porta, ele olhou desesperado para a janela.

"Boa tarde, dr. Farley!"

O cumprimento não foi nem um pouco amistoso. Não era só o tom frio. As palavras foram ditas antes de a porta estar completamente aberta, e antes de terem se visto. Mesmo assim Farley ficou mais tranquilo; reconheceu a voz e viu como um bom sinal que Mulland estivesse ali, apesar de tudo, mas a sensação de confiança durou só um instante. O rosto de Mulland o assustou. Tinha a aparência de alguém em pânico... como Farley poderia descrever... ele também parecia perdido, impossível saber o que se passava. Não era só o hálito ruim, ele todo fedia a álcool, e também estava sacudindo um bloco de papel como se fosse algo incrivelmente importante.

"Olhe isso. Tenho provas. Provas claras. Ele está vazando, e a gente tem que levar isso a sério... é nosso maior segredo, o Ultrassecreto, né? Nem eu sei muita coisa sobre isso, de verdade, mas o... ele entrou em contato com estrangeiros", Mulland continuou, completamente fora de si, e de início Farley ouviu com atenção — tinha impressão de que era a caderneta que deixava Mulland aflito —, mas depois enrijeceu.

No chão estava estirado um sujeito com o rosto todo machucado e uma camisa manchada de sangue em volta da cabeça.

Quando Corell percebeu quem entrou no quarto batendo os pés, ficou tão apavorado que mal conseguia respirar e, embora isso fosse a última coisa que queria que acontecesse, ele desmoronou no chão. Tinha certeza de que ia apanhar de novo, e pôs as mãos em volta da cabeça e só esperou. *Agora... será que ele vai me chutar agora?* Mas quando nada aconteceu começou a ter esperanças, ou até a sonhar, e gradualmente caiu num estado de esquecimento total, ou melhor, naquele terreno entre a vigília e o mundo do inconsciente. No começo só o que sentia era náusea. Mas depois, como se vindo de longe, ele passou a tomar consciência de algo, de uma presença e de um som, que antes não tinha percebido, mas que começou a lhe transmitir uma sensação da infância em Southport. Chegou a imaginar que ouvia as tábuas da casa rangendo, mas não, não podia ser. Ele se lembrou do perigo e do sujeito com a marca de nascença. Mas isso não ajudou. Tinha perdido o senso de orientação, e se deixou levar. Deixou que as alucinações tomassem conta e agora, era muito claro, ouvia claramente as chaves chacoalhando, o pai de fato estava ali, e ele pensou: já era hora, e depois tentou dizer algo.

Farley mal conseguia acreditar. E certamente não entendia por que Mulland não falou logo sobre o homem caído no chão em vez de ficar divagando sobre a maldita caderneta. *Aquele idiota...* Farley se abaixou e colocou as mãos nas costas do sujeito caído, e então percebeu: era o policial. Parecia estar bem mal, e Farley olhou furioso para Mulland. Mas Mulland só fez um gesto de desespero, e Farley passou a falar com Corell.

"Como você está? Você consegue falar?"

"Eu encontrei a luva!"

"O que é isso?"

"Estava do lado do trilho. Ainda estou com ela. Acho que ainda estou", disse o policial, e era óbvio que estava delirando, e não só porque estava falando algo totalmente fora de contexto.

A voz estava abafada e distante, e Farley achou que era melhor colocar Corell na cama e chamar um médico. *Malditas costas*! Ele disse entredentes para Mulland: "Ajude aqui!", e quando Mulland não obedeceu imediatamente ficou mais tenso, de novo alarmado, mas deixou isso de lado, e agora Mulland enfim veio. Eles levantaram, ou mais propriamente arrastaram, o policial para a cama e lhe deram um copo de água, e Farley tirou a camisa da cabeça do policial e tentou examinar o ferimento, mas só conseguia ver um emaranhado de cabelos cacheados e terra.

"Pronto, pronto. Vamos cuidar de você."

"Eu...", Corell começou.

"Ligue para a recepção e mande vir um médico", Farley disse, virando para Mulland.

Mulland não se mexeu.

"Rápido!"

Mulland foi até o telefone, mas depois parou e ficou por uns segundos sem se mover, em pé, curvado e aparentemente perdido no meio do quarto, com aqueles olhos agitados voltados para a rua, e Farley queria gritar: *Que merda você fez?* Mas ele percebeu que precisava usar um tom mais gentil com Mulland.

"Estou vendo que alguma coisa terrível aconteceu. Vamos ter que falar sobre isso num momento de paz e silêncio e prometo examinar sua caderneta. Tenho certeza de que tem muita coisa interessante aí. Mas primeiro a gente precisa ter a situação sob controle, certo?"

Mulland fez que sim com a cabeça, relutante, mas seguiu sem tentar tirar o telefone do gancho, e Farley se virou para Corell, que estava assustadoramente pálido. Os olhos pareciam fendas sobre as bochechas inchadas.

"Quer mais água?"

"Quem é você?"

"Sou Oscar Farley. Nos conhecemos na delegacia de Wilmslow", e então o rosto do policial se iluminou.

Ele sorriu como se tivesse encontrado um amigo que não via fazia muito tempo, mas claro que isso podia ser visto como outro sinal de incoerência — afinal eles mal se conheciam —, mas pela primeira vez Farley sentiu algum alívio. Talvez o homem não estivesse tão mal no fim das contas, pensou. *Agora vou dar um jeito nisso. Agora consigo resolver isso.* Mas ainda não era hora de cantar vitória. Ele se virou e viu que Mulland estava ainda mais agitado. Qual era o problema dele?

Farley tinha dito que o modo como Mulland e os outros vigiavam Alan Turing era uma vergonha — "vocês têm ideia do que o Alan fez por nós?" —, e essas palavras agora ecoavam na mente frenética de Mulland. Era como se sua antiga admiração por Farley tivesse se transformado em decepção e raiva e, quando Farley não só olhou para ele com desaprovação como também deu um sorriso amistoso para o policial, algo aconteceu dentro de Mulland. Ele se sentiu excluído e rejeitado, e queria dizer algo, algo sério e memorável que faria Farley reconhecer que estava lidando com um sujeito perigoso, provavelmente um traidor, mas só o que conseguiu dizer foi:

"Você precisa entender…"

"Do que é que você está falando? O que foi que você fez?"

"Houve… houve certas circunstâncias…"

"Tenho certeza. Não duvido disso nem por um segundo", Farley interrompeu. "Mas para ser sincero não estou com disposição para ouvir isso agora. Mesmo assim eu sou tão burro — sou tão idiota — que vou fazer o que estiver ao meu alcance para salvar a sua pele."

"Mesmo?"

"Sim, porque estamos no mesmo barco. Porque nós dois estamos até o pescoço nessa confusão. É essa paranoia que está consumindo todos nós. Mas primeiro quero que você saia daqui, agora, imediatamente. Está ouvindo? Com calma e em silêncio, você vai sair daqui agora mesmo."

"Mas a caderneta? Você não quer saber o que tem nela?"

"Me dê aqui, eu leio."

"Mas..."

"Nada de 'mas', me dê aqui!"

Provavelmente ele devia ouvir aquele lunático. Entender o que aconteceu. Mas era impossível pensar com clareza tendo Mulland por perto. A presença inquieta de Mulland lhe dava arrepios e ele repetiu o que tinha dito, "Me dê aqui!", e, acredite se quiser, aquele bebum maluco hesitou. Depois fez que sim com a cabeça, taciturno, e entregou o caderno a Farley.

"Bom. Muito bem. Agora vá!"

"Você promete."

"Vou fazer o que estiver ao meu alcance. Mas em troca você precisa..."

"Pippard quer que eu fique. Ele disse que o policial deve ser interrogado."

"Neste caso ligue para o Pippard e diga que estou com tudo sob controle. Vou interrogar o policial. Mas agora você precisa..."

"Ir embora?"

"Isso!"

Mulland ficou ali, balançando para um lado e para o outro como se estivesse sendo puxado em direções opostas, e parecia querer ficar mais, porém pegou seu chapéu e foi embora. Saiu do quarto com passos hesitantes, e Farley suspirou aliviado. Seu corpo todo cedeu, e ele percebeu que precisava beber algo. Achou que precisava de três, quatro drinques e de longas férias, de um bom médico para tratar da coluna, mas agora era preciso aguentar mais um pouco. Ele olhou para Corell. O policial estava com uma aparência realmente terrível. Mas seus olhos estavam mais límpidos, e Farley puxou uma cadeira, deu uma olhada na caderneta. Até onde podia ver — embora ele não estivesse sendo especialmente atento —, as páginas estavam cheias de anotações casuais sobre Turing, nada secreto, apenas comentários sobre seus escritos matemáticos.

"Nunca prometa nada a um lunático", ele murmurou.

"Não!"

"Foi ele que espancou você?"

"Foi ele."

"Lamento. Realmente lamento. Você consegue me contar?"

O policial tentou. Tomou mais água e falou sobre os encontros com Gandy e Pippard, e depois descreveu o espancamento — já aí sua tendência de dramatizar os fatos ficou aparente —, mas dava para ver que estava com dor, e Farley sugeriu uma pausa. Ele queria um médico? "Não, não!" Corell só queria descansar um pouco, e quando fechou os olhos Farley pensou se devia entrar em contato com Somerset, mas decidiu primeiro se informar melhor — nem que fosse para descobrir como foi que um policial ficou sabendo sobre a decifração das mensagens. Ele tinha trazido seu Yeats, mas não conseguia se concentrar, e o tempo passou lentamente. Ele olhava para o policial o tempo todo. Não era estranho como o rosto de pessoas dormindo, mesmo machucadas e cheias de ferimentos como esse à sua frente, tinham um certo apelo, e quase constrangido Farley precisou conter um impulso de passar a mão pela testa do rapaz. Uma mulher gritou do lado de fora. A voz tinha algo convidativo, como se ela se dirigisse a ele pessoalmente, e Farley precisou se concentrar para organizar seus pensamentos. Quando enfim o policial acordou, Farley abriu um sorriso de alegria sincera e lhe deu mais água.

"Está se sentindo melhor?"

"Sim, acho que sim."

"Quer que eu arranje algo para você comer?"

"Prefiro continuar falando. Quero contar o que eu sei."

"Tem certeza?"

"Sim, tenho."

"Me desculpe por ir direto ao ponto. Você precisa — e isso é muito importante — me dizer quem contou para você que o dr. Turing trabalhou com criptologia."

"Ninguém! Ninguém nem insinuou isso."

"Nesse caso como foi que você…", Farley interrompeu e fez a pergunta de outro jeito. "De onde você tirou essa ideia?"

"Dá para dizer que foi de uma pergunta."

"Uma pergunta?"

"Isso", Corell disse, e descreveu como estava sentado na biblioteca em Wilmslow pensando em qual uso o governo podia ter para um mestre de xadrez e um gênio da matemática.

No começo pareceu fraco e hesitante, mas depois foi ganhando vida. Era realmente impressionante. As palavras saíam com facilidade, e em pouco tempo aquilo começou a parecer meio irreal para Farley. Aquilo tudo simplesmente fluía de dentro do policial. As frases eram intensas e, por mais que Farley tentasse manter o ceticismo, estava estimulado, realmente animado. Ele disse para si mesmo: *não, não, parece bom demais para ser verdade, simples demais e ao mesmo tempo inteligente demais.* Mesmo assim foi tragado por tudo aquilo, e não falou quase nada. Apenas escutou fascinado o homem explicar como ganhou cada vez mais coragem, como se impelido pelas próprias perguntas.

"Percebi que Turing devia ter desenvolvido a máquina lógica durante a guerra. Em *Números computáveis* o equipamento era meramente uma construção intelectual, nada mais — não era isso? — um instrumento de lógica avançado, mas depois... no King's College eu li um pouco sobre a ACE dele, sabe. Você sabe do que se trata? Sim, claro que sabe, ele fez o esboço para o Laboratório Nacional de Física em 1945 ou 1946, e entendi o suficiente para perceber que a máquina era muito mais complexa do que a dos *Números computáveis*. Percebi que ele devia ter aprendido mais durante a guerra e comecei a imaginar por quê. Será que essa máquina tinha sido usada na guerra? Sem dúvida Turing havia feito algo secretíssimo — sobre isso todos vocês eram muito claros —, e o fato é que isso me ajudou. Eu me perguntei: qual é a coisa mais secreta que existe durante uma guerra? Planejamento, pensei, todas aquelas estratégias, subterfúgios, e acordos sombrios! Curiosamente, minha tia tinha me dado um novo rádio bem na época e comecei a imaginar como diferentes líderes militares enviavam mensagens para o éter: "Reúna as tropas aqui e aqui". "Bombardeie esta ou aquela cidade." Bom, não sou engenheiro, não sei lidar nem com a mesa de telefonia da delegacia. Mas entendi o bastante para saber que o que você fala no rádio em certo sentido pode ser ouvido por todo mundo. Devem ter feito esforços extraordinários para que as comunicações fossem seguras, e do mesmo modo vastos recursos devem ter sido empregados para decifrar as mensagens dos inimigos. Não tenho ideia de como isso foi feito. Mas li os artigos do Turing, e algumas frases ficaram na minha cabeça. Alan escreveu que um soneto criado por uma máquina seria mais bem compreendido por outra máquina, e de início isso soou estranho. As máquinas não entendem nem gostam de coisa nenhuma, e achei que o Turing estava falando apenas de um futuro distante quando as máquinas seriam capazes de pensar. Mas depois me ocorreu que em muitos aspectos as máquinas de hoje já se entendem melhor do que nós as entendemos. Não somos nós que achamos as pessoas para quem queremos telefonar. São sinais eletrônicos. Quando ouvimos rádio, são as ondas do rádio que localizam as antenas e aí comecei a pensar que, para uma máquina, poemas ou música podiam assumir praticamente qualquer forma, por exemplo algo que para nós seria completa bobagem, como uma linguagem codificada, e que uma máquina baseada em lógica — do tipo em que Turing estava trabalhando — evidentemente seria capaz de distorcer a linguagem, se não entendi mal. No artigo na *Mind*, o próprio Turing escreve que o campo da criptologia parece uma aplicação particularmente adequada para máquinas, e aos poucos fui tendo cada vez mais convicção de que Turing construiu máquinas que codificavam ou decodificavam mensagens. Máquinas capazes de compreender música incompreensível."

Farley segurou a cabeça entre as mãos. *Máquinas capazes de compreender música incompreensível*. Era incrível. Era como se estivesse ouvindo Alan falar, e óbvio que não era de surpreender que o policial soasse como Turing. Afinal, Corell tinha passado os últimos dias lendo os escritos do matemático, mas mesmo assim tinha a impressão de que havia um fantasma ali. Aquilo devolveu a Farley algo de que sentia falta, e com uma clareza surpreendente ele se lembrou da mansão, das feias cabanas e das máquinas barulhentas.

32

Bletchley Park
Na tarde de 23 de fevereiro de 1941, Oscar Farley caminhou rente à parede cinza de tijolos em direção à Cabana 8. Estava frio e nublado, e a cabana parecia sem graça e simples, com seu telhado de breu em meio à névoa fina, e como tantas vezes antes ele disse um palavrão ao ver as bicicletas na entrada. Tinha que passar por cima daquela pilha enquanto entrava no longo corredor. Era um daqueles dias em que a situação desesperadora da guerra lhe causava dores nos membros e na cabeça. Desde a queda de Paris, no verão do ano anterior, ele tinha pesadelos e pressentimentos. Era comum imaginar os alemães invadindo como uma nuvem de gafanhotos, e naturalmente ele bebia demais e dormia mal, não só porque a cama era curta para seus um metro e noventa e cinco como também porque não conseguia deixar as preocupações de lado. A Cabana 8 cheirava a giz e creosoto. Dava para ouvir o barulho dos telefones, do telégrafo e o rangido dos pés sobre a madeira. O chefe da cabana tinha seu próprio quarto, ou para ser mais preciso seu próprio cubículo, e por algum motivo Farley respirou profundamente antes de bater na porta. Naquela época, Alan o deixava nervoso. Claro que isso era ridículo. Alan gaguejava e tinha dificuldade em olhar as pessoas nos olhos, e Farley não só era mais velho e seu chefe, como também sabia muito mais sobre o mundo e era mais autoconfian-

te. Era só que... como poderia explicar? Parecia que os olhos de Alan estavam voltados para um mundo paralelo, e perto dele Farley se sentia um peso leve, como se diante de Alan se tornasse transparente, e muitas vezes ele se perguntava: o que será que ele está pensando? O que será que se passa por trás daqueles olhos azuis?

Alan não estava. Mas Farley esbarrou em Joan Clark, que lhe disse que Alan estava no lago, jogando xadrez com Jack Good. "Jogando xadrez?", Farley repetiu, quase indignado, embora soubesse que isso não era justo. Alan não era nenhum vagabundo, mas a frase soou tão despreocupada que Farley sentiu inveja. Mesmo se tivesse tempo, não teria cabeça para se dedicar a um jogo, e Joan deve ter percebido que ele não gostou, pois respondeu que Alan não estava exatamente jogando xadrez, e sim pensando se havia algum método definitivo de vencer o jogo.

"Ele quer mecanizar o processo. Acho que sonha em poder ensinar uma máquina a jogar."

"Que sujeito brilhante esse que você arranjou", ele respondeu.

"Ao que parece."

"Por que você não tenta dar um jeito nele?"

"Estou trabalhando nisso."

Farley não achou Alan perto do lago, o que não era de surpreender. O tempo não estava para jogar xadrez ao ar livre. O gelo ainda cobria a água, e Farley olhou ao redor, surpreso com tudo que tinha acontecido nos últimos dois anos. Quando chegaram ali, no primeiro semestre de 1939, Bletchley Park era um lugar pacífico, com seus olmos e teixos — não que Farley gostasse do lugar mesmo na época. A falta de estilo do início da era vitoriana da mansão o irritava, e ele frequentemente era tomado pela sensação de que a vida estava abandonando a todos, de que a casa tinha desfrutado de seu momento de glória em outra época, em tempos melhores. Mas em 1939 ainda não precisava se esforçar para ouvir o canto dos pássaros, nem para ouvir os peixes saltando no lago. Não foi apenas a derrubada das árvores. O lugar se transformou em uma indústria. Em toda parte eram erguidas novas casas e cabanas, e em vez da natureza ele ouvia máquinas. Como queria sair dali! Ele sabia que tivera muita sorte. Não precisava atirar nem ser alvo de tiros, nem bater continência, e às vezes achava que a vida em Cambridge havia simplesmente se transferido para lá. A curiosidade intelectual e o hedonismo estavam no ar. As pessoas jogavam rounders e críquete no gramado, e também havia as mulheres, multidões de belas jovens, incluindo sua Bridget, sua alta e maravilhosa Bridget, só ele com aquela estatura podia fazer com que parecesse pequena em comparação, sem falar em toda aquela gente talentosa das universidades. O nível da conversa estava longe de ser desolador.

Mesmo assim, a vida em Bletchley virou um fardo, e ele ficaria surpreso se soubesse que tantos anos depois ia querer estar de novo ali. Nunca antes tinha estado tão exausto, tão extenuado. As têmporas latejavam de cansaço, e fazia um tempo que ele sentia que já não entendia raciocínios abstratos tão bem quanto antes. Tinha perdido sua perspicácia, o que evidentemente era por si só motivo suficiente para ficar nervoso na presença de Alan e, pela primeira vez na vida, Farley começou a achar que queria ficar sozinho. Parecia a pior época da sua vida, e de fato era, de um ponto de vista objetivo, nacional. Hitler controlava o continente e tinha seu pacto com Stálin. Os ianques não pareciam ter nenhum interesse em se envolver na guerra, e a Inglaterra estava perdendo a Batalha do Atlântico. Karl Dönitz — que seguia sendo apenas um vice-almirante — comandava a guerra alemã de submarinos com êxito cada vez maior, e a cada semana o número de navios britânicos afundados subia. Agora eram perdidos de sessenta a setenta por mês. Ter a maior frota do mundo não valia de muita coisa sem saber onde estava o inimigo. A velha Inglaterra estava sendo isolada do mundo, e se havia alguém que entendia o peso do possível sucesso do pessoal da Cabana 8 na decifração do código naval alemão Enigma essa pessoa era Farley. Os navios ingleses deixariam de tatear no escuro. Poderiam se defender e revidar, e ele poderia sentir certo otimismo, ainda que cauteloso, ou pelo menos enxergar alguma luz em meio ao seu desespero. Naquele dia levava uma das informações mais promissoras em muito tempo, mas não queria acreditar nela. Desde o começo tinha convicção de que era impossível quebrar o sistema de códigos naval, e que jamais teriam o privilégio de ler o que os nazistas planejavam ou de saber em que pontos do fundo do mar estavam. Por um longo período não conseguiam sequer distinguir quais mensagens vinham dos submarinos e quais partiam de terra firme. Tudo era incompreensível e, embora um dia talvez conseguissem quebrar os códigos da Luftwaffe, o sistema naval era muito mais complexo. Não havia brechas. O pessimismo não era uma virtude na guerra, mas nesse caso era justificável, e Farley sabia que a maior parte das pessoas concordava com ele. Até o chefe de Bletchley, comandante Alastair Denniston, declarou abertamente:

"Não tem como. Vamos ter que encontrar outras maneiras."

Mas nem todo mundo escutou. Alan Turing não ouviu. Nunca parecia ouvir. Essa era uma das coisas estranhas a seu respeito. Ele se mantinha à parte. Havia algo indefinível no caráter dele, um grau de independência que às vezes era grande a ponto de parecer um bloqueio mental. Mesmo quando obedecia a ordens, parecia seguir apenas seus interesses pessoais, e essa capacidade, essa discreta autonomia, que também significava que era incapaz de dar qualquer coisa como certa, incomodava muita gente. Alguns, como Julius Pippard, diziam desde o começo que Turing era "pouco confiável" e que só produzia algo útil quando se sentia estimulado. Isso era injusto, mas não completamente falso. Turing só se importava com tarefas desafiadoras, e desse ponto de vista era um golpe de gênio descrever os códigos navais alemães como "indecifráveis". Era o tipo de descrição de que Turing precisava. Ele só avançava se pudesse pensar de modo inovador e questionar o óbvio, mas Farley ainda levaria algum tempo para compreendê-lo. Para começo de conversa, ninguém entendia Alan, muito menos as mulheres. Bridget dizia que não sabia se Alan tinha medo dela ou se simplesmente não tinha interesse.

"Sempre que passo perto, ele começa a murmurar sozinho."

Era isso que tornava a história toda com Joan Clarke tão peculiar. Alan era a última pessoa que Oscar imaginava noivando, mas ficou feliz de registrar a informação na ficha de Turing, e esperava que isso pusesse fim na fofoca que já corria por lá. Turing provavelmente não fazia ideia de que Farley também era responsável por avaliar se os colegas de Bletchley eram confiáveis. Devia ver Farley apenas como um oficial responsável por manter contato com os serviços de inteligências navais, o OIC e o NID, o que podia ser o motivo para terem se aproximado gradualmente. Os dois estavam hospedados no Crown Inn, em Shenley Brook, alguns quilômetros ao norte de Bletchley, um lugar simples com fachada de tijolos aparentes e um açougue e um pub no térreo. A dona do imóvel, sra. Ramshaw, era imensa, e tinha uma risada que podia tanto ser cordial como impiedosa. Às vezes reclamava de todos aqueles rapazes que apareciam por ali e que pareciam não estar cumprindo seu dever com a Inglaterra. Isso incomodava Farley. Alan Turing não dava a mínima. Vivia em seu próprio universo e, ao contrário de Farley, nem sempre se esforçava para ser popular.

A arma que Farley usava na vida era seu charme, mas charme, autoridade e carisma não funcionavam com o matemático, pelo menos não quando se tratava de assuntos sérios. No mundo de Alan, nada importante podia ser decidido por votação ou imposição superior. Só alguém que soubesse do que estava falando poderia influenciá-lo, e muitas vezes isso tornava Turing inflexível. Mas Farley aos poucos descobriu como trabalhar com ele. Desde que deixasse de lado a conversa fiada e fosse direto ao ponto, se expressando com determinação e paixão, era completamente possível usar assuntos sérios para fazer surgir um Alan tranquilo e bem-humorado, e para ouvir sua risada em staccato que tão depressa eliminava a tensão do ar. Mas ele negligenciava por completo sua aparência. Alan sempre estava incrivelmente desmazelado, vestido com roupas antigas, com um pedaço de corda para segurar a calça, em vez de um cinto, e com a camisa desabotoada e por fora da calça. Tinha dias em que ele simplesmente não se vestia, apenas punha o sobretudo por cima do pijama, e saía na sua bicicleta, absorto em seu próprio mundo. Não se preocupava com coisas do cotidiano, e havia protuberâncias feias acima de suas cutículas. Quando estava nervoso ele mordia os dedos, que eram vermelhos e machucados e cobertos com manchas de tinta, e qualquer um que o julgasse pela aparência dos dedos diria que sofria de uma neurose incurável. No entanto Alan parecia feliz, como um jovem matemático consumido por aquilo que mais ama no mundo, seus números e as suas estruturas lógicas. Fosse como fosse, era uma dádiva de Deus para Bletchley e para a Inglaterra.

As máquinas de criptografia nazistas eram chamadas Enigma, e foram construídas pelo inventor Arthur Scherbius. Eram compostas de misturadores, refletores, rotores, um teclado e um mostrador com luzes. Não eram apenas intricadas a ponto de ser incompreensíveis, eram também flexíveis. Era fácil aumentar sua complexidade. Depois que os poloneses decifraram o sistema — isso por si só tinha sido visto como um milagre —, os alemães aumentaram de seis para dez o número de fios no quadro de conexões, e com isso a quantidade de configurações diferentes passou a ser de 159 milhões de trilhões, ou sabe-se lá qual era a palavra certa. Farley só lembrava que era 159 seguido por vinte e um zeros. Ele disse para Bridget que aquilo soava como um sussurro saído dos abismos do inferno.

"Como é que a gente vai fazer isso?"

Alan teve uma ideia. "Só uma máquina pode vencer outra", ele disse um dia, atravessando o gramado indo rumo ao galpão vermelho que a antiga dona da mansão usava para armazenar maçãs e ameixas, mas que agora era o local de grandes decisões estratégicas.

"O quê?", Farley disse.

"Permita que eu diga de outro jeito. Se uma máquina cria música, quem tem a maior capacidade de apreciar o que ela compôs?"

"Não faço ideia", Farley disse. "Algum pobre-diabo com ouvido de lata?"

"Outra máquina, Oscar. Uma máquina com preferências semelhantes", Turing continuou, fazendo aquilo soar como se estivesse falando de preferências bem diferentes daquelas das máquinas, e então sorriu seu sorriso estranho, que era ao mesmo tempo contemplativo e desafiador.

Depois, desapareceu no labirinto de teixos que logo seriam derrubados. Em retrospectiva, Farley compreendia que isso foi o começo de um grande avanço. Na época, claro, ele já sabia que os poloneses, liderados por Marian Rejewski, construíram equipamentos eletromecânicos que metódica e lentamente descobriam as configurações da Enigma. Eram chamadas de bombas, provavelmente por causa do barulho de tique-taque que faziam, ou segundo outra versão porque Marian Rejewski teve uma inspiração enquanto comia uma bomba de sorvete num café em Varsóvia. Essas máquinas foram um fator importante no sucesso dos poloneses. Mas deixaram de ser úteis quando os nazistas ampliaram o número de fios no quadro de conexões. Em Bletchley eles precisavam de um equipamento muito mais avançado, uma máquina que pudesse lidar com a cacofonia modernista da Enigma, e estava evidente que esse era o tipo de aparato que Alan tinha em mente. Deus sabe o quanto a ajuda dele era necessária.

Durante o outono e o inverno de 1939, o que conseguiram capturar das comunicações dos nazistas era incompreensível, uma série de combinações de letras sem nenhum padrão ou sentido. A atmosfera anterior de corrida do ouro em Bletchley foi substituída aos poucos por desespero, e muitas vezes a sensação era de que estavam cercados por um zumbido indecifrável de planos malignos. Farley sucumbiu ao pessimismo, e várias vezes bebia até esquecer. Trabalhava com afinco durante o dia, mas não conseguia manter os pensamentos desagradáveis à distância e de alguma forma sabia que seu romance com Bridget lhe causava tanto mal quanto bem, e cada vez mais pensava na esposa em Londres com tamanha dor que não conseguia sentir prazer em nada que fizesse em Bletchley.

Alan por outro lado parecia total e absolutamente fascinado. Normalmente um astro de Cambridge, que se tornou pesquisador aos vinte e um anos, não pensaria em construir uma máquina, mas Farley logo compreendeu que era como se Alan tivesse nascido para a tarefa. O seu grande sonho era mecanizar o pensamento, materializar a lógica, por assim dizer. Farley estudou matemática por um tempo antes de uma breve passagem pela economia e de chegar à história da literatura inglesa e a seus estudos sobre Yeats e Henry James e, embora tivesse esquecido grande parte daquilo, sabia o suficiente de matemática para perceber que Turing tinha uma afinidade especial com seu tema. Era como se os números em seus pensamentos implorassem para se tornar carne e osso. Farley sabia que, alguns anos antes da guerra, Alan tinha escrito um ensaio estabelecendo a ideia de uma máquina capaz de receber instruções a partir de uma tira de papel, mais ou menos como uma pianola, e resolver todo tipo de problema. A máquina era apenas uma construção teórica, projetada para responder a uma questão específica de lógica, e até onde Farley sabia ninguém se deu ao trabalho de construí-la. Alan sonhava havia muito em construir algo semelhante, e agora tinha sua chance, claro que não de montar algo tão avançado e versátil, nem de longe, mas pelo menos um primo menos sofisticado que pudesse compreender outra máquina, ou por assim dizer compreender a sua música.

Alan ficava horas debruçado sobre máquinas Enigma capturadas, sem nenhuma noção de tempo ou lugar, rabiscando com sua caligrafia ilegível em um caderno. Ele ficou ainda mais desmazelado e sujo, o que evidentemente chocou algumas pessoas. *Ele não podia pelo menos tomar banho?* Mas também tinha bastante gente, como o próprio Farley, acostumada com esse tipo de vida boêmia de Cambridge, e na maior parte do tempo deixavam Alan trabalhando com seus aparelhos. Ele se tornou o artista livre de Bletchley. Os outros o chamavam de "O Professor", e de certo modo ele se tornou uma lenda viva.

No entanto Alan não era tão peculiar quanto mais tarde muita gente tentou sugerir. As pessoas em Bletchley tendiam a romantizar as coisas, e a fazer caricaturas dos colegas, em parte para que a vida na mansão parecesse mais interessante e extraordinária, mas as anedotas sobre Alan também tinham outro propósito: facilitar a convivência com ele. Reduzi-lo a um excêntrico, um desajustado com hábitos estranhos, tornava mais fácil aceitar seu talento incrível, porque aquilo de fato era extraordinário. A velocidade com que compreendeu a complexidade labiríntica do sistema de códigos, por exemplo.

Já em janeiro de 1940 ele apresentou seus desenhos. Farley jamais esqueceria. As expectativas eram tão altas, os boatos eram tantos. Alan criou uma máquina Enigma reversa, uma "antítese", como se dizia, "algo capaz de entender sua melodia", Farley acrescentou, e recebeu alguns olhares de surpresa.

Outros se mostraram céticos. "Para ser bem sincero, não estou esperando grande coisa", Julius Pippard disse, e as coisas não melhoraram nem um pouco quando Alan entrou no galpão vermelho que ainda cheirava a frutas. Estava como um doido. Vestia uma longa camisa de flanela que mais parecia um vestido, e mal era possível discernir entre o que era barba por fazer e o que era sujeira no seu rosto. Ele colocou um grande caderno sobre a mesa marrom avermelhada e apontou para as páginas, como se isso tornasse as coisas mais claras. A coisa toda estava uma bagunça desanimadora. Eram umas cem páginas de texto ilegível escrito à mão, cheias de alterações e manchas de tinta. Como projeto era praticamente impossível seguir aquilo, e se ouviram sussurros no galpão aqui e ali: "Que coisa é essa?". Antes de Alan poder dizer uma palavra, Frank Birch, chefe da inteligência naval na Cabana 4, deu um passo à frente e tocou no caderno com o dedo, como se tentasse ver quanta poeira se acumulou ali. Birch era formado no King's College, em Cambridge, e antes da guerra tentou a sorte no teatro. Ele sabia como causar boa impressão em um grupo de pessoas.

"Então essa é a solução para os nossos problemas?", ele disse, e embora não se pudesse dizer que a sua voz parecesse de deboche certamente estava sendo sarcástico, o que não contribuía muito para a sensação de confiança no galpão.

"Provavelmente sim", Turing disse.

"Provavelmente?", Birch repetiu, teatral, e embora estivesse mais tentando divertir os outros do que criticar uma sensação de impaciência se espalhou pelo galpão, que podia ter ido em várias direções diferentes, e Farley se lembrava de ter olhado para as mãos infeccionadas de Turing, para aqueles dedos impacientes que folheavam o caderno como se ele tivesse lembrado no último momento que havia esquecido algo crucial.

A reunião no antigo armazém de frutas foi o ápice de um período de trabalho pesado para todos, por isso não era de surpreender que houvesse tensão no ar. Algumas pessoas presentes haviam declarado publicamente ser um escândalo que Alan tivesse recebido permissão para trabalhar em um projeto tão pessoal, tendo em mente tudo que estava em jogo, e o próprio Alan pode ter percebido uma certa hostilidade, embora em geral não se importasse com o estado de humor alheio. De início falou sem nada do seu entusiasmo juvenil. Gaguejou, e o mais provável foi que a maioria não tenha entendido nada do que ele estava falando. Os engenheiros pediam o tempo todo para que fosse mais específico.

"Como eu estava dizendo", ele respondia, invariavelmente, mordendo as costas das mãos com um ar preocupado.

Mas aí algo aconteceu. Um dos engenheiros disse: "Caramba, é claro, é isso", e assim a segurança de Alan começou a voltar. Ele chegou a rir, "Exato, exato, não é hilário?", ele disse, e uma certa confiança se espalhou pela sala porque, ainda que o projeto de Alan fosse complexo, havia nele uma simplicidade sedutora que aos poucos entrou na cabeça dos que estavam ali. Três máquinas Enigma seriam conectadas entre si de tal modo que seria possível descartar configurações alternativas para os misturadores e quadros de conexões ao encontrar contradições lógicas no sistema de código. O fato de que as contradições poderiam se trair era algo de que Alan falava com um entusiasmo particular, e por um breve momento ele desapareceu numa tangente. Farley lembrava que Turing mencionou o filósofo Wittgenstein sem ser realmente claro sobre o motivo, mas logo retomou o fio da meada. Quando a configuração certa de todas as máquinas fosse encontrada, o circuito estaria completo, e uma lâmpada acenderia. O único problema era que a engenhoca só poderia ser usada se eles pudessem arranjar colas. Colas eram trechos de textos criptografados cujo conteúdo podiam adivinhar, palavras ou frases cujo significado fosse aparente pelo contexto. Em outras palavras, eles precisavam decifrar um pequeno trecho de texto para decifrar um pedaço maior, com a ajuda da máquina, o que podia parecer paradoxal; eles precisavam quebrar o código para poder quebrá-lo. Porém, mais do que qualquer outro, Alan entendeu o valor dos antigos textos decodificados que os poloneses lhes entregaram. Não que as mensagens lhe ensinassem alguma coisa sobre o sistema de código das máquinas Enigma. Por outro lado, diziam muito sobre as rotinas dos alemães, por exemplo que a palavra *Wetter*, clima, aparecia no mesmo lugar nos relatórios climáticos logo após as seis da manhã, e que certas mensagens de portos e posições fortificadas onde não acontecia muita coisa muitas vezes começavam com as palavras: "Nada tenho a relatar".

Todos esses padrões e frases repetidas forneciam as colas necessárias, e Farley às vezes pensava como era belamente apropriado que uma pessoa caótica como Alan conseguisse achar um modo de acessar algo tão regulado e metódico. Na tendência dos alemães de formalizar as coisas — e de expressá-las em termos muito semelhantes —, ele encontrou seu calcanhar de aquiles. Com uma máquina lógica, e o conhecimento de que todos nós temos uma inclinação a agir como máquinas e a desenvolver hábitos e padrões repetitivos, ele passou para o ataque, e nesse ponto Farley precisou passar a tarefa para os engenheiros: o trabalho avançou a grande velocidade. A construção estava terminada em março de 1940 e, meu Deus, os desenhos de Alan se transformaram em um monstro cor de bronze de dois metros de largura e dois metros de altura, que soava como duzentas velhinhas trabalhando com suas agulhas de tricô, e que evidentemente precisava ser manuseado com certo cuidado. Ruth, pobrezinha, uma das operadoras que precisavam aprender a usar a máquina, vivia levando choques e teve pelo menos duas blusas arruinadas por manchas de óleo.

Obviamente a máquina tinha falhas, e Farley não ficou muito surpreso quando pareceu que ela não funcionava muito bem.

"Você achou que ia funcionar fácil assim?", ele berrou uma noite quando começou uma discussão acalorada não só sobre a máquina mas também sobre a crença de Alan nas próprias capacidades.

Só o que era necessário era que Gordon Welchman, o matemático de Cambridge que tinha se tornado chefe da Cabana 6, aumentasse a capacidade da máquina substancialmente com alguns passos simples, entre outras coisas por meio do acréscimo de um circuito elétrico, algo que veio a ser chamado de placa diagonal, e no início da primavera os decifradores da Cabana 6 já haviam quebrado os códigos da força aérea e da artilharia alemãs. Por um tempo foi possível ler as comunicações secretas como se fossem um livro aberto, e isso estava além do que podiam imaginar. Aquilo era fantástico e belo, e deu ao ministro da Aeronáutica e ao Comando da Guerra informações fundamentais não apenas sobre a invasão nazista na Noruega e na Dinamarca como também dos sobrevoos alemães na Inglaterra. Era comum que o comando militar recebesse informações tanto sobre a hora como sobre o local de ataques, e não era raro que ficassem sabendo o número exato de aviões que os nazistas tinham perdido e com que velocidade as aeronaves estavam sendo repostas. As máquinas monstruosas de Alan Turing foram um presente de Deus para a Grã-Bretanha, e novas máquinas estavam sendo construídas o tempo todo, e recebiam nomes como Agnes, Eureka e Otto, e logo Farley passou a adorar os sons de chicote que faziam — a pulsação da lógica, como dizia Welchman — e nem de longe era o único. As engenhocas eram chamadas de oráculos, e uma enxurrada de congratulações veio de Londres, e às vezes Farley pensava como Alan via aquilo. Alan não era um livro aberto. Era impossível dizer por que em alguns dias era incapaz de olhar os outros nos olhos, já que em outros exibia seu sorriso de Mona Lisa. Ele não deixava transparecer nenhuma impressão de triunfo, mas para ser justo também tinha muito a fazer. As configurações da Enigma mudavam todo dia à meia-noite, e ele e seus colegas precisavam mapear os hábitos dos operadores alemães e adivinhar quais eram as formas que a preguiça ou os caprichos podiam assumir, por exemplo o fato de que nem sempre podiam se preocupar em ser criativos ao decidir as configurações do dia, e que em vez de algo aleatório podiam escolher letras que ficavam na mesma fileira ou numa diagonal no painel do instrumento. Cálculos de probabilidade baseados na preguiça humana eram sempre parte do trabalho.

Alan acabou transferido para a Cabana 8 para tentar quebrar o código naval da Enigma, muito mais difícil, e às vezes os responsáveis se preocupavam com a possibilidade de ele estar esgotado. As pessoas diziam para Farley:

"Você mora com o Alan, fique de olho nele!"

Mas Farley nunca conseguia compreender os hábitos de Alan. Ao contrário dos operadores alemães, Alan não tinha regularidade. Às vezes dormia até tarde, às vezes subia da mansão já de madrugada. Certa manhã — num dos últimos dias em que Farley ainda estava morando na Crown Inn —, Alan estava sentado à mesa do café lendo o *New Statesman*. Mesmo à distância dava para ver que algo tinha acontecido com ele. Os olhos estavam vermelhos e inchados. Parecia que tinha chorado a noite toda, e Farley decidiu não incomodá-lo. Provavelmente uma decisão burra. Se Alan estava em crise, era melhor ter estendido a mão oferecendo ajuda. Mas havia algo naquelas lágrimas que inspiravam respeito. Faziam Farley se lembrar de quando era pequeno e viu seu pai chorar. Parecia que estava vendo algo que não deveria, e claro que essa era a última coisa no mundo que os comandantes de Bletchley queriam ouvir. Alan era o bezerro de ouro. Se estava fora de prumo, o resto de Bletchley também estava. Havia uma ou duas coisas na linguagem corporal do matemático que visivelmente não combinavam com os olhos marejados de lágrimas: por exemplo, parecia que ele estava fazendo as palavras-cruzadas do jornal, e por isso Farley disse no tom mais gentil que conseguiu:

"Olá, Alan, o que eu posso fazer por você?"

"Olá, Oscar. Não tinha visto você. Disse alguma coisa?"

"Posso ajudar de algum jeito?"

"Quanta gentileza. Mas acho que minha lista de desejos é longa demais. Queria uma bicicleta nova, comida melhor, paz, claro, e palavras-cruzadas mais difíceis. Você estava pensando em alguma coisa específica?"

Farley disse que não e saiu, intrigado. Quinze minutos depois estava andando pelo caminho de pedras rumo a Bletchley, e segundo se lembrava estava pensando na esposa que estava traindo e na enorme tristeza dela com o fato de nunca terem tido filhos. Então ouviu um barulho atrás de si, um som mecânico que se fundia ao barulho do cascalho sendo esmagado na trilha. Era um ruído que ele tinha aprendido a reconhecer. Era Alan em sua velha bicicleta, com a corrente toda estragada. Mas então Farley se virou e viu algo muito peculiar. Alan usava algo na cabeça com uma espécie de tromba de elefante, que parecia uma máscara de gás, e Farley só teve tempo de farejar o ar nervosamente e de sentir um momento de pânico antes de Alan acenar alegremente, e ele precisou de um instante para entender que a máscara de gás era a proteção de Alan contra a alergia, e que as lágrimas no café da manhã foram causadas simplesmente por rinite.

Era cada vez mais importante quebrar os códigos navais, e por isso a pressão que vinha de Londres ficava dia a dia mais desesperada.

"Decifrem aquele maldito código."

Mas os alemães dedicavam um cuidado imensamente maior ao sistema naval. Compreendiam melhor do que ninguém que aquilo significava ter uma vantagem na Batalha do Atlântico, e parecia que o sistema era indecifrável. Alan conseguiu aumentar a capacidade das bombas e mergulhou ainda mais nas suas teorias de probabilidades, no complexo trabalho de pesar provas e chances, e isso permitia que ampliasse os limites até onde se podiam extrapolar as conclusões retiradas das contradições, usando o princípio da *reductio ad absurdum*.

"Usei o paradoxo do mentiroso como uma espécie de chave-mestra", ele explicava, e esse acabou sendo um dos passos necessários, mas não era o suficiente. Parecia que também iam precisar ter em mãos os livros de códigos dos submarinos alemães para ter alguma chance de sucesso. Mas como iam fazer isso?

Farley estava o tempo todo discutindo o problema com o MI6 e com o OIC, mas não chegava a lugar nenhum, e o ânimo só piorava. Cada vez mais Frank Birch culpava tudo e todos em suas explosões teatrais, e talvez isso não fosse nada mais do que a rabugice de sempre que todos eles tinham de aturar, e que Birch transformou numa forma especial de arte: "Precisamos quebrar a merda do código simplesmente porque precisamos!", ele berrou certa vez. Mas um dia as coisas ficaram desagradáveis. Pippard, do departamento de segurança interna, estava lá. Pippard tinha uma capacidade infinita de fazer o que os chefes mandavam e de acreditar sem nenhuma reserva na versão oficial das coisas. Não que não fosse inteligente ou que lhe faltassem senso de humor e inteligência, mas ele era incrivelmente receptivo não só a ordens e decisões, mas também aos desejos que seus líderes nem chegavam a expressar. Era comum que as opiniões que emitia representassem aquilo em que a organização acreditava, e nesse dia em particular, enquanto Birch falava sobre como Alan era pouco prático e desleixado, como perdia coisas e nunca fazia o que mandavam e só ficava andando por aí com suas teorias sobre relatividades geométricas e o diabo a quatro, Pippard falou:

"E além de tudo é veado."

"De que merda você está falando?", Farley esbravejou.

Claro que ele tinha ouvido boatos, e assim como Pippard ele sabia que a ficha pessoal de Turing trazia a informação "provavelmente homossexual", mas ele mesmo riscou a informação depois do anúncio do noivado com Joan Clarke, e em todo caso Farley não dava a mínima, também tinha estudado no King's. Para Farley, a homossexualidade não era um incômodo maior do que beber cerveja no gargalo, e ele tentou mudar de assunto, mas Pippard teimou e disse que tinha falado com um sujeito que ouviu que Alan tinha tentado seduzir Jack Grover no lago, e que Alan talvez tivesse se deixado dominar demais por sua luxúria e que por isso tinha perdido o foco. Meu Deus, pensou Farley, quem não se deixa dominar pela luxúria?

"Vá para o inferno", ele disse, o que não foi exatamente um bálsamo para sua amizade com Pippard.

Mas a simples ideia de que Pippard e outros caluniadores podiam declarar Alan um risco para a segurança começou a deixar Farley muito preocupado e, para ser sincero, deveria deixar todos preocupados. A homossexualidade ainda não era vista como um grande problema, mas eles viviam semanas de desespero, e a histeria crescia a cada dia. O poder de Hitler sobre o continente e o mar aumentava, e o sistema naval Enigma continuava impossível de decifrar. Restava apenas uma esperança, uma coisa idiota: um plano audacioso bolado na NID, a Divisão de Inteligência Naval em Londres, por Ian Fleming, o jovem assistente do chefe da divisão, John Godfrey. Farley mal conhecia Fleming. Tinha sido amigo do seu irmão, Peter, que escreveu o brilhante livro *News from Tartary*. Ian Fleming não causou uma grande primeira impressão, mas ele e Oscar se davam bem. Os dois amavam livros e tinham as mesmas neuroses, um toque de hipocondria e um desejo constante de fazer o papel de cosmopolitas. Fleming tinha dores de cabeça terríveis, que sempre achava serem causadas por um estilhaço de cobre que ficou alojado no seu nariz depois de um acidente esportivo em Eton, mas o sujeito era todo cheio de ideias e de iniciativa, isso Farley não tinha como negar, embora tivesse uma tendência a se gabar e a contar histórias de mau gosto. Pelo plano de Fleming — que recebeu o nome de Operação Implacável —, eles iam obter os livros de código de um navio nazista conseguindo que a Aeronáutica lhes fornecesse um bombardeiro alemão em condições de voar. O plano era escolher cinco sujeitos corajosos, incluindo um piloto e um falante fluente de alemão. A equipe vestiria uniformes da força aérea alemã, com manchas de sangue e falsos ferimentos, e derrubaria o avião no canal da Mancha. A ideia era enviar um SOS em alemão e esperar o resgate do navio alemão. Dizia-se que Farley encarou o plano com ceticismo desde o começo. Muita coisa podia dar errado, principalmente porque a equipe devia desempenhar aquela farsa, ir a bordo do navio e no momento certo matar os alemães e pegar o equipamento de criptografia.

Mas Farley, Turing e seu colega Peter Twinn da Cabana 8 se deixaram convencer, talvez em parte porque não houvesse muito mais esperança e porque não tivessem feito a conexão entre a tendência de Fleming ao exagero — o sujeito devia começar a escrever romances ou algo do gênero —, e sua capacidade de fazer planos. Em setembro de 1940 ele foi para Dover para começar os preparativos. Um bombardeiro alemão Heinker estava disponível, e uma equipe foi recrutada, uma boa tripulação, segundo Fleming, "uma força absolutamente fenomenal. Ainda não decidi se vou participar", e Farley começou a acreditar, embora se perguntasse quantos soldados de elite ingleses falavam alemão sem sotaque.

A essa altura a segurança havia sido reforçada em Bletchley. Ninguém tinha permissão para saber uma palavra além do necessário. O ideal era que as pessoas não fizessem nem ideia do que os colegas nas outras cabanas e casas faziam, e o simples fato de saberem que alguém como Turing estava cuidando da mais vital das informações se tornou uma preocupação crescente, e nos bastidores Pippard continuava sua campanha de difamação. O que ele queria? Farley não entendia, mas notou que Pippard convencia cada vez mais gente de que a atmosfera estava sendo envenenada. Ele sofria com Turing! O absurdo era que Turing conseguiu aquilo que era considerado impossível para silenciar seus críticos. Mas a Enigma naval continuava impenetrável, e Fleming também não tinha boas notícias. "Amanhã", ele escreveu. "Ou depois de amanhã. Relaxe. Vou resolver isso." Mas resolveu coisa nenhuma. Os dias passaram. As pessoas queriam esperar o fim do mês, quando os navios alemães receberiam códigos novos. Mas, quando chegou o fim do mês, nada aconteceu, e os telegramas de Fleming soavam ainda mais evasivos e vagos, e logo Farley e Turing nem precisavam dizer nada. Só com uma troca de olhares entendiam a situação: "Hoje também não!".

Na noite de 16 de outubro de 1940, Farley estava de pé no seu quarto ao lado da biblioteca da mansão, olhando para o lago e as cabanas, quando um rapaz lhe trouxe um telegrama de John Godfrey em Londres: OPERAÇÃO IMPLACÁVEL ADIADA INDEFINIDAMENTE, dizia o texto, mas podia muito bem dizer "morta e enterrada". Era o golpe fatal, Farley entendeu de imediato, e chutou a lata de lixo de metal e sentiu uma pontada de decepção e de vergonha. Deveria ter percebido desde o começo. O plano era pura e simplesmente absurdo, e ele ficou preocupado de verdade quando contou tudo para Turing logo em seguida.

"A gente nunca vai conseguir", Alan disse, com um pessimismo que definitivamente não era típico dele.

33

A pressão que Corell sentia no peito diminuiu e, embora a dor persistisse, agora parecia menos desagradável, como a que se sente depois de correr por muito tempo, ou depois de uma briga de rua. De vez em quando ele conseguia até sentir certo prazer, fazia muito tempo que não encontrava alguém que o estimulasse tanto assim, e agora as palavras voltaram a fluir, todas as frases antigas e inteligentes, as abstrações, as acrobacias mentais, os momentos dramáticos e o esforço para se manter no controle da narrativa voltaram com nova energia. *Quanto mais empolgante a história, mais detalhes a plateia quer.*

Todas as máximas que ouviu na infância o guiaram e, ao contrário de Ross e Kenny na delegacia, que assassinavam seus relatos, Oscar Farley dava vida ao que ele dizia, e Corell contou sua história com honestidade, ou, para ser mais preciso, se sentiu honesto. Mas em breve experimentou a mesma sensação que tinha na infância: a narrativa ganhou vida própria. Fornecia uma moldura que não estava lá desde o começo, e ele acabou inventando detalhes e observações, não mentiras, propriamente, eram mais semelhantes a enfeites, ganchos de que a história parecia necessitar, e aos poucos ele descobriu aquilo que talvez já soubesse desde sempre: a vida se torna diferente quando é recontada, ela muda e ganha novas balizas e novas viradas. Ele não mencionou a conversa com Krause por discrição, e deu novos significados a eventos que pouco tempo antes pareciam sem importância, e muitas vezes a situação parecia estranhamente familiar, como se tivesse viajado no tempo para aquelas noites em Southport, ou como se estivesse se transformando em outra pessoa, alguém melhor. Mas claro que isso era bobagem. Não era hora de se divertir. Era uma investigação que envolvia segredos de Estado, e ele sabia melhor do que a maioria que criar uma ilusão de bem-estar era uma tática padrão de interrogatórios, e Corell começou a suspeitar que toda aquela simpatia que achava ver nos olhos de Farley fosse apenas um truque, um modo de fazer com que dissesse algo que não deveria. Mesmo assim... ele se deixou inebriar pela conversa. Insincera ou não, era algo que o curava e, pouco a pouco, a autoconfiança se infiltrou de volta em suas veias. Ele seguiu tagarelando e fez novas associações e novas acrobacias mentais. Algumas eram roubadas de Krause e Gandy. Outras eram citações literais dos escritos de Turing e, mesmo sabendo que estava indo longe demais, ele se surpreendeu quando a expressão no rosto de Farley subitamente congelou.

Máquinas capazes de compreender música incompreensível.
As palavras de Corell não só fizeram Farley se lembrar de Alan e de Bletchley. Fizeram com que ficasse mais cauteloso. Seria possível dizer que ficou sóbrio passo a passo, e se lembrou de todo o pano de fundo e de tudo que ouviu de Pippard. Continuava estimulado, e ainda sentia afeto pelo policial, mas com o tempo suas suspeitas aumentaram, e ele ficou preocupado com a possibilidade de se ter deixado afetar pela aparência de vulnerabilidade nos olhos de Corell e por seu próprio sentimento de culpa, mas talvez principalmente pelo talento do policial. Ficou contente, do mesmo modo que acontecia quando um de seus alunos se revelava uma boa surpresa, e chegou a pensar que o policial era um talento que devia ser recrutado. Mas depois começou a se concentrar no modo como contava a história; na alegria de Corell e na sensação de que estava tentando fazer com que sua história se adaptasse a algum modelo literário, e sem querer — ele detestava colocar sobre os ombros dos filhos os pecados dos pais — o pai do policial voltou a seus pensamentos: James Corell, o bufão fascinante com suas histórias exóticas e fantásticas, mas não necessariamente verdadeiras. Seria o mesmo fenômeno se repetindo na geração seguinte? Ele não sabia. Só tinha uma vaga sensação de que algo não

estava certo, embora continuasse a defender o policial em seus pensamentos. Por exemplo, não achava que Corell soubesse nem de longe tanto quanto Pippard imaginou, e se recusava a acreditar que o policial tivesse vendido suas informações; ele não conseguia imaginar como isso teria acontecido. Aquela droga de terno, de que Pippard tanto falou e que agora parecia tão irremediavelmente imundo, foi comprado pela tia Vicky, e quanto à história de Mulland sobre um sujeito eslavo de aparência brutal seguindo o policial, ele não acreditava numa palavra daquilo. Continuou convencido de que a maior parte do que Corell dizia era verdade. E no entanto... a sensação de que algo não estava certo, de que tudo aquilo de algum modo era sincero demais, crescia nele, e foi quando se lembrou: A *carta*. Como podia ter esquecido? Acima de tudo foi a carta que deixou Pippard tão preocupado.

"Pippard disse que você leu uma das cartas de Turing."

"Sim... é verdade."

"Que tipo de carta era?"

"Está bem aqui", Corell disse, apontando para seu bolso interno.

"Em Wilmslow você disse que não tinha mais nada."

"A minha história não demonstrou que tipo de idiota eu fui? Eu deveria ter entregado a carta para você, e não ter vindo aqui, e acima de tudo não deveria ter ido ver Pippard."

"Mas você foi."

"Essa saga toda me levou a fazer coisas que eu não deveria ter feito."

"Você percebeu que havia coisas ali de que você não tinha nenhum conhecimento."

"Não foi só isso, infelizmente. Tinha mais a ver comigo mesmo. Com antigos sonhos tolos. Eu queria..."

"Posso ver a carta agora?"

Corell deixou. Ele entregou os papéis amarrotados e, antes de começar a ler, Farley ficou nervoso. As mãos chegaram a tremer, ele não sabia explicar o motivo, mas estava com medo de todo tipo de coisa, medo de que fosse identificado como o merda que expulsou Alan do QGCG, mas acima de tudo medo de que Alan afinal tivesse revelado segredos de Estado, e que todos os profetas como Pippard tivessem razão. Por isso passou os olhos apressado pela carta. Uma leitura tão triste! Foi doloroso para ele. No entanto, aquilo também o acalmou. Um funcionário público mais ortodoxo, um Pippard, provavelmente teria muito a dizer. Com certeza Alan foi descuidado simplesmente por mencionar que havia segredos, e acima de tudo que tinha perdido uma missão, mesmo descrita assim de forma tão obscura, mas fora isso a carta não continha nenhuma violação flagrante às regras de segurança, e se alguém deveria se sentir envergonhado era Mulland e quem o enviou ali. *Ele é tão ruim em fingir que está sendo natural que deixa as pessoas nervosas. Onde foi que acharam aquele tipo?*

Sim, onde?

Farley não deveria ter prometido nada para ele. Não, não, Mulland tinha que ser expulso imediatamente do QGCG — e talvez ele também devesse ser expulso.

Com olhos cansados, olhou em volta no quarto. Ainda havia algumas garrafas de cerveja no parapeito da janela, e também uma mala com umas poucas roupas e alguns livros no chão, e dois copos, e o caderno na mesinha de cabeceira, a caderneta que tanto agitou Mulland.

"O que você acha?", o policial disse.

"Sobre a carta? Me deixa triste. Turing era uma boa pessoa. Nós o tratamos mal."

"Ele era um grande pensador?"

"Sem dúvida", Farley disse, sem de fato prestar atenção na conversa.

Ele pegou a caderneta e voltou a folhear, e apenas vagamente, com o canto do olho, percebeu que Corell tinha se iluminado, como se Farley tivesse dito algo para deixá-lo muito feliz.

"Por que ele era assim?"

"Assim como?"

"Um grande pensador."

"Ele..."

Farley viu o mesmo nome que Mulland no caderno. *Fredric Krause*.

"Não foi muito inteligente da sua parte ficar com aquela carta", ele disse, em vez de falar sobre a grandeza de Turing.

"Você vai relatar isso aos meus chefes?"

"Não. Você vai?", ele rebateu num tom irreverente do qual se arrependeu imediatamente.

Era preciso parar de ser tão manso e fraco. Parar de se deixar cegar pela simpatia pelo policial, acima de tudo agora que descobriu o nome de Fredric

Krause no caderno. *Fredric Krause*. Farley tinha uma sensação preocupante no estômago, não que tenha algum dia achado que Krause não era confiável. Mas ele apareceu do nada no tribunal em Wilmslow, e depois simplesmente sumiu. Será que ele...? Farley se recusava a acreditar. Não, não, e ainda assim... ele não conseguia tirar Krause da cabeça. Ele se lembrava do lógico num final de noite debaixo da lâmpada nua na Cabana 8, mas acima de tudo — e se lembrava disso com estranha clareza — se lembrava de Krause conversando no gramado da mansão em Bletchley com Alan Turing sobre navalhas e meias masculinas. Os dois conversavam com um tom bem despreocupado e provocador, como se fossem muito íntimos. Isso deve ter sido antes de os lingotes de prata chegarem a Bletchley.

34

Bletchley Park, II

Em certo sentido, os contratempos da guerra pareciam não afetar Alan Turing. Ele demonstrava uma capacidade extraordinária de se perder na sua concentração, e sabia-se que tinha pouco interesse pelas circunstâncias externas. Mas depois, quando seus inimigos invejosos deram início à sua odiosa vingança, Farley ficou se perguntando se a sensação de desesperança também não teria tomado conta de Alan. Claro que ele se escondia atrás de ditos espirituosos e brincadeirinhas. Não era de reclamar. Por outro lado, falou várias coisas estranhas:

"Se os alemães vierem, vou começar a vender navalhas na rua. Vou comprar um estoque!"

"Ideia tola. Você vai ser preso por vender armas. Seria melhor colocar o dinheiro em meias femininas", Krause disse, parado ao lado dele.

"Nesse caso prefiro vender meias masculinas!"

"Por que não vender meias femininas para homens? Podia virar moda. O próprio Göring provavelmente ia comprar uma."

Os olhos de Turing se iluminaram, e ele e Krause começaram a fazer planos absurdos sobre o que fazer na Inglaterra nazista. Não era fácil saber o que era sério e o que era simples brincadeira. Farley não entendia nenhum dos dois muito bem.

A essa altura, Turing tinha comprado dois lingotes de prata por 250 libras. A prata foi transportada até Bletchley por trem, e recebida com grande cerimônia, e no começo foi difícil entender, mas logo ficou claro que Alan pretendia viver daqueles lingotes.

"Para que você precisa da prata?", Farley questionou.

"Pelo mesmo motivo que qualquer outro capitalista. Para ficar rico."

Na verdade dinheiro era o último dos interesses de Turing. Mas ele era capaz de desenvolver teorias sobre todo tipo de coisa, e deve ter ouvido em algum lugar que a prata e o ouro eram o que mais se valorizava durante a guerra, e por isso planejava enterrar os lingotes na floresta. Eles podiam ficar ali, aumentando de valor, como sementes na terra. Não dava para depositar num banco. Os nazistas provavelmente sequestrariam todas as contas bancárias.

"Quer vir comigo?", Turing disse.

Farley não queria. Não tinha tempo. Mas mesmo assim disse que iria. Ele tinha ordens de ficar de olho nos humores do astro da equipe, e portanto um dia eles foram para a floresta em Shenley levando a prata em um antigo carrinho de leite. Passaram por Shenley Park, uma bela casa de chá e dois pomares antes de chegar a uma clareira próxima a uma velha figueira. O lugar não era especialmente bom. O solo era irregular, e cheio de pedras, e não muito iluminado. Mesmo assim, a figueira dava ao local um certo ar solene, austero, e como não tinham mais forças para continuar puxando o carrinho Turing decidiu que teria de ser ali mesmo. Farley objetou que ia ser difícil encontrar o lugar de novo. Não havia muitos pontos de referência, além da figueira, e era improvável que a árvore ficasse ali para sempre. O tronco já estava danificado. Mas Turing achou o lugar bom o suficiente. Não queria tornar as coisas fáceis demais para si mesmo, ele disse, e afirmou que a árvore provavelmente ia viver mais do que os dois. Era perto de uma da tarde. O dia estava bonito, mas um pouco frio, e um besouro preto excepcionalmente grande se arrastava pelo chão. "Olhe só", Alan disse, com sincero fascínio, e não parecia ter pressa para começar a cavar. Ele sentou no carrinho de leite.

"Você não dá a impressão de que quer facilitar as coisas para si mesmo", Farley disse.

"Não?"

"Você disse..."

"Ah, sim... Só quis dizer que não faz muito sentido ter um tesouro se você não tiver que fazer uma caça ao tesouro. Não tenho a menor intenção de enterrar a prata no meu jardim. Preciso de um certo desafio. Isso é algo que você devia entender, Oscar, já que está o tempo todo falando da história... da importância da história. O que seria do tesouro de Monte Cristo sem as aventuras de Dantès? Vazio e vulgar, você não acha?"

"Eu podia gostar mesmo assim do que ia poder fazer com o tesouro."

"Ha, ha. Mas você tem que admitir que o verdadeiro charme está no mapa do tesouro. O mistério é sempre maior que sua solução."

"Desde que a gente não esteja falando sobre os códigos navais."

"Não, não!"

"Fico aliviado em ouvir isso!"

"Não vá usar isso contra mim, seu palhaço. Só estou querendo dizer que o enigma tem um apelo que não existe na solução, não importa o quanto seja inteligente. A resposta em certo sentido acaba com o desejo pela pergunta."

"Concordo com você nisso, Alan, claro. Yeats pensa o mesmo. Se há algo de divino é na pergunta que você vai encontrar, não na resposta. Aliás esse foi um jeito encantador de dizer isso: *O mistério é sempre maior do que sua solução*. Talvez seja por isso que eu ache livros policiais divertidos no começo, mas sempre tão chatos e previsíveis mais perto do fim."

"Exatamente! Sempre termina com um anticlímax terrível. Não consigo entender por que o Wittgenstein gosta tanto disso."

"De suspenses policiais?"

"Ele devora esse tipo de livro. Ele até assina a *Revista de Histórias de Detetive* da Street & Smith. O apartamento dele é cheio desses livros. Completamente insano. Não consegue aturar Gödel, mas aí... o livro favorito dele é *Encontro com o medo*, a propósito. Foi escrito por um tal Norbert Davis. Comprei para ver como era, e não posso dizer que gostei, na verdade, mas vi na hora que o herói é exatamente como o Wittgenstein."

"Em que sentido?"

"Nenhum deles acredita muito na lógica. Preferem esperar o momento certo e encontrar um caminho para a solução. Dá para dizer que agem por intuição e miram num ponto fraco."

"Mas você não é assim."

"Eu acredito mais na lógica", Turing riu.

Farley não entendeu o que era tão engraçado.

"Para mim a lógica é pura magia, como Welchman disse. Pura magia! Ha, ha. Em todo caso, não acho que seja o trambolho que Wittgenstein faz dela. Estou mais convencido de que vai nos levar longe, talvez até o final desse processo."

"Mas é o raciocínio, a busca em si, que deixa você mais fascinado?"

"Eu quero respostas tanto quanto qualquer um, e odeio quando as pessoas, como acontece com os religiosos, desistem assim que as coisas ficam difíceis de entender, mas acho que, quanto mais difícil for encontrar algo, maior o mérito de conseguir. É óbvio, na verdade. Nem o Wittgenstein queria encontrar a solução para o mistério dos livros policiais na página dezenove. Ele queria esperar e suar. A dificuldade da caça é parte do processo e dá valor ao tesouro. Pode ser que eu não consiga nada mais dos meus lingotes no mercado de prata só por ter enterrado aqui, nem por estar fazendo um mapa do tesouro criptografado. Mas alguma coisa acontece com a prata quando deixo os lingotes escondidos aqui, não é, Oscar? Ela ganha um valor intangível adicional."

"Ganha uma história."

"Exato, tanto eu como você viramos parte dela. Além disso…"

"O quê?"

"Tem um início que faz parte daquilo que define o valor. Digo, alguém que teve um certo tipo de experiência no começo da vida talvez tenha uma capacidade melhor de apreciar certos tesouros. Dá para presumir, por exemplo, que alguém que perdeu algo de valor inestimável…", ele disse e ficou bastante emocionado.

A gagueira voltou, mas depois de um tempo ficou claro que Alan estava falando de si próprio, ao menos até certo ponto. Foi ele que perdeu algo. Perdeu um amigo chamado Christopher Morcom, que estudava no Sherborne College com ele. Alan disse que beijava o chão em que Christopher pisava:

"Quando eu estava com ele tudo era mais valioso e melhor. Antes de eu conhecer o Christopher, ia muito mal na escola. O diretor escreveu que nunca tinha visto tanto desleixo e ignorância quanto nas minhas tarefas de casa."

"Você era o menino que gostava de números."

"Mas eu nem era especialmente bom em matemática. O diretor escreveu para meus pais para dizer que eu era antissocial, e que tinha dúvidas se ia passar de ano. Eu era solitário. Não me dava com ninguém. Você já percebeu como para mim é difícil olhar os outros nos olhos? Naquela época era pior ainda. Mas aí eu vi o Christopher, e não conseguia tirar os olhos dele. Ele era um ano mais velho, e tão bonito e magro que meu corpo inteiro doía. Só as mãos dele... você entende, Oscar, eu era desajeitado e tímido, mas o Christopher era a luz da escola. Ganhava bolsas e prêmios, e eu jamais ia ousar me aproximar dele se não fosse por ele também ter talento com números. Ele adorava matemática e ciência, e tinha os olhos mais extraordinários — não estou dizendo só que eram bonitos. Ele enxergava fantasticamente bem. Conseguia apontar Vênus no meio do dia sem um telescópio. Eu queria ser igual a ele. O Christopher tinha um telescópio, e eu também queria um. No meu aniversário de dezessete anos, ganhei um, e também um livro do Eddington sobre constelações. Era como se o Christopher e eu tivéssemos sido enfeitiçados pelo céu. Nós visitamos um observatório e compramos um globo com estrelas. Na época, um cometa ia ficar visível no céu, e a gente costumava passar a noite procurando por ele, e a empolgação era tanta que não podia ser só por causa do cometa. A gente sabia exatamente onde ele devia aparecer, em algum lugar entre Equuleus e Delphinus. Estávamos cheios de expectativas e ficávamos sentados por horas. Mas nunca chegamos a ver o cometa juntos. Vimos separados, mas nunca juntos. Num dia de inverno, um coral de meninos visitou nossa escola. Eu não me empolguei muito com a música, não era nada de especial, nada mesmo, mas quando eu estava ali escutando e olhei para o Christopher fiquei paralisado, e pensei você e eu, Christopher, nós vamos nos ver muito, mas... não sei explicar... eu estava com medo de acontecer o contrário. Fiquei assustado. Eu não conseguia dormir naquela noite. Ficava deitado me revirando e olhando para o céu. Era lua cheia. Parecia que eu ia ficar deitado acordado por um longo tempo. Mas devo ter dormido. Acordei às três e ouvi o sino do mosteiro. Depois de um tempo levantei e fui até a janela. Já tinha ficado ali várias outras noites procurando o cometa. Mas dessa vez fiquei de pé olhando para a casa em que o Christopher morava e fui tomado por uma sensação de puro horror. Nunca vou saber explicar aquilo. No dia seguinte o Christopher não foi para a escola, nem no outro, e eu perguntei para o diretor. Ele respondeu de um jeito evasivo. Uns dias depois um professor veio falar comigo de manhã, e percebi de cara que alguma coisa tinha acontecido. 'Se prepare para o pior', ele disse. 'Christopher morreu.'"

"O que tinha acontecido?", Farley perguntou.

"Quando ele era pequeno tomou leite contaminado, e isso causou lesões internas. O Christopher nunca falou nada sobre a doença. Na verdade nunca falava nada que fosse me deixar preocupado ou constrangido. Mas naquela noite, olhando a lua no dormitório, ele ficou doente de novo, e dessa vez não sobreviveu. Morreu num hospital em Londres. Num momento estava ali, e no momento seguinte… Aquilo doeu muito. Comecei a pensar que o Christopher continuava vivo, em certo sentido. Religião não era para mim. Aquilo não ia me consolar, não, só o que eu tinha era a minha ciência, e como o garoto perplexo que era eu comecei a bolar uma teoria. Eu simplesmente peguei umas ideias da física quântica, que usei para criar um sonho em que o Christopher continuava vivo em algum lugar. Não estava sendo tolo, era parte de uma tendência da época. Sei que você sabe, Oscar, que desde as descobertas da física quântica, sobre a imprevisibilidade das partículas, já tentaram de tudo para explicar a vida e o livre-arbítrio. Hoje em dia não suporto essas modinhas científicas em que todo mundo se atira sobre a ideia do momento e tenta aplicar na sua própria experiência cotidiana. Mas uma coisa eu guardei. Foi a ideia de que aquilo que a gente chama de alma não pode ser uma coisa separada do corpo, ou do universo. Todos somos parte de uma mesma explosão estelar e, assim como as coisas inanimadas são governadas por leis, o mesmo deve ocorrer com os seres vivos. Deve haver alguma estrutura, alguma lógica."

"E é isso que você está procurando?"

"Ha, ha. Pelo menos dei um primeiro passo."

"E tudo começou com a morte de Christopher Morcom?"

"Quem sabe quando coisas diferentes começam?"

"Eu sei dizer com certeza que o tempo vai mudar. A gente precisa sair daqui."

Alan pegou uma pá preta do carrinho de leite e começou a cavar um buraco no chão pedregoso. Com uma espécie de solenidade brincalhona, depositou a prata no buraco e depois olhou para as copas das árvores e para o céu. Ele bateu na grama que ficou sobre o buraco, como se velasse um túmulo.

"Descansem em paz", Farley disse.

"Até que eu venha ressuscitá-los", disse Alan.

Depois que os planos de Fleming foram por água abaixo, não havia nenhuma boa notícia, e parecia que a guerra estava perdida. A Europa estava nas mãos dos nazistas, e ninguém suspeitava a essa altura que Hitler em breve ia voltar suas tropas para leste e atacar a União Soviética, sua aliada, e se lançar em uma guerra em duas frentes, e que em vez de procurar o apoio dos japoneses no front oriental ia deixar que fossem em frente com sua loucura e atraíssem para a guerra os Estados Unidos. Só se sabia que os nazistas dominavam o continente e os mares, e que era impossível decifrar o código naval Enigma, e ganhar a Batalha do Atlântico, sem novos livros de códigos.

O inverno foi frio, e nada acontecia. Mas aí vieram notícias de que a Operação Claymore aparentemente tinha sido bem-sucedida. Claymore deu a cinco destróieres britânicos na costa norueguesa a tarefa secreta de conseguir equipamentos de codificação alemães. Logo depois das seis da manhã de 4 de março, um dos navios, o *HMS Somali*, viu uma traineira alemã chamada *Krebs* na neblina, não muito longe de Svolvær, e abriu fogo. O relatório não dizia exatamente o que aconteceu, mas os ingleses em pouco tempo neutralizaram a traineira, e numa guerra normal isso bastaria, mas nesse caso estava longe de ser suficiente. Farley sabia que nessas situações a maior parte dos comandantes escolhia afundar o navio ao invés de abordá-lo, e esse era um dos motivos de Bletchley receber tão pouco material sobre criptografia dos alemães. Pelo que Farley entendeu, esse capitão também não queria invadir a traineira. Mas um oficial da área de comunicações, tenente Warmington, foi inflexível, e no final o capitão cedeu e a tripulação subiu a bordo com armas na mão. Não ficava claro o que exatamente aconteceu em seguida, exceto pelo fato de que o tenente Warmington havia apanhado um documento na cabine do capitão alemão contendo títulos como *Innere Einstellung, Äussere Einstellung* e *Steckerverbindung*, e havia algo inegavelmente promissor nessas palavras. Parecia que continham configurações-chave, embora o relatório tenha sido conservador quanto a isso. O capitão alemão parecia ter tido tempo de destruir parte do material.

Esperava-se que os documentos chegassem a Bletchley em poucos dias, e isso podia significar um grande avanço. Ou mais uma decepção. Farley se lembrava de ir do lago para a mansão e perguntar por Turing. "Tente na sala de jantar", Peter Twinn disse. Farley não estava com vontade de ir até lá. Evitava a sala de jantar fora da hora das refeições. Mas claro que foi mesmo assim, e se sentiu envolvido por um cheiro horroroso de repolho, peixe cozido e algo que lembrava creme inglês. Alan de fato estava sentado lá, cutucando uma batata pálida imersa em gordura amarela solidificada, e à distância parecia dormir de olhos abertos. Os olhos dele irradiavam um brilho vítreo. As bochechas estavam cinzentas. Ele parecia exausto, e com frágeis movimentos da mão espantava parte da fumaça de cigarro que vinha até de duas direções, e Farley, relutante, pensou que podia haver alguma verdade no boato de que Alan estava a caminho da exaustão.

Mas, quando Farley chamou e explicou que eles podiam ter encontrado configurações-chave, algo impressionante aconteceu no rosto dele. Não foi só ganhar cor. Ele rejuvenesceu. Começou a brilhar, do mesmo modo que na floresta em Shenley, e Farley achou que devia suavizar o que tinha dito acrescentando um pouco de sobriedade:

"Mas receio que a maior parte do documento tenha se perdido."

Ele não queria criar expectativas altas demais em Alan. Achava que o matemático parecia estar num daqueles estados de excitação nervosa que rapidamente, diante da menor decepção, podem com facilidade virar apatia ou prostração. Mas depois, vendo em retrospectiva, viu que foi esse o momento em que Alan partiu para seu grande triunfo, que ajudaria todos a terminar aquela guerra desgraçada.

35

Farley detestava a paranoia daqueles tempos. Mas de algum modo sabia que não tinha como fazer seu trabalho sem pelo menos parte daquele tormento, e ao mesmo tempo em que discordava do que via como suspeita excessiva dos colegas também tinha medo de não ser cético como deveria. Era analítico e sabia ler bem as pessoas. Não tinha dificuldades em enxergar furos e inconsistências em histórias. Tendo vasto conhecimento literário, identificava com facilidade todo pequeno sinal de insinceridade, e logo notava quando alguém não sabia algo. Mas talvez, apesar de tudo, Farley não fosse tão bom em desmascarar mentirosos profissionais, aqueles que mentiam com a mesma facilidade com que diziam a verdade. Era como quando ele era menino e lia um bom romance e não queria acreditar que a história era inventada. Como algo que imprimia imagens tão claras na sua cabeça podia ser uma farsa?

Farley precisava ver uma nuvem antes de se preocupar com a possibilidade de chuva, e talvez fosse rápido demais para gostar das pessoas, especialmente dos mais novos, talentosos e feridos. Era verdade que por um momento chegou a pensar que talvez o QGCG deveria recrutar Corell, e não só por ser um modo simples de manter no departamento tudo o que o policial soubesse sobre Bletchley Park. Ele achava que Corell podia ser útil. A falta de discernimento o levou a um caminho errado, verdade — a aventura do policial em

Cambridge tinha algo de quixotesco —, e Corell correu riscos demais, mas sua capacidade de dedução parecia impressionante. Os critérios de recrutamento para os serviços de segurança vinham sendo discutidos desde a deserção de Burgess e Maclean. Já não bastava simplesmente presumir que alguém das respeitáveis classes superiores e que foi aluno em Eton e Oxford era bom o suficiente, como fazia antes o MI6. Ser fruto dos estratos sociais mais altos não era mais visto como garantia de lealdade, na verdade era bem o contrário. A aristocracia parecia criar arrogantes libertinos, por isso os serviços secretos começaram a trazer gente de outras classes sociais e a ser muito mais claros em relação aos critérios de recrutamento, que tinham base no talento e na confiabilidade. Então por que não tentar Corell?

Primeiro e acima de tudo porque ele não parecia tão confiável assim, e também porque Pippard, assim como outros, ia protestar veementemente. Não, Farley pensou, em vez de impressionante, a capacidade de dedução policial podia ser boa *demais* — um sinal de que algo não estava certo. O relato de Corell podia ser convincente se apresentado em partes, mas juntando tudo e analisando o conjunto a sensação não era diferente? O raciocínio do policial, que o levou a Bletchley Park e às bombas de Turing, supostamente se baseou quase apenas em dedução lógica, e sim, claro, as conclusões não eram nem de longe irrazoáveis. Eram completamente lógicas, verdade. Mas talvez ao aceitá-las Farley estivesse reagindo como alguém que lê sobre antigas descobertas e invenções: depois de tudo pronto, as soluções não parecem tão espetaculares, porque a resposta já era conhecida. Depois de todas as descobertas e invenções, não é possível compreender como foi difícil chegar a elas. Krause poderia ter vazado alguma coisa? Seria ele a fonte da capacidade de dedução do policial?

Farley não compreendia qual podia ser o motivo. Krause tinha uma boa reputação em Bletchley, e Farley sabia que ele havia passado por uma detalhada avaliação antes de se tornar cidadão britânico no início da guerra, devido sobretudo ao fato de ter sido muitíssimo bem recomendado por Turing, e acreditava-se que seria uma aquisição valiosa para o programa de criptologia. Talvez tenha havido uma ocasião em que Pippard, com seus olhos sempre suspeitos, mencionou a antiga cidadania de Krause como um fator de risco — afinal a Áustria não era a terra natal de Hitler? — mas, fora isso, Farley não se lembrava de ninguém jamais questionar a lealdade de Krause. Mas mesmo assim poderia haver algo ali?

Farley se lembrava de Krause ter dito algo na linha de que o excesso de patriotismo cega a pessoa, e que o tipo de gente que faz falta de verdade a um país é o que enxerga sem noções preconcebidas de amor, mas esse era o tipo de observação que todos faziam na época. Isso foi antes de a Guerra Fria envenenar a cabeça das pessoas. Não, não, se houvesse algo Farley achava que se devia à admiração que Krause sentia por Turing e à fúria que sentia ao ouvir os caluniadores falarem pelas costas dele.

Seria possível que Krause tivesse vazado segredos para se vingar das injustiças sofridas por Turing? Ele já não estaria mais disposto a mostrar lealdade a um país que tratava tão mal seus heróis? E, nesse caso, quem além de Corell recebeu as informações que ele vazou? Farley olhou para o policial, para seus olhos que pareciam tão pequenos debaixo do hematoma, e deu mais água para ele. "Calma, calma", ele disse. "Tome mais um pouco!" Ele levantou e encharcou uma toalha, e com todo cuidado limpou as feridas do policial. Era bom ter algo para fazer. Isso aliviava as preocupações e fazia com que se sentisse menos infeliz.

"Obrigado", Corell disse.

"A gente não devia se tratar pelo primeiro nome? Por favor me chame de Oscar."

"E, por favor, me chame de Leonard."

"Leonard será. Estranho, você é tão parecido com o seu pai. Você é tão novo, mas faz com que eu me lembre de antigamente."

"Você gostava dele?"

"Gostava. Nunca ouvi alguém contar uma história como ele, pelo menos até conhecer você, quero dizer..."

"Agora você está exagerando."

"Nem tanto."

"Meu pai sempre dizia que eu sabia contar histórias. Mas desde então nunca mais alguém me disse isso."

"Você vai ouvir isso mais vezes. Tenho certeza. Às vezes você até conta as coisas bem demais."

"Como assim?"

"Você deixa coisas de fora."

"Não deixei."

"Essa caderneta é sua?"

"Sim."

"Na caderneta você sublinhou o nome de Fredric Krause, e para ser sincero isso me deixa nervoso."

"Krause fez parte de tudo aquilo na guerra, não foi?"

"Acho que agora é minha vez de fazer as perguntas."

"Sim, claro."

Corell estava feliz por eles se tratarem pelo primeiro nome, e adorou ouvir que era um bom contador de histórias. Achou que isso era um sinal de que o perigo tinha acabado, e de que ele e Farley agora podiam se dedicar a conhecer um ao outro. Queria perguntar sobre a carreira de Farley e sobre a pesquisa literária em Cambridge, e sobre o que mais gostava de ler. Mas então, do nada, veio o ataque, e uma verdade bem diferente emergiu: o tom amistoso tinha como única intenção tranquilizá-lo, e em um instante ele baixou a guarda. Ficou arrasado. Tinha sido incrivelmente estúpido não falar nada sobre o pub em Wilmslow.

"O que Krause contou?"

"Nada."

"Nada?"

"Ou melhor, um monte de coisas. Ele me falou sobre a crise na matemática, e sobre o paradoxo do mentiroso, e sobre Gödel e Hilbert. Me deu todo o histórico que levou a *Números computáveis*."

"Mas nada sobre a guerra."

"Nem uma palavra. Até notei que ele mudou de assunto e ficou nervoso assim que toquei no tema."

"Onde vocês se encontraram?"

Corell contou. Fez o relato mais detalhado que podia do encontro e disse — o que achava ser verdade — que evitou mencionar Krause para parecer mais inteligente. Queria fazer parecer que o raciocínio de Krause sobre o paradoxo do mentiroso havia sido dele. Isso era patético e tolo, ele admitia, mas Krause não vazou segredo algum, de modo nenhum, por isso de forma nenhuma deveria ser considerado suspeito, não, não: "Ele deve ficar de fora disso".

"Eu deixaria se você não tivesse omitido que conversou com ele."

"Eu fui um idiota."

"Então compense. Me dê um bom motivo para vocês dois passarem uma noite inteira juntos."

Corell respondeu algo como "a gente só estava se divertindo", mas se sentiu tão deprimido que de fato ficou pensando por que alguém ia querer passar a noite com alguém como ele.

Farley viu o queixo do policial cair. Viu suas pálpebras piscarem e sua mão passando pela testa e ele se lembrou de Turing naquela última vez em Cheltenham. Era duro dar um golpe na autoestima de alguém; era sempre dolorido para ele acabar com o entusiasmo alheio, e ele olhou para suas próprias mãos, suas mãos estranhamente velhas, que se transformaram em algo tão antigo e frágil sem que se desse conta. Quando foi que aquilo aconteceu? Ele olhou para a cidade e tentou endireitar as costas.

"Krause parecia gostar de fazer o papel de professor", Corell disse. "Acho que simplesmente quis me ensinar." Farley deixou as palavras assentarem. Seria essa uma explicação plausível? Um discípulo com sede de conhecimento que sai para tomar uma cerveja com alguém que gosta de ensinar? Era verdade que Krause gostava de falar e de popularizar seu tema. Diziam que era bom professor, e Farley se lembrou de uma vez na Cabana 4 em que Krause destilou sua bile contra o velho Hegel, e Krause sem dúvida ficava curioso sempre que o assunto era Turing. A história de Corell podia ser verdadeira. Também podia ser falsa. Deus do Céu, como Farley estava cansado daquilo tudo. Em uma voz que só pareceu austera pelo enorme esforço que precisou fazer para falar, ele disse:

"Tenho certeza de que você entende que vamos interrogar longamente Fredric Krause. Ia ser muito ruim se você estivesse escondendo alguma coisa."

"Não estou escondendo nada."

"Nesse caso me confirme mais uma vez que Krause não disse nada sobre o trabalho dele durante a guerra."

"Ele não disse nada... ou, sim... ele disse uma coisa..."

Será que agora ele ia falar?

"... nós estávamos conversando sobre o fato de Wittgenstein achar que o paradoxo do mentiroso não tinha nenhuma importância fora da lógica estrita, e Krause disse que 'Wittgenstein estava redondamente errado. O Alan iria entender melhor do que qualquer outro..."

"O quê?", Farley disse, impaciente.

"... que os paradoxos podem significar a diferença entre vida e morte."

"Ele disse mais alguma coisa?"

"Não, depois ele mudou de assunto. Em nenhum momento mencionou a guerra. Mas isso me fez pensar. Como paradoxos podem significar a diferença entre a vida e a morte?"

"Verdade, como podem", Farley disse, novamente com um sorriso involuntário.

36

Bletchley Park, III

Mais tarde, quando Farley teve motivos para olhar para trás e pensar como as coisas deram tão errado, tentou lembrar se houve um momento específico, um instante em que Bletchley viveu sua grande descoberta. Não se recordou de nada do gênero. A vitória não aconteceu como um gol no futebol. Veio passo a passo, e cada avanço trazia problemas que acabavam com qualquer possível alegria, e certamente não houve sinos tocando para celebrar o grande instante, até porque eles mal tinham tempo de comemorar. O trabalho era duro, e Farley se lembrava principalmente das preocupações e da espera, primeiro pelos documentos da traineira alemã, depois pelo processo de construção da análise e das bombas. Ele se lembrava muito bem das reclamações e da irritação: "Por que não acontece nada? O que o Alan está fazendo?". Mas não era fácil. Pelo contrário, era um pequeno milagre eles já terem chegado tão longe.

Quando o material chegou, em 12 de março de 1941, Turing percebeu imediatamente que seria bom ter mais informações. O capitão da traineira de fato destruiu a maior parte do livro de códigos, e o almirante Tovey provavelmente estava certo ao dar uma bronca nos comandantes da Operação Claymore por não se arriscar mais e fazer buscas em outros navios. Mas olhar para o retrovisor não era de grande ajuda na Cabana 8, e só o que Farley podia fazer era rezar para o Deus em que não acreditava e tentar assegurar para o almirantado que Turing e seus colegas faziam o possível.

"Dizem que ele é descuidado."

"Talvez na vida cotidiana, mas não nisso. Se alguém pode dar conta disso, é o Turing."

"Mas ouvimos..."

"Garanto para vocês. Vamos chegar lá", ele interrompeu, e essas palavras deixaram um gosto de mofo em sua boca.

Mas Farley queria lhes dar esperanças. Relatórios sombrios teriam como único efeito causar mudanças estúpidas, e o que o pessoal da Cabana 8 precisava era de paz e silêncio para trabalhar. Eram tempos desesperados. Por trás de cada suspiro e nas entrelinhas de cada conversa com Londres era possível sentir o quanto se ansiava por uma descoberta, e não era difícil entender por quê. Naquela primavera, a frota de submarinos nazistas cresceu mais rápido do que em qualquer outro momento anterior, e o fato de os alemães agora poderem usar os portos do litoral norte da França não ajudava em nada. Farley lembrou uma breve conversa em Bletchley com um certo comandante Glyver.

"Como estão as coisas por lá?"

"Parece que estamos nadando em meio a tubarões."

As pessoas estavam convencidas de que o bombardeio pesado das maiores cidades da Inglaterra e os constantes ataques a navios britânicos eram preparativos para uma invasão nazista, e de tempos em tempos alguém gritava para Farley:

"Pelo amor de Deus, vocês ainda não decifraram aquele sistema?"

Mas não era possível decifrar o sistema de uma vez por todas. Como as configurações mudavam toda noite, eles precisavam recomeçar toda manhã, e o progresso era lento. Demorava muito e, embora decifrassem mensagens de vez em quando, sempre era tarde demais, e a preocupação e a irritação cresciam: *Tem gente morrendo lá fora enquanto eles brincam de matemática. Por que não acontece nada?* Na verdade, tinha muita coisa acontecendo. Os métodos de Alan para mecanizar o trabalho de adivinhação e de avaliação de probabilidades eram mais eficientes a cada dia. Depois de construir as bombas, ele compreendeu que havia uma relação geométrica entre as colas e o texto criptografado, e passou a gostar cada vez mais da ideia de testar essa teoria, o que fazia alimentando a máquina com contradições, com paradoxos. Ele e seus colegas também conseguiram reconstruir as chamadas tabelas bigrâmicas da Enigma. O número de telegramas decifrados também aumentava, num prazo que logo passou a ser de apenas três dias, por exemplo um do próprio almirante Dönitz, o arquiteto por trás da ofensiva dos nazistas por meio de submarinos:

ORDEM DO ALMIRANTE PARA TODOS OS SUBMARINOS:
AS ESCOLTAS PARA O U69 E O U107 DEVEM ESTAR NO LOCAL 2
ÀS 8H00 EM 1º DE MARÇO.

O triste era que a mensagem foi decifrada tarde demais e que ninguém sabia qual era o Local 2. Continuava havendo inúmeros problemas. Mas era um começo. Trazia certa confiança. Aumentava o volume de conhecimentos sobre o sistema e, se houve um momento em que Farley pensou "vamos conseguir", foi na noite anterior ao blecaute. Ele estava sentado na sala de monitoramento na Cabana 4 em uma das terríveis cadeiras dobráveis de madeira, discutindo perfis de segurança dos matemáticos que acabavam de chegar com Pippard. Àquela altura, o fluxo de recrutas em Bletchley Park era contínuo. Todos precisavam assinar solenemente o Ato de Segredos Oficiais e eram ameaçados com prisão caso vazassem uma única palavra. Mas, em comparação com o que haveria depois da guerra, a segurança era bastante tranquila, acima de tudo porque não havia escolha. Eles precisavam de todas as pessoas competentes que pudessem encontrar. Essa também era uma época em que havia confiança nas pessoas.

Tinha havido uma mudança, porém, no modo como se pensava a segurança. Da mesma forma como já investigavam gente com tendências esquerdistas, agora era preciso tomar cuidado também com quem estava sendo atraído por movimentos de extrema direita: algum dos novos recrutas poderia colaborar com os nazistas numa invasão? Como muita gente à direita, Pippard evidentemente não achou a mudança fácil. Continuava tendo mais interesse em ficar de olho nas pessoas com sexualidade divergente e em outros "elementos pouco confiáveis", aqueles que podiam se tornar vítimas de chantagem ou trair o próprio país em troca de lucro pessoal.

"Tenho mais medo dos cínicos do que daqueles que têm convicções ideológicas", ele disse, e Farley explicou com muita calma que Pippard estava falando bobagem, mas sem ser muito veemente a respeito, e ficou contente por Birch entrar na sala e interromper a conversa.

Frank Birch tinha sido muito duro em suas opiniões sobre Turing e Peter Twinn, e criticou as extravagâncias matemáticas dos dois, dizendo todo tipo de imbecilidade em sua impaciência, mas não era do tipo que nunca muda de opinião, e era possível dizer muita coisa a seu respeito: porém, por mais que fosse ácido e teimoso, era mais divertido que a maioria. Era o tipo de pessoa que chamava atenção ao entrar na sala, com uma capa de chuva e um chapéu de feltro amarrotado, e imediatamente conseguia os holofotes.

"Olhe isso", ele disse, agitando com impaciência no ar uma mensagem decifrada e traduzida vinda da Cabana 8, que Farley pegou sem demora, passando rapidamente os olhos e ficando feliz por não ver nada desagradável.

Em breve estava sorrindo. Seu rosto irrompeu num grande sorriso, como se tivesse acabado de ouvir uma piada muito boa. O telegrama dizia:

DE: COMANDANTE EM CHEFE DA MARINHA
A CAMPANHA COM SUBMARINOS FAZ O NECESSÁRIO PARA LIMITAR RIGOROSAMENTE O NÚMERO DE PESSOAS AUTORIZADAS A LER OS SINAIS NAVAIS. MAIS UMA VEZ PROÍBO TODOS AQUELES QUE NÃO TÊM ORDENS EXPRESSAS DO ALTO COMANDO NAVAL DE SE CONECTAR ÀS FREQUÊNCIAS DA ENIGMA SUBMARINA. VEREI QUALQUER TENTATIVA DE CONTRAVENÇÃO CONTRA ESSA ORDEM COMO ATO CRIMINOSO PLANEJADO PARA COMPROMETER A SEGURANÇA NACIONAL ALEMÃ.

"O que você acha?", Birch perguntou com um certo tom de triunfo na voz. "Será que somos culpados de contravenção?"

"Parece que sim!"

"Então os alemães podem ficar chateados com a gente?"

"Existe esse risco."

Farley riu, e parecia que essa era a primeira vez que ria em um bom tempo. Poucos dias depois, soube que uma mensagem do próprio Führer foi decifrada, terminando com as palavras: CONQUISTAR A INGLATERRA! Uma frase nada tranquilizadora, mas o simples fato de terem lido aquilo diminuía a chance de a conquista de fato vir a acontecer. Eles também se tornaram cada vez mais rápidos para decifrar as comunicações, e em pouco tempo isso começou a fazer diferença. Um avanço fundamental veio quando Turing e os colegas descobriram que alguns relatórios chatos e tediosos dos navios alemães encarregados da previsão do tempo ancorados no norte da Islândia não tinham sido criptografados com códigos navais, e sim com um sistema mais simples. A descoberta levou não só a outro avanço criptológico, mas também ao planejamento de uma operação física a ser realizada na guerra. A Marinha Britânica percebeu o valor de obter os livros de códigos daqueles navios. Nessa nova ação, os navios *München* e *Lauenburg* foram tomados, o que deu a Bletchley mais matéria-prima, e por um tempo, em maio, os oficiais da área de inteligência naval conseguiram ler as comunicações navais dos nazistas como se fossem um livro aberto.

Seria difícil superestimar a importância disso. A frota britânica agora tinha como revidar. Comboios com suprimentos essenciais para a Inglaterra conseguiam desviar dos submarinos alemães. Em julho, as perdas de navios britânicos caíram abaixo de cem mil toneladas pela primeira vez desde 1940. A vida parecia ter melhorado, e obviamente o fato de os alemães terem mandado boa parte da frota para o Mediterrâneo ajudou, sem falar na notícia inesperada de que Hitler havia rompido o pacto Ribbentrop-Molotov e iniciado um ataque à União Soviética. A invasão da Inglaterra já não parecia provável, e Farley imaginava que até aqueles em Bletchley que não sabiam nada sobre os êxitos obtidos na Cabana 4 entendiam que algo havia acontecido. O ânimo melhorou, e os jornais diários traziam cada vez menos notícias de ingleses que morreram afogados ou congelados na água.

Claro que nem todos os problemas desapareceram. Decifrar o Enigma naval era como começar uma nova partida de pôquer toda manhã. Havia necessidade constante de novos palpites e blefes, e era necessário fazer novas perguntas o tempo todo, como qual seria o uso dado às informações. Claro que era necessário usar o material decifrado. Ele podia salvar vidas todos os dias. Mas, se fosse usado com excesso de diligência, os alemães podiam suspeitar que os códigos navais haviam sido decifrados, e adicionar novas complicações ao sistema, o que levaria os decifradores de códigos de novo à estaca zero, transformando novamente as mensagens em textos ilegíveis e opacos. As pessoas no comando de Bletchley sabiam disso. Havia o risco de cada passo adiante na decodificação abrir caminho para um novo obstáculo, e em muitas ocasiões nos primeiros tempos houve decisões de sacrificar tanto vidas como equipamentos para não revelar que as comunicações estavam sendo lidas.

Também não era a primeira vez que se lançava mão de manobras do gênero, para dar a impressão de que haviam obtido as informações por formas mais tradicionais de espionagem. Mas nunca antes a situação chegou a níveis tão delicados, e nunca antes se havia tomado tanto cuidado, e isso frustrou muita gente. No fim de uma noite, Farley andava pelo longo e rangente corredor da Cabana 8, deixando-se envolver pelos ruídos do lugar, que se ouviam facilmente passando pelas finas divisórias.

"Olá, Oscar!"

Atrás dele, e mal iluminado pelo brilho castanho das lâmpadas nuas no teto, Fredric Krause olhava de uma das portas laterais, ele que treze anos mais tarde causaria tanta ansiedade em Farley. Krause era uma estranha combinação, ao mesmo tempo sociável e tímido. Era mais aberto e mais acessível do que seu amigo Turing, mas Krause também era evasivo. Segundo diziam, tinha sinestesia, via cores ao pensar em números, e que essas cores formavam imagens caleidoscópicas em sua mente.

"Olá, Fredric", ele disse. "Como vão as coisas?"

"Nada mal!"

"Cansado?"

"Não muito. Posso perguntar uma coisa?"

"Claro."

"Nós atacamos os submarinos em Bishop Rock?"

Farley sabia a resposta. Mas deveria contar? Nem sempre a verdade era edificante, em especial no caso de pessoas que davam duro dia e noite e que ainda eram jovens e empolgadas, e por isso pretendia murmurar algo do tipo: "Claro que sim". Mas Krause pareceu ler a sua mente.

"Não atacamos", ele disse.

"O que aconteceu com o nosso comboio?"

"Precisamos sacrificá-lo. Lamento, Fredric."

"Que tipo de ideia é esse…" o austríaco começou, mas não continuou, nem precisava.

A decepção de Krause era evidente, e Farley chegou a pensar em colocar a mão no seu ombro. Ele apenas disse: "Essa guerra é um inferno", e realmente achava isso. Claro que avisaram o comandante do cargueiro, mas não foi o suficiente, porque o almirantado se recusou a enviar destróieres para atacar os submarinos alemães. Eles receavam já ter usado em excesso as informações decifradas; por isso o comboio precisou ser sacrificado. Um mal menor foi aceito no lugar de um mal maior. Era o cinismo constante da guerra.

Mesmo assim, saber se isso bastava era uma pergunta difícil. Muitos em Bletchley estavam convictos naquele verão de que era uma questão de tempo até o inimigo se dar conta do seu êxito, e havia sinais de que o Alto Comando Alemão suspeitava de algo. Como poderia ser diferente? Precisava haver um motivo para os ingleses de repente melhorarem tanto sua capacidade de escapar dos submarinos alemães. Por sorte — como se ficou sabendo depois — a paranoia nazista se virou contra o alvo errado. Ao que parecia eles consideravam o Enigma naval indecifrável, e não era uma conclusão insensata. Como os nazistas poderiam compreender que a Inglaterra contava com gente como Alan Turing? Em vez de tornar mais avançadas as máquinas Enigma, eles executaram seus próprios oficiais, e o OIC e o MI6 se esforçaram ao máximo para contribuir com esse delírio. Espalhavam-se falsas informações sobre espiões que trabalhavam no lado alemão, e por muito tempo isso pareceu convincente. Bletchley continuou tendo um grau impressionante de acesso ao planejamento naval alemão. O almirantado sabia a posição dos submarinos quase tão bem quanto os próprios alemães, e a cada dia o status de astro de Alan Turing crescia, pelo menos entre os poucos que sabiam o que se passava.

Operando com base em princípios ditados por ele, o trabalho sistematizado fluía tão bem que a sua presença não era mais tão necessária quanto antes, e Turing tinha cada vez mais tempo para seus passatempos, como seus esforços para mecanizar o jogo de xadrez e suas teorias sobre a matemática do reino vegetal. Ele vivia em um mundo só seu. Bastava ter o necessário, e parecia que ele poderia viver em qualquer lugar, fosse uma ilha deserta ou um castelo e, pelo que Farley lembrava, Alan era um dos poucos que jamais reclamavam da comida ou de haver tão poucos dias de folga. Chegava a parecer feliz, embora vendo em retrospectiva não fosse difícil perceber que suas preocupações se acumulavam como nuvens. Alguém tão diferente como Alan dificilmente conquistaria a confiança de Churchill sem consequências.

O episódio foi um drama por si só. Só algumas pessoas da mansão sabiam que o primeiro-ministro viria a Bletchley Park para elevar o moral e elogiar o progresso feito com o Enigma naval. Normalmente, uma visita dessas geraria apenas entusiasmo. Mas a visita coincidiu com uma briga por recursos na Cabana 8. Farley não entendia o motivo da confusão. Por que eles não conseguiam imediatamente o que queriam? Afinal, as pessoas em cargos de responsabilidade sabiam da importância do trabalho da Cabana 8. No entanto, nada aconteceu. Turing e companhia precisavam de mais gente, de mais máquinas, mas as coisas andavam a uma velocidade curiosamente lenta, sem que se soubesse de quem era a culpa. A inércia criou raízes na organização e, para ser franco, Alan não era um grande negociador. Não compreendia burocratas e hierarquias, nem entendia que algumas pessoas só causavam problemas e não resolviam nada, e para ele foi quase um prazer passar a liderança da cabana para Hugh Alexander.

Isso não libertou Alan de todo. Ele era o herói de Bletchley, e segundo diziam pouca coisa fascinava Churchill como o trabalho de inteligência e análise criptológica; portanto o primeiro-ministro sabia tudo sobre Bletchley. Na primeira fase da guerra, queria ler cada palavra decifrada, mas quando o material começou a chegar em caixas desistiu e se contentou com resumos diários.

Farley se lembrava de ficar à espera naquele dia, 6 de setembro de 1941; lembrava que os poucos que sabiam o que ia acontecer ficaram esperando em torno da guarita e das cancelas, e que os carros entraram, e uma porta abriu. Há algo estranho na fama e no poder, não? Farley sentiu uma pontada de humilhação. Achava indigno ficar tão comovido com aquilo. Era como se o chão o puxasse para baixo, como se a gravidade o forçasse a se curvar, e por um momento se imaginou ouvindo a trilha sonora de um cinedocumentário. *Com passos determinados o primeiro-ministro inspeciona...* Algo irreal tomou conta de Bletchley como um todo enquanto Churchill descia do carro com sua grande barriga e o colete apertado. Ele era uma caricatura de si mesmo. Estava até fumando seu charuto, e olhou em volta, parecendo ao mesmo tempo irritado e divertido, e disse algo que ele não ouviu, mas que fez todo mundo rir, incluindo Farley. Ele sorriu, embora não tivesse compreendido uma só palavra, e à volta dele as pessoas estavam com dificuldade para ficar paradas. Todos se aglomeravam em torno do primeiro-ministro, cumprimentando-o nervosamente, e depois começaram a andar em grupo sobre o gramado, passando por marinheiros, secretárias, mulheres da Aeronáutica, engenheiros e acadêmicos. Em todo lugar, as pessoas começavam a mesma frase: *Aquele não é...?* Uma atitude solene se espalhou, e como se fosse um incêndio consumiu o que até então era a atmosfera cotidiana do local. As pessoas paravam de andar e tomavam consciência do próprio corpo. Farley por outro lado começou a relaxar e a ver a situação com mais sobriedade. Era um dos primeiros dias do outono, com traços de amarelo nas folhagens e gralhas voando. Piscos comiam migalhas de pão perto do pátio, e tanto à direita dele como à esquerda se jogava um estranho jogo. Por um lado todos queriam ser a pessoa que respondia às perguntas do primeiro-ministro, e ter o privilégio de olhá-lo nos olhos — por isso, para não causar a mesma impressão ridícula, Farley ficou para trás —, mas por outro lado havia uma sensação generalizada de constrangimento, que crescia a cada instante. Era como se tivessem recebido visitas importantes sem tempo para se arrumar.

Como pouquíssima gente na propriedade foi avisada com antecedência sobre a visita, em função dos riscos de segurança, ninguém pôde se vestir adequadamente para a ocasião, não que Farley achasse que Churchill se importasse com isso. Ele simplesmente ia fumando seu charuto e fedia a álcool, e exalava uma determinação desatenta. Mas ficou claro que o caos da Cabana 8 foi um golpe para o capitão Edmund Travis, que respondia interinamente pela direção de Bletchley. O primeiro-ministro não conseguiu sequer abrir a porta da frente. Jogou seu corpo pesado contra ela, mas havia alguém sentado do lado de dentro, recostado no batente, e como todo mundo resolveu entrar por outra porta, Churchill caiu sobre Hugh Alexander. Hugh estava sentado no chão, trabalhando com transcrições, e sabe lá Deus por que não podia fazer isso sentado em uma cadeira. Claro que Hugh se ergueu às pressas quando viu quem estava entrando, mas não teve a menor chance de esconder a bagunça da papelada na sala, nem as cestas de lixo transbordando de papel com o aviso solene *Expurgo de papéis confidenciais*. Churchill, no entanto, rapidamente dominou a situação e sorriu quando percebeu quem era o outro.

"Está tendo tempo para jogar xadrez?"

"Infelizmente não, senhor."

"Não, não estamos exatamente numa época de diversões. Maldito Hitler. Onde posso encontrar o rapaz com as máquinas?"

"Está falando de Turing, senhor?"

Provavelmente algumas pessoas torciam para que Churchill não fizesse essa pergunta ou tinham esperança de que Alan não estivesse por lá. Mas claro que a comitiva toda partiu para a sala de Turing, alguns possivelmente rezando em silêncio para ele estar razoavelmente apresentável, mas Travis estava tão impaciente que se esqueceu de bater. Imediatamente se arrependeu. Alan estava sentado em sua cadeira, recostado e tricotando. Aquele sujeito estranho, que não fazia a barba havia uma semana e que claramente não se importava muito com pentes, trabalhava em algo que parecia ser um longo cachecol azul, e nem Churchill entendeu a situação no primeiro momento.

"Ah, está bonito", ele disse, enquanto Alan levantava às pressas, totalmente assustado.

"O que, não... nem um pouco... na verdade não... eu... peço desculpas, primeiro-ministro. Isso... isso me ajuda a pe... pensar", Turing gaguejou.

"Verdade? Infelizmente o tricô não é uma das formas de arte que eu domino. Mas claro que compreendo. Boas ideias podem vir quando a mente trabalha em algo totalmente diferente, não é? E todos precisamos das suas ideias, sr. Turing. Entendo isso. Então, por favor, continue... e o cachecol além de tudo vai ser útil."

Todos riram, mas alguns mal conseguiam esconder o constrangimento: tricô... dá para imaginar uma coisa mais ridícula? Uma coisa de mulher, como alguém sussurrou, e além de tudo Alan não conseguiu olhar Churchill nos olhos. Só tagarelou sobre teorias de probabilidade enquanto seus olhos ficavam voltados para as paredes, e talvez aquilo não tenha sido de fato um encontro, como Pippard diria com tanta veemência mais tarde. Mas Farley insistia que Churchill simpatizou com Alan, ou pelo menos que o nível de atenção do primeiro-ministro se elevou, o que sugeria um interesse genuíno. Sim, Churchill provavelmente achou divertido. Desde que tivessem sucesso, provavelmente era até engraçado que os gênios fossem excêntricos, e Farley tinha certeza de que Churchill estava brincando quando disse a Travis mais tarde: "Sei que eu disse para você buscar os melhores onde quer que fosse, mas não esperava que você fosse levar isso tão a sério".

Mesmo assim, isso causou preocupação em algumas das pessoas menos imaginativas de Bletchley, e a visita importante também teve consequências inesperadas.

Na Cabana 8 a escassez de funcionários e de recursos era cada vez mais grave. No entanto, não se fazia quase nada a respeito, embora o motivo ainda não fosse claro, mas em algum lugar alguém devia se opor diretamente à equipe da cabana, talvez por pura inveja. Caso contrário, a ausência total de ação seria inexplicável. As coisas ficaram ruins a ponto de ameaçarem seriamente o trabalho de decodificação da Enigma naval, e em meados de outubro Turing, Hugh Alexander e alguns outros passaram por cima de seus chefes e procuraram diretamente o homem que os tinha visitado. Escreveram a Churchill dizendo precisar desesperadamente de reforços e de mais máquinas, e quase de imediato se abriu uma investigação, e vieram ordens de cima. Churchill escreveu para o general Ismay sob um aviso de Urgente: *Providências hoje! Garanta que eles tenham todo o necessário com prioridade extrema e avise quando tudo tiver sido feito!*

Depois disso o trabalho fluiu melhor, mas a oposição não desapareceu, e havia novos problemas pela frente.

Em 2 de fevereiro de 1942, os alemães colocaram um quarto rotor nas Enigma navais. Os códigos se tornaram vinte e seis vezes mais complexos, e a Cabana 8 de novo se transformou em uma indústria com centenas de trabalhadores que cada vez mais passavam a depender de máquinas novas e poderosas, em vez dos próprios cérebros. Turing se mudou para a mansão e se tornou um estrategista geral que só era chamado quando algo realmente difícil aparecia. Mas continuava tendo inimigos, inclusive Pippard, que não conseguia superar o fato de Turing ter passado por cima dele quando recorreu ao primeiro-ministro.

Um dia Farley viu o coronel Fillingham gritando com Turing do outro lado da cerca de arame farpado perto da entrada. Deve ter sido na primavera de 1942, e Farley ficou imediatamente preocupado. Ele via como questão de relevância nacional evitar problemas com Turing. Mas logo se acalmou um pouco. Fillingham era conhecido por gritar com os outros, e Turing não parecia muito incomodado. Talvez a briga fosse só por causa da aparência caótica de Turing, e devia ter a ver com defesa civil. Essa era a área do coronel Fillingham, e Turing surpreendentemente virou um de seus recrutas por desejar, de acordo com suas palavras, saber se defender caso os nazistas fossem atrás dele.

"Qual será o problema?", Farley se perguntou.

O coronel Fillingham era um sujeito grandalhão, de pavio curto, quase incapaz de se acalmar. Com uma voz agitada, disse que "o jovem dr. Turing acha que pode fazer o que bem entende", e quando Farley perguntou o que ele queria dizer o coronel disse que Turing não compareceu a nenhum dos desfiles dos Voluntários da Defesa, embora "segundo a lei militar" fosse obrigado a isso.

"Tentei dizer para o coronel que não estou sujeito à lei militar", Turing disse.

"Lamento, Alan, mas se entrou para os Voluntários de Defesa você está, sim. O coronel tem todo o direito de lhe dar ordens. Coronel, com certeza essas paradas não são nenhum grande fardo, são?", Farley continuou em tom conciliatório.

"Não tenho certeza", o coronel disse, raivoso.

"Mas estou falando sério, Oscar", Turing prosseguiu. "Eu me preveni contra esse tipo de situação. É só ver a ficha que eu preenchi!"

"Ver o quê?"

Quando fizeram conforme o sugerido, o coronel teve de admitir que Turing tinha razão. Uma das perguntas na ficha era: *Você compreende estar sujeito à lei militar?* E Alan, que pensou com muita cautela naquilo, concluiu que o melhor era responder não. Não havia motivo para responder sim a algo que provavelmente não traria nenhuma vantagem, ele explicou e, embora o coronel Fillingham não tenha ficado muito satisfeito, depois disso passou a ignorar Turing. Graças à sua boa compreensão da teoria dos jogos, Turing foi liberado dos desfiles, e a história virou parte do folclore que o cercava, mas evidentemente o caso também chegou ao conhecimento de Pippard e outros tipos do gênero, e embora também achassem graça era cada vez mais claro que o cerco a Turing estava se fechando.

A situação era difícil para todos. Bletchley era sem dúvida a mais importante fonte de informações para os líderes militares. Era o lugar em que boa parte da estratégia de guerra se apoiava. Mas não era apenas o que acontecia ali dentro que era sigiloso, o próprio fato de que acontecia algo ali era segredo. Oficialmente, Bletchley Park não existia. Nem os generais e os colaboradores próximos de Churchill tinham ideia de que o lugar estava em operação, e para ocultar sua existência criou-se um mundo de mentiras e disfarces, o que levou os demais órgãos do serviço secreto britânico a receber crédito bem maior do que o merecido. O segredo pesava sobre os ombros de todos. Mas poucos estavam tão expostos quanto Turing. Suas impressões digitais estavam em toda parte e, quando os Estados Unidos foram forçados a entrar na guerra e montaram seu próprio serviço de criptologia, Turing foi enviado numa viagem transatlântica, e logo suas bombas apareceram às centenas por lá. Isso lhe deu uma compreensão única também do mundo de segredos dos americanos, e a pressão sobre ele crescia dia a dia. Turing continuou a ser a aranha mais frágil na teia, e sempre havia olhos atentos voltados para ele.

Quando uma mensagem de Heinrich Himmler decodificada revelou que ele zombava dos ingleses por permitirem homossexuais nos serviços de segurança, muita gente em Bletchley sorriu satisfeita: "Se aquele bandido soubesse!". Mas a mesma atitude estava tomando conta do local, e o fato de Turing romper o noivado com Joan Clarke não ajudou.

Farley jamais se esqueceria do dia em que o viu sentado do lado de fora da mansão com um de seus cadernos pretos, aparentemente sem se deixar perturbar pelas escavadeiras e pelos operários no pátio. Seu olhar era hostil, mas Farley sabia que isso podia não significar nada, ele sempre irradiava raiva. Como um predador, parecia preparado para enfiar os dentes em qualquer coisa que o perturbasse. No entanto, curiosamente, não parecia se importar em ser interrompido, e por isso Farley teve coragem de dizer olá, e pelo menos dessa vez eles não começaram a falar sobre criptologia. Conversaram sobre Joan e, quando Farley perguntou por que o noivado acabou, Turing citou uma frase de Oscar Wilde na *Balada do cárcere de Reading*:

"Todo homem mata aquilo que ama."

O homem mata aquilo que ama. Para alguém como Farley, aquelas não eram só palavras conhecidas e banais. Ele via na frase a afetação wildeana que nem o tempo passado na cadeia erradicou e, embora certamente houvesse certa verdade nessas palavras, inclusive em várias situações externas ao poema, nesse caso aquilo parecia apenas uma desculpa. O homem mata aquilo que ama? Claro! Mas acima de tudo mata aquilo que precisa matar. Farley intuiu o verdadeiro motivo do rompimento, porém disse com a voz mais simpática possível:

"Entendo. Lamento!"

Nem havia motivos para bisbilhotar. Tanta gente já se ocupava daquilo. Pippard voltou a inserir a velha anotação na ficha pessoal de Turing, e inclusive sublinhou a palavra homossexual com dois traços negros. O grande astro de Bletchley, cada vez mais, era visto como um risco. O governo, Farley pensou, sequer ousou lhe dar o reconhecimento merecido. Ele ganhou uma mísera Ordem do Mérito.

37

O telefone tocou alto de forma inesperada, e Corell teve um sobressalto. O som parecia trazer uma nova ameaça e, como nenhum deles se mexeu, Corell só teve tempo de torcer para que simplesmente deixassem tocar, mas Farley se levantou.

"Eu atendo!"

O modo como pegou o aparelho tinha uma certa solenidade.

"Sim, sim, claro. Está aqui. Falei com ele."

Para Corell parecia uma conversa entre dois carcereiros. Ele ouviu uma voz séria e desagradável do outro lado da linha e sentiu o estômago embrulhar. No entanto, o resto da conversa não pareceu tão preocupante quanto ele temia. Os sim de Farley viraram uma série de nãos.

"Não, não, você está exagerando a proporção da coisa. Não tem perigo, isso está muito claro. Ele só foi imprudente, não, não parece que alguma informação prejudicial tenha vazado, e para ser sincero ele não sabe de muita coisa. Se acalme, Julius… não está me ouvindo? A situação está sob controle."

Parecia que os carcereiros estavam se desentendendo. Farley até parecia estar defendendo Corell, e no final começou a ver a conversa como uma luta entre um amigo e um inimigo.

"Bom, sim, claro que precisamos continuar com a investigação, mas você realmente me deixa preocupado... Não, pelo amor de Deus, não escute o Mulland. Ele não entendeu nada. Ele está doido... ele atacou... ele está totalmente doido... pelo amor de Deus Julius, não, você não está ouvindo. Eu estou dizendo. Não! Agora tenho que desligar e dar um jeito na situação. Tchau!"

Farley desligou, e Corell reprimiu a vontade de perguntar sobre o telefonema. Fixou o olhar em uma parte enrugada do cobertor pouco abaixo do seu peito, que achou que parecia um rosto, depois fechou os olhos e fingiu que estava tentando dormir. Julie apareceu nos seus pensamentos; Julie, que estava vestindo de modo tão adorável o manequim na vitrine da loja.

"Posso ir?", ele disse.

Farley pareceu hesitar. Parecia agitado depois da conversa ao telefone.

"Sim. Mas acho que não é aconselhável de um ponto de vista puramente médico. Melhor chamar um médico."

"Não, não. Só quero ir embora daqui."

Corell sentia uma impaciência repentina.

"Para onde?"

"Não sei. Só ir embora. Para minha tia em Knutsford."

"O.k. Vou providenciar que você chegue lá!"

Farley não sabia explicar por que estava fazendo aquilo. Ele nem de longe estava convencido da inocência do policial, como fingiu na conversa com Pippard. Mas achava que Corell merecia ser acompanhado por alguém depois de tudo que aconteceu, e também estava curioso para conhecer a tia, que segundo os registros era uma velha sufragista lésbica com grande interesse em literatura. Somerset achava que ela podia ser a chave para entender o comportamento do policial e, embora Farley não concordasse totalmente — as chaves em geral não eram tão simples —, tinha a impressão de que podia haver algo interessante ali. Farley também queria sair do hotel antes que Pippard ou mais alguém voltasse a meter o bedelho, e por isso pegou sua agenda de telefones.

Havia muita gente para quem poderia ligar. Olhando em retrospectiva, ficaria surpreso por ter escolhido justo Jamie Ingram. Era como se estivesse procurando companhia, um cúmplice, mais do que um amigo ou um colega.

Jamie era a ovelha negra de uma família de banqueiros. Não que fosse criminoso ou particularmente desonesto, mas era visível que um dia iria causar um escândalo, um sujeito que bebia demais e que gostava de provocar. Ele ia bêbado às aulas de Farley, e comentava-se que ele jogou a bicicleta do reitor no rio Cam depois de uma briga boba por causa de um jogo de bridge. Por outro lado, não era do tipo que proferia julgamentos quando a vida das pessoas saía dos trilhos — provavelmente por saber como era fácil isso acontecer. Também devia um ou dois favores a Farley, e pareceu feliz em poder ajudar.

"Meu caro professor, o senhor está num aperto? Sinceramente espero que haja uma mulher envolvida!"

"Não, e infelizmente não estou nem bêbado. Você pode vir?"

Ingram apareceu em um Aston Martin novo, branco, que pegou emprestado do pai, um carro ligeiramente vulgar, Farley pensou, em especial para ser usado como transporte de um policial espancado até a casa da tia em Knutsford, mas Farley mesmo assim ficou tocado pelo gesto. "A gente precisa fazer as coisas com estilo", Ingram explicou, parecendo ele próprio um pouco extravagante, como o carro.

Estava com um cachecol vermelho e um paletó de linho, e o cabelo louro tinha uma aparência desmazelada que parecia muito bem pensada, mas desde o primeiro instante agiu com naturalidade e profissionalismo. Por exemplo, teve o bom gosto de não perguntar o que tinha acontecido. Ajudou Corell a se levantar com o maior cuidado e ofereceu um gole de uma garrafinha, que disse conter bourbon, e aproveitou a oportunidade para elogiar Corell pelo terno irremediavelmente imundo.

"Depois de uma lavagem a seco e um banho você vai estar prontinho de novo para as recepções nos salões."

Como as costas de Farley estavam mais ou menos inutilizadas, Ingram precisou ajudar sozinho o policial a descer, e enquanto Farley pagava a conta de Corell, Ingram foi tão encantador e amistoso que por um tempo a vida pareceu um pouco menos complicada. Depois de Ingram dar a Farley breves instruções sobre como dirigir o Aston e de entregar as chaves com as palavras "meu pai não ia ligar se você desse uma amassadinha", foi embora levando sua elegância desinteressada sem nem dizer a Farley quando e como devolver o carro. Esses jovens ricos abusados e despreocupados são bons nesse sentido, Farley pensou. Exigem tão pouco dos outros quanto de si mesmos.

"Muito obrigado, de verdade. Eu entro em contato", ele gritou, mas o rapaz já estava longe demais, e Farley se voltou para Corell.

O policial estava no banco do passageiro, pálido e encolhido como se nada mais o surpreendesse, nem o carro nem qualquer outra coisa. Farley pediu que esperasse. Atravessou a rua e comprou chocolate, suco de laranja, pão fresco e presunto. Antes de partir eles comeram, e Corell voltou a ter alguma cor no rosto. Disse que o pescoço e a cabeça doíam menos. Não falou muito mais. O fluxo de palavras havia secado, e de jeito nenhum ele queria ir ao médico. Queria ir para a casa de Vicky. "Tem uma coisa que quero contar para ela", explicou, e por um longo tempo eles viajaram rumo ao norte em silêncio.

A escuridão chegou. O tráfego diminuiu, e as estradas se estendiam diante deles como braços inquietos. Farley segurava o volante com força e desejava ter um livro, ou algo em que ancorar seus pensamentos, e tentou recitar "Michael Robartes and the dancer", mas não conseguiu. Não estava concentrado e, embora quisesse conversar, relutava em perturbar o policial. Corell dormia ou tirava cochilos breves, mas mesmo quando estava acordado parecia imerso em seus pensamentos, e só uma vez, quando passaram por Corby, começou a se animar levemente, e só porque Farley conseguiu que se abrisse um pouco perguntando sobre a sua vida e a família.

"Minha mãe morreu", Corell disse.

"Meu colega me contou. Morreu como?"

"Definhando e louca num asilo em Blackpool. Mas nos últimos anos nós não tínhamos muito contato. No final fui bastante lá, mas ela falava comigo como se eu fosse outra pessoa."

"Lamento. Claro que sei o que aconteceu com o seu pai."

"Ele entrou na frente de um trem."

"Deve ter sido duro para você."

"Acho que foi."

Farley tentou falar sobre alguma outra coisa, mas o policial continuou no tema do suicídio.

"Pensei sobre os últimos passos de Alan Turing em vida", ele disse.

O pensamento chocou Farley: quem não tinha pensado naquilo?

"Você se detém em alguma coisa específica?", ele perguntou.

"Parecia ter tanta coisa acontecendo na casa; experimentos, cálculos, um prato com pedaços de cordeiro. Será que as pessoas realmente comem um belo jantar sabendo que vão morrer?"

"Não faço ideia. Pessoas que vão ser executadas fazem isso."

"Ou ele pode ter decidido mais tarde, depois do jantar."

"Pode ser."

"Às vezes eu ficava pensando o que seria preciso para que ele mudasse de ideia. Será que bastaria um amigo bater na porta e dizer alguma coisa simpática, ou um cachorro latir do lado de fora e fazer com que pensasse em outra coisa? Ou a decisão era irrevogável?"

"Faz a gente pensar", Farley disse, sem ter bem certeza se o policial estava falando do suicídio de Turing ou do próprio pai.

"E depois ele comeu uma maçã envenenada", o policial disse.

"O fruto do pecado. O fruto do conhecimento."

"Estranho em certo sentido, você não acha?"

"Por quê?"

"Às vezes eu me pergunto se ele não deixou deliberadamente charadas para nós."

"De qualquer modo ele sabia que o mistério é sempre maior do que a sua solução."

"O dr. Turing realmente achava que ia conseguir construir uma máquina inteligente?"

Farley estava prestes a responder "Não faço ideia. O que você acha?" quando lhe ocorreu que podia muito bem levar a pergunta a sério. Afinal, ele tinha falado com Alan sobre isso.

"Acho que sim", ele disse. "Sabe, um dia peguei o Alan lendo *A mente do criador*, da Dorothy Sayers."

"O que é isso?"

"Um livro meio teológico em que Sayers tenta interpretar a criação do mundo por meio das próprias experiências como escritora de ficção. O autor como Deus, você compreende. É comum dizerem que o autor tem poder absoluto sobre seus personagens, mas isso não é verdade, nem se você escrever muito bem, como Sayers. Para os personagens ganharem vida, é preciso que se libertem de seu criador e ganhem uma certa imprevisibilidade. Um escritor que leve seu trabalho a sério sabe que é a busca de seus personagens por uma vida e por uma existência que move o livro, e não a trama original."

"E para existir vida deve haver contradições!"

"É preciso um elemento de imprevisibilidade e de irracionalidade. Sei que o Alan se interessava principalmente pelos pensamentos de Sayers sobre Laplace. Você sabe quem é? Laplace foi um matemático e astrônomo francês influenciado por Newton. O universo dele era rigorosamente governado pelas leis da gravidade, e a sua ideia mais famosa foi que um ser inteligente que soubesse a posição e o movimento de cada partícula do mundo teria como saber exatamente o que iria ocorrer no futuro. Tudo era predeterminado segundo um padrão preciso de causação, que Deus colocou em movimento antes de sair de cena. Era o determinismo levado ao extremo, e Alan não tinha muito tempo para isso. Mas era fascinado pela ideia de um criador que, como diz Sayers, largou a caneta, pôs os pés para cima e deixou a obra continuar por conta própria. Sei que o Alan pensava muito nisso. Ele começou a pensar nas coisas que essa ideia poderia iluminar, por assim dizer. Isso foi em 1941, ou talvez em 1942, e tenho certeza de que você vai entender que não posso contar tudo sobre o nosso trabalho, exceto pelo fato de que estávamos fazendo algo mais ou menos semelhante ao universo de Laplace — bom, na verdade provavelmente eu não devia contar nem isso. Mas encontramos um método funcional que operava mais ou menos por conta própria e já não precisávamos mais de gênios como o Alan. Éramos milhares de pessoas trabalhando juntas, e a maioria fazia coisas incrivelmente simples, inclusive trabalhos rotineiros, mas juntos formávamos um organismo altamente sofisticado. Vistos como uma entidade, devíamos parecer o oráculo, nem mais nem menos, e para alguém como o Alan não era difícil enxergar paralelos com o cérebro humano. Cada pequena célula em si mesma não é necessariamente tão especial, certo? Mas não há como negar que a totalidade é especial, por isso o que conta não são as partes, mas o modo como estão reunidas, e isso levou o Alan a se perguntar: existe algum outro modo de fazer surgir inteligência a partir de peças que por si sós não sejam inteligentes? Será que um processo puramente mecânico e rotineiro pode fazer surgir algo dotado de talento e originalidade?"

"E a resposta de Turing era que sim", Corell disse.

"Certamente. Do mesmo modo que Newton e Laplace não achavam que existissem contradições entre uma visão mecânica do mundo e uma crença em Deus, Alan não via contradições entre a mecânica e a inteligência, nem entre o medíocre e o inspirado."

"Agora não entendi."

"Você já ouviu alguém falar da sabedoria da multidão?"

"Só da imbecilidade da multidão."

Farley riu.

"Claro que essa é a parte mais conhecida, e mais triste", ele disse. "Nada é tão estúpido como pessoas seguindo um líder e se transformando em um esquadrão de linchamento. Ou como disse Friedrich Nietzsche: 'A loucura é exceção no indivíduo mas a regra em grupos'."

"Verdade!"

"De fato, mas em outro sentido parece que um grupo grande de pessoas pode ser mais inteligente do que qualquer outra coisa."

"Como assim?"

"Como no nosso caso durante a guerra, por exemplo. Mas também de outro modo. Algum tempo atrás li um trecho de um romance escrito pelo cientista Francis Galton, sabe. O nome é *Kantsaywhere*. Descreve Utopia, onde estão criando um tipo melhor de ser humano. Tremenda bobagem, para ser sincero. Mas o livro me interessou por vários motivos, e comecei a me informar sobre a vida de Galton. Ele era um elitista horroroso, que achava que um número limitadíssimo de pessoas tinha as qualidades genéticas necessárias para liderar uma comunidade. Via as pessoas comuns como irremediavelmente destituídas de talento. Mas o engraçado é que perto do fim da vida ele se depara com uma verdade bem diferente. A essa altura Galton é um senhor de idade visitando um mercado de gado em Plymouth. Passa por uma competição, onde todos podem tentar adivinhar o peso de um boi, ou para ser preciso o peso de um boi depois de morto e esfolado. Galton imagina que a adivinhação não vai dar em nada, porque em geral as pessoas são uns asnos ignorantes. Mas sabe o que ele descobre? Depois de ouvir todas as sugestões, e de fazer a média, tratando todo mundo que participou como uma única pessoa, por assim dizer, ele percebe que os participantes acertaram, quase na casa dos gramas."

"Como isso é possível?"

"Porque é assim que grupos funcionam. Eles podem ser incrivelmente inteligentes e encontrar respostas melhores do que todos os especialistas, desde que os indivíduos que compõem o grupo pensem de maneira independente, e essa é a beleza da coisa. As multidões têm uma sabedoria oculta. Quando Galton fez a média de todos os participantes, os erros de um anulavam os erros de outro, e o conhecimento se acumulava. Todas as minúsculas peças do quebra-cabeça de conhecimento do grupo formavam algo muito sofisticado. Alan adorava esse tipo de coisa. Ele ficava fascinado com formigueiros. São compostos de insetos não muito inteligentes, mas são extraordinariamente complexos, e ricos em inteligência, e de certo modo creio que esse é o cerne do pensamento dele. Não se trata de cada engrenagem…"

"Mas sim do modo como elas se relacionam entre si."

"Ou do modo como formam um todo, e não consigo deixar de pensar o quanto isso é empolgante. Em todo caso sei que Donald Michie, um dos amigos inteligentes do Alan, acredita que isso pode se tornar um novo campo de estudos."

"Como?"

"As tentativas de criar uma máquina inteligente a partir de elementos eletrônicos simples. De um ponto de vista cristão, claro que isso é pura heresia. Alan sabia muito bem disso."

"Mas isso era parte do sonho dele?"

"Ele sonhava."

"Por que, na sua opinião?"

"Por que não? Até onde sei, ele queria ter uma máquina como amiga. Além disso, eu não ia ficar surpreso se algo de valor surgisse disso. Donald Michie falava das teorias de Alan como sendo um tesouro oculto que um dia seria descoberto."

"Assim como a prata dele."

Farley tomou um susto.

"Como você sabe disso?"

"O irmão dele me contou."

"Claro. Nós nos encontramos em frente ao necrotério", Farley murmurou. "Aliás, como você está se sentindo?"

"Melhor. Ainda falta muito?"

"Um pouco. Você é bem próximo da sua tia, não é?"

"Acho que sou", o policial disse.

"Vocês foram sempre muito…", Farley estava procurando a palavra certa, "… muito dedicados um ao outro?"

"Não, nem sempre", Corell disse. "Teve uma época em que eu não queria nada com ela", ele continuou, mas depois parou bruscamente.

"Quer me contar?", Farley tentou.

"Não, acho que não."

O policial parecia se afundar nos seus pensamentos. Em certo momento pareceu até que estava sorrindo.

38

Qual o problema de aceitar ajuda?

Muitos anos antes, ao voltar de Marlborough para sua casa em Southport, Corell logo sofreu o golpe seguinte, e deveria estar preparado para aquilo. Mas a frieza da mãe parecia ser um impacto do qual não havia como se recuperar. Alguma vez ela falou uma palavra que fosse que lhe dissesse respeito? Ela só se preocupava consigo mesma e com seu sofrimento mudo. Paradoxalmente, em meio ao momento mais difícil de sua vida, ela parecia ter se tornado incapaz de qualquer conversa séria e, pior de tudo, esperava que ele jogasse segundo as mesmas regras.

Ele podia reclamar dos preços nas lojas, da escassez de comida e do trabalho que a casa dava, e até do estado lamentável das finanças da família. Mas não podia falar de nada importante e doloroso. Qualquer insinuação de que também pudesse estar sofrendo levava a mãe a se esforçar para mudar de assunto: "Olha como está forte o vento lá fora!", "Você podia lavar as roupas hoje?", ou "A tia Vicky quer vir aqui de novo. Mas a gente não quer que ela venha, certo?".

Ele raramente objetava. Mais do que nunca, sonhava com alguém que pudesse libertá-lo e tornar a vida mais suportável, e provavelmente não havia ninguém mais apropriado que a tia Vicky. Mas a tia irradiava tanta energia e disposição que perto dela se sentia culpado e fracassado e fraco, e ao invés de tentar trazer para perto a única pessoa que podia lhe dar a sensação de estar em casa ele fazia planos para fugir. O sonho de largar tudo e fugir se tornou sua droga e sua esperança. Vou sair daqui, vou embora, ele pensava o tempo todo, até que um dia a situação ficou insustentável. Foi numa manhã de outono. A guerra tinha acabado. O Partido Trabalhista chegou ao poder. Bombas atômicas caíram sobre o Japão, e a mãe se trancou no quarto. Se ele tivesse visto as coisas com um pouco mais de clareza, teria percebido que ela estava doente. Parecia sofrer de um bloqueio psicológico profundo a ponto de fazer com que ela virtualmente tivesse deixado esse mundo e entrado em uma realidade alternativa onde parecia esperar que algo grande e terrível ocorresse. "Precisamos estar com a melhor aparência possível quando a hora chegar", ela dizia, criando uma atmosfera de loucura tão impressionante que Corell chegou a se convencer de que aquilo era contagioso, e muitas vezes ficava furioso: *E eu, e eu?*

Ele não sentia orgulho daquilo — não sentia orgulho de quase nada —, mas quando ouvia a mãe gemendo como se estivesse apaixonada no quarto dela não conseguia suportar. Era puramente físico; pelo menos é o que ele dizia. Parecia que ia sufocar, que o cheiro da loucura o envenenava. Naquela noite colocou umas roupas, livros e uma garrafa de xerez numa das velhas malas marrons do pai. Na época não tomava uma gota de álcool, mas queria marcar sua saída e dar a impressão de que seu ato não foi movido por simples desespero, mas que era também um primeiro passo rumo à vida adulta. Quando viu a torre vermelha do relógio na estação rodoviária na Lord Street, foi como se um choque percorresse seu corpo, e ele se sentiu cada vez mais inebriado, não só por causa do xerez. O mundo se abria diante de seus olhos. Ele era livre e independente, e aquela sensação durou horas, até o momento em que vomitou numa esquina na Portland Street, em Manchester, e o sentimento de culpa e a náusea se misturaram com o resto. A cidade não só tinha sido bombardeada e estava em ruínas. Uma cortina de poeira e fuligem de carvão tomava as ruas, e se ele não soubesse que a Inglaterra havia vencido a guerra jamais acreditaria. Com o racionamento de energia, quase não havia ninguém na rua depois das dez, e em toda a parte ele percebia certa apatia. Era como se encontrasse seu próprio desespero a cada esquina.

Uma sensação de catástrofe se abateu sobre a sua vida. Ele vivia em alojamentos e abrigos, e muitas vezes passou fome. Ele sofria. Sentia vergonha — como podia ter abandonado a mãe? —, e é bem possível que tenha encontrado a salvação no pôster marrom na Newton Street ou, caso salvação seja uma palavra forte demais, certamente aquilo foi o início de uma aparência de ordem. "Excelentes perspectivas de carreira na polícia para homens e mulheres com coragem e caráter", dizia o pôster, e Corell talvez não tenha sido particularmente atraído pelas palavras, mas aquilo lhe dizia algo. Na verdade ele tinha essa sensação muitas vezes. Uma única palavra sobre uma profissão ou um destino, de quase todo tipo, era suficiente para fazer Corell sonhar, e Deus sabe se o que sentiu naquele momento não era exatamente a mesma coisa.

Ele simplesmente preencheu a ficha de inscrição, e fora isso só foi necessário cumprir algumas formalidades, fazer uma breve entrevista e preencher documentos e, uns dias depois, antes de saber onde se encontrava, estava entrando em um ônibus para um período de treinamento de treze semanas em Warrington, e por muito tempo viu aquilo mais como um jogo, uma fuga. Mas o tempo passou, e um episódio que devia ser meramente incidental se tornou uma vida, algo regular. Ele alugou um quartinho apertado na Cedar Street, perto do Exército da Salvação, que cheirava a gás e mofo, e que não tinha mobília nem papel de parede.

Foi então que encontrou Vicky de novo. Num dia da primavera de 1947 — embora pudesse ter sido em qualquer estação, vendo das sujas janelas pretas de onde ele morava. Tinha vinte e um anos. Em uma foto da época, quando Corell pela primeira vez colocou o uniforme e o capacete ridículo, parecia desesperado e desnutrido. Podia ser um sujeito de trinta e cinco anos voltando da guerra, mas nas poucas ocasiões em que se viu no espelho achava ser o mesmo menino de antes. Não tinha ideia da impressão que podia causar em alguém que apenas se lembrasse de como ele era antes. Quando ouviu baterem na porta estava deitado de roupa na cama.

"Leonard, Leonard. Você está aí? Pelo amor de Deus, abra a porta", uma mulher gritava do lado de fora, e claro que ele reconheceu a voz, mas não conscguia entender o que estava acontecendo, e nem quando a tia gritou "É a Vicky, Leonard. Sou eu. Estou procurando você por toda parte" ele entendeu.

Relutante e meio confuso, ele se arrastou até a porta. Ao abrir, tomou um susto, como se estivesse vendo um fantasma. Provavelmente não tinha nada a ver com a tia. Na época ela não tinha envelhecido muito. Era a mesma Vicky de cabelos curtos e ativa de antes e, levando em conta todas as pessoas em péssimas condições que ele tinha encontrado, era quase um milagre de classe e dignidade. O que o assustou foi a expressão dela ao vê-lo.

"Leo, Leo. É você mesmo? Por que fez isso com você mesmo, e por que não entrou em contato? Se você soubesse...", ela murmurou, tão emotiva que Corell nem conseguiu imaginar que tinha alguma coisa a ver com ele, mas ela o estava procurando em toda parte. Na agitação em que estava, ligou para todo mundo e acabou falando com a polícia em Manchester, e graças a sua persistência, ou a seu desespero, na versão dela, conseguiu que lhe contassem que não sabiam de nenhum Leonard Corell ferido ou morto, mas que por acaso havia um cadete com esse nome. "Cadete da polícia", ela disse. "Não pode ser o meu Leo, impossível." Mesmo assim foi até a delegacia na Newton Street e conseguiu informações sobre o lugar onde ele morava. Foi por isso que veio. Ele não gostou. Por que ela deveria se importar com ele?

"Eu me viro", ele disse, e foi aí que ela explodiu.

"Pare com isso", ela gritou. "Pare! Por que você ia se virar sozinho? Você tem uma família, Leo. Tem a mim, e eu estou procurando por você esse tempo todo. Virei a Inglaterra de cabeça para baixo. Fiquei tão preocupada e achei... Não me olhe assim. O que você está pensando? Que eu vim aqui passar sermão? Eu só queria saber se você estava vivo. Que está bem. Você não entende?"

"Me deixe em paz. Vá embora."

"Nunca! Mas, por Deus, qual é o seu problema? (Ele deve ter parecido horrorizado.) A sua mãe está bem. Está doente, mas nós a colocamos em um asilo em Blackpool. Então, pelo amor de Deus, Leo, não fique tão bravo comigo, e pare já de se punir."

"Não estou me punindo."

"Você já se olhou no espelho?"

"Pare com isso!"

"Qual é o problema de aceitar ajuda?", ela gritou. "Você não vê que eu estava sentada no meu maldito apartamento em Londres, e que a única coisa que eu queria era ajudar? Eu também lamento, Leo. Lamento muito pelo que aconteceu com James e com vocês todos, lamento tanto que mal consigo dormir. Você tem ideia de quantas vezes eu tentei ajudar? Mas toda vez alguma coisa me impedia, e eu ficava morrendo de vergonha por não ter vindo, e não conseguia suportar a ideia, não conseguia mesmo, de você acabar como o seu pai."

"Não pretendo me matar, se é isso que você pensa."

"Não, certamente você não deveria. Definitivamente não", ela disse, fora de si, e ele não conseguia se lembrar se foi naquele momento ou depois que os olhos deles se encontraram e os dois se entenderam perfeitamente.

Vicky provavelmente precisou de um tempo para fazer com que Corell deixasse o orgulho de lado, mas, depois do encontro no quarto de aluguel, os dois começaram a se ver de tempos em tempos, e de vez em quando ele aceitava uma ajuda sua. Deixava que ela lhe desse dinheiro, pagasse jantares e roupas. Mas ele recusou o tipo de auxílio que ela estava de verdade oferecendo, uma chance de voltar a estudar, uma nova oportunidade. Teimoso, manteve o emprego, talvez apenas para se punir, ou por não querer correr mais riscos. Estava agindo como um idiota, simplesmente. Era como se gradualmente se desse conta disso. Mas agora de fato haveria uma mudança, ele prometeu a si mesmo sentado ali no carro.

Havia uma neblina fraca na estrada e nos campos, e eram poucos os carros trafegando. A certa altura um pássaro bateu asas diante do para-brisa, e Farley pisou forte no freio e sentiu uma pontada de dor nas costas. Mas logo passou. Ele e Corell tinham ficado quietos de novo, e Farley ia gostar de continuar falando, não só por gostar de conversar com o policial, mas também porque não conseguia se livrar da ideia de que podia estar deixando de ver algo, algum detalhe que podia lançar uma nova luz sobre a história toda.

"Esse caso do Alan Turing parece ter se tornado muito pessoal para você", ele disse.

"Bom, sim... talvez."

"Você falou com a sua tia sobre o caso?"

"Por que a pergunta?"

"Dizem que ela é uma mulher muito inteligente e forte."

"Pode ser."

"E eu estava pensando... mas talvez seja pessoal demais."

"Pergunte!"
"O seu esforço no caso do Turing..."
"Sim?"
"... tem alguma coisa a ver com o fato de sua tia ser homossexual?"
"Ela é...?", Corell começou.
Os dois ficaram imóveis, e ele não deixou que nenhuma palavra ou gesto entregasse o que ele estava pensando. Em vez disso abriu um sorriso tenso, que podia significar qualquer coisa.
"Eu nunca...", ele disse por fim.
"O quê?"
"Eu nunca...", ele repetiu, mas não disse mais nada.

Depois de "Eu nunca" ele esteve prestes a dizer "gostei de homossexuais", mas não conseguiu falar aquilo, nem qualquer outra coisa, na verdade. Uma torrente de pensamentos e memórias passou pela sua cabeça; ele viu o corpo magro e rígido de Vicky inclinado sobre a bengala com ponta de prata. Aqueles olhos castanhos vigilantes voltados para ele, e a boca com o sorriso irônico, e a Vicky que o punha para dormir à noite e servia café da manhã no dia seguinte. Como sentia a falta dela! Ele olhou pela janela do carro, feliz com cada metro que ficava para trás, porque sabia que isso o deixava mais perto dela, e várias vezes pensou em como ia contar para Vicky tudo o que aconteceu em Cambridge, mas agora... não. Não pode ser, deve ser uma acusação falsa. Ele tinha certeza.

Ou não? Ela sempre tomou tanto cuidado com o que falava e sempre teve tanta consciência da falta de autoestima dele, e sempre se esforçou tanto para não magoá-lo, exceto, claro, naquela vez na outra semana quando eles falaram sobre Turing... A ideia incomodava, e ele tentou não acreditar, como se aquilo fosse uma ameaça terrível, e Corell imaginou um argumento contrário, qualquer um que lhe ocorresse — a feminilidade dela, o amor que sentia por crianças —, mas não adiantava, nada ajudava. Ele poderia ter percebido fazia tempo. O que Farley disse era verdade, e à medida que a neblina ficava mais densa as peças se encaixavam; as visitas de Rose, a ausência de homens, a rejeição brusca da família e dos amigos, quando alguém dizia "vá arranjar um marido", e depois a defesa apaixonada dos homossexuais: "Os que são diferentes também têm a tendência a pensar diferente".

Ele tentou tirar aquilo tudo da cabeça e fantasiar sobre máquinas maravilhosas baseadas em estruturas lógicas, mas no fim sempre acabava pensando em coisas grotescas e inadequadas. Ron e Greg em Marlborough voltaram à sua mente, e ele imaginou a tia e Rose em situações horrorosas, e pensou em Alan Turing deitado morto com espuma em torno da boca em sua cama estreita e se lembrou da carta: *Será que é assim que a vida devia ser? Uma farsa para encobrir a outra!*

Nada além de mentiras!
"Droga!"
"Como?"
"Nada."

Nunca era alguma coisa. Mas ele se sentia decepcionado, e estava furioso. Como ela pôde? As paredes do carro pareciam se fechar sobre ele, e Corell pensou que não só tinha perdido aquilo que esperou a tarde toda. Também perdeu a única pessoa que tinha no mundo, e a sua vontade era de dar um soco no para-brisa, mas ele simplesmente ficou ali sentado, tentando controlar a respiração.

Eles seguiam devagar por causa da neblina, e a noite já tinha caído quando se aproximaram de Knutsford. O silêncio já durava algum tempo. Farley rapidamente percebeu por que Corell ficou quieto e tentou dizer de todas as maneiras imagináveis que entendia e que lamentava sua falta de jeito, mas o policial parecia não querer tocar no assunto, e por isso Farley começou a falar sobre banalidades e contou algumas velhas anedotas. Ele se empolgou a ponto de quase violar o código do serviço secreto, o que certamente não era típico em seu caso. Farley estava tão acostumado a esconder fatos e a ficar quieto que às vezes mentia desnecessariamente. Podia falar à esposa que estava na Escócia quando na verdade tinha ido a Estocolmo.

Havia quem se gabasse sobre seus atos na guerra. O pessoal de Bletchley não tinha permissão para falar uma palavra sequer, e isso gerava consequências para eles. Ocultar todos aqueles segredos levou Farley a perder sua espontaneidade, e só em raros momentos, como esse, sentado ao lado do jovem policial que parecia se sentir mal outra vez, tinha vontade de conversar. Queria ser franco pelo menos uma vez e dizer que o instinto de Corell de esmiuçar a história de Alan estava totalmente certo. Realmente havia algo escondido atrás de toda aquela fumaça. Alan ajudou a encurtar a guerra, talvez tanto quanto o próprio Churchill, e as pessoas que ocupavam cargos de responsabilidade o observavam como falcões. Mas naturalmente não disse nada.

"Será que ela está acordada?"

"Ela é uma coruja noturna."

Havia luzes acesas na janela do andar superior, onde Vicky costumava sentar para ler. Fora isso, a casa parecia excepcionalmente escura e ameaçadora. Corell precisou de um tempo para perceber que a lâmpada do poste no quintal estava queimada e que a neblina, que dava um ar espectral às estradas, também tinha se abatido sobre a casa de Vicky. Pela primeira vez, a casa pareceu quase deserta. Era como se tivesse passado pelo seu período áureo e agora apenas esperasse para entrar em total decadência. Ele imaginou a tia lá em cima como uma antiga governante solitária de um castelo esquecido e insalubre, escuro e em frangalhos. Em uma fantasia ao mesmo tempo doce e amarga, ele se imaginou sendo expulso da casa, e vagando sem rumo ao nascer do sol. Com esforço, ele se ergueu do banco e, ao ficar de pé, o chão tremeu.

Cambaleou, mas manteve o equilíbrio, e ele e Farley andaram juntos rumo à porta. Estava tomado por uma sensação de indiferença, mas, ao se aproximar, o silêncio começou a doer. Era o tipo de silêncio que precede uma experiência dolorosa e contém algo explosivo, e ele tentou impacientemente escutar algo além do ruído das pedras sob os sapatos. Ao longe, ouviu o ruído de um carro se afastando. Um animal pequeno roçou as folhas dos arbustos. Parecia difícil tocar a campainha, e ele se virou para o carro. Deveria pedir para ir para casa? Ele tocou a campainha com raiva, e logo ouviu os passos lá dentro e o som de uma bengala batendo no chão. Muito depois, ele se lembraria várias vezes do barulho da fechadura, e da breve espera que pareceu tão longa e desconfortável, antes de Vicky aparecer na soleira. O rosto dela parecia assustado. Os olhos vivos pareciam os de um pássaro e transmitiam medo.

"Minha nossa. O que aconteceu?"

"Ele levou uma surra", Farley disse.

"Meu Deus. Por quê?"

"É uma longa história, mas tenho que admitir que parte da culpa é minha!"

"Do que você está falando? Uma surra? Que loucura. Mas não fiquem aí. Entrem, vocês dois. Meu querido! Vou cuidar de você", ela disse e se virou agitada para Farley. "É provável que eu esteja confundindo. Mas você é quem eu estou pensando?"

"Como assim?"

"Farley, o especialista em história literária. Adorei suas palestras sobre Yeats no outono passado. Tenho o seu livro… mas o que você estava dizendo? Você poderia…? Meu Deus, meu Deus… Eu não entendo. Realmente não estou entendendo nada."

"Posso explicar."

"Com certeza você precisa explicar! Meu Deus, Leo, vamos pôr você direto na cama. Se isso é culpa sua, dr. Farley, então me ajude já aqui. Não fique aí parado! Mas, meu Deus, homem, qual é o problema com as suas costas, e Leo, Leo, por que você não está dizendo nada?"

"Acho que ele está em choque", Farley disse, e Corell sentiu pela primeira vez que queria falar algo, mas logo desistiu.

Ele simplesmente ficou olhando, como uma criança birrenta, e se tinha algo em que concordava com a tia era que queria ir imediatamente para a cama lá em cima, e bem devagar, sem aceitar nem mesmo olhar para Vicky, ele se arrastou pela escada, e com a cabeça doendo deitou e fechou os olhos. Queria ir embora, se retirar para seu mundo interior, para a doçura que tantas vezes encontrou na autopiedade, mas percebeu irritado que Vicky desamarrou seus cadarços e passou a mão pelo seu cabelo.

"Quer alguma coisa?"

"Nada."

"A gente devia chamar um médico."

"Não", ele disse entredentes.

"Você endoidou, Leo? Meu Deus do céu, o que está acontecendo?", a tia disse e virou para Farley, que subiu atrás dela, e naquele instante Corell voltou a abrir os olhos.

Ele olhou para Vicky. Ela estava muito agitada, e ele teve vontade de gritar. Queria que ela sofresse tanto quanto ele, e que visse como era se decepcionar e descobrir que ninguém dizia uma palavra verdadeira sequer, que tudo era mentira e farsa, mas nem naquele instante conseguiu fazer isso. O peito estava cheio de raiva, e todos os músculos de seu corpo estavam tensos. No entanto os sentimentos de Corell não eram totalmente claros.

Emoções totalmente contraditórias pareciam se confrontar, e no entanto ele pensou em termos bastante lúcidos se não seria injusto brigar com Vicky quando ela estava lhe tratando com tanto carinho. Seria como retribuir a um carinho com um tapa na cara. Ela não queria fazer mal a ninguém. Ela só… ele fechou os olhos e pensou em máquinas que mentiam para passar em testes peculiares, e em todas as vezes que a tia o ajudou e de algum modo entendeu que, embora não gostasse de homossexuais, não tinha como não gostar de Vicky. Talvez ela fosse uma pervertida, mas era a coisa mais preciosa da vida dele e, na falta do que dizer, disse claramente que queria uma cerveja, de preferência preta, e depois uma taça grande de xerez.

39

Cinco dias depois ele estava de volta ao trabalho, e de início não ficou preocupado. Os eventos de Cambridge pareciam ter lhe conferido uma imunidade, e ele pensou: *Não estou nem aí. Não ligo a mínima se perder o emprego.* Mas era só uma questão de tempo. A labuta diária que conhecia tão bem o fez voltar ao que sempre foi. A armadura que o protegia do mundo havia rachado, e logo ele estava tremendo toda vez que o telefone tocava, e toda vez que a porta abria. Imaginava o superintendente Hamersley entrando e dizendo: "Um certo sr. Julius Pippard ligou". Mas nada aconteceu, por muito tempo. Os colegas estavam até excepcionalmente amistosos, e não só perguntavam dos ferimentos como também da tia.

"Ela é firme como aço. Vai ficar bem", ele disse.

Mas ele nunca estava realmente concentrado no trabalho. Os dias se arrastavam sonolentos, e o fato mais emocionante na delegacia foi que um colega, Charlie Cummings, foi preso por jogar lixo no jardim, e acabou expulso da polícia. Ninguém conseguia explicar por que ele fez aquilo. Mas diziam que estava de saco cheio das reclamações e da hipocrisia, e fora Alec Block — que fez um comentário discreto para Corell dizendo que "por Deus, eu realmente entendo o Cummings" —, a impressão geral foi de que o sujeito havia ficado maluco. Corell disse que não tinha opinião sobre o caso. Em geral, tentava tornar sua presença imperceptível. Não levava o emprego muito a sério e tomava várias liberdades. Saía para longas caminhadas sem rumo durante o expediente e certa vez viu que se aproximava da Harrington & Sons. O sol estava forte. Tinha muita gente na rua, e era um daqueles dias em Wilmslow em que parecia que ninguém estava trabalhando, e ele teria preferido fazer meia-volta, ou desaparecer na Spring Street. Mas seguiu em frente. Voltar seria tolice, ele decidiu. Mas foi inevitável parar para amarrar os cadarços, assim como fez diante da casa de Alan Turing. Depois disso caminhou inseguro, e quando viu os manequins do alfaiate na vitrine começou a assobiar, mas não soou muito relaxado, já que não era muito bom em assobiar, por isso de repente parou no meio da melodia. Havia alguns clientes na loja. Isso era bom. Ficava mais fácil passar despercebido, mas então ele viu Julie, e como sempre ficou ao mesmo tempo feliz e inquieto.

Julie, por outro lado... ela simplesmente ficou ali parada ao lado do sr. Harrington, e seu rosto não transmitia nenhuma emoção, apenas um silêncio à espera de instruções, como um soldado na guarita, mas então ela deu um sorriso tão entusiasmado que quase foi um choque para Corell. Ela brilhou. Estava linda. Mas ele... ele teve uma ideia absurda de que ela devia estar sorrindo para alguém mais atrás, deve ter parecido tenso. Agora os olhos de Julie pareciam preocupados, e claro que ele tentou compensar a esquisitice. Tirou o chapéu e se esforçou para parecer animado e vivido, mas não foi essa a impressão que causou. O sorriso deformou as bochechas, e ele achou que estava sendo observado. Queria desaparecer, e obviamente percebeu que ia parecer patético, mas não viu outra saída. Simplesmente fez um aceno formal com a cabeça e foi embora. Desapareceu andando daquele jeito ridículo, e a cada momento a raiva e a humilhação cresciam. Ele estava tão chateado que começou a chutar uma lata vermelha de feijões que seguiu fazendo barulho pela rua ao seu lado por um bom tempo.

Ao voltar para a delegacia, o sargento Sandford informou que o superintendente Hamersley queria falar com ele, e Corell respondeu com impertinência surpreendente:

"Típico!"

Ele esperava essa reunião havia muito tempo, e seu corpo inteiro se encheu de pressentimentos, mas, como o superintendente demorou um pouco para vir, Corell teve tempo de passar por várias fases e começou a ter esperanças de que as coisas afinal não fossem tão más. Chegou a fantasiar uma cena em que Hamersley dizia aos outros chefes em Chester: "Ele tem talento, esse Corell. Você leu o relatório dele sobre o caso Turing?". Mas imediatamente voltava aos seus piores medos e pensava: era óbvio que Pippard tinha ligado, ou pior ainda foi Farley, que me desiludiu e chegou à conclusão de que eu não tenho discernimento e sou podre, talvez um traidor que vaza segredos de guerra.

Lentamente, Corell passou a sentir uma raiva, uma insubordinação, e quando Hamersley entrou Corell olhou para ele sem entender. O superintendente não parecia o mesmo da última vez. Os óculos modernos tinham sido substituídos por outros mais tradicionais. Alguém teria avisado que os outros eram ridículos? Eles apertaram as mãos. Com uma olhada rápida Corell tentou descobrir o que estava acontecendo, e achou que no fim das contas não parecia ser nada tão ruim. Hamersley não estava sorrindo do jeito paternal de costume. Mas também não parecia austero demais.

"E como vai nosso jovem sr. Corell?"

"Bem… muito bem, senhor."

"Entendo… Que bom. Você sofreu um acidente?"

"Só escorreguei, senhor."

"Deve ter sido um escorregão e tanto. Deus do céu! Até parece que… muito bem… Inspetor, excelente!"

Ross entrou na sala, o que não melhorou a situação e, embora Corell soubesse que Ross não gostava de Hamersley, naquele momento parecia que os dois conspiravam contra ele.

"Vou direto ao ponto", Hamersley disse. "Há algumas semanas eu estava falando com algumas autoridades importantes da igreja, dois bispos, na verdade, e posso dizer, eles estavam preocupados."

"Padres!", Ross bufou baixinho.

"Sim, sim, eu sei, claro que não devemos misturar as coisas. O trabalho da polícia é uma coisa e assuntos religiosos são outra. Mas às vezes, senhores, as questões se sobrepõem. Vocês não concordam?"

"Às vezes pode ser", Ross disse.

"É isso. Corell, você certamente se lembra da nossa conversa quatro semanas atrás. Falamos de um ou dois assuntos importantes. Agora infelizmente vamos ter que dar um passo adiante. Fazer uma limpeza mesmo no nosso quintal. Você está muito sobrecarregado no momento, por falar nisso?", Hamersley perguntou para Corell.

"Não exatamente", Corell respondeu, se esforçando bastante para entender do que Hamersley estava falando.

"Bom. Muito bom. Vamos precisar lidar com algumas coisas aqui, e você vai ter apoio de cima, porque como eu disse: estamos na posição feliz de ter ao nosso lado tanto a igreja como políticos de pensamento moderno. Vocês se importam se eu sentar? Obrigado. Muita gentileza. O que você acha, Ross, Corell não é um bom candidato para a tarefa?"

"Possivelmente", Ross disse, cético.

"Possivelmente? Eu estou convencido de que ele é a pessoa certa. Claro, foi uma infelicidade não conseguir pegar o dançarino. Mas não dá para ter sucesso sempre. E não é fácil fazer os outros confessarem assim. Eu ousaria dizer que precisamos de outros métodos. Precisamos dar um passo adiante. Ter um pé no futuro. A palavra é vigilância, senhores. Um método convencional, mas raramente usado nessas situações. Vocês não concordam?"

Nem Ross nem Corell responderam.

"Os homossexuais estão destruindo nossa sociedade e exaurindo as forças da nação, todos concordamos nesse ponto. Vocês deviam ter ouvido os bispos. Sabe o que eles disseram? Não é uma perversão só de homens. Inclusive mulheres… bom, melhor nem pensar nisso."

"A homossexualidade feminina não é ilegal", Corell arriscou.

"Verdade, verdade. Mas vocês sabem por quê, senhores? Não foi criminalizada para não dar ideias tolas às mulheres. Afinal o coração das mulheres é impressionável. Não, só fiz essa alusão para ilustrar como isso foi longe e para lembrar que precisamos reagir. Adotar uma linha mais dura, só isso. Eu pessoalmente, portanto — sim, na verdade essa é uma iniciativa minha —, comecei uma cooperação com Manchester, e vocês podem perguntar: o que temos a ver com essa cidade degenerada? Mas eu digo: parte do tráfico da Oxford Road veio para Wilmslow. Não pareçam tão chocados." Nem Ross nem Corell tinham mudado de expressão. "Esse é o triste efeito do trabalho realizado. Quando você ataca um problema em um lugar ele se muda para outro, e pode ser que os pervertidos achem que estão mais seguros aqui. Provavelmente imaginam que a vida vai ser mais fácil em Wilmslow. Bom, não entendam isso como uma crítica ao departamento de investigações criminais, ou melhor, podem entender, sim, se acharem que é o caso. É comum que as pessoas sejam mais ingênuas em comunidades pequenas. Não vamos enfeitar o pavão aqui. Temos que ser diretos. Já ouviram falar de um salão de beleza na Chapel Lane chamado Homem e Beleza? Sim, eu sei, só pelo nome, e que belo salão é esse. O sujeito que administra o lugar...", Hamersley pegou um caderno e olhou, "... um certo Jonathan Kragh. O salão dele parece ter se transformado em um ponto de encontro para veados. Dizem que as pessoas se abordam abertamente. Recebemos relatos de muitas fontes, entre elas da sra. Duffy, que nos ajudou antes. Uma senhora muito persistente, preciso dizer."

"Uma velha fofoqueira", Corell se pegou dizendo.

"Como é?", Hamersley explodiu.

"Pode ser que ela tenha problemas. Mas se vamos depender de fontes como essa não quero ter nada a ver com esse caso."

"O que você está dizendo, menino?"

Era como se Hamersley não quisesse acreditar no que ouvia.

"Que não vou mais ficar fazendo as vontades dela."

"Isso é uma afronta!"

"Só estou dizendo a verdade. Ela fala um monte de bobagens", Corell disse.

"Você não deveria falar mal de uma mulher que está tão empenhada em nos ajudar. Além do mais, sou obrigado a dizer..."

Hamersley olhou para Ross, como se procurasse apoio para sua indignação, e quando o inspetor disse "ele é assim, eu disse", Hamersley ficou ainda mais incomodado, e começou a falar alto sobre "os deveres e a responsabilidade, a lei e a ordem", e podia muito bem ter conseguido fazer com que Corell ficasse quieto. Soava extremamente hipócrita, mas nesse ponto cometeu um erro. Ressaltou que o perigo ronda todos nós:

"Detesto mencionar isso, Corell. Mas tenho informações comprometedoras sobre alguém próximo a você."

"Você está falando da minha tia Vicky?", Corell disse com calma glacial — ele não tinha ideia de onde aquilo tinha vindo — e, quando Hamersley disse com uma discreta ameaça "sim, já que você diz. É dela que estou falando", Corell se levantou de imediato e no mesmo instante teve a impressão de estar ficando de pé sobre um palco, e ficou feliz por ter uma plateia. Sandford, Kenny Anderson e Alec Block estavam por perto e escutavam aturdidos, e antes de Corell voltar a abrir a boca fez questão de sorrir, um sorriso absolutamente cheio de orgulho, como se a briga não fosse mais do que uma enorme vitória.

"Neste caso, meu querido superintendente, posso informar", ele disse, com ênfase na palavra "querido", porque sabia que aquilo soaria como um insulto, "que existem certas diferenças entre o senhor e minha tia. Para começar, ela é uma mulher sábia, que merece todo o respeito. Em segundo lugar, ela odeia hipocrisia, e o senhor, sr. Hamersley, talvez seja um dos piores hipócritas que eu conheço. Mas acima de tudo…"

"Como ousa!", Hamersley interrompeu, agitadíssimo, e a mera percepção de que tinha levado um superintendente a perder a compostura estranhamente só fez aumentar a calma de Corell, e conferiu uma segurança ainda maior ao que ele disse:

"Não, não, o senhor vai me escutar com toda a atenção, ou, pensando bem, talvez tenha sido bom me interromper. Eu estava prestes a dizer algo sobre o senhor mesmo parecer um maricas, mas, para ser franco, comecei a pensar se existe mesmo motivo para ficar fazendo comentários pejorativos sobre maricas. Em todo caso, veado ia ser um nome muito generoso para o senhor. O senhor é só um cata-vento ridículo que se deixa levar pelo sopro da opinião alheia. O senhor só serve para processar gente que não se encaixa nos seus princípios do que é aceitável, e tem meu desprezo por isso. Desprezo o senhor quase tanto quanto reverencio minha tia. Além disso, agora tenho que ir. Acredito que preciso encontrar um novo emprego", ele disse com a mesma calma aparente, e fez que ia sair. No entanto, continuou onde estava e olhou ao redor, embasbacado. Era como se estivesse esperando as consequências de um ataque de granada, mas Ross e Hamersley pareciam mais intrigados do que furiosos, e o superintendente precisou de um ou dois segundos para voltar à vida e dar um ou dois passos ameaçadores à frente.

"Vou lhe dizer…"

"O quê?"

"Que você acaba de desafiar a lei, e isso é muito sério. Está ouvindo? Você vai sofrer as consequências", ele gritou, e Corell por um instante ficou pensando se devia responder também a isso, mas em vez disso pegou o chapéu do cabideiro e fez um breve aceno com a cabeça na direção de Alec Block, que respondeu com um sorriso contido.

Depois foi rumo à escada, e já no jardim seu tumulto interno se misturou a alguma outra coisa, e ele voltou a sorrir, não com um sorriso forçado e teatral como o que tinha acabado de dar, e sim um sorriso genuíno e sincero que parecia vir do peito para os olhos e, quanto mais andava, mais seus pensamentos ficavam fora de controle e desafiadores: *Aqui vai um homem capaz de absolutamente qualquer coisa. Ele pode até mesmo passar em frente à alfaiataria masculina na Alderley Road porque está pensando em conquistar uma bela menina. Sim, ele é abusado assim mesmo!*

Mas no final não teve forças. A tensão cobrou seu preço, e ele pensou em Oscar Farley, e ficou imaginando se não deveria entrar em contato com ele agora. O sol estava prestes a se esconder atrás de uma nuvem. Um vento mais fresco soprou do norte, e ele começou a sonhar com sua cama, não a cama miserável de Wilmslow, mas a que esperava por ele na casa da tia em Knutsford, e ao pensar nisso baixou a cabeça entre os ombros, como se estivesse prestes a dormir.

Epílogo

Introdução à conferência sobre Alan Turing na Universidade de Edimburgo em 7 de junho de 1986.

Richard Douglas, professor de Ciência da Computação da Universidade de Stanford — que assumiu a responsabilidade por este encontro — abre os trabalhos:

"Caros colegas. Caros amigos. Não vou me prolongar. Só quero dizer primeiro como estou realmente feliz por ter aqui tantos representantes importantes de tantos campos tão diferentes de estudo e de tantas instituições participando desta primeira conferência sobre Alan Turing. Meu Deus, quando vejo todos vocês não só sinto orgulho no fundo do coração. Também percebo o tamanho da influência que Alan Turing teve em tantas áreas. Que pessoa notável ele foi, um sujeito que teve sucesso em tantas áreas! Que pensador extraordinário!

"Temos uma programação lotada, com excelentes palestrantes e seminários interessantes. Depois de nosso discurso de abertura, Hugh Whitemore vai nos falar sobre sua peça *Decifrando o código*, baseada na excelente biografia *Enigma*, escrita por Andrew Hodges, e que estreia neste outono no Haymarket Theatre em Londres com Derek Jacobi no papel principal, Jacobi que todos conhecemos da série de televisão *Eu, Cláudio*. Antes do almoço vamos ter um debate certamente muito empolgante, com foco no teste de Turing. Todas as opiniões vão estar representadas — até o professor John Searle está aqui. Ele prometeu revelar novas ideias sobre sua famosa teoria, 'A sala chinesa'. Nesta tarde, Donald Michie vai nos contar sobre o sonho de Turing de uma máquina que possa aprender com os próprios erros, e comparar com os mais recentes avanços da pesquisa relativa a Inteligência Artificial. Temos esses e muitos outros eventos à nossa frente.

"Quero também chamar a atenção de vocês para a data de hoje. Faz exatos trinta e dois anos que Alan Turing morreu em sua casa em Wilmslow, num tempo triste de nossa história. Foi no fim de semana de Pentecostes na Inglaterra, e o clima estava horroroso. Uma pessoa que estava lá e viu Alan Turing morto em sua cama está aqui conosco hoje. Senhoras e senhores, tenho o orgulho de apresentar a vocês o ex-investigador de polícia Leonard Corell, que entre outras coisas tem um doutorado honorário aqui em Edimburgo. Mas imagino que entre nós ele não precise de maiores apresentações. Todos admiramos o seu trabalho. Bem-vindo ao nosso encontro, Leo!"

Em meio a fortes aplausos Corell sobe ao púlpito, vestindo um paletó de veludo cotelê marrom e uma camisa de gola alta preta. O cabelo é castanho encaracolado com mechas grisalhas e um início de calva bem no topo da cabeça. Ele está magro e elegante e, embora o corpo pareça um pouco rígido e lento, a voz é poderosa. Ele fala sem anotações, e parece gostar de estar no palco:

"Se vocês gostam do meu trabalho", ele começa, "contem já para os meus críticos".

"Tive que aturar muita coisa nesses últimos anos, e em parte isso se justificava, imagino. Por exemplo eu sou responsável por aquela informação absurda e incorreta que saiu no *Times* esses dias: o logo da Apple é uma alusão à maçã de Turing, e preciso de uma vez por todas esclarecer que isso é totalmente absurdo, que provavelmente pode ser atribuído à minha obsessão pela maçã. Eu deveria ter ouvido meu falecido amigo, professor Farley, que era contra dar muita atenção a símbolos. Símbolos são ferramentas enganosas. O escritor deve deixar isso para o leitor. Mas, acima de tudo, deveria ter percebido que, quando Wozniak e Jobs lançaram o Apple II, quase ninguém sabia sobre a vida de Alan Turing, pelo menos não sobre todos os fatos, e só fiquei com essa ideia na cabeça porque sabia mais do que deveria, graças à minha função de servidor público, e é claro que eu também queria que o maldito logo, desenhado nas cores do arco-íris — que estão se tornando as cores do movimento gay — fosse uma referência à maçã do Alan. Agora eles dizem que não é. Dizem que é uma referência à velha maçã murcha de Newton, que, claro, todos vocês sabem, parece que nunca caiu na cabeça do físico. Mesmo assim eu fico pensando, e não vou desistir assim tão fácil. Ainda me pergunto por que a maçã está mordida. Em certo sentido me pergunto se não tem algo de Turing no fim das contas.

"Estou profundamente emocionado por ter sido convidado para fazer este discurso de abertura hoje, inclusive porque minha esposa Julie e minha filha Chanda, que eu não via fazia tanto tempo, vieram de Cambridge, e porque vocês todos estão aqui, todos vocês cujo trabalho li com tanta paixão ao longo dos anos. Também não vou me demorar, nem entrar nas sutilezas dos *Fundamentos químicos da morfologia* como faço normalmente, nem vou dar corda para os especialistas em dados com minha visão crítica sobre a Inteligência Artificial. Ao invés disso, vou confessar um velho vício. Gosto de sonhar acordado. Talvez eu seja um dos maiores viciados nisso que vocês conheçam. O único problema é que, quando você tem sessenta anos, é difícil sonhar com o futuro e pensar: quando eu tiver setenta, vai acontecer a grande virada, e os contratos de Hollywood vão começar a chegar. (Bom, coisas mais estranhas já aconteceram.) É por isso que sonho com o passado. Fantasio com a construção de uma máquina do tempo que me leve de volta para a Adlington Road. Mas, em vez de chegar em 8 de junho de 1954, como aconteceu, eu chegaria em 7 de junho, e sabe o que eu levo comigo? Bom, alguns dos excelentes livros que nós escrevemos, mas acima de tudo um laptop moderno e bonito. Imagine só! A chuva caindo lá fora. É segunda-feira, segunda-feira de Pentecostes, e tudo na vizinhança está em silêncio. Talvez já esteja escurecendo, e eu toco a campainha. Ouvem-se passos nervosos na escada, depois a porta se abre, e lá está ele com seus profundos olhos azuis, e provavelmente está muito chateado. Talvez já esteja de pijama e já tenha mergulhado a maçã na panela. Ele diz: 'Quem é você?'.

"Presumo que só depois de certa relutância ele me deixe entrar na casa, e provavelmente o melhor é ir direto ao ponto: 'Caro Alan, conheço a sua vida melhor do que você possa imaginar, e acredite em mim, eu sei: neste momento, você está se sentindo muito mal. Envenenaram você com paranoia e preconceito, mas um dia... um dia vamos fazer uma conferência em Edimburgo com centenas de pessoas importantes que estão pesquisando você e o seu pensamento, e aqui Alan, olhe isso, isso é uma máquina universal, um computador, como dizemos hoje. Em 1986, todo mundo tem um, ou quase todo mundo, e olhe esses livros. São sobre você. Não é impressionante? Você é um dos heróis da grande guerra, e é visto como pai de um campo de estudos totalmente novo. Você está se tornando um ícone do movimento homossexual e é considerado um dos intelectuais mais influentes do século XX.' E então, meus amigos, quando conto isso para Alan Turing, ele sorri. Enfim, depois de tanto tempo, eu o vejo sorrindo."

ESTA OBRA FOI COMPOSTA PELA SPRESS EM ELECTRA E IMPRESSA EM OFSETE
PELA GEOGRÁFICA SOBRE PAPEL PÓLEN SOFT DA SUZANO PAPEL E CELULOSE
PARA A EDITORA SCHWARCZ EM OUTUBRO DE 2017

A marca FSC® é a garantia de que a madeira utilizada na fabricação do papel deste livro provém de florestas que foram gerenciadas de maneira ambientalmente correta, socialmente justa e economicamente viável, além de outras fontes de origem controlada.